불쌍한 캐럴라인

휴머니스트 세계문학 025

불쌍한 캐럴라인

POOR CAROLINE

위니프리드 홀트비 | 정주연 옮김

차례

일러두기

1. 번역 대본으로는 Winifred Holtby, *Poor Caroline*(Virago Press, 2011)을 사용했다.
2. 주석은 모두 옮긴이 주다.
3. 본문 중 굵은 글씨는 원서에서 이탤릭체로, 고딕체는 대문자로 강조한 부분이다.
4. 성서의 인용은 대한성서공회에서 펴낸 공동번역 개정판에 따랐다.

사랑하는 M. C. H.를 추억하며

작가 노트

내가 아는 한 영국 영화의 순화를 위해 만들어진 크리스천 키네마사라는 회사는 없다. 영미 시나리오 창작 학교도, 런던 및 지방 저널리즘 통신학교도 없다. 하지만 내가 모르는 분야가 아주 많으니 이런 기관들이 내 상상 밖에 존재하고 있을지도 모른다. 만약 그렇다면 그 기관 창립자와 설립자가 내 작품 속 기관의 이름을 도용한 죄를 미리 용서해드리겠으니 역량껏 번창하시기를 기원한다.

위니프리드 홀트비

오프닝 코러스

1929년 4월 그날 저녁, 킹스크로스발 킹스포트행 53열차가 삼십 분 연착했다. 베티 스미스와 도러시 스미스는 캐럴라인의 장례식을 마치고 집으로 돌아가는 중이었다. 마싱턴행 막차를 잡아타기 위해 화물과 짐꾼, 손수레를 헤치고 승강장을 내달려야 했고, 하마터면 새로 산 물건들을 떨어뜨릴 뻔했다. 한편 그들의 어머니 이니드는 샌드위치와 차를 준비해 식탁에서 기다리고 있었다. 난롯불이 활활 타올랐다. 아버지 로버트는 당구실에서 나와 슬슬 식당으로 걸어 들어왔는데 무심한 척했지만 사실은 아이들 소식이 궁금해서 안절부절못하고 있었다. 아이들이 예정보다 늦었고 교외선 환승 열차를 놓칠까봐 불안했었지만, 덕분에 아이들이 돌아오자 한층 더 기뻤다.

"차 마실까?" 로버트가 스스로에게 물었다. "음, 있으니까 한 잔 마시지 뭐. 그래, 얘들아, 런던은 어떻더냐? 캐럴라인은 땅 아래 잘 모셨니?"

"그럼요, 그럼요." 베티가 햄샌드위치를 먹으면서 웃었다. "잘 모셔드렸지요. 제가 보기엔 거의 성자로 만들어드렸어요. 관에는 자주색 천을 덮었고, 미사는 너무 고상해서 오히려 역효과가 날 지경이었다니까요. 어니스트 숙부는 신자들과 물건들 사이를 비집고 다니느라 얼굴이 사색이었고요. 제가 본 것 중에 가장 성대한 장례였어요."

"그런데 도대체 그 비용을 누가 다 낸다니." 로버트가 툴툴거렸다. "지금은 내가 캐럴라인과 가장 가까운 친척이니 그 문제에 대해 **알** 자격이 있지."

"그렇죠. 하지만 제가 알기로 성당 예식은 전부 무료니까 안심하세요. 캐럴라인 고모가 편지에서 매번 말했던 모티머 신부가 자기 성당에서 장례식을 치르도록 했어요."

"맞아요. 그런데." 베티가 끼어들었다. "그 신부라는 사람이 나이가 많지 않더라고요. 아주 젊어요. 캐럴라인 고모 아들뻘이던데요."

"손자뻘이지."

"여하튼 젊고 **아주** 멋있었어요. 전혀 부사제 같지가 않고 제의인가 뭔가 하는 것만 입었지 미소년이던걸요."

"'신부(Father)'라고 부르는 거 너무 말도 안 돼요."

"캐럴라인 고모가 그 사람한테 빠질 만도 했던 것 같아요."

"아유, 도러시, 그렇게 말하면 안 된다." 이니드가 말렸다. 속으로는 캐럴라인을 흉보는 말을 고소해하면서도 겉으로는 마음씨 좋은 노부인처럼 보이려고 애썼다.

"그래도 엄마, 고모가 좀 이상했던 건 사실이잖아요? 유언장 얘기를 들으셨어야 해요."

"유언장이라고?"

"아이고, 진짜. 엄마 아빠도 그 자리에 계셨어야 해요. 아마 **기절**하셨을걸요. 그렇게 웃기는 건 처음 봤어요. 장례를 끝내고 나니까 엘리너가 우리 모두 캐럴라인 고모의 방, 루크리셔로(路)에 있는 그 **끔찍한** 작은 방에 가야 한다고 하더라고요. 헤일스 부인이라고 집주인이 있는데(**어찌나** 사납던지!) 온갖 찬송가를 다 부르고 속에 쌓인 게 많은 것 같더니만 우리가 고모의 낡은 옷을 전부 가지라고 하니까 괜찮아졌어요. 엘리너는 평소처럼 괴상하게, 맨날 입는 낡은 트위드 코트 있잖아요. 상복 분위기라고는 **눈곱만큼도** 없는 그걸 입었고 어디가 많이 아픈 열일곱 살처럼 보였죠. 그리고 거던이라는 이상한 아저씨하고 어니스트 숙부가 같이 있었어요. 거기서 엘리너가 유언장을 읽었어요."

"엄마 아빠는 그 방에서 나는 냄새를 한 번도 맡아본 적 없을 거예요. 방에 무시무시하게 오래된 서류들이랑 우리가 오래전부터 보내준 옷들이 여기저기 처박혀 있었어요."

"거던 씨는 아무와도 이야기하고 싶어 하지 않는 것 같았어요."

"그 사람은 크리스천 키네마사에서 온 사람이에요. 캐럴라인 고모가 우리한테 투자하라고 계속 말했던 회사 말이에요."

"어쨌든 그 **유언장** 말인데요. 고모가 베티랑 나한테 500파운드씩 남긴 거 아세요? 캐럴라인 고모가 좋아했던 젊은 친척 엘리너 데 라 루에게는 8000파운드, 로저 모티머 신부, 세인트오거스틴 성당의 그 보좌신부한테 2만, 진짜예요, 2만 파운드를 남겼어요. 외롭게 사는 자신을 도와주고 위로해주려 했다는 이유만으로요. 놀랍죠. 일흔두 살에 치료소에서 죽으면서 자기한테 있지도 않은 돈 수천 파운드를 잘 알지도 못하는 사람들한테 남긴다고 유서에 써놓다니, 고모가 좀 제정신이 아니었던 거 맞죠? 엄마."

"그래, 말년에 좀 이상했던 것 같구나. 그런데 내가 궁금한 건 말이다. 캐럴라인이 정말로 엘리너한테서 3000파운드씩이나 받았다더냐?"

"어, 거던 씨 말로는 엘리너가 전 재산을 크리스천 키네마사에 넣었던 것 같대요. 그런데 회사가 망하고 돈이 사라진 거겠죠. 엘리너한테 직접 물어보진 못했어요."

"말도 안 돼. 말도 안 되는 일이야." 로버트가 말했다. "내가 늘 데 라 루 탓이라고 했잖아. 스물두 살밖에 안 된 애한테 신탁인도 뭣도 없이 재산을 다 맡겨서는 안 돼. 엘리너는 다 빼앗기러 영국에 온 거나 마찬가지다. 자업자득이야."

"그러게요. 우리가 분명히 캐럴라인 고모를 조심하라고 일렀는데도." 도러시가 말했다. "노인네 편지를 엘리너한테 보여줬잖아요. 고모가 만나는 사람마다 졸라대서 돈을 뜯어내거나 빌려달라고 하고, 안 되면 훔쳐 간다고 일러줬어요. 엘리너는 애당초 런던에 가서 고모를 만날 필요가 없었어요."

"맞아요, 우리 충고를 들었어야지! 엘리너가 말을 안 듣고. 차 좀 더 주세요, 엄마. 하지만 엘리너가 캐럴라인 고모 예상보다 가진 게 더 많았었나봐요. 보니까 고모가 살아 있을 때 자주 돈을 빌려주고 아픈 동안 돌봐주고 결국엔 장례 준비도 하고 장의사도 알아봐주고 모든 걸 다 했더라고요."

"내가 늘 말하지 않았냐." 로버트가 말했다. "다시 말하지만 캐럴라인은 노령연금을 받았어야 했어. 캐럴라인은 노령연금으로 사는 게 품위 없는 짓이라고 했지만 친척들한테서 돈을 빌리고 가게에 외상 빚을 지는 것보다는 그게 훨씬 품위 있었을 거다."

"아니, 캐럴라인 고모 같은 사람은 바뀌지 않아요. 항상 자기가 남들보다 더 잘 안다고 생각했잖아요. 늘 본인이 특별한 뭔가를 할 거라고."

"흠, 분명히 특별하긴 했죠." 베티가 웃었다. "특별히 성가신 존재였잖아요, 여하튼."

"생각해보니." 도러시가 차와 온기, 샌드위치로 인해 마음이 너그러워져서 말했다. "고모한테는 골칫거리가 되는 게 다른 사람의 관심을 끄는 유일한 방법이었던 것 같아요. 일흔 넘은 여자 인생에 뭐 그리 대단한 게 있겠어요? 혼자 하숙집에 사는데 집세는 밀리고, 우리가 준 헌 옷을 입고 한 번도 실현된 적이 없는 일들을 하겠다고 종종거리며 다니고, 아무도 실어주지 않는 글을 쓰고, 저녁밥으로 마가린 바른 빵을 먹는 인생에요. 그 끔찍한 방을 보니 좀 딱하기도 했어요. 불가능한 계획으로 빽빽한 서류들이 잔뜩 있는 방. 내가 엘리너처럼 그걸 다 살펴보지 않아도 돼서 다행이에요. 내 생각엔 어떤 인생이 다른 인생보다 훨씬 덜 중요하거나 남들에게 영향을 덜 주는 사람이 있거나 하지는 않는 것 같아요."

"어쨌든 캐럴라인 덕분에 우리가 런던에 갈 수 있었잖아. 고모가 안 죽었으면, 그래서 우리가 장례식에 안 갔으면 그곰팡내 나는 구닥다리 킹스포트에서 봄 쇼핑을 했을 거야. 아 참, 엄마, 새로 산 내 파란색 스리피스 정장을 **보여드릴게요.** 최고로 예뻐. 그렇지, 도러시?"

"괜찮긴 해. 내 이브닝드레스도. 치마가 점점 더 길어지고 있는 거 아세요, 엄마?"

"그러게. 꼭 볼게." 이니드가 다정하게 말했다. "인정머리 없어 보이고 싶진 않지만 런던에 가느라 돈만 낭비한 꼴이 되었다면 속상했을 텐데. 게다가 캐럴라인이 너희랑 가까운 친척도 아니고 말이야. 너희한테 도움이 됐다니 정말 다행이구나."

"해야 할 일이 재미있기까지 하다면 그보다 좋은 게 없다. 그렇지, 애들아?" 로버트는 하품을 간신히 참았다. "그럼, 난 자러 간다. 여성분들 내일까지 계속 수다 떨고 있으면 안 돼요." 힘주어 일어나서 문까지 가더니 손잡이를 돌리고는 뒤를 돌아보았다. "모두 잘 자거라. 아 참, 캐럴라인이 이제 황금 문 **바깥쪽**에 있는 우리를 다시는 귀찮게 못 할 게다. 불쌍한 캐럴라인."

요크셔주 이스트라이딩 마싱턴의 밧줄 판매상 로버트가 위층으로 자러 갔다.

제1장 배질 레지널드 앤서니 세인트데니스

1

신은, 배질 레지널드 앤서니 세인트데니스 편을 들어주지 않았다. 헤링데일 경과 기껏 외가 쪽 육촌이 아니라 그 작위와 부동산의 계승자로 태어나게 해주었더라면 그는 귀족의 총아가 되었을 텐데. 그가 참석하면 상원의 장엄한 행사 자리가 한층 빛났을 것이다. 피커딜리가 내려다보이는 클럽은 퇴창으로 그의 모습이 보이는 것만으로도 특별해졌을 텐데.

하지만 출신도 신분도 그를 행복하게 해주지 못했다. 시골 목사의 외동아들로 태어났고, 아버지는 봉급으로 감당하기엔 터무니없이 크고 쓸데없이 넓기만 한 목사관에 살았으니까.

아버지는 위그노 가문 출신이었고 어머니는 헤링데일 백작부인의 후손이었다. 하지만 이제 애간장을 녹이는 백작부인의 대단한 미모는 피터 렐리 경•의 초상화 속에서 빛바래고 있을 뿐이었다. 트로토버 목사관 생활은 소박했지만 품격 있었다. 찌그러지고 휘어진, 배질의 이유식 그릇은 17세기 은으로 만든 가보였다. 배질은 이가 나기도 전부터 조지 왕조 시대의 고급 접시에 익숙했고 제임스 1세 시대의 오크 상자 모서리에 머리를 부딪히며 성장했다. 목사인 아버지는 주민들과 격의 없이 자주 식사하며 예배라는 제의를 일상생활 속으로 옮겨왔다.

한편 배질은 사랑스러운 아이였다. 꽃처럼 아름다운 용모와 플루트 같은 달콤한 목소리로 아빠 교구 신도들의 애정을 독차지했다. 목사관 정원의 금사슬나무가 배질의 유모차에 황금색 꽃 대신 금화를 떨어뜨린다고 해도 아무도 그 은혜가 과하다고 여기지 않을 테고 배질 자신도 자연이 응당 할 일을 한 것뿐이라고 생각했을 것이다.

그렇다고 배질이 큰 재산을 탐하고 사치를 부리는 사람으로 성장했다는 말은 아니다. 정치적인 일은 피곤해했고 모험적인 사업은 역겨워했다. 진정한 교양이란 활동적인 삶과 양립할 수 없다고 입버릇처럼 말하고 다녔고, 진심으로 가장 싫어하는 것이 있다면, 그것은 개척가가 지닌 불굴의 에너지였다. 그는 그저 자신의 까탈스러운 취향을 발휘할 적당한 기회가 생기기만을 바랐다.

● 네덜란드 출신의 피터 렐리(1618~1680)는 영국에서 궁정화가로 활동하며 기사 작위를 받을 정도로 능력을 인정받았다.

출신을 생각해보면 사실 신께서 그를 도와주려고 각별히 노력하셨다고 인정할 수밖에 없다. 헤링데일 경이 어린 친척의 태도와 외모에 반해서 이튼 칼리지와 옥스퍼드 대학의 학비를 모두 대주겠다고 했다. 이튼에서 배질은 섬세한 사회적 차별 감각의 토대를 다지고 영국 명문 공립학교에 다닌 사람과 그렇지 않은 사람들의 격차를 잘 알아보게 되었다. 그리고 그런 학교에 다니지 못한 사람들이 절대다수라는 사실을 오랜 뒤에야 비로소 깨달았다.

하지만 자선에 의존하면 고약한 상황이 생기는 법이다. 배질이 마침내 옥스퍼드 대학에 가고 보니 교양 있는 생활법을 배우는 데는 돈이 좀 필요했다. 미각은 동네 식품 가게에서 파는 포트와인과 호주 하비스트 버건디로는 세련되어질 수 없다. 손님을 초대하지 않고는 손님 접대법을 배울 수 없다. 시행착오 없이는 수집가의 안목이 제대로 단련될 수 없다. 당연히, 그런 것을 배우는 데는 돈이 든다. 당연히, 배질은 자신이 그런 것을 배우기 위해 옥스퍼드에 보내졌다고 생각했다.

헤링데일 경은 자기가 그런 일까지 해주어야 하는지 몰랐다. 1년 뒤 청구서가 날아오자 배질을 불러들여 불편한 면담 자리를 만들었는데, 배질에게 그 면담은 교양 있는 대화라는 합의를 파괴한 것이었다. 헤링데일 경은 약속을 요구했고 조건을 달았고 친척 청년이 은근한 수치심으로 가득 차게 했다. 배질은 신사들이 바람피우는 것을 보고도 얼굴을 붉힐 나이였다. 생애 처음이자 마지막으로 타협과 체념이라는 소신을 내던졌다. 헤링데일 경이 붙인 조건에 따르면서까지 옥스퍼드로 돌아가고 싶지 않았다.

배질은 고향의 목사관으로 돌아갔다. 옥스퍼드에서 매료됐던 18세기 시 몇 편의 개정판을 생각하면서 몇 주 동안 머물렀다. 덜위치 박물관의 중국 자수 작품 부학예사 자리와 메어링 앤드 스테이플에 애덤 형제풍 장식의 고문으로 지원했다가 떨어졌다. 하지만 그 경험은 고상한 생활의 필수 조건이 소액의 불로소득(1년에 3000파운드)이라는 신념을 공고히 해줄 뿐이었다. 그러다가 2000파운드면 딱 견딜 만하겠다는 생각이 들기 시작했다.

1914년 여름이었다. 때마침 전쟁이 발발해서 그의 아버지는 헤링데일 경에게 아들의 몰지각한 행동을 눈감아주시고 옥스퍼드 수학 비용을 계속 지불해주십사 굴욕적인 부탁을 하지 않아도 되었다. 배질은 군에 입대한 더 평범하고 튼튼한 젊은이를 대신해 노귀족 판데일 경의 개인 비서 자리를 쉽게 차지할 수 있었다. 1916년까지 그 일을 했지만 국제적인 전쟁이라는 재앙 때문에 고상한 생활이 불가능했고, 고상한 생활을 못하는 불쾌함이 군대 훈련의 공포보다 더 컸다. 1916년 배질은 왕과 국가의 부름에 응답했다.

군복을 입은 그는 멋있었다. 저급한 군 생활이 고통스러웠지만 운 좋게 사관후보생으로 베일리얼•에 보내졌고 전시의 옥

• 옥스퍼드 베일리얼 칼리지.

스퍼드에서 마음 맞는 동기들을 만났다. 마침내 소위 임관 사실이 관보에 실렸을 때도 마음을 잡아끄는 깔끔함과 섬세함, 안목은 무뎌지지 않았다. 배질은 프랑스로 파견되었다.

전쟁이 배질에게 정확히 얼마나 큰 영향을 주었는지는 아무도 모른다. 아마도 깨어나고 나면 도저히 말로 표현할 수 없는 악몽이었을 것이다. 1918년 배질은 팔꿈치가 박살 난 채 칼턴 하우스 테라스가에 있는 한 병원에 모습을 드러냈다. 그 후 2년 동안 수술실과 요양소를 지겹게 오갔다. 1920년 절망했지만 여전히 매력적인 기품을 지닌 채, 팔이 뻣뻣하고 부분적인 장애를 얻은 소위에게 적절한 연금을 받곤 군대를 떠났다.

임시로 데번셔 목사관으로 돌아가 부드럽지만 손질이라곤 안 된 풀밭이나 모리스 친츠 가공 천이 덮인 어머니의 빛바랜 소파에 누워 있었다. 책을 읽고 담배를 피우고 경구를 지어냈지만 너무 지쳐서 소리 내 읽을 수 없었다. 그러다가 시골 생활의 지루함, 온수 공급 부족, 어머니가 해주는 음식의 단조로움에 못 견뎌 런던으로 돌아가기로 했다.

"그런데 뭘 할 작정이냐, 얘야?" 목사가 물었다.

"글쎄요, 몽 셰르 파파."• 배질이 예의 그 매력적이고 음울한 미소를 지어 보였다. "제가 뭘 할 수 있지요?"

남들이 할 수 있고, 했고, 하는 일은 수도 없이 많은 것 같

• 프랑스어로 '사랑하는 아버지'라는 뜻.

았다. 지인들이 런던에서 할 수 있는 일을 알려주었다. 수당을 받고 자동차를 팔거나 책 초판을 거래하거나 새로 작위를 받은 귀족 여성들에게 시골 대저택 장식에 대해 조언해주거나 이따금《에피큐리언》에 평론을 써도 됐다. 하지만《에피큐리언》은 창간호가 나온 뒤 겨우 6호까지 살아남았고 차는 초보 판매원을 도와주지 않았으며 귀족 여성들은 실내장식에 대해 이미 나름의 황당한 생각을 품고 있었다.

배질이 예전에 입원해 있을 때 만났던 윙 스트레턴이라는 낙천적인 젊은 신사는 몬테카를로에서 협동조합 시스템으로 룰렛 게임 조합을 만들었고, 그 사업이 절대 실패하지 않는다고 확신하고 있었다. 언젠가 배질에게 그 조합의 총무로 오라고 너그럽게 청하기도 했다. 1923년 배질이 헤링데일 경과 마지막으로 만났을 때 문득 그 제안이 떠올랐다.

"나는 자네가 마음에 드네. 젠장, 자네가 마음에 들어." 닳고 닳은 귀족이 확실하게 말했다. "하지만 나라가 결딴나고 있고 정부가 세금으로 우리를 거덜 내는 마당에 더 이상 자네를 도울 수가 없네. 이주하는 게 어떤가? 이민 말이야. 자네 같은 젊은이들에겐 좋은 일이지. 외국으로 가게. 새로 시작하는 걸세. 이 오래된 나라엔 사람이 너무 많아. 내 충고대로 하게."

충고대로 했다. 배질의 아버지 책상에 놓여 있던《스펙테이터》에는 "이민은 용기, 진취성, 결단력, 상식, 바로 진정한 영국인의 특성을 발휘할 기회를 준다"라고 쓰여 있었다.

"그렇군." 배질이 말했다. 이민을 떠났다. 몬테카를로에 있는 윙 스트레턴과 손을 잡았다.

아주 복잡하고 아주 꾸준하고 아주 무의미한 카지노의 일상이 진정제가 되어 전쟁의 혼돈 속 잔학무도했던 폭력의 기억이 머릿속에서 희미해져갔다. 룰렛 판이 도는 단조로운 소리와 변치 않는 미사를 끝없이 집전하는 딜러들의 부드럽고 구슬픈 목소리에 귀를 기울이면서 고막을 찢는 거친 포탄의 폭발 소리를 잊어갔다. 그 마법의 궁전, 다른 모든 삶으로부터 까마득히 멀리 떨어진 그곳에서는 임박한 죽음의 위협이 느껴지지 않았다.

"가톨릭이나 룰렛이 필요했지." 이후에 배질은 말했다. "대체로 룰렛이 더 만족스러웠고."

하지만 룰렛이 위로가 되었음에도 여전히 문제가 있었다. 부상 입은 팔의 통증이 자꾸 재발했다. 마른기침이 계속돼 괴로웠다. 타고난 게으름 때문이기도 했지만 온몸이 아프고 지치는 탓에 점점 더 무기력해졌다. 외로웠다. 대충 아무하고나 사랑을 하기에는 너무 눈이 높았고 비싼 돈을 들여 여자를 사귀기에는 너무 가난했는데 몬테카를로에서는 그 두 가지 선택지밖에 없었다. 조합에서 일하는 동료들은 사업상 알 뿐이었고, 먹고살려는 욕구 말고는 공통점이 전혀 없었다.

배질은 무심한 도시 젊은이 같아 보였지만 침실 창 옆 셰즈롱그•에 누워 잔잔한 만이 파란색과 초록색으로 끊임없이 변

• 뒤로 젖혀지는 긴 의자.

하는 모습을 바라볼 때면 자신이 아프고 외롭다고, 되는 일 없이 젊음을 흘려보내고 있다고, 더 이상은 신의 심술을 견딜 수 없다고 생각하곤 했다.

2

지루하고 시시한 낮이 지난 어느 날 밤 10시쯤 배질은 개인실 창 바깥에 있는, 카지노 정원 위로 튀어나온 작고 둥근 발코니에 서 있었다. 1923년 여름 중 가장 더운 때였다. 비수기여서 실내가 반은 비어 있었다. 뒤쪽 게임실에는 두 테이블에만 주름 잡힌 페티코트가 둘러져 있었고, 주방의 윙윙거리는 기계 소리, 쨍쨍거리는 목소리, 냄새와 습기로 숨 막히는 공기가 뒤섞여 그를 점점 견딜 수 없게 했다. 카지노는 제대로 돌아가고 있지 않았다. 동료들을 향한 배질의 혐오감은 기온이 높아짐과 함께 점점 커졌다.

다시 빚을 졌고 머리가 아팠고 팔꿈치가 신경통으로 욱신거렸다. 배질은 두 팔을 돌난간에 올린 채 밤을 응시했다.

저 너머 아래에 덥고 향내를 풍기는 몬테카를로의 어둠이 펼쳐졌고 불 밝힌 마을 풍경은 별이 반짝이는 하늘을 뒤집어 놓은 것처럼 보였다. 모터보트 한 대가 만을 가로질러 유성처럼 내달렸다. 반쯤 닫힌 창에서 한 줄기 빛이 새어 나와 저 아래쪽 카지노 정원에 핀 분홍색 협죽도꽃을 비추었다.

배질은 이런 생각을 하고 있었다. '누군가가 카지노 정원으로 뛰어내려 죽으면 종업원이 재빨리 달려와 1000프랑의 예치 증서를 그 사람의 주머니에 넣어 경황없는 희생자 가족이 그가 도박 빚 때문에 죽은 것이 아니라고 생각하게 만든다는데 그게 사실일까.' 그런 뒤 피곤한 정신으로 생각을 이었다. '이 발코니에서 뛰어내리면 죽음이 위로 솟구쳐서 공중에서 사람을 죽이는 게 아닐까. 땅과 하늘이 이렇게 비슷한데, 알고 보면 사람이 천국으로 떨어지고 지옥으로 올라가는 건 아닐까?' 배질은 씩 웃으며 아버지라면 이런 공상을 어떻게 말렸을지, 또 데번의 자작농들에게 그런 내용을 얼마나 기발하게 설교했을지 생각했다.

"나라면 안 할 거예요." 모르는 목소리에 깜짝 놀랐다. "우선 뛰어내릴 수가 없어요. 난간에 한쪽 다리를 채 다 올리기도 전에 사람들이 와서 붙잡을걸요. 아무리 뛰어내리려 해봤자 소용없어요."

여성의 목소리, 맑고 따뜻하고 고르지 않은 목소리였다. 배질이 천천히 몸을 돌려 어둠을 향해 몸을 기울이고 보았지만 희부연 한쪽 팔과 밤의 어둠보다 더 짙은 드레스밖에 보이지 않았다. 배질은 한숨을 쉬었다. 어두운 발코니에서 만난 사람들과 어떤 단계를 밟는지 너무도 잘 알고 있었다. 다른 남자들처럼 밀고 당기는 게임을 얼마든지 잘할 수 있었다. 연애의 단계라면 속속들이 알고 있었다. 하지만 오늘 밤은 피곤했다.

"그렇게 걱정해주시니 아주 기쁘군요." 배질이 말했다. "하지만 제 걱정은 전혀 안 하셔도 됩니다. 세상에 위안거리가 전혀 없더라도 그쪽 여성분이 계셔서……."

여자가 웃었다. 너무 명랑하고 갑작스럽고 가식 없는 웃음이어서 배질은 완전히 당황했다.

"아니, 이보세요." 여자가 외쳤다. "제가 여기 앉아 있는 걸 알지도 못하셨잖아요. 그리고 너무도 잘 아시겠지만 제가 댁이 발코니에서 뛰어내릴 생각을 하는지 어떻게 알겠어요. 그냥 따분해서 말을 건 거예요. 오늘은 벌써 다 털려서 게임은 더 못 하거든요. 게임실에 돈을 잔뜩 가지고 들어가서 그걸 다 날리고 나면 그저 이렇게 앉아 있는 거죠. 오늘 밤에는 자러 들어가긴 너무 이르고 여긴 친한 사람들이 아무도 없고요. 그래서……."

배질은 더 이상 힘들게 버티지 않기로 하고 여자에게 바에 가서 칵테일을 마시자고 청했다. 여자가 기다렸다는 듯 일어나 그 밝은 방으로 앞장서서 걸어갔다. 그러고 보니 게임실에서 자주 보던 여자였다. 크고 화려하게 부풀린 갈색 머리, 따뜻한 갈색으로 그린 표정이 풍부한 눈썹을 못 알아볼 수 없었다. 배질은 그런 방면의 일을 잘 알고 있어서 여자가 안 그러면 내숭 떠는 것처럼 보일까봐 파인 드레스를 입고 화장을 하고 손톱에 물을 들인 것이라고 생각했다. 그녀는 꾸밈없고 합리적이었기 때문에 오히려 과도하게 유행을 따랐다. 여자는 앞서가다가 고개를 돌려 어깨 너머로 배질을 보고 빙그레 웃었다. 애교를 부리는 것이 아니라 노련하고 친근한 공감의 몸짓이었다.

둘은 바에서 칵테일을 마셨다. 칸과 룰렛 게임, 더위 이야기를 했다. 배질이 호텔까지 여자를 태워다주었다. 호텔은 물랭 대로의 어정쩡한 위치에 있었다. 여자는 자기 이름이 글로리아 칼미에이며 프랑스 장교였던 남편과 사별했고 수영을 아주 좋아한다고 했다. 둘은 그다음 날 카지노에서 만났고 그다음 날, 또 그다음 날도 만났다.

3

둘이 자주 만나자 조합 사람들은 배질이 마담 칼미에한테 넘어갔다고 생각했다. 윙 스트레턴은 세인트데니스가 부유한 프랑스 과부와 사귄다고 소문을 낸 뒤 그 바닥에서 으레 하듯이 배질을 놀리려고 했는데 배질이 펄펄 뛰며 부인해서 깜짝 놀랐다.

"그 여자랑?" 배질이 꽥 소리를 질렀다. "말도 안 돼! 그냥 그 여자를 피할 수가 없는 거야. 카지노에 가면 그 여자가 거기에 있어. 파리 호텔에 가도 그 여자가 있어. 내가 해변에 가잖아, 그럼 그 여자가 약간 퇴폐적인 아프로디테처럼 파도를 헤치며 올라오고 있어. 내가 아침의 날개를 타고 지구 끝까지 날아가도 거기 그 여자가 있을 거야. 힐다라는 젊은 여자가 건설업자랑 바람피우는 내용의 완전 **야한** 오행시를 나한테 읊어주고 싶어 안달하면서 말이지."

마담 칼미에의 굵고 명랑한 목소리를 너무도 짓궂게 흉내 내어서 윙 스트레턴은 배질이 마담에게 전혀 마음이 없는 게 **확실**하다고 생각하고 그 일에 더 얽히지 않으려고 그냥 자리를 떠버렸다.

그러나 마담 칼미에가 털어놓은 다른 비밀을 배질은 윙 스트레턴에게 말하지 않았다. 그 비밀이 힐다라는 젊은 여자가 나오는 오행시보다 훨씬 더 재미있었는데 말이다. 칼미에는 거리낌이라고는 없는 여자였으니까. 배질은 칼미에의 자기중심주의만큼 솔직함에 크게 충격을 받았다. 칼미에는 배질이 당연히 자신의 과거를 모두 알고 싶어 할 거라고 생각해서 아무렇지 않게 재미있어하며 다 이야기해주었다.

두 번째로 만났을 때 칼미에는 자기 이름이 글로리아가 아니라 글래디스 아이린 메이블이라고 알려주었다. 글래디스 아이린 메이블 윌콕스라고. "생각해봐요. 그런 이름으로 도대체 뭘 할 수 있겠어요?" 그녀가 말했다. "무대에 서면서 글로리아로 바꿨어요. 글로리아 윌콕스로 아주 잘나갔는데, 윌콕스란 성을 안 바꾼 건 아빠를 괴롭히기 위해서죠. 피터버러에 내가 코러스를 부른다는 소문이 나면 아빠가 졸도해버릴 테니까요."

칼미에의 아버지는 변호사의 사무원으로 피터버러에 살았는데, 글래디스 아이린 메이블은 자신이 대성당이 있는 그 도시에 어울리지 않는 사람이라고 생각했다. 열여섯 살에 고등학교에서 퇴학당했다. 〈왕실 근위병〉 아마추어 공연에서 '페어패스' 역을 맡았던 식품점 보조 점원과 너무 떠들썩하게 연애를 한 탓이었다. "되게 작은 남자였죠. 다리 짧고, 왜 있잖아요. 중산모를 쓰고 '뵙게 돼서 반갑습니다'라고 말했어요. 그땐 그런 게 아무 상관 없긴 했어요. 실은 그 사람이나 저나 도긴개긴이었죠, 뭐. 어릴 때는 곤란해질 걸 알면서도 천박한 데에 끌리곤 하잖아요. 하물며 그 남자 목소리는 멋진 테너였고 나는 무대에 미쳐 있었으니. 내가 같이 런던으로 도망가자고 했는데 그 사람은 그러기엔 너무 순수했죠. 그러니까 사실 내 첫 유혹은 완전히 실패한 거죠. 그 사람은 초등학교 교사와 결혼했고 성가대에서 독창을 하고 애가 일곱이에요. 그럴 수도 있죠, 뭐."

글로리아-글래디스는 그와 함께는 아니었지만 런던으로 갔고, 그곳에서 연극에 미친 시골 출신의 열여섯 살 여자아이에게 일어날 법한 일을 모두 다 겪었다. 알고 보니 그녀는 코러스에 서기에는 키가 너무 컸다. 녹색 타이츠에 가죽조끼를 입고 딕 휘팅턴의 젊은 남자 친구 1 역할로 대사 없이 출연했고, 드디어 어떤 보드빌 제작자와 미국으로 건너갔는데 계약서에는 맡은 역할이 명시돼 있지 않았다. 그녀는 뉴욕의 호텔 로비에서 담배를 팔았다. 댄스홀에서 접객원 노릇을 했다. 시카고의 드레스 가게에서 대형 마네킹이 되어 옷을 입어 보였고, 리우데자네이루에서 임신을 했지만 아이는 죽었다. 일리노이에서 만난 이탈리아인 부동산 중개인의 아이였다. 전쟁이 벌어지는 동안 그녀는 미국 YMCA의 후원을 받아 극도로 점잖고 거의 아마추어인 연주단과 함께 유럽에 돌아갔다.

연주단은 파리로 갔고 글로리아는 그곳에서 가스통 칼미에라는, 리옹 실크 상인의 나이가 들어가는 아들을 만났다. 상처했고 아이는 없었다. 점잖고 무능하고 작은 남자였지만 글로리아는 그 사람이 마음에 들었다. 그는 마침내 예비 연대에 징집되기 전에 외로워서 어쩔 줄 몰라 하다가 글로리아에게 청혼했고, 글로리아는 그가 신중한 투자로 그다지 많지는 않지만 기분 좋게 쓸 수 있을 정도의 재산을 쌓았다는 사실은 몰랐지만 청혼을 수락했다. "착하고 작은 남자였어요. 닭 한 마리도 못 건드릴 사람이죠. 그런데 전선에 도착하고 육 주 만에 죽었어요. 그 사람처럼 작은 존재들을 싸우라고 내몬 건 살인이었어요. 그래요. 인생이 어떤 건진 몰라도, 사는 게 더 나았겠죠. 그 사람한테도 나한테도."

배질은 마지못해 이 자서전에 귀를 기울였다. 몬테카를로에 있는 한 마담 칼미에에게서 벗어날 수 없었지만 유일한 생계 수단이 있는 그곳을 떠날 수도 없었다. 그런데 삼 주 동안 헛되이 탈출하려 몸부림을 치다가 갑자기 유행성 위장병에 걸려 쓰러지고 말았다. 배질은 신께서 석방 명령으로 질병을 보내신 것이라 여겼지만, 사흗날 저녁 불편하게 자고 일어나자 마담 칼미에가 그의 셰즈 롱그에 앉아서 상아를 붙인 그의 손톱 연마기로 끄트머리가 장밋빛인 손톱을 태연하게 갈고 있었다.

"아무도 당신이 어떤지 어떻게 된 건지 아는 것 같지 않기에 내가 직접 보러 왔죠. 당신네 집주인 말로는 독감이라더군요. 확실히 푹 썩은 것처럼 보이기는 하네요."

배질은 면도를 못 한 상태였다. 침대는 헝클어져 있었고 금발은 타작한 짚처럼 엉겼고 방은 지저분했고 머리가 쑤셨다. 그리고 곧 구토가 날 것 같았다. 평생 처음으로 여자에게 욕을 했다.

"빌어먹을, 나가!" 고통스럽게 소리쳤다. 우려했던 일이 틀림없이 일어날 것 같았고 정말 일어났다.

칼미에는 당황하지도 욕설에 기분 나빠 하지도 않았다.

"**불쌍한** 우리 순둥이!" 칼미에가 소리쳤다. "**정말** 심각한 상태군요."

그런 다음 일어나더니 아주 재빨리 배질의 뒤치다꺼리를 해주었다.

침대를 정돈하고 세수를 시켜주고 깨끗한 파자마를 꺼내주고 소다우유를 먹이고 집주인을 윽박질러 그 집에서 자신이 묵을 방을 얻어내고는 옆에 앉아서 간호했다. 글로리아로서는 마침 외로웠는데 친구가 생겼다. 지루했던 차에 할 일을 찾은 것이다. 너무 굼떠서 전문가처럼 잘 간호하지 못했고 너무 나약해서 오래 집중할 수 없었지만 없는 것보다는 나았다.

그러는 동안 처음에 배질이 느낀 끔찍함은 슬그머니 묵인으로 바뀌었다. 글로리아는 침실에서 자신이 전혀 곤란하지 않다는 것을 확인시켜주었고, 그래서 배질도 어느 정도 안심이 되었다. 질병은 으레 그렇듯 배질에게서 체면을 모두 앗아

갔다. 놀랍게도 글로리아는 그의 나체를 보고 있지 않은 것처럼 행동했다. 아니, 어쩌면 여자든 남자든 모두 나체인 상태로 보고 있는지도 몰랐다. 배질 같은 남자들이 자신을 숨기려고 찾는 가면과 절차 따위는 기운을 북돋는 눈길로써 싹 무시했다. 배질이 아주 신중하게 익혀온 예의범절 따위는 글로리아에게 중요하지 않았다. 배질은 처음에는 너무 아파서 글로리아가 태연하게 밀어붙이는 대로 따르는 수밖에 없었다. 이후에는 아예 포기하고 푹 쉬자니 오히려 좋아졌다. 기운을 좀 차리고 생각해보니 글로리아가 뻔뻔스럽게 친한 척하는 것이 심지어 좋았다. 라블레풍 이야기와 말도 안 되지만 무난한 오행시도. 배질은 그녀 앞에서라면 엄격한 자기통제를 완전히 풀어놓고도 괜찮았고, 그래서 고마웠다.

다 낫고 한 달 뒤에 배질은 글로리아와 결혼했다. "그런데 너무 오래 걸렸네요." 그녀가 말했다. "누구든 당신이 시골 목사관 출신의 대충 커온 외동아들이란 걸 한쪽 눈을 감고도 알 수 있었을 거예요. 내가 안 구해줬다면 대번에 까탈스러운 노처녀 꼴이 되고 말았을걸요." 글로리아 눈에는 그의 잘난 태도가 이 정도로밖에 안 보였던 것이다.

4

5년 가까이 배질과 글로리아는 유럽 여기저기를 돌아다니며 여기서 돈을 조금 잃고 저기서 투기로 벌었다. 글로리아는 언젠가 빈에서 자수 사업으로 돈을 벌고 부실한 헝가리 가스 회사에 투자했다가 손해를 봤다.

"최악의 경우에는." 글로리아가 말했다. "내 프랑스 채권을 팔아치우고 니스와 칸 사이 어딘가에 자그마한 호텔을 하나 살 거야. 상당히 잘될 거야. 당신은 음식과 와인에 통달했고 나는 사람 다루는 법을 아니까."

"그건 정말 최악이겠군." 배질이 말했다.

"글쎄, 이보세요. 인생이 어찌 될지 모르지만 물러날 길도 계획해두어야 한다고. 하지만 아직은 포기하면 안 돼. 기분 전환 삼아 런던 어때?"

그들은 런던에 갔다. 글로리아는 하노버 스퀘어의 의류 제조 회사에서 큰 옷 판매원 자리를 구했다. 그들은 메이더 베일에 작은 아파트를 얻어두고 지냈고, 배질은 어느 주말 고향 목사관에 다녀갔다. 부모에게 멋지게 생긴 아내 사진을 보여주었는데, 그들은 아들에게 아내가 있다는 사실을 너무 다행스럽게 여긴 나머지 거슬릴 만한 질문은 하나도 하지 않았다.

이때까지 배질은 글로리아의 지배에 거의 완전히 복종했다. 과하게 긴장했던 몸가짐도 글로리아 앞에서는 느슨해졌다. 클라레 잔으로 포트와인 마시는 법을 배웠고 도장이 안 찍힌 종이에 아무렇게나 편지를 쓰는 것, 대충 입고 저녁 식탁에 앉는 것도 배웠다. 한편 이제 두 시간 이상 깨지 않고 잘 수 있었다. 더 잘 먹었고 기침이 사라졌다. 시체처럼 여위지도 않아서 전보다 훨씬 잘생겨 보였다. 아내는 자기 작품을 보고 아주 흡족해했다.

1928년 8월 어느 일요일 정오 직전, 배질은 메이더 베일의 아파트 침대에 누워 글로리아를 바라보고 있었다. 글로리아는 느긋하게 휴일의 몸단장을 하느라 짧은 살굿빛 슈미즈를 입은 채 방 안을 오가고 있었다. 눈썹을 그리고, 실크 스타킹 올이 풀렸는지 살피고, 8월의 런던에 대해 투덜대고, 짜깁기 가격에 대해 불평하고, 뜨거운 부젓가락으로 숱 많은 곱슬머리 끝을 말아 올렸다. 부젓가락을《주간 국교도》에 올려 잘 데워졌는지 시험해보고 있었다. 영국국교회 신자인 청소부가 두고 간 것이었다. 그을린 종이 냄새가 켈크 플뢰르• 향과 담배 연기와 기분 좋게 어우러졌다.

"있잖아, 배질." 글로리아가 예의 그 무심한 태도로 말했다. "일자리를 찾아봐."

"**자기야**, 글로리아! 그게 무슨 어이없는 소리야? 이제 와서 왜 그래?"

"이렇게 빈둥거리는 건 당신한테 좋지 않아. 외모가 망가질 거야. 미소와 뱃살밖에 없는 클럽 죽돌이가 되고 말 거라고. 게다가 미첼 양복점에서 더는 외상을 안 주려고 할 텐데, 이제 나한테도 돈이 안 들어올 거야. 남들처럼 일을 해봐."

"나한텐 돈 버는 아내가 있는걸. 가족 중 한 명만 상업적 성

• 우비강사(社)의 향수.

공이라는 영국과 미국의 신을 만족시키면 되잖아? 게다가 나한텐 당신 남편이라는 대단히 힘든 역할이 있고 말이야."

"그렇긴 한데, 조심하지 않으면 당신, 눈 깜짝할 새에 다른 역할을 맡게 될 거야. 내가 쭉 생각하고 있거든. 뭐든 일만 해. 무슨 일인지는 중요하지 않아."

"일자리라는 게 말이야. 이쁜 글로리아, 내 눈앞에 딱 떨어지는 게 아니잖아."

"그렇지. 그러니까 사업을 해야 하는 거야. 들어봐. 항상 똑같은 데서 돈을 찾는 게 우리의 문제야. 효과가 없지. 미국에서 어떤 남자가 나한테 이런 말을 해줬어. '못 하나에만 계속 망치질을 해선 안 돼. 그러면 언젠간 못이 나무를 뚫고 들어가버릴 거야.' 그 사람이 나한테 돈을 벌고 싶다면 카바레와 클럽을 멀리하고 사람들의 보람에 관심을 가지라고, 사람들이 세상에서 제일 좋아하는 건 15퍼센트의 이익을 보면서 동시에 착한 일을 하고 있다고 뿌듯해하는 거라고 했어."

"그런데 여보, 당신 말은 나보고 누군가를 보람되게 하라는 뜻이야?"

"바로 그거지. 못 할 게 뭐야? 잘 들어봐." 그녀가 화장대 위에 있던 포마드 병, 탤컴 파우더와 화장품 들을 옆으로 치웠다. 그 자리에 부젓가락을 시험해보느라 그을고 구깃구깃해진 《주간 국교도》를 펼치고, 까맣게 타 숯처럼 변한 갈색 신문지 조각을 침실 카펫 위로 시든 장미 꽃잎처럼 털어냈다. "이 신문은 《주간 국교도》인데 진정한(아니라면 자칭) 선행을 위한 언론 중 발행 부수가 제일 많아. 여기에 주교와 교장, 하원의원들의 기고문과 '우리나라의 추한 영화'에 대한 온갖 글이 실리고 있어. 부도덕한 영상이 젊은이들에게 끼친 온갖 해악에 관한 글, 그리고 유성영화가 유행하기 전에 영화를 순화하기 위해 엄청난 노력을 기울이도록 교회들을 불러 모으자는 글들이지."

"그래, 그렇다 치고."

"좋아. 이번 주엔 캐럴라인 덴턴스미스라는 여자가 편집자에게 편지를 보내서 자신이 몇 달 전에 크리스천 키네마사를 생각해냈다고 했어. 그 회사가 이익과 선행을 결합하고 100퍼센트 완벽하게 순수한 영국 영화만을(유성영화까지 포함해서) 제작한다고. 알아듣지? 목사님이 어머니랑 같이 보러 가는 그런 영화 말이야."

"생각만 해도 메스꺼운데. 그래서 뭐?"

"그래서 뭐냐고?"

"그래서 뭐냐니까? 그게 나랑 무슨 상관이야, 여보?"

"목사님 자제분. 위대한 복음주의 귀족, 아니 그 사람 아버지가 그랬던가. 여하튼 헤링데일 경의 육촌. 이튼과 옥스퍼드 출신. 퇴역 군인. 노블레스 오블리주. 현대적이면서도 도덕적인 크리스천 키네마사 간사, 아니 회장. 행복한 결혼 생활 중. 예술을 아는 사람. 젊은이들을 돕고 싶어 해. 행복한 영국을 만들고 양키들 판에서 양키를 이기는 거지. **못** 알아듣겠어?"

배질은 말없이 누워 있었다. 글로리아는 구겨졌지만 화려한 실크 기모노를 둘러 입고 자기 계획을 계속 말했다.

"아버지, 보수당원, 애국자, 비국교도, 성가대, 교사, 지방의회 의원에게 엄청나게 호소력이 있을 거야. 못 알아듣겠어? 언론이 분위기를 띄우게 해. '영국 영화를 보라. 크리스천 키네마사는 해야 할 일을 하면서 배당금을 (뭐, 여하튼 언젠가는) 벌어들인다.' 캐럴라인 덴턴스미스 같은 사람. 이런 사람이 수천 명이 있을 게 분명해. 베이스워터와 본머스에 있는 갑갑한 하숙집에 사는 독신녀들과 과부들. 죽기 전에 남을 위해 좋은 일 하는 게 소원인 사람들. 돈을 어딘가에 조금 투자하고 싶어 안달인 사람들. 장담하는데 캐럴라인은 수천수만 파운드를 브라질 철도 주식 같은 데에 넣어두고, 우울한 친구들과 계속 사귀고, 목사와 제단의 초 문제로 실랑이를 벌이며 살았을 거야. 그러다가 좋은 생각이 탁 떠올랐겠지. 착한 일을 하면서 돈을 번다고 느끼는 것보다 사람들이 더 좋아하는 일은 세상에 없어. 더욱이 자선과 대의명분 같은 것들이 중요하니까 투자자들은 완전히 상업적인 투자에서만큼 이익을 보장해달라고 요구하지 않아. 난 어릴 때 피터버러에서 사람들이 클럽과 사회산업 같은 데에 기부금을 내던 걸 아주 잘 기억해. 우리 아버지도 휴가 별장 같은 것에 출자를 했지. 아버지는 배당금을 **한 푼**도 받은 적이 없고 받으리라 바란 적도 없었지만 좋은 일을 하고 있다고 느꼈어. 꾸준히 3.5퍼센트를 제공하자는 게 아니야. 우리는 20퍼센트의 가능성과 착한 일 한다는 확신을 주는 거지."

"우리라고?"

"우리, 크리스천 키네마 유한책임 회사. 제대로 등록된 회사 등등. 반은 자선단체고. 당신 거던이라고 알잖아. 우리가 엑스레벵에서 만났던 퀘이커교도 말이야. 그 사람이 회사법이라면 모르는 게 없어. 그 사람을 이사회에 앉히는 거야. 우리 아버지는 늘 돈과 계몽에는 퀘이커교도만 한 사람이 없다고 말씀하셨어. 사람들을 위한 올바른 오락(**건전한** 영국 오락 산업)을 위해서 1파운드짜리 주식을(가령 50만 파운드까지) 발행하는 거야. '영국적인' 것이라고 사람들을 꼬드기고 사방에 퍼져 있는 온갖 반미 정서에 물들이는 거야. 많지는 않아도 이사들 봉급이랑 수수료 같은 건 있어야 해. 존슨이라고 적임자가 있어. 영화에 대해 모르는 게 없고 통신학교를 운용하는 캐나다 사람이야."

글로리아는 역시 황당한 여자였다. 하지만 황당하기는 인생도 마찬가지였다. 배질은 담뱃불을 붙이고, 담배 연기로 정교하게 고리를 만들어 천장을 향해 뿜어 올리며 듣고 있었다. 크레이프 드 신• 슈미즈에 진홍색 기모노를 입은 글로리아의 모습이 지금 말하는 내용과 너무 안 어울려서 웃겼다. 아내가 캐럴라인 덴턴스미스와 온갖 잔소리쟁이 여신도들의 지도자가 되었다고 생각하니 재미있었다. 어린 시절 목사관의 응접실에 앉아서 어머니가 어머니회 부인들과 나누는 이야기를

• 잔주름이 많은 얇고 부드러운 비단의 하나.

들으면서 견딘 그 지루한 시간을 모두 보상받을 웃긴 복수극을 그려보았다. 일어나서 글로리아를 향해 웃었다.

"그대는 그렇게 쉽게 나를 설복하여 그리스도인으로 만들 수 있다고 생각하는가?"•

"그래, 불쌍하고 늙은 캐럴라인인가 누군가가 자기 생각이 실현되는 걸 보고 얼마나 흥분할지 생각만 해도 웃겨. 그 여자가 여태 내놓은 아이디어 중에서 남들 관심을 끈 건 하나도 없을걸? 그래, 배질, 우리가 해줘야지. 그 여자가 베이스워터 하숙집 주변을 촐싹거리며 돌아다니고 기부자랄까 주주랄까, 여하튼 그런 사람들을 끌어모으는 걸 상상해봐. 돈이 확실히 나오는 것처럼 보이게 만들수록 그런 사람들에게는 더 참신해 보일 거야. 그럼, 우리가 그 여자를 처리하기 전까지는 좀 기분 좋게 해주자고. 불쌍한 캐럴라인!"

• 〈사도행전〉 26장 28절.

제2장 조지프 이즌바움

1

런던 서부 1 색빌가 987번지는 거리 안내 책자에는 오거스터스 미첼이라는 이름의 맞춤 양복점으로 등록돼 있지만 실은 양복점이라기보다는 클럽에 가까웠고 클럽이라기보다는 양복들의 예배당에 가까웠다. 오거스터스 미첼의 고객들은 그 묵직한 회전문을 별생각 없이 무심코 혹은 함부로 밀고 들어오지 않았다. 경건하고 진지하고 신중하게 들어왔다. 예배당의 대사제에게 종교의식 문제를 상의하기 위해서, 그러니까 바짓단 자르기, 줄무늬 간격 혹은 너무도 미묘해서 정식으로 배우지 않은 사람의 눈에는 차이점이 없을 정도인 옷깃 모양을 의논하기 위해서 왔다. 제대로 입은 신사와 그러지 않은 사람을 구분하는 척도인 신사복 조끼 단추 간격의 그 심오하고도 신비로운 의미를 미첼만큼 잘 아는 사람은 아무도 없었다.

조지프 이즌바움은 그 중요성을 알고 있었기에 미첼 씨가 양복에 정통했다는 것만큼은 인정했다. 미첼에게는 마음에 들지 않는 점이 많았지만 그의 세밀하고 전문적인 지식에는 감탄하지 않을 수 없었다. 이즌바움은 유대인의 전통에 따라 의식주의자가 되었다. 아니스와 대회향을 바치는 것이 어떤 의미인지 성구 함을 넓히거나 좁히는 것이 무슨 뜻인지 알았다. 태생과 이름 기질로 보자면 유대인, 직업으로 보면 농기구 수출업자, 신조로 보면 자유사상가, 어쩌다보니 가정이 있는 남자고 취향으로 보면 감식가인 그는 미첼 양복점에 가는 일이 불쾌하지만 어쩔 수 없는 의무라고 생각했다.

이즌바움은 **최고**를 동경했지만 자주 그 최고를 잘못 짚곤 했다. 소유물이란 **소수**이면서 **훌륭해야** 하고, 습관은 **절제**되면서도 **화려**해야 하고, 인간관계는 **폭넓으면서**도 **친밀**해야 한다고 생각했다. 안됐지만 최고를 향한 숭배는 취향과 안목이 모자라 제대로 되지 않았다. **소수**의 **아름다운** 것을 구한다면서 크고 흉물스러운 잡다한 수집품으로 리치먼드에 있는 집을 채웠다. 런던과 인근 여러 주에서 열리는 경매를 휩쓸어 가져온 것들이었다. 이즌바움의 유별난 외모 때문에 미첼 양복점의 그 거장조차 이즌바움에게는 최고 수준의 양복을 만들어줄 수 없었다. 이즌바움은 괜찮은 클럽 두 개에 가입해 있었지만 거슬리는 이름과 쭈뼛거리고 굽실거리는 태도 때문에 바람과 달리 엄선된 소수와 관계를 맺을 수 없었다. 아들을 원했지만 딸만 다섯 내리 태어나다가 오랜 시간이 흐른 후 마침내 사랑하는 아들 벤저민을 얻었다.

벤저민 이즌바움. 벤저민 이즌바움. 이즌바움은 9월 어느 오후 오거스터스 미첼의 양복점에 앉아서 고통스럽지만 자극적인 매력이 있다는 듯 그 이름을 되뇌었다. 특별히 생각할 거리가 없을 때면 조지프의 생각은 늘 아들을 향했다. 하지만 아들 생각은 위안인 동시에 쓰라림이었다. 이렇게 훌륭한 아들, 티 하나 없는 어린것, 이렇게 눈이 부신 아들에게 견딜 수 없는 짐을 지웠으니까. 세상에서 이런 이름으로 뭘 할 수 있겠는가?

조지프는 애초에 아들이 생기면 자신의 성을 바우민스터로 바꾸고 아들에게는 윌리엄이나 리처드 같은 이름을 지어줄 작정이었다. 그 문제로 아내와 의논을 해보았으나 아내는 남편의 결정에 군말 없이 따르는 편이었다. 조지프는 자유사상가이자 모더니스트로서 유대교에는 믿음도 관심도 없는 사람이었다.

하지만 개명 서류를 제출할 때가 되자 나약한 기질이 부성애보다 훨씬 더 힘을 발휘했다. 아들이 태어나기 삼 주 전, 제 아버지에게는 에이브럼스라고 불리는 전(前) 유대인 퍼거슨이 평소 기웃대던 클럽 회원권을 얼마 전에 따냈다며 이렇게 떠벌렸다. "이제 됐어." 에이브럼스 겸 퍼거슨이 외쳤다. "거기서는 유대인을 안 만나고 밥을 먹을 수 있다고!"

조지프는 듣고 있던 비유대인들이 예의를 차리느라 잠자코 있는 모습을 보았다. 퍼거슨의 비열함과 자신을 향한 경멸이 자존심을 건드리고 완벽을 향한 갈구를 자극했다. 조지프는 믿지도 않던 신에게 아들이 생기면 벤저민이라고 부르겠다고, 그리고 죽는 날까지 이즌바움으로 남겠다고 맹세했다.

맹세가 지켜졌다. 아들이 태어났고 벤저민이라는 이름이 주어졌다. 하지만 조지프는 그 호기로운 맹세를 매일, 매시간 후회하며 살았다. 아들은 최고였다. 무엇도 과분하지 않았다. 이튼이든 해로든, 옥스퍼드든 케임브리지든, 최고의 클럽, 최고의 친구들에 최고의 직업을 가질 수 있었다. 변호사가 된 다음에 의회로? 할리가•로? 교수? 로열 아카데미 회장? 디키•• 바우민스터라면 얼마든지 성공의 꼭대기에 오를 수 있을 것 같았다. 하지만 벤 이즌바움이라면?

벤의 아버지는 고집과 죄책감 사이에서 괴로워하며 경솔한 맹세의 피해를 줄여보고자 발버둥 쳤다.

벤저민을 큰 공립학교에 입학시키려고 애썼다. 하지만 농기구 수출업자 조지프 이즌바움의 아들이 이튼이나 해로의 문을 아무리 두드려봤자 더 환영받을 사람이 도와주지 않고선 소용없다는 것을 쓰라린 경험으로 알게 됐다. 학과장들은 빈자리가 없다고 정중하게 편지를 보냈다. 에둘러 거절하는 답장의 뜻을 이해한 조지프는 고통스러웠다. 아들의 미래를 망칠지도 모른다는 두려움이 소화불량처럼 가슴을 묵직하게

• 병원이 밀집한 거리.

•• 리처드의 애칭.

눌렀다.

하지만 이튼 출신이나 주교 혹은 귀족, 아니 자산 상태가 좋은 평민 신사에게서라도 소개장을 받을 수 있다면 상황이 달라질 거야.

공립학교를 졸업한 아는 사람 중에는 적임자가 없는 것 같았다.

이날 조지프는 오거스터스 미첼의 쇼룸에 앉아 가을 신사복 패턴을 만지작거리며 그 문제를 생각하고 있었다.

조지프는 이 어두침침하고 널찍한 공간에서 영국 양복업계가 제공할 수 있는 최고의 것들에 둘러싸여 있었다. 옷감 뭉치가 바닥에 부드럽고 어두운 자락을 드리웠다. 보조 점원들이 비싼 사슴 가죽 카펫 위를 성당에서 일하는 복사처럼 조심스레 오갔다. 이곳에는 돈으로 살 수 없는 취향과 변치 않는 품위가 있었다. 하지만 이곳에도 가시가 있어 조지프의 예민한 양심을 찔렀다. 참을 수 없는 정도의, 이 양복점만의 특징이었다.

미첼은 독재자였다. 빅토리아 시대의 모습 그대로 짱짱하게 살아남은 가부장제 폭군이었다. 미첼은 노동조합원을 고용하지 않았고, 불가지론자라고 공언하는 사람을 거부했고, 보조 점원들을 이름으로 부르지 않았다. 좋아하는 고객들에게 자신은 익명 서비스를 이상으로 여긴다고 이따금 털어놓았다. 양복점에서 미첼 자신을 제외하고는 아무도 인격적인 존재가 아니었다. 고객들은 스미스나 존스, 로빈슨이 아니라

49번, 17번, 혹은 63번 점원의 도움을 받았다.

조지프 이즌바움에게는 이런 관례가 역겨웠다. 이름의 중요성을 너무도 잘 알고 있었으니까. 미첼을 볼 때마다 숙련되고 능숙하고 당당한 성인인 보조 점원들을 악랄하게 모욕하는 관례에 반발해보고 싶었다. 하지만 한 번도 그렇게 하지 못했다.

오늘 조지프가 생각에 잠겨 꿈꾸듯 앉아 있는데, 저쪽 멀리에서 어떤 고객과 이야기를 나누는 미첼이 보였다. 가을 양복을 구경하고 있었지만 너무 기분이 안 좋아서 선뜻 고르지 못하던 이즌바움은 마침 눈앞에서 펼쳐지는 코미디를 구경하기 시작했다. 무언가 색다른 일이 일어나고 있다는 것을 금세 깨달았으니까. 갈색 도자기 받침에 세워놓은 야자나무와 《스펙테이터》, 《영국 귀족 연감》, 《명사 인명록》, 《재봉사와 재단사》가 놓인 타원형 탁자 바로 뒤에서였다.

미첼의 고객은 키가 크고 아주 하얗고 매우 날씬하고 잘생긴 신사였다. 멋을 잔뜩 부리고 점잖게 느릿느릿 우아하게 움직이는 사람이었다. 조지프는 그 신사가 옷을 너무도 아름답게 잘 차려입고 있어서 그런 고객의 옷을 만드는 미첼에게조차 영광이고 그 손님을 돕느라 수고하는 17번과 63번 점원에게도 위안이 될 것이라고 생각했다. 신사는 계산대로 쓰는 기다란 테이블을 등지고 느긋하게 서서 지팡이 끝으로 미첼의 잔디 같은 카펫 털에 무늬를 그리고 있었다. 세상에 특이한 것도 많은데 하필 그중에서도 영화 이야기를 나누고 있었다.

조지프는 옷감 위로 다시 몸을 숙였다. 그래도 여전히 귀는 열어두고 있었다. 우아한 신사는 영화, 그러니까 러시아 영화, 독일 영화, 할리우드 영화, 영국 영화에 대해, 그리고 그 영화들의 저속함과 잠재적인 장점에 대해 이야기하고 있었다. 깊이 안다기보다는 조금씩 드문드문 알고 있는 것 같았는데 말은 아주 잘했다. 영화가 자기 세 딸에게 적당한 오락이라고 미첼이 생각할 수 있을까? 아니, 그럴 리 없었다.

"물론 미학적으로 그것들은 한심합니다. 교육적으로는." 고객이 날렵한 어깨를 으쓱했다. "그러니까 물론 개인적으로는 평균적인 학생의 취향을 파악하는 것이 약간 어렵다고 생각합니다. 내가 이튼에 다닐 때……."

이튼. 이튼. 이튼. 조지프의 의식에 메아리가 울렸다. 이 아름다운 인간이 이튼 출신이라니. 벤저민…… 이야기를 많이 놓치고 말았다.

"……윤리적 관점에서." 신사가 말을 맺었다.

"그래요. 바로 그렇습니다. 맞습니다. 세인트데니스 고객님." 양복장이가 말했다. "윤리적 관점에서 저도 같은 생각입니다. 고객님 의견에 동감합니다. 맞는 말씀입니다. 우리 영국의 가정은 할리우드의 도덕을 원하지 않습니다. 영국 제국에서라면 말입니다. 이런 것들이 영국 토박이들에게 끼칠 영향을 생각해보십시오. 제국의 책임으로 정부가 그 일을 처리해야 합니다. 영국의 위신이, 이런 말씀 죄송합니다만, 외설스러운 짓, 미국 여배우들의 추잡한 행동 때문에 낮아지고 떨어지고 실추되고 있습니다."

"정부라고요? 흠, 저는 보수주의자로서 묻는 겁니다. 정말로 정부가 산업에 개입해도 괜찮다고 생각하십니까?"

"산업이라니요, 고객님? 산업은 다른 문제입니다. 이것은 도덕의 문제지요."

"궁극적으로요. 궁극적으로 말입니다. 영화에 대한 최종적인 판단이 윤리라는 생각은 인정합니다. 하지만 직접적인 동기는요, 생각해보십시오. 상업적인 것입니다."

"우리에게 필요한 것은 검열입니다, 고객님."

"이미 합니다. 이미 하고 있다고요. 검열국이 버젓이 있지요. 하지만 거기서 뭘 했습니까? 나쁜 영화 몇 개를 금지하는 게 무슨 소용이 있습니까? 거기에 수요가 있습니다. 어떻게든 공급될 겁니다. 우리가 원하는 것은, 제 생각에, 사업입니다. 경쟁이지요. 볼 가치가 있는 영화를 시장에 내놓는 겁니다."

"아주 멋지군요, 세인트데니스 고객님. 아주 멋져요. 그런데 그런 영화가 어디서 나오나요? 미국인가요? 돼지 귀로 실크 지갑을 만들 수 있습니까? 영국인가요? 영국 기업은 다 죽어버렸어요. 죽었지요. 실업수당과 정부의 개입이 죽였어요."

"안 죽었어요, 미첼. 죽지 않았습니다. 잠든 것이지요. 왕자를 기다리는 잠자는 미녀입니다."

"그럴 수도 있겠네요. 그럴 수도요. 그런데 왕자는 어디 있습니까, 세인트데니스 고객님? 왕자가 어디에 있냐는 말입니다."

세인트데니스가 웃음을 터뜨렸다.

"저는 겸손한 사람입니다." 세인트데니스가 말했다. "이런 말을 할 생각은 전혀 없었는데……."

"고객님께서 왕자님이라는 말씀인가요?"

"그러니까 미첼, 그럴 수 있잖아요? 내가 숨겨왔던 신분을 밝힐 때가 됐다고 생각하지 않으세요?"

조지프는 아주 복잡하고 전문적인 결투를 보고 있는 것 같았다. 훌륭한 검극이 따라야 할 단계를 고스란히 따르고 있었다. 세인트데니스라는 품위 있는 고객은 영국 영화의 개혁을 위한 회사의 설립 계획에 미첼을 끌어들이려고 단단히 마음먹고 있었다. 아주 사심 없이 그러는 것 같지도 않았다. 조지프는 미묘한 것을 알아보는 감각을 타고난 사람이었다. 그는 세인트데니스가 왜 그렇게 대수롭지 않은 척, 그렇게 빙빙 돌려 영화의 입장을 대변했는지 알아챘다. 양복장이가 왜 진지하고 어색하게 후퇴하고 방어했는지 잘 알고 있었다.

물론 양복장이가 유리한 위치이기는 했다. 다 듣고 나서 거절하면 그만이었다. 세인트데니스는 그 이상을 해야 했다. 조지프가 보기에 세인트데니스는 다른 우아하고 젊은 남자들과 마찬가지로 재정적으로 어려운 상태인 것이 분명했다. 그러니까 저 사람은 양복값을 낼 수 없는 거지. 저자가 회장으로 있는, 아니 회장으로 있는 것처럼 보이는 새 영화사의 전망 이야기로 양복 대금 결제 기한을 연장하려는 거야.

"목사 아들이 그 역할에 아주 딱 들어맞는 것 같지 않습니까, 미첼?" 세인트데니스가 속삭거렸다.

이튼 출신의 목사 아들이라는 남자가 벤 이즌바움의 아버지 눈에 쏙 들어왔다.

하지만 이튼 출신 목사 아들은 그 검술 시합에서 전혀 이기고 있지 않았다. 가볍게 받아넘기고, 정교하게 찌르고, 재빨리 반격을 하는데도 불구하고 그 크리스천 양복장이의 느리고 거만한 반격에 당하고 있었다.

조지프는 그 패자에게 끌렸다. 워낙 고상한 것을 사랑하는 사람이었으니 세인트데니스를 좋아할 수밖에 없었다. 그의 낭만적인 심장이 몹시 잘 차려입은 목사 아들 때문에 말랑말랑해졌다. 여기 어려움에 처한 이튼 출신이 있다고 예민한 사업 감각이 조지프에게 알렸다. 이제 이튼 출신이 자신에게 신세를 지게 할 기회만 있으면 됐다.

하지만 그 기회는 아직 생기지 않았다. 세인트데니스가 말을 멈추고 이맛살을 찌푸리더니 나가려고 돌아섰다. 세인트데니스는 패했지만 꺾이지 않았다. 세 걸음을 걸어 나가다가 몸을 돌렸다.

"참, 미첼, 내가 홀웨이한테 저 양복이 토요일까지 돼야 한다고 말해뒀습니다."

"홀웨이라고요?"

"홀웨이. 17번이라고 부르는 사람 말입니다. 미첼, 내가 당신처럼 보조 점원을 번호로 부르며 비하할 거라고 기대하지 마세요. 그 사람들이 다트무어 수감자도 아니잖아요. 안 그래요?"

"비하라니요, 고객님? 아뇨, 그럴 리가요. 우리는 사적인 개입을 배제한 서비스를 이상으로 여깁니다. 사적인 것이 없는 익명성 말입니다. 고딕 대성당을 생각해보세요. 우리는 그것을 누가 만들었는지 모릅니다.《타임스》를 생각해보세요."

"좋아요. 생각해봐요. 이렇게 모르나, 미첼. 바보로군. 좌우지간 이 번호들이 헷갈린다고. 뉴욕 거리 주소보다 더 헷갈려요. 다음에 내가 오면 보조 점원들을 진짜 이름으로 좀 불러줘요."

'잘한다. 멋져. 잘했어!' 조지프의 심장이 박수를 쳤다. 혀는 침묵하고 있었지만 고마움과 존경심에 조지프는 자기도 모르게 벌떡 일어섰다.

그때 세인트데니스가 조지프를 보았다.

"내가 다른 손님들한테서 미첼을 너무 오래 빼앗았군요." 세인트데니스가 말했다. "이 신사분한테서."

"아닙니다, 아니에요." 조지프는 땀이 송송 났지만 침착하게 외쳤다. "패턴을 좀 구경하고 있었을 뿐입니다."

조지프가 침을 꿀꺽 삼켰다. 파산한 세인트데니스도 굴하지 않고 해낸 일인데 파산하지 않은 이 이즌바움은 당연히 할 수 있지. "내가 고른 패턴을 보조, 그리핀에게 주었습니다."

"그리핀요?" 미첼의 얼굴이 벌게졌다. 세인트데니스는 단골이었다. 헤링데일 경의 친척이었다. 특권층이었다. 하지만 이즌바움, 뚱뚱하고 냄새나는 쪼끄만 유대인, 이즌바움이 감히 전례법을 어기고 성소를 모독했다. 미첼은 화가 나서 점점 차분해졌다. "17번 직원을 말씀하시는 겁니까?"

"여기 있는 이 사람, 그리핀 말입니다." 조지프는 얼굴이 붉어졌지만 단호하게 다시 말했다. "저도 이 신사분과 같은 생각입니다, 미첼 씨. 진짜 이름을 부르겠어요."

"아주 좋군요." 세인트데니스가 씩 웃었다. "그러니까 미첼, 나한테 동지가 생겼네요."

분노가 오래된 전통을 파괴할 수 있었다면, 격노가 사업적 이득을 이길 수 있었다면, 평생의 훈련이 미첼의 화를 억누르지 않았다면 미첼은 두 손님을 양복점에서 쫓아냈을 것이다. 이즌바움만 있었다면 얼마든지 그렇게 했을 것이다. 하지만 세인트데니스는 세인트데니스였다. 외상값을 갚지 않았지만 연줄이 많았다. 헤링데일 경의 친척에게 무례하게 굴었다가 이 좁은 상류사회에서 어디까지 그 영향이 미칠지는 아무도 모르는 일이었다. 미첼은 입술을 앙다물고 말없이 고개를 숙였다.

하지만 고개를 숙인 채 더 교묘한 복수 방법을 떠올렸다. 미첼의 양복점은 일종의 클럽이었다. 지금껏 미첼은 아무도 흉내 낼 수 없는 신중한 행동으로 그 클럽을 지배해왔다. 손님 중 어느 쪽이든 조금이라도 언짢아할 기미가 있으면 서로를 소개해주지 않았다. 이때 미첼은 헤링데일 가문이 유대인을 미워한다는 사실이 기억났다. 그리고 아마 세인트데니스가 돈 좀 있다는 사람들이라면 누구에게서든 돈을 빌릴 것이라고 생각했다. 그 둘은 서로 아주 불편할 사이였다.

"아, 참." 미첼이 말했다. "이즌바움 씨 아시지요, 세인트데니스 고객님? 고객님, 이즌바움 씨입니다.”

미첼이 한 가지 오산을 했다. 그 양복점에서 격식을 얼마나 세세하게 따지는지 배질 세인트데니스만큼 잘 아는 고객은 없었다. 세인트데니스는 오거스터스 미첼이 손님에게 유대인을 절대 소개하지 않는다는 것을 잘 알고 있었다. 기분 나쁘게 하려고 일부러 그랬다는 것을. 세인트데니스는 양복장이의 총구를 바로 틀어막았다.

“아, 이즌바움, 우린 혁명가들이로군요. 미첼이 우리 둘을 다 버릴 텐데. 외롭군요. 서로 위로가 필요하겠어요. 어디 가실 건가요?”

“시내로 가야지요. 서둘러 갈 필요는 없습니다만.” 조지프가 소심하게 미소를 지었다.

“그러면 가서 우선 한잔하시죠.” 배질은 마치 런던 전체에서 만나고 싶었던 사람이 조지프 이즌바움밖에 없다는 듯이 말했다.

둘은 함께 양복점을 나섰다. 양복장이는 색빌가에서 양복점 문을 연 이래로 가장 심하게 희롱당해 부아가 치밀고 분통이 터지고 불편한 심정으로 뒤에 남았다. 반면 조지프는 들떠 있었다. 하루 종일 걸려도 해낼까 말까 했던 일을 지금 해냈다. 영화를 정화한다는 그 무모한 회사에 몇백 파운드만 투자하면 이제 이튼 출신 친구가 생기는 것이다. 투자는 이미 한 것이나 다름없었다.

2

일주일 뒤 조지프 이즌바움은 세인트데니스에게 덴턴스미스와 식당 불러스틴에서 함께 식사를 하자고 청했다. 식사 자리의 모든 것을 세세하게 계획했다. '그 사람이 나한테 신세지게 만드는 것만으론 부족해.' 조지프가 머리를 굴렸다. '나를 마음에 들어 해야 해.' 식당 선택에 호감 여부가 달렸다고 생각했다. 사보이는 너무 진부했고, 클래리지스는 사업에는 안 어울렸고, 심프슨스는 너무 기름지고 과하게 남성적인 분위기였다. 그래서 불러스틴으로 정했다.

대기실에 앉아서 매끈한《스케치》와《태틀러》최신호를 불안하게 뒤적이면서 세인트데니스와 그에게 영화에 대한 관심을 불러일으킨 숙녀를 기다렸다. 덴턴스미스라는 숙녀가 몹시 기대됐다. 세인트데니스가 정직한지 어떤 꿍꿍이가 있는지는 아직 확실히 알 수 없었지만 그의 안목만은 전적으로 믿을 수 있었기 때문이다. 세인트데니스가 데리고 오는 숙녀라면 잘 대접할 가치가 있었다.

조지프는 덴턴스미스가 어떤 여자일지 상상해보았다. 장밋빛 카펫이 깔린 낮은 계단을 내려오는 모습, 유리 상자에 진열된 놀랄 만큼 비싼 가방과 스카프, 글라스 비즈를 보기 위해 걸음을 멈추는 모습을 그려보았다. 댄스 학교에서 내 관심을 끌려고 했던 매력적인 여자처럼 젊고 수줍음 많고 정열적이겠지. 이상한 광신도는 절대 아닐 거야. 그렇겠지? 아니면 그레이하운드처럼 예민하고 능숙하고 또《보그》에 실리는 패션 스케치처럼 단아한 사업가풍의 여자일까?

숙녀는 물론 늦었다. 둘 다 늦었다. 알고 보면 세인트데니스가 항상 조금씩 늦는 사람이 아닐까 하는 생각이 들었다. 지각이야말로 매력적인 사람들의 특권이었다. 조지프 본인은 어디든 항상 약간 일찍 도착했고 힘들게 기다렸다.

오늘은 다른 생각으로 분주했다. 칵테일을 시켜야 할까? 아니, 다른 미식가들처럼 세인트데니스도 칵테일은 잘 훈련된 미각에 대한 모독이라고 흉볼까? 칵테일을 시켜야 한다면 뭘 시키지?

몇 가지를 고려해보았다. '문샤인', '킹스턴', '알렉산더'? 이 식사는 꽤 부담스러운 가격이었다. 벤저민이 이튼에 갈 수만 있다면 물론 돈을 들일 가치가 있었다. 하지만 이 과소비의 효과를 알면서도 나중 일을 생각하지 않을 수 없었다. 불러스틴에서 점심을 먹고 나면 몇 주 동안 버스를 타고 다녀야 하고 아내에게 스타킹을 여섯 켤레나 샀다고 욕을 할 것이다.

담배를 피워야겠다고 생각했다. 흡연은 자신감을 준다. 담배 상자를 보기만 해도 안심이 됐다. 다이아몬드가 박힌 백금 상자를 집을 수도 있었지만 기특하게도 자제력을 발휘해 금색 상표가 붙은 평범한 얼룩 고양이 색을 골랐었다. 담배 상자는 충분히 **훌륭**하니까 이제 남은 지극히 중요한 일은 앞길이 창창한 이튼 학생의 아버지로서 **훌륭**해지는 것이라고 생각했다.

식당에 들어서는 어떤 여자를 보사 벤의 미래에 대한 생각이 싹 사라졌다. 너무도 놀라운 여자여서 화가 치솟아 뚫어지게 보았다. 온갖 어려움과 비용을 감당하면서까지 불러스틴에서 지인을 대접하기로 했다면 저런 골칫덩어리와는 마주칠 일이 없으리라 생각한 것인데. 저 여자를 당장 내보내버리고 싶었다. 물론 거칠게 내몰 수는 없고 남들이 불편하지 않도록 완곡하고 확실하게 위층으로 꾀어서 코번트가든에 있는 더 잘 어울리는 사람들 속으로 보냈으면 했다. 그 청과 시장에서 과일 상자와 오렌지 통 사이에 앉아 있으면 거의 눈에 띄지도 않을 거야.

하지만 그 여자는 못 올 데를 오고도 부끄러운 줄 모르는 것 같았다. 문간에서 멈추더니 목에 감은 사슬과 구슬 줄 사이를 더듬어 안경•을 찾아 찰칵 펼쳐서 대기실을 살펴보며서 있었다. 안경을 쥘 때 손가락이 약간 구부러지면서 그 온갖 사슬과 구슬 줄이 싸구려 보드빌 극장 동양인 무용수의 장신구처럼 찰랑거렸다. 그 안경이 키 작고 포동포동하고 괴상한 여자의 모습에 우스꽝스러우면서도 사라지지 않는 품위를 더해주었다. 거대한 나비 리본과 꿩 깃털이 모자를 다 가렸고 엄청나게 괴상한 빨간 모자가 꼬불꼬불한 머리를 당당하게 덮고 있었다. 낡아서 반들거리는 초록색 코트는 물개모피를 잔뜩 붙여 정교하게 장식한 것이었는데 모피 부분이

• 기다란 손잡이가 달린 안경.

너무 오래돼서 매끄럽고 불그스름한 유백 광을 띠고 있었다. 신발은(조지프는 여성의 신발을 잘 봐야 한다는 것을 터득해 이미 알고 있었다) 부적절하다기보다는 수치스러웠다.

여자가 거기 서서 말썽거리를 모두 차단한 지하 피난처의 은은하고 완벽한 안전을 망칠 생각을 하자 조지프는 소름이 끼쳤다. 초라하고 망측한데도 정작 본인은 전혀 위축되지 않은 채 의기양양하게 버티고 선 모습이 혐오스러웠다.

그는 마음이 약한 사람이었다. 좋은 식당에서 즐거운 시간을 보내려는 찰나에 괴상한 늙은 여자의 가난과 외로움에 대해 생각하고 싶지는 않았다. 세인트데니스가 들어와서 저기 있는 여자를 보면 어쩌지? 조지프는 몸서리를 치며 닭고기크레프로 생각을 돌려보려고 애썼다.

하지만 열린 문 너머 이미 보고 말았다. 계단을 내려오고 있는 티 하나 없는 각반을 찬 우아한 두 개의 발, 그다음에는 아름답게 다림질된 바지, 그리고 미첼의 완벽한 재단으로 만들어진 신사복, 그다음엔, 마르고 창백하고 잘생기고 거만한 배질 세인트데니스의 얼굴을. 어쩌지! 세인트데니스가 문간에서 저 할망구를 볼 텐데. 이 악몽 같은 상황을 해결할 방법이 전혀 없는데.

배질 세인트데니스가 그 여자를 보고 말았다. 걸음을 멈추고 바라보았다. 여자가 몸을 돌려 세인트데니스를 보았다. 그러더니 안경을 내리고 반가운 탄성을 작게 지르며 손을 내밀었다.

"어머, 이제야 봤네요. 지도 늦었고 바보 같은 생각인 건 알지만 세인트데니스 씨가 버스에 치였거나 제가 식당을 잘못 찾아온 줄 알았어요."

"잘 찾아오셨어요. 버스에 안 치였고요. 그리고 우리를 초대하신 분이 와서 기다리고 계시네요. 이즌바움 씨, 크리스천 키네마사의 명예 간사이신 캐럴라인 덴턴스미스 양이십니다."

조지프는 숨이 턱 막힌 채 가만히 바라보았다. 정신을 가다듬고 아무렇지 않게, 이튼 학생의 아버지답게 행동하려고 무진장 노력했다. 꾸민 듯한 목소리로 더듬더듬 이렇게 말했다.

"뵙게 되어 반갑습니다, 덴턴스미스 양."

이제 칵테일을 마시는 것 말고는 달리 어쩔 도리가 없었다.

덴턴스미스는 그 식당에 안 어울렸지만 정작 본인은 제집에서처럼 편하게 행동했다. 채색된 작은 테이블에 자리를 잡고 미소를 지으면서 친근하게 웨이터에게 말을 건넸다. 그녀는 정말로 칵테일을 마시겠다고 했다. 거품 낸 생크림이 들어가면 알렉산더를 마시겠다고. 그녀는 생크림을 아주 좋아했다. 벽에 걸린 대단히 진기한 그림들을 마음에 들어 했다. 어쩌면 약간 **보헤미안** 같은 사람일지도 모르지. 더러는 멋진 보헤미안도 있다. 그리고 영화 일을 하는 사람이니까 성별이나 지위를 막론하고 어떤 사람이든 알아두는 것이 중요했겠지. 그녀는 구석 자리에서 까치처럼 흑백 옷을 차려입은 사랑스러운 금발 여자가 자신에게 빠져 있는 주식중매인을 홀리는 모습을 보았다. "남녀 사이란." 덴턴스미스가 만족스레 알렉산더를 홀짝이면서 말했다.

조지프는 넋을 잃고 그녀를 바라보았다. 세인트데니스는 그녀를 있는 그대로 받아들이고 그 이상한 점들이 오히려 장점이라고 생각하는 것 같았다. 아니, 훨씬 더 묘하게, 그녀가 전혀 이상하지 않다는 듯 대했다. 조지프도 세인트데니스를 따라 그 묘한 감정을 흉내 내려고 하다보니 어느새 덴턴스미스를 순순히 받아들이게 되었다. 그녀는 초라하고 가식적이고 약간 우스웠지만 결코 무시할 수 없었다. 더 자세히 보면 그 초라한 모습에는 개성적이면서 유쾌하고 당당한 괴짜 같은 분위기가 있었다.

덴턴스미스는 작은 여자였다. 키가 작고 포동포동하고 아기 고양이처럼 생기가 가득했다. 모자 아래로 보이는 염색한 앞머리는 꼬불꼬불하게 말려 선명한 아치형의 갈색 눈썹을 거의 다 가리고 있었다. 눈은 큼직하고 매력적인 갈색에 스패니얼의 눈처럼 애정이 가득했다. 마흔다섯에서 일흔 가운데 어떤 나이라고 해도 믿길 것 같았다. 눈에, 활기에, 부드럽고 열성적인 목소리와 명랑한 웃음에 젊은 기운이 있었다. 소녀 같은 치마와 튼튼한 다리에도 젊은 기운이 있었다. 하지만 피부는 나이 들어 보였다. 둥근 갈색 얼굴은 호두처럼 쭈글쭈글했고, 목도 늙었고, 쉴 새 없이 움직이는 손은 류머티즘으로 옹이가 져 있었다.

세인트데니스는 덴턴스미스가 말을 하게 했다. 그녀가 들떠서 거침없고 두서없이 단호하게 쏟아내는 말이 훌륭한 공역이라도 되는 양 평범한 질문으로 한마디씩 주임새를 넣었다. 조지프는 그녀가 무슨 말을 하는지 전혀 알아들을 수 없었다.

이런 말이 들려왔다. "그러니까 토나퍼펙타 6개월 사용권을 정말로 구입할 수만 있으면 우리는 제작 자금을 금세 모을 겁니다."

잘 들어보니 토나퍼펙타는 새로 개발된 유성영화 필름인 모양이었다.

"맞아요. 존슨 씨가 그분을 만났고요. 물론 그분이 다이아몬드 **원석** 같은 분이기는 하지만 늘 말씀드리듯 마음은 황금처럼 고결한 분이세요. 그리고 캐나다 사람들은 왠지 아주 **끌리는 데가 있잖아요**. 그런데 세인트데니스 씨, 존슨 씨와 함께 그 연구실에 같이 가셨었죠? 그, 애널리라고, 아시겠지만 외곽, 정말 특이한 곳에 있기는 한데 그분이 천재라는 건 의심의 여지가 없지요."

그런 단호한 말을 따라 조지프의 생각도 덩달아 숨 가쁘게 달리다가 웨이터를 부르고 와인을 고르고 세인트데니스도 챙기느라 그쳤다. 그녀의 말을 놓치고 말았다.

"그래서 저는 당연히 요크셔 친척들한테 편지를 써서 경제적으로도 도덕적으로도 만족할 만한 투자처로 크리스천 키네마사만 한 곳이 없다고 했지요. 물론 우리는 사무실만 얻으면 되는데, 빅토리아가에서 우리한테 딱 맞는 데를 제가 봐뒀어요. 존슨 씨가 너무도 **친절하게** 우리 사무실을 구할 때까지 자기 사무실을 빌려주신다고 했지만, 그래도 늘 말씀드리듯 아무리 작고 구석진 곳이라도 남의 궁전보다는 자기 집이 더 나은 법이잖아요."

조지프는 다른 것이 다 실패라고 하더라도 닭고기크레프만은 제대로라고 생각했다. 완벽했고 놀라웠고 단연 최고여서 스멀스멀 올라오는 그의 타고난 불안을 꽉 눌렀다.

덴턴스미스도 크레프가 감탄할 만하다고 했다. "물론 늘 말씀드리듯 하느님께서 음식을 즐기게 할 의도가 아니었다면 우리에게 아예 위장을 주지 않으셨을 거잖아요. 모름지기 좋은 일은 모두에게 권장해야 한다고 생각하기 때문에, 제가 금주 단체에 **소속**은 되어 있지만 영국에 아직 금주법이 없는 것이 대단히 기쁘답니다. 저는 늘 가나의 기적•을 생각하면, 그거 다들 아시죠, **힘이 막 솟는 것** 같아요."

그녀는 힘이 막 솟아 있기는 했다. 하지만 조지프는 그것이 와인 때문인지 음식 때문인지 한적하고 기분 좋은 식당의 분위기 때문인지 원래 원기 왕성한 사람이어서인지 알 수 없었다. 세인트데니스는 말이 적었고 말수만큼이나 적게 먹었다. 하지만 세인트데니스는 조지프도 자기처럼 덴턴스미스에게 아주 관심이 많다고 생각하는 것 같았고, 크리스천 키네마사를 조지프와 둘 사이의 약간 복잡한 장난거리로 여기는 것이 분명했다. 식당을 나서기 전에 조지프는 크리스천 키네마

• 가나의 혼인 잔치에서 물을 포도주로 바꾼 예수의 기적.

사가 빅토리아가에 사무실을 열고 노나퍼펙타 필름 사용권을 협상하고 영국 영화의 순화 캠페인을 열도록 500파운드를 선투자하기로 약속하고 말았다.

3

1928년 11월 말 즈음 조지프 이즌바움은 빅토리아가에 있는 크리스천 키네마 유한회사 이사회 자리에 앉아서 자신의 손익을 따져보고 있었다. 이익이 상당했다. 세인트데니스가 드디어 모교인 이튼의 학과장을 소개해주기로 약속했고 어린 벤저민에게 충분한 관심을 보였으니까. 게다가 세인트데니스도 마음에 들었다. 벤저민이 무사히 이튼에 입학하고 난 후에 조지프가 슬그머니 이사직에서 물러난다고 해도 요란하게 분란을 일으킬 사람이 아니었다.

조지프는 이 사업에 더 투자할 생각이 없었다. 이미 이래저래 637파운드 12실링 8펜스를 썼고 벤저민에게 써야 할 돈이 이보다 훨씬 더 많아서 이제 돈을 낭비하고 싶지 않았다. 500파운드를 회사에 투자했고 세인트데니스의 외상값 106파운드를 미첼 양복점에 은밀하게 갚아서 그의 손상된 신용을 회복시켜주었다. 나머지는 점심 식사 비용, 음료값과 택시비로 썼다. 그 정도면 됐다.

그 회사는, 말할 것도 없이, 사실상 웃기는 역할 놀이 같은 것이었다. 그 명예 간사는 자신이 오즈월드 스톨 경•과 조지핀 버틀러••를 매혹적으로 합쳐놓은 사람, 영국 연예계를 정화할 거물급 자본가쯤 되는 줄 알았다. 그녀는 누구 못지않게 부자가 되고 싶어 했다. 하지만 경험을 통해 사람들에게 배당금을 나누어주는 것보다 그들을 행복하게 만드는 것이 훨씬 쉽다는 것을 알게 됐다. **돈을 버는 것**보다 **착한 일을 하는 것**이 더 쉽다. 조지프가 낸 500파운드와 다른 이사들의 소규모 투자금은 사무 집기, 인쇄와 광고로 다 증발했고, 그 결과물 덕분에 여론이 교육 문제를 끌어내기는 했지만 회사는 실질적으로 금전적 이익을 내지 못했다.

하지만 그런 상황에서도 오후 5시에 이사회가 소집되었고 모두 회의가 시작되기를 기다리고 있었다. 세인트데니스가 우스꽝스러울 만큼 과장되게 의장 역을 하면서 탁자 머리에 앉아 있었다. 사업가로서 즐거운 일 중 하나가 옷을 차려입을 기회가 있는 것이다. 세인트데니스는 **완벽한 사업가**로서 모닝코트에 줄무늬 바지를 받쳐 입고 반질반질한 금발을 뒤로 빗어 넘기고 옷깃에 치자꽃을 꽂은 눈부신 모습이었다.

그 왼쪽에 휴 매커피, 토나퍼펙타 유성영화의 개발자, 뚱한

• 영국의 극장 경영자이자 스톨 모스 그룹 극단의 공동 창립자인 오즈월드 스톨 경(1866~1942). 크리클우드 스튜디오와 스톨 픽처스의 소유자이자 로열 버라이어티 퍼포먼스의 창립자이기도 하다.

•• 빅토리아 시대 영국의 페미니스트이자 사회개혁가인 조지프 버틀러(1828~1906).

얼굴의 삐삐 마른 스코틀랜드 젊은이가 거북해하며 앉아 있었는데, 거친 주먹 사이에 수척한 얼굴을 받치고 꽉 끼는 노퍽 재킷은 귀 가장자리까지 올린 채였다. 매커피는 불만이 있었고 조지프 이즌바움은 매커피의 상황이면 불만이 있는 것이 당연하지 않나 생각했다. 다른 이사들은 회사를 인생의 수많은 일 가운데 하나 정도로 여겼지만 매커피에게는 토나퍼펙타 필름이 전부였기 때문이다. 매커피는 그것을 위해 일했고 굶었고 꿈을 꾸었으니 매커피에게는 최상의 조건에 그것을 팔 권리가 있었다. 현명한 사람이었다면 존슨의 손아귀에서 벗어나서 회사로부터 멀리 도망갔을 텐데. 조지프는 매커피에게 그러라고 충고하고 싶은 마음이 몇 번 들었다. 하지만 결국 그 사람이 알아서 할 일이지 않은가? 조지프도 회사 이사였고 토나퍼펙타는 회사의 유일하고 중요한 자산이었다. 내가 매커피와 양다리를 걸쳐야 할 이유가 있나? 긁어 부스럼 내지 않는 편이 훨씬 낫다. 여하튼 매커피가 애도 아니고 말이다.

조지프는 시선을 매커피에게서 존 프라이 폭스 거던, 퀘이커교도이자 불만에 가득 차 있고 소심한, 훤히 벗어지고 길쭉하고 번쩍거리는 머리통이 달걀 모양인 중년 독신남에게로 돌렸다. 하얀 머리카락이 타원형 머리통 둘레를 반원 모양으로 감싸고 있었다. 숱이 얼마 안 되는 하얀 속눈썹과 눈썹은 놀란 듯이 뻗쳐 있었다. 그는 동료 이사들의 활동이 발표될 때마다 깜짝깜짝 놀랐고, 존슨과 붙어 앉아서 껄끄러워하면서 기다란 코를 씰룩거렸고, 눈은 금테 안경 속에서 우울하게 깜박였다. 이 사람은 세인트데니스에게 이 사업이 고결한 일이라는 말을 듣곤 착한 일을 해야 한다는 집안 전통에 따라 이사회에 남았을 뿐이다.

조지프는 불쌍한 거던이 전통을 따라야 한다는 신조 때문에 존슨 같은 도둑과 손을 잡을 수밖에 없었다고 생각했다. 나쁜 놈이라고 얼굴에 커다랗게 쓰인 사람이 있다면 그건 바로 클리프턴 로더릭 존슨이었다. 자기 말로는 '토론토와 할리우드에서 왔다'지만 조지프가 보기엔 버밍햄이나 시카고 출신이라고 하는 게 더 맞을 것 같은, 위압적일 만큼 덩치가 크고 투박하고 저질이고 말발 좋은 사람이었다. 얼마 전까지 최고의 외모였다는데 증명할 수 없으니 본인의 말을 믿을 수밖에 없는 노릇이었다. 존슨은 차림새도 태도도 과장되고 눈에 확 띄었다. 타이를 매지 않고 입는 화려한 푸른 셔츠, 챙이 넓은 검정색 모자, 펄럭이는 거대한 망토, 극적으로 휘둘러대는 과장된 몸짓 때문에 누구와 함께 있든 돋보였다. 키가 크고 균형이 잘 잡힌 몸매 덕분에 인상이 좋을 법했지만 머리와 목을 흉하게 앞으로 내밀고 있어서 그렇지 못했다. 짙고 검은 눈썹은 번뜩이는 눈에 거의 붙어 있었고 안됐지만 눈은 약간 사시였다. 옆모습은 아주 멋졌지만, 웃을 때 방치되어 누렇게 변한 커다란 치아가 보이면 그렇지도 않았다. 그는 세인트데니스가 깔끔한 만큼 지저분했고, 밤에 술을 마신 다음에 면도를 하지 않고 잤고, 카페로열 호텔에 신발 끈을 다 묶지도 않은 채 나타나곤 했다. 신나는 일이 있을 때면 양모 양말을 말아 내리고 로키산맥에서 곰을 맞닥뜨린 위험한 순간 곰의 앞발이 발목에 남긴 흉터를 보여준다고 했다. 훨씬 더 근사한 흉터는 보여주기 좀 힘든 곳에 있다며 이해해달라고 말했다. 영리하고 흰소리 잘하고 지저분하고 수다스럽고 심술궂고 낭만적인 사람으로, 예술을 아는 거리 청소부의 얼굴과 수고양이의 성적 충동을 지녔다. 영화의 순수성에 대한 존슨 정도의 관심이면 세인트데니스가 1년 동안 즐기기에 충분했다.

존슨 옆이 조지프 자리였고 조지프와 의장 사이에 명예 간사 덴턴스미스가 앉았다. 사무실에 놓인 소박하면서도 번듯한 가구를 고른 것이 바로 덴턴스미스였고 분홍색 새 압지, 필기장, 깎은 연필을 이사들 책상마다 놓아둔 것도 그녀였다. 이사회 회의록을 커다란 가죽 장정 기록장에 작성한 것도 그녀였고, 광고 전단을 발송한 것도, 투자 안내서를 작성하고 매커피가 안달할 때 달래주고 존슨의 수다를 막은 것도 그녀였다. 아무리 세인트데니스가 그렇지 않다고 몸으로 암시를 해도 조지프는 덴턴스미스가 크리스천 키네마사 그 자체라는 것을 알고 있었다. 회사는 그녀의 말에서 생겨났다. 그녀의 노동으로 존재했다. 회사는 그녀의 이상을 향했다.

'대단한 여자야.' 조지프 이즌바움이 생각했다. '대단해!'

조지프는 덴턴스미스가 문서 파일을 열어서 자기 앞에 차곡차곡 쌓인 서류들을 매만지고 이사회 테이블을 쭉 훑어보다가 의장에게 시선을 고정한 채 흠모의 눈길을 보내는 것을 보고 이렇게 생각했다. '어라, 저 여자가 세인트데니스를 사랑하는

군.' 하지만 잠시 뒤 그녀가 서류를 다 훑어보고 사업에 대한 대중의 관심이 커지고 있다는 이야기를 하고 사무실에 막 배달된 회사 직인을 보여주고 메이페어의 목사와 나눈 면담 이야기를 꺼내는 것을 보고는 이렇게 생각했다. '저 여자는 회사를 사랑하는 거로군!'

회의가 시작되었다.

세인트데니스가 고개를 까딱하며 눈인사를 건네고 음악 같은 매력적인 목소리로 느릿느릿 말했다. "자, 덴턴스미스 간사님, 그리고 신사분들, 이제 시작해봅시다. 간사님께서 지난 회의록을 읽어주시길 요청합니다."

덴턴스미스가 헛기침을 한 번 하고 혀로 입술을 핥았다. 회의록을 읽기 시작했다.

"크리스천 키네마 유한회사의 이사회가 1928년 11월 1일 빅토리아가 396번지에서 개최됨. 참석자는 세인트데니스 의장, 존슨, 거던, 이즌바움, 매커피 이사, 그리고 명예 간사 덴턴스미스. 광고에 응해 보내 온 문의 편지, 《주간 국교도》를 통해 열일곱 통, 《신교도 관보》를 통해 네 통, 《교사》를 통해 두 통, 《영국의 가정》을 통해 일곱 통 받았다고 명예 간사가 보고함."

또박또박 차분한 목소리로 계속 읽어 내려갔다. 조지프는 이 편지들이 덴턴스미스에게 연애편지만큼 근사한 것이 분명하다고 생각했다. 그녀에게는 전단 한 장 한 장이 국왕의 칙령이었다. 모든 지형이 하나의 중심점, 즉 빅토리아가의 이 사무실에서 퍼져나갔다. 역사는, 그녀가 처음 배질 세인트데니스와 이야기를 나눌 때 시작됐다. 수학은, 토나퍼펙타 필름으로 영화를 제작하려면 몇 명의 주주가 1파운드 주식을 10주씩 사야 하는지 계산하기 위한 시스템이었다. 예술은, 순화된 교육적 영화에 영감을 주고 방향을 제시해주었다. 온 우주가 크리스천 키네마사의 성패에 집중하고 있었다.

'덴턴스미스도 그렇고 아무도 영국 영화의 순수성에는 신경 쓰지 않는 것 같군.' 조지프는 생각했다. '저 여자도 남들처럼 그냥 200퍼센트를 벌고 싶은 거야. 소스 팬을 팔든 지우개를 팔든 세탁소를 차리든 대학을 설립하든 사업은 다 똑같아. 저 여자는 일을 사랑하고 사업을 사랑하고 무언가를 해내는 것, 사무실을 꾸리는 것, 세인트데니스를 꼬드기는 것을 사랑하지. 하지만 설렁설렁 하지는 않아. 광신자거든. 저 여자한테는 종교야. 아마 다른 종교처럼 만족감을 주고 최소한 종교만큼 오래가겠지.'

그때 크리스천 키네마사의 은행 잔고는 87파운드였다. 자산은 회사 직인, 이사들이 앉아 있는 회의실의 가구, 아직 공식적으로 획득하지 못한 매커피의 토나퍼펙타 제작권이었다. 주주들의 관심을 끌기 시작했지만 영국 대중이 그 사업의 가능성을 알게 되기까지는 오래 걸릴 것이 아주 분명했다. 그때까지 투자액은 이사들의 출자금을 제외하고 정확하게 528파운드 11실링 6펜스였다.

덴턴스미스는 이 모든 것을 불안한 기색 없이 설명했다.

"이것들은 물론 그저 예비 조사입니다, 의장님. 광고 전단이 인쇄되면 큰 성과가 있을 거라고 기대합니다. 제가 지금까지 간신히 이천 통을 발송했습니다. 혼자 하고 있는데 시간이 오래 걸리는 것이 문제입니다. 사무에 약간 도움을 받을 수 있으면 어떨까 합니다. 이 문제를 이사회에 문의드리고 싶습니다. 오천 통 더 보낼 수 있는데 주소를 다 못 써서 진정 가치 있는 주주를 잃는 일은 생각하고 싶지도 않습니다. 하지만 저 혼자서는 지금보다 더 많이 보낼 수가 없습니다."

놀라운 일이다. 그녀 말대로 혼자 그 일을 다 했다면 아침부터 밤까지 일에 매여 있었을 텐데.

'여자들, 이런, 여자들이란.' 조지프가 생각했다. '내 사무실에 저 여자가 있었더라면…….' 그러면서도 사실은 자기 사무실에 그녀가 없는 것이 다행이라고 생각했다. 그녀는 그냥 일하는 게 아니라 미친 것처럼 일을 해댔으니까.

"좋습니다, 덴턴스미스 간사님." 세인트데니스가 말하고 있었다. "우리가 간사님의 판단을 신뢰해야 한다고 생각합니다. 간사님은 어느 누구보다 회사의 재정 상태를 잘 알고 있습니다. 절약해야 한다는 것을 알고 계시고요. 이사회가 사무 조력을 받는 문제를 전적으로 간사님의 결정에 따라도 아무 문제가 없다는 데 동의하실 것이라고 확신합니다."

"동의합니다. 동의합니다." 이사들이 으르렁거리듯 낮은 소리를 냈다. 휴 매커피만이 예외였는데, 이제 그 스코틀랜드 억양이 불쑥 끼어들었다.

"회사 자금이 불필요한 사무에 낭비되지 않을 것이라는 확약이 있어야 할 겁니다." 그가 거세게 항의하는 눈빛으로 이사회를 둘러보며 화난 듯이 말했다. "우리는 토나퍼펙타 영화를 만들려는 거지 여자 타이피스트들을 잔뜩 불러다 월급을 주려는 게 아니라고 생각하는데요."

"물론 그렇고말고요. 하지만 매커피 씨, 우리가 영화를 만들려면 자금부터 모아야 한다는 것을 아시지 않습니까."

"계속 이런 속도로 일을 하면 아마 최후의 심판일까지 기다려야 할 거요. 늘 말씀드리지 않았습니까? 1파운드짜리 주식들로는 골무 하나 들고 대서양 물을 다 퍼내려는 것과 같은 짓에 불과하다고요. 제대로 사업을 하려면……."

"그렇습니다, 매커피. 맞아요. 하지만 이런 사업, 그러니까 이윤만이 아니라 예술적이고 도덕적인 목적을 위해 운영하는 사업에서는 그물을 넓게 칠수록 더 유리하다는 데 모두 동의했던 것을 기억하실 겁니다. 우리는 영화의 미래에 관심 있는 사람 모두가 자금을 대도록 하고 싶은 겁니다."

"맞습니다. 맞아요." 미국 억양이 섞인 존슨이 끼어들었다. "우리는 이상주의자지요, 매커피. 이상주의자요. 우리는 실제로 도움이 되는 모든 이상주의자들과 손잡고 영국 전체에 **아름다움**이 퍼지도록 하려는 겁니다."

"그러면." 세인트데니스가 말했다. "긴축할 필요가 있다는 사실은 당연히 간과하지 않지만, 간사님께 임시로 사무직원을 고용할 권한을 주기로 합시다. 감사합니다. 자, 봅시다. 다음 의제는 뭐더라……. 아! 광고 전단. 이사회가 교정쇄를 보고 다양하게 제안해도 되겠습니까, 간사님?"

전단은 의장과 명예 간사가 작성했다. 그것을 쓰면서 배질은 더없이 뿌듯했다. 지방 사제, 영국국교회 선교사, 비국교도 마을 의원, 바닷가 하숙집에 사는 독실한 독신 여성들, 심한 편견을 소유한 청교도 제조업자, 첼시나 매클스필드, 리버풀에서 온 예술을 아는 젊은 남녀, 그러니까 상업 영화라는 끔찍하게 속물스러운 것에 맞서 예술의 자유를 위해 투쟁하기를 갈망하는 사람들에게 호소하도록 썼다.

세인트데니스는 자신의 전단이 자랑스러웠다. 전단에 영리하게 미끼를 놓았다. 그는 자기 일이 아주 마음에 들었고 덴턴스미스가 성심껏 협조해 마지막에 그 사업에 매혹적인 비현실감을 슬쩍 더했다. 덴턴스미스가 기준이었다. 그녀가 열렬하게 찬성해주거나 비판하면 그것이 소리굽쇠가 되어 무턱대고 그 음정을 따르게 됐다. 세인트데니스가 제멋에 속지 않게 해주었다. 덴턴스미스가 괜찮다고 하면 그도 받아들였다.

그는 자기 작업에 동료 이사들이 어떻게 반응하는지 보고 싶었다. '바닷가 독신녀'라고 시적으로 표현한 부분과 '사업가들의' 상식에 호소한 제안을 동료들이 진지하게 받아들이지 않을까봐 걱정이었다. 마법 같은 새로운 기교의 매혹은 고려하지 않았다. 조지프는 알고 있었지만 세인트데니스는 그 마법이 녹색이나 오렌지색 종이, 서체, 대문자, 테두리, 간격을 결정할 때 지루하고 반은 혼수상태인 회의를 어떻게 바꾸어놓는지 알지 못했다.

"여기 보세요, 세인트데니스. 이 봉투 레이아웃을 바꾸어야 합니다. 이 구불거리는 선은 너무 부정확해요."

"……정자 블록 대문자 좋네요. **검정**, 읽기 쉽고."

"그러니까, 늘 말씀드리는데, 의장님, 짧은 운문은 행을 나눠주고, 그 뭐랄까…… **친근감**을 줍니다."

"저는 목사라고 쓴 이 구식 영어 서체가 마음에 드는군요. 성직자 분위기가 확 나요. 자주색 테두리는 어떨까요?"

"자, 우리한테 필요한 건, 신사 여러분." 존슨이 산간 오지 벌목장에서처럼 고함을 쳤다. "심리학이에요. 심리에 호소하는 것이 중요합니다."

이제 크리스천 키네마사가 충분한 자본도 없고 전망도 없으며 엄격한 사업적 정직성조차 없는 미친 모험이라는 사실을 모두가 잊었다. 덴턴스미스를 제외하고 모두가 제각각 전혀 다른 이유로 그 일에 뛰어들었다는 사실도 잊었다. 일 자체의 흥분에 푹 빠져버렸다. 그 전단이 각자가 생각하는 이상적 전단의 모습에 부합하기를 바랐다. 흥분의 물결에 휩쓸려버렸다. 교정쇄를 보며 난리 법석을 떨고 말싸움을 하고 고함을 쳤다. 깨끗한 고급 장밋빛 압지에 도형을 그렸다. 매끈한 크림색 종이를 쓸데없이 자꾸자꾸 썼다. 그동안 동료 이사들이 얼마나 자기기만으로 가득하고 거짓말투성이인지 잘 봐온 조지프조차 그들과 거리를 두지 못했다. 그는 사업가들에게 영업하는 것에 반대했다. 전단에 '고위 귀족. 첼시. 블룸즈

버리 등등'이라고 쓰자고 제안했다. 다른 이사들처럼 디자인을 휙휙 그리거나 제안하고 고치고 언쟁했다. 점점 흥분하고 들떴다. 말이 많아졌다. 잠깐 동안 자신이 세인트데니스를 이용해 벤을 이튼에 보내려고 이 모든 말도 안 되는 짓거리를 참고 견디고 있다는 사실을 잊어버리기까지 했다.

조지프가 이렇게 흥분해 존슨과 격하게 입씨름을 벌이다가 무심코 고개를 들어보았더니 매커피가 혼자 뚝 떨어져 앉아서 시무룩한 표정으로 무심하게 필기장에 뭔가 계산하며 끄적거리고 있었다. 한편 세인트데니스는 전단지를 작성한 지 꽤 지난 후라 열정이 좀 식은 것인지 그저 저 작은 유대인조차 레이아웃과 조판을 놓고 신나게 다투고 있구나 하며 재미있어했다.

4

회의가 끝나고 조지프가 사무실을 나서려던 참에 덴턴스미스가 다가왔다. "다른 분들이 가고 나서 잠시만 시간을 내주시겠어요? 드릴 말씀이 있어요. 좀 급한 일입니다."

"글쎄요, 제가 저녁 약속이 있는데요."

"아주 잠깐이면 됩니다."

다른 이사들이 모자와 지팡이를 챙기고 언쟁을 이어가며 간사와 악수를 나누었다. 조지프는 기다렸다. 집에 늦게 도착하면 이미 잠자리에 들어버린 아들 벤과 못 만날까봐 짜증이 났다. 벤은 목욕할 때 보면 눈이 부셨다. 놀이방에서 체조를 아주 잘했다. 아이는 아버지와 보낼 삼십 분을 기다렸다. 망할 저 여자 때문에. 망할 여자. 왜 지금 나를 기다리게 하는 거지?

거던과 존슨이 세인트데니스를 뒤따라 나갔다. 조지프는 매커피, 덴턴스미스와 함께 남았다. 그 젊은 스코틀랜드 남자는 테이블 옆에 서서 기분 나쁜 듯 종잇조각을 이리저리 뒤집어보고 있었다.

"매커피 씨는요?" 조지프가 물었다.

"괜찮아요. 매커피 이사님은 우리가 잠깐 이야기 나누는 동안 있어도 괜찮아요. 매커피 이사님에 관한 일이에요."

매커피는 고개를 들지 않았다. 젊고 침울한 얼굴이 걱정으로 무거워 보였다.

"무슨 일입니까? 무슨 일을 해야 하지요?"

이제 유모가 거실에서 벤을 데리고 올라갈 텐데. 벤은 아마 안 올라가겠다고 하겠지. 발길질을 하고 아빠를 부르면서. 남자애란 힘이 넘쳐야 하는 법이지.

"매커피 이사님 문제입니다." 덴턴스미스가 말했다. "제가 이사님에게 직접 이즌바움 이사님한테 가시라고 했어요. 늘 말씀드리듯 **직접** 이야기하는 것이 가장 좋은 방법이니까요. 하지만 매커피 이사님이 저에게 설명해달라고 부탁하셨어요. 그러니까, 이즌바움 이사님, 저는 매커피 이사님에게 **개척하**

는 일은 보통의 사업과 다르다고 설명하려고 줄곧 **시도**해왔어요. 퇴짜 맞을 걸 예상해야 하는 거잖아요? **길고 넓게** 봐야 합니다. 이윤이라는 문어를 진압하고 공국들과 권력자들, 고위층의 영적인 나약함에 대항해 싸워야 하니까요. 하지만 저는 신념**만** 있다면 최종적 이익은 확실하다고 매커피 이사님에게 줄곧 이야기하고 있습니다. 번쩍번쩍하는 상을 받고 싶은 유혹이 있다는 것을 알지만 말입니다."

"무슨 일입니까, 매커피? 이게 나랑 무슨 상관입니까?"

그 스코틀랜드 남자가 고개를 들었다.

"내가 이사회에서 모두에게 말하고 싶었는데 덴턴스미스 간사님이 기다렸다가 이즌바움 씨에게 말하라고 했습니다. 회사가 언제 토나퍼펙타 영화를 만들기 시작할지 알고 싶습니다, 이즌바움 이사님. 선생은 사업가요. 거던은 겁쟁이 늙은이고 존슨은 투기꾼이고 세인트데니스는 무슨 생각을 하는지 아무도 모릅니다. 하지만 선생은 사업가요. 단도직입적으로 묻고 싶군요. 회사가 내 영화를 제작할 수 있는 거요? 못 한다면 나는 딴 데로 가겠소."

"아, 이즌바움 이사님, 매커피 이사님께 너무 조급해하면 안 된다고 말씀해주세요. 토나퍼펙타가 없으면 우리는 안 돼요. 그렇잖아요? 너무 큰일이라 시간이 걸리는 것뿐이랍니다. 대중 전부에게 그 사업을 알려야 하니까 당연히 시간이 걸리지요. 게다가 아직 전단이 배포되지도 않았잖아요."

"이즌바움 이사님께 직접 묻고 있습니다."

"보세요, 매커피 이사님. 지금은 내가 시간이 별로 없습니다. 다음 주에 같이 점심 식사 하십시다."

"내일 브리티시 아메리칸 무비톤사의 사장과 면담을 해야 해요. 내가 토나퍼펙타를 그쪽에 넘겨줘도 될지 알고 싶습니다."

"어쨌든 나랑은 상관이 없군요. 본의 아니게 알게 되기는 했지만. 그런데 왜 이사회 때 이 이야기를 꺼내지 않았죠?"

"그건 저 때문이에요, 이즌바움 이사님." 덴턴스미스가 소리쳤다. "마침 모든 일이 다 너무도 잘되어가고 있는 지금, 이런 아주아주 심각한 주제를 꺼내고 싶지 않았어요. 거던 이사가 쉽게 겁을 먹는 것, 존슨 이사가 일 처리를 아주 **약간** 어렵게 만든다는 것을 **잘** 아시잖아요. 게다가 매커피 이사님이 다른 제안도 하셨고요. 그리고 이즌바움 이사님이 정말로 아주 쉽게 잘 해결할 수 있으니까 이런 시기에 이사회에 모든 일을 다 알릴 필요가 없다고 생각했습니다."

"나한테 어쩌라는 겁니까?"

"나는 대단히 합리적인 제안을 했습니다, 이즌바움. 회사가 새해 전에 3000파운드의 자금을 모금해 보여준다면 내가 좀 더 머무르겠다고 말했지요. 안 그러면 난 갈 거요."

"저는." 덴턴스미스가 숨 가쁘게 끼어들었다. "이즌바움 이사님이 어차피 조만간 더 투자를 하실 테니까, 3000파운드를 지금 투자하시면 이즌바움 이사님이 회사의 장래를 **분명히** 믿고 계시다는 것이 확인되면서 매커피 이사님은 본인이 그저 경험이 없어서 과도하게 불안해하며 걱정하고 있었구나

하고 납득하실 거라고 생각했습니다."

"이 이야기는 이사회 전에 나왔어야 합니다. 대단히 심각한 문제예요." 망할, 망할 놈들. 나는 이미 낼 만큼 냈어. 망하기 전에 내 피를 뽑으려는 수작이군. 이런, 이런, 세인트데니스가 아니라도 이튼 출신은 있어. 이튼 말고 다른 학교도 있고. 3000파운드는 아들의 교육비 전체와 거의 맞먹는데.

"이런 식으로 이 자리에서 문제를 처리할 수는 없습니다." 이즌바움이 무뚝뚝하게 말했다. "덴턴스미스 간사께서 매커피가 이 문제를 이사회에서 제기하지 못하게 한 것이 아주 안타깝군요. 당연히 내가 회사에 얼마나 관심이 있는지 알고 계시겠지요. 하지만 중요한 문제를 이렇게 급하게 처리해서는 안 됩니다. 다음 이사회가 언제인가요?"

"올해는 더 이상 정기 이사회는 없지요. 어쩌죠, 이즌바움 이사님."

"기다릴 수 없으신가요, 매커피?"

"네, 못 기다립니다. 안 기다릴 겁니다. 브리티시 아메리칸 무비톤사 사람들을 만날 겁니다. 그 사람들에게 뭐라고 말할까요?"

"이사회를 소집해야 합니다." 이즌바움이 말했다. "당연히 이 문제는 이사회에 제기돼야 합니다. 걱정할 필요가 없다고 생각합니다, 매커피. 당연히 댁의 입장을 이해합니다. 회의를 잡고 나서 알려주세요. 안녕히 계세요. 잘 가요."

이즌바움은 모자를 썼다. 계단을 달려 내려갈 때 둥글린 조끼 아래에서 작은 발을 감싼 에나멜 구두가 반짝였다. 아주 영리하게 자리를 떴다. 노련한 태도로 재치 있게 처리했다. 미루기. 또 미루기. 그런 다음 더 이상 책임지지 않고 슬쩍 빠져나오면 된다. 어쨌든 잃을 사람은 자신밖에 없었으니까. 500파운드면 됐다.

그는 벨을 눌러서 승강기를 불러 타고 문을 닫았다. 눈높이가 복도 바닥까지 내려가자 매커피의 낡은 갈색 구두가 눈에 들어왔다. 승강기를 다시 올리지 않고 그대로 1층으로 내려가 건물을 빠져나갔다. 확실하게 도망하려고 승강기 문을 열어 둔 채 내렸다. 매커피는 계단으로 걸어 내려와야 할 것이다.

버스에 타고 나서야 매커피가 승강기 문을 닫지 않았다면 (그 눈치 없는 젊은이라면 그랬을 법한데) 덴턴스미스도 걸어 내려와야 했을 거라는 생각이 들었다. 뭐, 여하튼 크리스천 키네마사는 그 여자 취미지 내 취미가 아니니까. 그 여자는 어려운 일도 달게 받아들여야지, 하고 생각했다. 불쌍한 캐럴라인.

제3장 엘리너 데 라 루

1

1928년 가을, 엘리너 데 라 루는 마싱턴의 스미스 가족 집에 머무르게 됐다. 엘리너는 로버트의 여동생인 애거사의 딸이었다. 애거사는 1903년 요양차 웨스트라이딩 출신의 학교 친구와 함께 남아프리카에 갔다. 마침 그 친구 아버지가 랜드 지역•에서 사업을 했다. 그런데 그곳에서 애거사에게 터무니없는 일이 일어나고 말았다. 보어인•• 수의사와 사랑에 빠져서 결혼해버린 것이다. 보어인과 결혼을. 하얀 바탕에 붉은 십자가가 그려진 깃발•••에 총을 쏘려고 매복해 있는 그런

• 남아프리카 공화국 요하네스버그 인근의 금광 산지.

•• 남아프리카 공화국에 거주하는 네덜란드 이주민의 자손.

••• 잉글랜드의 국기.

종족과 말이다.• 그리고 그는 수의사였다. 평범한 수의사. 말도 안 되는 일이었다.

당연히 스미스 집안은 뒤집어졌다. 마싱턴에서 가족회의가 열렸고 프리토리아에 전보를 보내고 킹스포트에서 실신하고 변호사를 찾아갔다. 그 웨스트라이딩 친구의 가족들에게 다시는 스미스 집안에 연락하지 말라고 경고했다. 스미스 집안의 여성 세 명은 정신쇠약 직전에 이르러 토키••에서 요양하며 호텔 라운지에 앉아 불쌍한 애거사의 놀랄 만큼 멍청한 짓 이야기를 하고 또 했다.

애거사는, 기쁜 마음에 약혼 소식을 알리는 길고 두서없는 편지를 집에 보낸 후 겨우 세 번 더 편지를 썼다. 첫 번째 편지에는 결혼 생활 이야기를 적었다. 두 번째 편지는 남편 휴고 데 라 루를 두둔하는 내용이었는데 그녀의 판단력보다는 마음에 더 충실한 글이었다. 세 번째 편지에서는 아들의 출생을 알렸다. 1년 뒤 남아프리카에서 온 네 번째 편지는 휴고 데 라 루가 보낸 것이었다. 아내가 둘째 아이, 엘리너라 이름 붙인 여자아이를 낳다가 죽었다는 내용이었다. 그 이후 스미스 가문은 더 이상 데 라 루의 소식을 듣지 못했다. 몇 년 뒤 로버트의 사업상 지인이 프리토리아 외곽 데 라 루의 집

• 보어인이 19세기 영국으로부터 독립하여 세운 트란스발 공화국과 오렌지 자유국은 제2차 보어 전쟁의 패배로 다시 영국의 식민지가 되었다.

•• 영국 잉글랜드 서남부, 데번셔주 남부의 자치 도시로 해변 휴양지.

에 갔던 유쾌한 경험을 들려주기 전까지는. "데 라 루는 아주 예의 바른 사람이더군요. 아주 사려가 깊어요. 공무원이지요. 물론 남아프리카에서 수의사는 정말 중요합니다. 영국의 수의사와는 다릅니다. 그래, 그 사내아이는 최고예요. 미국에서 광산공학을 공부할 거라고 하더라고요. 딸아이? 정말 너무 훌륭한 아이였어요. 아주 뛰어나요. 트란스발 여학교 하이 다이빙 챔피언이라고 하던데요. 테니스도 아주 잘 친대요. 똑똑하기도 하고요. 내년에 대학에 간다고요. 아버지 같은 수의사가 될 거라고 말했어요. 나는 그게 여자에게 그다지 잘 어울리는 직업은 아니라고 생각하지만, 요즘은 여자애들이 못 하는 일이 뭐가 있겠어요. 뭐든 하려는 어린 여자애들이요. 완전 자기들 마음대로죠. 거기 데 라 루의 집……."

그때가 1926년이었다. 2년 뒤 스미스 가족은 휴고 데 라 루가 자동차 사고로 죽었고 그 아들은 미국에 있고 딸은 완전히 혼자가 되었다는 소식을 들었다. 그들은 과거는 과거일 뿐이라고 생각했다. 로버트는 아내에게 애거사의 딸을 마싱턴에 초대하자고 했다. 좀 놀랍게도 정말 그 아이가 왔고, 스미스 가족은 채 사십팔 시간이 지나기도 전에 이교도와의 결혼과 그 결혼으로 낳은 자식들이 재앙이 될 거라는 애초의 예상이 옳았음을 확인했다. 그들은 엘리너 데 라 루가 마음에 들지 않았다. 작고 마른 체형과 가느다랗고 그을린 손도 싫었고 남자 같은 트위드 코트와 맞춤 셔츠도 싫었다. 당황스러운 침묵과 마찬가지로 당황스러운 질문도 싫었다. 식민지 억양이 묘하게 느껴지는 낮고 허스키한 목소리와 내지르는 듯한 아프리칸스어의 발음을 자주 사용하는 것도 싫었다. 이니드가 수월한 손님이라고 부르는 유형이 아니었다. 딸들이 이런 비난을 확인해주었다.

"글쎄, 여하튼 엘리너는 여기 오래 있지 않을 거예요. 비서 학교에 다니러 런던으로 간대요."

"도대체 왜? 남아프리카에서 2년 동안 과학을 배웠다면서 왜 계속 안 한대?"

"이젠 수의사가 되고 싶지 않대요."

"그 애는 자기가 뭘 원하는지 절대 모르는 그런 여자애인가 봐요."

"그 나이의 여자애가 런던에 혼자 있는 건 좋지 않은데." 이니드가 말했다.

"여하튼 우린 엘리너가 여기 있길 바라지 않잖아요?" 실리적인 베티가 물었다.

"게다가 성인이잖아요? 또 걔가 가진 돈은 전부 자기 것이고요. 하고 싶은 건 뭐든 할 수 있지요."

엘리너는 성인이었다. 거의 4000파운드가 있었다. 원하는 것은 무엇이든 할 수 있었다. 속기와 타자와 사업을 배우러 런던 비서 학교에 갈 것이다. 엘리너는 자신의 미래에 대해 스미스 가족과 의논하지 않았다. 트란스발에서 다녔던 대학에서 추천서를 받고 편지를 쓰고 계획을 세우면서 아주 조용하게 일을 진척시켰다. 스미스 가족이 알 필요가 있다고 생각하는 만큼만 알려주었고, 몇 시간 동안 작은 손을 다리 위에 포개 올리고 회색 눈으로 앞을 응시한 채 말없이 아무것도 안 하고 앉아 있었다.

"내 생각을 말하자면." 베티가 단정 지었다. "걔는 머리가 좀 이상한 거예요."

스미스 자매는 엘리너가 왜 유별난지 알지 못했다. 아버지를 잃어 외롭고 슬프고 이제껏 누리던 인생이 깡그리 파괴되었기 때문임을 알지 못했다. 엘리너가 매일 밤 아버지 차의 바퀴가 홈에 빠지고 차축이 부러지며 뒤흔들리는 것을 생생하게 느끼고 사고의 악몽 속에서 온 세상이 뒤집어지는 것 같아 잠들지 못한다는 것을 몰랐다. 아버지가 곧바로 정신을 잃었을까, 아니면 그 긴 밤과 힘든 반나절 동안 의식이 있는 상태로 무력하게 고통스러워하며 차 아래 깔려 있었을까 궁금해하며 고통스러워한다는 것을 전혀 알지 못했다. 그날 도로에는 인적이 없었고 다음 날 늦게서야 동네 사람이 아버지를 발견했다. 스미스 가족도 다른 어느 누구도 몰랐다.

엘리너는 엿새 일정의 트란스발 북부 여행에 함께 가자는 아버지의 제안을 거절했었다. 연구실에서 학기를 마치고 싶었고 포체프스트롬에서 테니스를 치고 싶었다. 사람을 좋아하는 아버지는 혼자 운전하는 것을 싫어했다. 엘리너와 함께 있는 것을 좋아했다. 그런데 엘리너가 가지 않았다. 그리고 딸이 함께 가지 않은 바람에 마지막 숙박지에서 위스키를 좀 많이 마시고 부주의하게 운전하다가 죽었다. 엘리너는 모두 자기 탓인 것 같았다. 그 후 몇 주 동안은 자책감이 사라지지 않을 것 같았다. 슬픔은 옅어질 것이고 절망은 극복될 것이고 두려워할 필요가 없다는 것을 알게 되리라. 하지만 정신을 갉아먹는 고통은 줄어들지 않고 영원했다.

엘리너는 트란스발을 견딜 수 없었다. 아버지가 죽은 곳. 학위를 받고 수의사로 훈련받고 싶지 않았다. 수의사가 되어 아버지의 자리를 차지하는 것은 비열한 짓 같았다. 자신이 스미스 집안을 싫어하리라 확신했기 때문에, 그 사람들이 자신을 싫어하리라 확신했기 때문에 영국에 왔다. 스스로에게 괴로움이라는 벌을 주어야만 아버지의 죽음을 견딜 수 있었다.

스미스 가족은 예상대로였다. 아니, 사실 예상을 능가했다. 머릿속으로 그려보았던 것처럼 천박하고 안일하고 멍청했다. 분노는 슬픔의 해독제가 될 수 있었고, 스미스 가족들은 그 역할을 잘해냈다.

엘리너가 마싱턴을 떠나기 이틀 전 아침 식사 자리에 조금 늦게 내려갔는데 그 가족이 어떤 편지에 대해 이러쿵저러쿵하고 있었다. 캐럴라인이라는 사람에게서 편지가 온 모양이었다. '불쌍한 캐럴라인'이라는 소리가 여기저기서 나왔고, 엘리너는 정말 궁금해서가 아니라 그저 대화를 이어가기 위해서 물었다. "캐럴라인이 누구예요, 이니드 외숙모?"

"아, 캐럴라인의 아버지가 네 외삼촌 로버트의 육촌이었어. 캐럴라인의 아버지는 노스라이딩 덴턴이라는 곳에서 농장을 운영했고 약사 딸이랑 기우는 결혼을 했지. 자식이 둘이 있었고. 큰딸 데이지는 뉴캐슬에 있는 보석상이랑 결혼했다고 알고 있어. 지금은 어떻게 사는지 전혀 몰라. 그런데 캐럴라인은……."

"캐럴라인 고모는 우리 집 안에 숨겨놓은 해골처럼 수치스러운 비밀이야." 베티가 소리쳤다. "대단한 기생충, 엄청난 멍청이, 기막히게 지루한 분, 크나큰 고통거리지. 런던 어딘가에서 친척들에게 **빌붙어** 살면서 아무도 읽고 싶어 하지 않는 글을 쓰고 빚쟁이한테서 도망 다니면서 살아."

"작가이신가봐요?" 엘리너가 놀라며 물었다.

"글쎄다, 작가라고 할 수는 없을 것 같구나. 작가라면 작품을 책으로 내는 사람들이잖아. 하긴 캐럴라인도 책 한 권을 **찍기는** 했지. 《용기의 길》이라는 책인데 종교적인 내용이었지. 하지만 출판 비용을 가족들이 내야 했어."

"50파운든가 그랬지, 여보? 응? 응? 50파운드. 응? 난 한 단어도 못 읽겠던데." 로버트가 말했다.

"그럼 저와 아주 가까운 친척은 아니네요." 엘리너가 스미스 가족이 너무도 싫어하는 방식으로 건조하게 또박또박 말했다. "그분을 잘 아셨나요?"

"어, 캐럴라인의 아버지가 죽고 난 뒤에 다 같이 하드라스클리프에 놀러 갔던 기억이 있긴 해. 네 외삼촌과 내가 사촌뻘이니까, 엘리너. 캐럴라인과 캐럴라인의 언니는 그때 막 성인이 됐지만 우린 애였어. 캐럴라인이 회색 서지 드레스를 입고 있던 게 생생하게 기억나. 우린 그게 모양새는 괜찮은데 너무 짧다고 생각했었지. 아랫단에 검정 벨벳 띠가 둘렸고 검정색 단추가 보디스 아래로 달려 있었는데, 그때도 약간 뚱뚱했지."

"당시치곤 약간 앞서나갔어. 그렇지, 여보? 곱슬곱슬한 앞머리에 눈이 꽤 예뻤고 회사원들과 어울리곤 했지. 나는 캐럴라인이 방파제 옆의 계단을 내려올 때 들어 올린 치마 아래로 페티코트가 보여서 흉을 봤던 게 기억나. 카터라는 젊은이가 캐럴라인한테 약간 반했었지?"

"맞아, 하지만 **그 사람은** 헌팅소프의 피크스 양과 결혼했고 캐럴라인은 셀비 근처로 가서 어떤 사람의 가정교사가 돼야 했지. 처음으로 예술가가 되고 교구 잡지에 지역 시인으로 등단한 게 거기서였어. 그런 다음엔 몰번 근처의 한 사립학교에 자리를 구했는데 어리석게도 거기 여자 교장이랑 친하게 지냈어. 영리한 여자였는데 이름이…… 음…… 뭐였더라, 베티? 내가 말해준 적 있는데, 맞아, 설비. 애들레이드 설비. 뉴넘인가 거턴인가 하는 대학 출신. 여하튼 나는 첫눈에 그 여자가 딱 마음에 안 들었어. 황록색에 광택 없는 주황색이 곁들여진 다회복(캐럴라인이 라파엘 전파 양식이라고 했던)을 입고 다니곤 했어. **우리는** 선사시대 양식이라고 불렀지. 그런데 그 학교가 망하고, 당연히 망할 것 같았지, 그리고 설비 양이 거기서 돈을 모두 잃었고 캐럴라인이 그 여자를 어머니가 사는 고향 동커스터에 데리고 갔어. 거기서 신경쇠약을 잘 다스리라고. 결국 우리가 늘 얘기하지만 그 일 때문에 캐럴라인의 어머니가 죽었잖아. 여하튼 딱 그때 중풍이 왔고 설비 양은 그 지역

의사와 약혼했어. 사실 캐럴라인이, 내 생각엔 그 남자한테 마음이 좀 있었는데 둘이 싸웠는지 어쨌는지. 그리고 캐럴라인은 어머니 장례비를 우리한테 빌려야 했지. 그때부터 쭉 빌렸지."

"커피 좀 더 줘, 여보." 로버트가 자기 잔을 앞으로 밀었다. "맞아, 그래. 엘리너가 잘 들어야 할 이야기구나. 꿍꿍이가 있는 학교 여자들이랑 사랑에 빠지지 말고 성공하고 싶은 일 한 가지에만 집중해라. 응?"

"맞아, 캐럴라인은 정말 손을 안 대본 일이 없었어. 교직원이었고, 무슨 교육 도서 판매원도 했고, 갱생원 간사에, 배싯그레이엄 여사의 모자라는 딸이 여행할 때 동반자 역할도 했지. 그랬지?"

"그랬지. 그리고 배싯그레이엄 여사가 자기를 싫어한다며 이탈리아에서 돌아오더니 자기 이름을 덴턴스미스, y가 들어가는 스미스(Smyth)로 바꿨지. 그냥 스미스(Smith)는 안 어울렸어."

"글쎄, 그 y도 그리 어울렸던 것 같지는 않은데." 베티가 말했다. "굳이 그 철자에 신경 쓰는 사람이 누가 있어?"

"난 신경 써. 조금." 도러시가 말했다.

"그게 다 무슨 상관이야?"

"그리고 캐럴라인은 내가 버리려고 한 갈색 코트를 달라고 했단다. 항상 무언가를 달라고 해. 그리고 영화 회사인가 뭔가에 대해 전혀 안 중요한 것 같은 이야기를 막 해대고."

"그거 새로 대유행하는 거예요. 영화 말이에요. 유행을 잘 따르네. 하지만 유행은 금세 바뀌는 건데."

"얘, 엘리너, 이걸 읽어보는 게 좋겠어. 런던에서 뭘 조심해야 하는지 배워둬."

베티가 엘리너에게 '사우스웨스트 10 웨스트켄싱턴, 루크리셔로 40'에서 온 편지를 건넸다.

"이니드와 로버트에게." 엘리너가 읽기 시작했다. "나는 내게 떨어진 큰 횡재 이야기를 하지 않고는 더 이상 참을 수가 없구나. 크리스천 키네마사는 설립되어서 승리의 길을 따라 당당하게 나아가고 있단다." 그 여덟 장짜리 편지를 엘리너는 끝까지 다 읽어보았다.

2

엘리너가 깨진 버튼을 눌렀고 차의 사이렌이 우울한 비명을 길게 내질렀다. 엘리너에게 그 곡조는 한없이 달콤한 음악과도 같았다. 다시 버튼을 눌렀다. 50미터 앞에 있던 심부름꾼 아이가 깜짝 놀라 자전거에서 떨어질 뻔했다. 엘리너가 두 대의 석탄 수레, 구급차와 택시 사이를 지나 버스 뒤로 조심스럽게 차를 돌렸고 11월 오후의 사나운 장관과 마주했다. 리치먼드로를 따라 정서쪽을 향하고 있었다. 길이 갑자기 내리막이 되는 곳 지붕 위로 멋진 일몰의 드라마가 펼쳐지고 있었다. 지는 해가 도로의 반짝이는 표면을 비추었다. 햇빛이 보도 위 석탄 투입구의 금속 뚜껑을 금빛으로 물들여 누군가 흘리고 간 금화처럼 반짝반짝 춤을 추게 했다. 햇빛이 택시 창을 비추고, 우유 배달부 아이의 자전거에 실린 우유병을 비추고, 엘리너의 자동차 보닛 위 황동 장식을 비추었다. 쌀쌀한 11월의 설레는 공기가 환희의 황금 빛깔로 가득했다. 엘리너를 둘러싼 황금색 불꽃에서 런던 전체가 솟아올라 있었다. 엘리너는 새로 산 차를 처음 몰고 의기양양하게 리치먼드로를 지나던 참이었다.

엘리너는 차를 몰며 고통스러운 슬픔을 잊었다.

닷새 전 에지웨어로에 있는 중고차 판매소에서 그 차를 처음 보았다. 그 1925년형 클리노는 보닛에 이런 딱지를 붙이고 진열장에 있었다. "35파운드. 아주 좋은 물건." 엘리너는 남아프리카에서 클리노를 몰았다. 그 차를 알고 있었고 간단한 수리도 할 줄 알았다. 판매소에 들어가 시운전을 해볼 수 있는지 물었다. 다시 핸들을 잡으니 감촉이 좋았다. 아버지가 차에서 죽음을 맞이했다고 운전이 더 괴롭지는 않았다. 오히려 아버지와 똑같은 위험을 감수하는 중이었으니까. 나도 차 사고로 죽을 수 있어. 죽을 수도 있다고 생각하니 죽고 싶지 않았다. 클리노를 점검하면서 황홀한 주말을 보냈고 월요일에 비서 학교 수업이 끝나자마자 차고로 달려갈 생각에 설렜다. 저녁을 먹기 전에 런던 사우스웨스트를 탐험할 생각이었다.

엔진이 믿음직하지 않았고 브레이크는 낡았고 흙받기는 찌그러져 있는 것이 좋았다. 그래서 앞으로 일어날 일이 더더욱 즐거웠다. 기계장치로 땜질하는 것을 좋아했다. 머리는 맑고 손가락은 정확하고 부지런했다. 기계 문제에만 온 정신을 집중할 수 있었다. 문제가 복잡할수록 슬픔을 더 잘 막아주었다. 기어와 점화 플러그, 기화기로 자책감을 물리쳤다.

리치먼드로를 따라 즐거이 차를 몰았다.

등이 잘 켜지나 보려고 껐다 켰다 하며 확인했다. 두 번. 그러다 세 번째에 힘없이 꺼져버렸다. "아, 진짜!" 엘리너가 투덜댔다. "배터리가 고물일 줄 알았어."

정비소가 있기를 바라며, 어두워지는 길을 천천히 조심스레 달렸다.

"바보. 불이 들어오나 확인했어야지." 십 분이면 차고로 돌아갈 수 있었지만 그럴 생각이 없었다. 약간 허물어졌지만 트란스발에 있는 것보다는 훨씬 깔끔한 정비소가 오른쪽에 있었다. 빵빵거리고 끽끽거리며 길을 건넜다. 기름투성이 정비사가 등이 다시 켜지게 하는 데 삼십 분 정도 걸릴 거라고 했다.

"아니, 그건 오 분이면 되는 일인데요." 엘리너가 따지고 들었다.

"접수한 차례대로 해야 합니다. 여자들이 참정권을 얻었으니 '여성 우선권'은 없어요. 이제 모두 **똑같다**고요." 정비사가 음흉하게 웃었다.

엘리너는 키 160센티미터인 몸을 한껏 쭉 폈다.

"당연히 순서대로 하셔야지요." 그녀가 작은 코를 쳐들고 말했다. "내가 언제 부탁했나요? 삼십 분 뒤에 다시 오죠."

정비소를 나서 길을 따라 걸었다. 차가 없어도 런던은 런던이었다. 살펴보고 흠잡기도 하고 칭찬하기도 할 미지의 도시. 리치먼드로는 아주 번화하지도 않았고 부유층이 오가는 곳도 분명 아니었다. 엘리너는 유리 접시를 진열해둔 상점의 진열창을 들여다보았다. 겨울 금파리들이 느릿느릿 접시 위를 기어 다니며 설탕에 절인 분홍색 개암과 감초 사탕을 더럽히고 있었다. 궁중복 판매점의 옷들을 살펴보며 누가 저 빛바랜 반짝이 슬리퍼와 싸구려 실로 구슬이나 스팽글을 주렁주렁 매단 얼룩진 조젯• 드레스를 살까 궁금해했다. 가정용품점에서는 금 간 에나멜 접시와 깃털 빗자루 사이에 싸구려 마요네즈, 수프, 주석 도금한 압정을 쌓아놓고 팔고 있었다.

차에 타고 있는 동안은 스스로가 크고 당당하고 멋진 사람인 것 같았고 런던과도 런던 사람들과도 상관없다고 생각했다. 이방인으로서 그저 호기심에 멋지다거나 더럽다고 평가하며 운전했다. 이제 인도에 서니 빈둥빈둥 걷거나 서둘러 어딘가로 가는 군중의 일부가 된 것 같았다. 문구점 바깥 게시판에 서툰 글씨로 쓰인 공고문들을 읽어보았다. "조용한 신사를 위한 안락한 침실 겸 거실. 가스풍로 사용. 18/-." "점잖은 기혼녀 아침 일자리 구함." "가정용 성경 판매. 최상품." 엘

• 표면이 멜론의 껍질처럼 주름 모양을 이루고 있는 직물.

리너는 자기가 지나치고 있는 이 사람들이 걱정되기 시작했다. 신발 끈을 파는 저 남자가 사실은 굶주리고 있는 것은 아닌지, 밝게 화장을 하고 선홍색 빵모자 아래 뻣뻣한 곱슬머리가 삐죽 튀어나온 저 젊은 여자들이 알고 보면 '성관계 동의 연령 미만'의 매춘부가 아닌지. 이 런던이란 곳은 문제투성이였다. 식민지 문제가 아니어도 사회학자들이 연구할 거리가 충분했다. 엘리너는 남아프리카에서 아버지를 따라 노동당과 국민당의 연합을 지지했다. 여성 참정권을 믿었고 팽크허스트 부인이 쓴《나 자신의 이야기》와《조지핀 버틀러의 삶》과《페이비언 에세이》를 읽었다. 하지만 그때 엘리너의 정치적 관심은 순수하게 학문적인 것이었다. 이제 여기 리치먼드로에서는 더 이상 행복과 아버지가 가려주지 않는 까닭에 인류의 고통이 적나라하게 느껴졌다. 자신이 사업을 해서 성공하겠다는 계획을 세운 것이 정당했는지 의심하지 않을 수 없었다. '돈을 많이 벌고' '훌륭하게 해내서' 미국에 있는 오빠에게 여자도 남자만큼 돈을 잘 벌 수 있다는 것을 보여줄 생각이었다. 특권을 어느 정도 이용하면 정당할까? '내 뒤에는 자본도 교육도 기회도 있어. 나는 이런 흉한 것과 가난의 영향을 전혀 받지 않아. 나는 예외야.' 엘리너는 이렇게 생각했다. '누구에게 예외일 권리가 있지? 3000파운드를 독립노동당 동계 선거운동 기금으로 내야 하는 것 아닐까?'

그렇게 불편한 질문을 하며 걷다보니 어느 거리 모퉁이에 와 있었다. 옆쪽 탁자에는 중고 서적상이 낡은 물건들을 내놓았다. 상점 안에는 망가진 의자, 금 간 접시, 부채, 자수품, 화장실 용품, 때 묻은 판화가 있었다. 가까이에 열린 상자 속에는 신학 책, 교과서, 빛바랜 낡은 소설이 뒤죽박죽 들어 있었다. 책들도 옆에 놓인 물건들과 비슷해 보였다. 한때는 생명력으로 가득한, 작가의 자랑이었을 텐데 이제 아무도 그 책들을 원하지 않았다. 연민과 우울이 엘리너를 엄습했다. 슬퍼하며 주위를 둘러보는데 저무는 빛 속에서 리치먼드로 옆으로 갈라진 거리의 이름이 눈에 들어왔다. "루크리셔로." 루크리셔로, 저 이름을 전에 어디서 보았더라? 웨스트켄싱턴, 루크리셔로 40. 여섯 달 전 마싱턴에서 스미스 가족들과의 아침식사 때였다. 불쌍한 캐럴라인을 집 안에 숨겨놓은 해골처럼 수치스럽다며 모욕하고 무시했던 일이 떠올랐다. 엘리너는 문을 열고 해골을 보도록 타고난 사람이었다.

손목시계를 보았다. 정비소에 가야 할 시간까지 아직 십오 분이 더 남았다. 루크리셔로를 따라 40번지까지 걸으면 어떨까. 이 거리에 친척이 살고 있다고 생각하니 울적하면서도 좀 궁금한 기분이 들어 좋았다. 내가 완전히 이방인은 아니구나.

루크리셔로의 풍경에 마음이 가라앉았다. 한때 이곳에도 좋은 시절이 있었던 것이 분명했다. 큰 집 건물에 동굴 같은 깊은 지하실이 있고 지하실 문 위쪽 포치에는 회칠이 벗겨진 육중한 기둥이 서 있었다. 포치에 한때 온실이었던 조잡한 색유리 구조물이 있는 집이 많았다. 하지만 이제 그곳에서는 말리려고 널어놓은 빛바랜 식탁보가 점점 더 축축해지고 더러워지며 펄럭이고 있었다. 상처 난 얼굴의 아이들이 더러운 코트를 입고 고함치며 지하로 통하는 계단을 오르내리거나 인도와 차도 사이의 도랑에서 따분하게 티격태격하고 있었다. 추레한 여자들이 축 처지고 생기 없는 얼굴로 불룩한 꾸러미와 보채는 못난 아기들을 실은 유아차를 힘겹게 터덜터덜 굴렸다. '불쌍한 백인들.' 엘리너가 생각했다. '이곳이 요하네스버그보다 훨씬 나쁘구나. 아이고.' 속으로 신음했다. '나라 꼴이 말이 아니야.'

40번지는 그 근처보다 확연히 나았다. 노란 돌계단에 기어오르는 아이들이 없었다. 포치 기둥은 맞은편 인도의 플라타너스 껍질처럼 벗겨졌지만 놋쇠 문손잡이만은 새로 칠해져 있었다. 발코니 위쪽 색유리로 지은 흉물스러운 온실도 웬만큼 수리된 상태였다.

'그러니까 여기가 캐럴라인이 사는 곳이구나.' 엘리너가 생각했다. '이니드 외숙모는 내가 불쌍한 캐럴라인한테 갔었다는 걸 알면 아주 화를 내겠지.' 하지만 안 될 것 없잖아? 엘리너는 사교적인 편은 아니었지만 새로운 일에 도전하는 성격이었다. 호기심이 엘리너를 부추겼다. 아는 사람의 집을 그냥 지나치지 않는 남아프리카의 관습도 거들었다. 이니드 외숙모가 싫어할 일을 하고 싶은 마음에 결심이 섰다. 잘라서 맞게 고친 코트 아래에서 심장이 쿵쿵 뛰는 것을 느끼며 입술을 꽉 다물고 눈을 이리저리 굴리면서 계단을 척척 올라가

벨을 눌렀다.

3

"그러니까 오늘 뭔가 좋은 일이 일어날 걸 알고 있었다니까." 캐럴라인이 말했다.

둘은 활활 타오르는 난롯불을 함께 쬐고 있었다. "독신녀 단둘이네." 캐럴라인이 기분 좋게 피식 웃었다. 낡아서 이가 빠졌지만 꽤 좋은 도자기 잔에 차를 마셨고 마가린 바른 빵과 만든 지 아주 오래된 씨앗케이크를 먹었다.

"네가 올 줄 알았으면 호두케이크를 샀을 텐데." 캐럴라인이 말하고는 혹시 엘리너가 불쑥 찾아와서 싫다는 뜻으로 들릴까봐 곧바로 이렇게 덧붙였다. "하지만 깜짝 방문이 훨씬 훨씬 더 좋지. 네가 불편할까봐 걱정이구나. 내가 지난 몇 주 동안 너무 바빠 집이 엉망이라서."

난롯불은 어지러운 방을 일부러 다 보여주지 않았다. 아주 짧게 훅 타오르는 순간만 어색하게 부끄러워하면서 낡은 분홍색 커튼 뒤로 숨으려는 커다란 놋쇠 침대 틀과 서류로 뒤덮인 창가의 책상을 보여주었다. 바닥과 의자, 침대에 서류가 넘쳤다. 벽난로 옆 벽감 위로도 커튼이 불룩하게 튀어나와 있었다. 난로의 열기는 창 옆 책장 한 칸, 너저분한 세면대를 두른 가리개, 식탁과 의자 두 개, 가 닿을 수 있는 모든 곳을 채웠다.

엘리너가 도착했을 때, 수척하고 아주 단정하고 입술이 얄따란 여자가 가파른 3층 계단 앞에 엘리너를 세워놓고 위압적으로 문을 두드리며 "손님 오셨어요, 스미스 양" 하고 외치고는 그녀를 어두운 층계참에 그대로 두고 가버렸다. 엘리너는 캐럴라인이 나오지 않기를, 그냥 되돌아 나가버리게 되기를 간절히 바라며 서 있었다.

그러나 방 안에서 문이 쾅 닫히는 소리와 종이 부스럭거리는 소리, 커튼 링이 금속 봉 위에서 끽끽거리는 소리가 들리더니 문이 열렸고 키가 작고 통통하고 생생한 여자가 나왔다. 엘리너보다 키가 약간 큰 그 여자가 어둠 속을 근시안으로 살펴보더니 외쳤다. "누가 왔어요? 거기 누구예요, 헤일스 부인?"

"저기, 저는……. 덴턴스미스 양인가요?" 엘리너가 말을 더듬었다. "저는 엘리너 데 라 루예요. 제 사촌뻘 되신다고 알고 있어요. 제 차가 근처에서 고장이 났는데 수리하는 데 좀 기다려야 된다고 해서요. 그래서 제가 이렇게, 그냥……."

그 작은 여자가 진홍색 보디스에 걸친 수많은 사슬과 구슬줄과 리본 끈 사이를 더듬었다. 마침내 색이 바래기는 했지만 장식이 많은 안경이 매달려 있는 줄을 찾았다. 찰랑하며 안경을 들어 올려 늙어 초라하면서도 명랑하고 동그란 얼굴에 갖다 대고 살피는 듯했다.

"누구시지요? 뭐라고 하셨죠?" 그런 뒤 층계참이 어두워 아무것도 선명하게 볼 수 없었음에도 안경을 쓰니 잘 보여 알겠다는 듯이 기쁜 목소리로 외쳤다. "아, 엘리너, 엘리너 데라 루라고? 그렇지. 남아프리카에서 온 내 어린 친척이구나." 그런 뒤 온갖 장식용 구슬과 도장과 연필 들에 부딪혀 쟁그랑거리도록 안경을 내려놓고는 선홍색 벨벳 소매에 꽉 끼인 짧은 팔을 활짝 펼쳐서 엘리너를 따뜻하게 안았다.

"음, 이거 좋은걸? 아, 좋지? 안으로 들어와. 좀 보자꾸나." 캐럴라인이 어르는 듯 말하며 엘리너를 두 손으로 잡고 난롯불이 비치는 방 안으로 들였다. "남아프리카에서 온 어린 친척. 예쁜 애거사의 딸. 그래, 물론 애거사를 기억하지. 사랑스러운 아이였어. 내가 아는 애 중에 가장 고왔지. 너는 그 아이를 닮았구나. 눈이 닮았어. 정말이야. 진짜 개암색이야. 늘 말하지만 개암색만큼 예쁜 건 없어. 그리고 긴 속눈썹까지. 하지만 네 엄마가 키는 더 컸지. 키는 나랑 비슷하구나. 사람들이 작다고, 작지만 튼튼하다고 해. 몸은 작지만 마음은 크지. 아무렴 어떠니. 그런데 나를 찾아올 생각을 하다니. **정말** 고마워. **정말** 기쁘구나. 런던에서 묵고 있는 거니? 언제 도착했니? 차 안 마셨지? 찻물을 막 올린 참인데. 자동차가 고장 났다고? 직접 운전을 하는 거니? 이야, 현대 여성이구나. 부럽다. 나도 차가 있었어야 하는데. **그다음엔** 비행기도 타고. 비행도 하니? 늘 말하지만 이제 난 천사가 돼서 날기를 기다리는 게 빠를 거야. 하지만 어찌 될지는 아무도 모르는 일이잖아. 내가 드디어 부자가 되고 있으니까 언젠간 비행기를 타겠지." 캐럴라인이 불 위로 몸을 구부리고 난롯불을 힘차게 쑤

석거렸다. 불꽃이 확 다올랐다. 주전자가 노래를 불렀다. 난롯불이 그녀의 얼굴에 기괴하게 빛과 그림자를 드리웠다. 캐럴라인이 주문을 거는 마녀처럼 주전자 위로 몸을 구부렸다.

'**진짜** 마녀 같아.' 엘리너는 생각했다. "여기 아늑하네요"라고 엘리너가 큰 소리로 말했다.

캐럴라인은 선뜻 그렇다고 했다. "그래, 아늑하지!" 큰 소리로 대답했다. "늘 말하지만 침실 겸 응접실만큼 좋은 게 없단다. 책이랑 서류를 주변에 두고 밤이고 낮이고 언제든지 일을 할 수가 있지."

"밤에 자주 일하세요?"

"그래, **꽤** 자주 해. 특히 사업을 시작하고부터 더 자주 하지. 한 회사의 이사가 되면 책임질 게 아주 많아. 이니드가 내 사업에 대해 말해주었을 것 같은데? 이니드가 크리스마스 준비를 하느라 너무 바빠서 나한테 편지 쓸 시간이 없겠구나 싶어. 옛날식으로 성대하게 크리스마스를 지내려면 **엄청난** 준비가 필요하단 걸 내가 잘 알지. 네가 영국에 와서 마싱턴으로 바로 갔다니 너무 기쁘구나. 진짜 우리 **요크셔**식 대접을 못 받았으면 어쩔 뻔했니." 캐럴라인이 식탁보를 깔고 벽난로에서 컵을 가져오고 낡은 주석 비스킷 상자에서 찻숟가락과 칼을 꺼내 왔다. "당연히 여기 런던에서는 내가 원하는 만큼 친구들을 대접할 수 없어. 개척자는 좀 어둡고 외로운 시절을 견뎌야 하는 거잖아. '개척은 수지가 맞지 않는다'라고 한 게 로버트 오언이었던가? 하지만 그건 힘든 한순간에 그런 거고 우리 모두에게는 힘든 한순간이 있는 게 당연하지." 그녀는 이 빠진 갈색 찻주전자에 차를 우렸다. 엘리너더러 의자를 당겨 앉으라고 했다. "그렇지만 지금은 **당연히** 내 노동의 대가를 수확하는 중이지. 이니드와 로버트가 얼마를 투자할 생각인지는 너한테 말 안 했겠지. 네 앞에서는 말하지 않고 싶었을 거야. 물론 나는 두 사람 몫으로 주식을 많이 사두면 좋겠다 싶지. 네가 편지를 **쓸** 거라면 얼마나 투자할지 나한테 **얼른** 알려달라고 해주면 좋겠구나. 내가 3000파운드 정도, 그냥 시작이니까, 생각하고 있다고 슬쩍 알려주어도 괜찮고. 그 사업은 **정말로** 믿을 만한 거야. 우리가 곧 온 나라를 휩쓸 거거든."

캐럴라인은 평생 아무도 자기 이야기를 들어주는 사람이 없었던 것처럼 크리스천 키네마사 이야기를 세세하게 다 쏟아냈다. 엘리너에게 그 회사의 변천사와 희망, 가능성을 모두 말했다. 토나퍼펙타 필름이 놀랄 만큼 훌륭하다고, 또 매커피가 고집을 부린 일과 그 최후통첩에 대해서도 말했다. 지난번 이사회 회의 이야기도 했다. "특별 회의였지만 너는 내 친척이니까 이야기해주는 거야. 친척 아니면 회사 기밀을 말하지 않았을 거야. 당연히 전부 기밀이지. 하지만 네가 스미스 집안 사람이고 내 입장이 어떤지 정확하게 이해해서 이니드와 로버트를 만나면 내 입장을 잘 전달해주기를 바라니까." 캐럴라인은 매커피가 고집을 굽히지 않았고 이즌바움이 회의에 참석하지 않았다는 이야기도 했다. "'불가피하게 지체됨'

이라고 이즌바움 이사가 진보를 쳤는데 당연히 나는 너무 속이 상했지. 이즌바움 씨가 우리를 구해줄 거라고 철석같이 믿고 있었으니까. 하지만 늘 말하지만 하느님께선 그분의 경이를 보이시려고 신비로운 방식으로 일하시잖아. 그러니까 이즌바움 씨가 아니라도 다른 누군가가 있을 거야. 우리를 시험해보기 위해 이런 일이 일어나는 거야. 불로 우리를 정화하시는 것처럼. 그래서 여하튼 내가 매커피 이사를 설득해서 한 달 더 말미를 얻었어. 1월 말까지. 그건 내가 좀 잘해낸 거라고 할 수 있지. 내가 매커피 이사를 데리고 나가서 점심을 먹었거든. 그리고 **엄마**처럼 말했지. 나중에 보니 내가 거의 악마들과 드잡이를 한 거였더라고. 하지만 매커피 이사가 항복했지."

그녀는 마녀였다. 갈색 눈에서 광채가 났다. 가슴이 들썩였다. 그녀는 이상주의가 불을 지핀, 큰돈이 오가는 거대한 사업의 화려하고 낭만적인 그림, 결국 화해하게 된 예술과 윤리의 모습을 엘리너 앞에 펼쳐 보였다.

그녀는 자신의 가난과 외로움, 잦은 실패를 부인하지 않았다. 하지만 그 모든 것을 과거 시제로 말했다.

"나는 이런 생각을 하곤 해." 캐럴라인이 말했다. "꿈꾸던 일이 실현되고 나면 그게 생시라는 것을 알아채는 데 시간이 좀 걸려. 드디어 **진정한** 부자가 되는 꿈. 사람들이 과거에 보여준 친절에 전부 보답하는 꿈. 늘 말하지만 이 고약한 세상에 필요한 건 **친절**밖에 없으니까. 있잖아, 엘리너. 나이를 먹으면 인생에서 물질적인 것들을 **받는 것**뿐만 아니라 **주는 것**도 좋아하게 돼. 나는 항상 정신적인 것을 주는 사람이 되려고 노력하고 있어. 하지만 환경 때문에 어쩔 수 없이 물질적인 것을 자주 빌리는 사람이 되고 말았어. 나는 선선히 받으려고 노력했지. 늘 말하지만 자비로운 선물에는 두 가지가 필요해. 후하게 주는 사람과 선선히 받는 사람. 그런데 가끔 **주는 사람**이 되고 싶은 시기가 와. 그러니 빌린 걸 갚을 뿐만 아니라 나를 도와준 사람들을 부자로 만들 수 있다는 것을 알게 됐을 때 얼마나 기뻤을지 이제 알겠지?"

"네, 그럼요." 엘리너가 대충 얼버무렸다.

"그래서 내가 **유언장**을 그렇게 썼지." 캐럴라인이 몸을 돌려서 책상의 서류를 뒤졌다. 서랍을 다 열어서 바닥 전체가 난리 나도록 안에 든 것들을 쏟아부었다. 그러다 드디어 길쭉한 파란 봉투를 찾아냈다. "아, 여기 있네. 네가 이걸 읽어보면 좋겠어. 만약을 위해서."

만약에 뭘 위한다는 것인지 엘리너는 알 수 없었다. 하지만 봉투를 받아서 길쭉한 파란 서류를 꺼냈다. 섬세하고 비스듬한 필체로 이렇게 쓰여 있었다.

"런던 카운티 웨스트켄싱턴 루크리셔로 40번지의 언론인이자 간사, 캐럴라인 오드리 덴턴스미스의 유언.

나, 캐럴라인 오드리 덴턴스미스는 온전한 정신과 법적으로 유효한 신체 건강 상태로 이전에 내가 작성한 다른 모든 유언장을 무효화하고 폐기한다. 그리고 이로써 사랑하는 친구이자 사촌인 요크셔주 마싱턴에 사는 이니드 스미스와 그 남편 로버트 해럴드 스미스에게 크리스천 키네마사 1파운드짜리 보통주 1만 주를 남긴다. 유언이 유효할 때 두 사람이 생존해 있으면 공동으로 상속하고 그러지 않으면 생존한 사람이 받도록 한다. 또 상기자의 아들인 사랑하는 존 로버트 스미스에게 총 500파운드를 남기고, 상기자의 누이 사랑하는 도러시 스미스와 엘리자베스 스미스, 상기 존 로버트의 남동생 해럴드에게 각각 250파운드를 남긴다. 또 내 사촌인 링컨셔 카운티 플린더스 교구의 어니스트 앨버트 스미스 목사에게 크리스천 키네마사의 1파운드짜리 주식 1000주를 남기며 영국국교회가 국민의 오락 순화 문제에 책임감을 충분히 느끼도록 그가 성직자로서 영향력을 계속 행사하길 바란다. 뉴캐슬온타인의 고인이 된 내 언니 데이지 쇼트웰(결혼 전 성은 스미스)의 아들, 나의 조카 클로드와 윌리엄에게 과거 그들이 나에게 소홀했던 것을 모두 진심으로 용서한다는 표시로 각각 50파운드를 남긴다. 친구이자 집주인인 루크리셔로 40번지의 일라이자 헤일스에게 친절과 배려에 대한 감사의 의미로, 그리고 세인트오거스틴 성당의 일원으로서 그리스도 안에서 우리가 자매임을 증명하는 의미로 200파운드를 남긴다. 나머지 재산은 런던 카운티 풀럼 세인트오거스틴 성당이 나의 외로운 개척 사업에 준 영감과 도움을 기억하는 의미로, 그리고 내가 예배드리곤 했던 남쪽 트랜셉트 좌석 근처에 내 위패를 놓아 동료들에게 행한 작은 봉사를 기념해주기를 바라는 의미로 교회 기금으로 남긴다."

엘리너는 끝까지 읽고 그 유언장을 손에 든 채 내려다보며 말없이 앉아 있었다.

"어? 어때?" 캐럴라인이 물었다. "어떻게 생각하니? 공평하지? 정의롭고 관대한 크리스천 느낌이 나지 않니? 아니면 내 조카들을 용서한다는 말은 하지 말았어야 한다고 생각하니? 늘 말하듯 앙심을 품는 게 품위 없는 사람이 저지르는 가장 흔한 잘못이기는 하지만 걔네들이 나한테 편지를 쓰거나 런던에 왔을 때 나를 찾아올 수도 있었잖아?"

"제 생각엔 훌륭한 유언이에요." 엘리너가 진심을 담아 말했다. "그리고 이렇게 많은 돈을 남길 수 있다니 아주 멋져요. 그렇게……." 엘리너는 '그렇게 가난하셨는데도'라고 말하고 싶었다. 이때도 가난의 증거가 사방에 있었다. 캐럴라인이 이미 상세하게 이야기해준 크리스천 키네마사의 자금 내용과 맞지 않는 것 같았다. "그 회사에서 **이렇게** 큰 금액을 운용하신 줄 몰랐어요."

"아, 물론 설명해야지. **아직** 안 일어난 일이야. 우리가 성공하고 나면 **일어날** 일이지. 당연히 1월 말이 되기 전에 **3000파운드**를 마련해야 하고. 안 그러면 매커피 이사가 자기 발명품을 가져가버릴 테고, 그러면 어떻게 될지 알 수 없어. 하지만 조금도 희망을 품을 수 없다면 믿음을 어디다 쓰겠니?"

"아직 생기지 않은 돈을 유산으로 남겼다는 뜻이에요?" 엘리너가 조심스레 물었다.

"그런 셈이지. 하지만 돈이 생긴 거나 마찬가지야. 거의 번 거나 다름없지. 내가 그 돈을 못 벌면, 못 번다면, 그러니까 기다리고 굶주린 게 아무 소용이 없게 되잖니? 그렇지. 내가 약속의 땅을 못 보았다면 개척자로 이 오랜 세월을 굶주리고 있겠어? 그러니까 돈을 벌 거야. 인생이 나를 저버리지는 않을 거야. 하느님은 나를 저버리지 않으실 거야. 늘 말하듯 유언장은 묘비명과 비슷한 거야. 그 시 알지?

묘비명을 거창하게 써라
가장 밝은 빛깔로 선행을 모두 색칠하라
모든 행을 빛나는 황금 같은 찬사로 채워라
그런 다음 그것이 진실이 되도록 살아라

어때? 멋지지 않니? 아름답지 않아? 그게 믿음이란다. 나는 믿음을 바탕으로 살고, 내 유언은 믿음으로 한 훌륭한 행위니까 옳다는 게 증명될 거야. 잘 봐둬, 엘리너. 두고 봐."

4

엘리너는 놀라고 의아하고 어리둥절해하면서 루크리셔로를 떠났다. 캐럴라인 같은 사람은 한 번도 만나본 적이 없었다. 생기 있고 잔뜩 꾸민 자그마하고 특이한 모습, 도러시나 베티가 입다가 준 것이 분명한 선홍색 벨벳 드레스, 복잡한 방, 기상천외한 유언장, 크고 빛나는 아름다운 갈색 눈, 이 모든 것이 엘리너가 런던에서 발견한 예상 밖의 것들을 전형적으로 보여주었다. 크리스천 키네마사에는 영국에서 이상하다고 생각했던 것이 다 담겨 있었다.

이후 며칠 동안은 캐럴라인을 생각할 시간이 거의 없었다. 런던의 새로운 생활에 관심을 모두 빼앗겼다. 엘리너는 편견으로 가득한 얼스코트의 클럽에서 지내야 했고 모두를 혐오하면서 소심한 척 영국 사회의 불편을 감수할 각오를 해야 했다. 하지만 엘리너의 예상과 달리 그녀는 인기가 있었고 클럽에서 함께 지내는 사람들은 주로 이류에 멍청했지만 거의 대부분 친절했다.

엘리너는 평범한 사람이었고 아버지가 죽기 전까지는 스스로에 대해 그다지 깊이 생각해본 적이 없어서 인기가 생기자 어색했다. 남들이 자신을 특별히 용기 있고 창의적인 사람이라고 생각하다니 뜻밖이었다. 사람들은 자동차가 있고 기계에 능하고 아프리칸스어 억양이 있고 사업을 하고 독립적인 생활을 한다는 그 모든 것에 놀라고 흥미를 느꼈다. 젊은 여자들은 엘리너가 여성들 사이에서 남의 눈을 의식하지 않는 모습을 신기하게 여겼다. 이들에게는 나름의 사교적 중요도라는 것이 있었는데, 이것에 따르면 엘리너 데 라 루와 함께 하는 저녁 드라이브는 젊은 남자와의 데이트와 거의 맞먹었다. 엘리너가 클리노를 사고 일주일도 채 안 되어서 벌써 그렇게 되었다. 엘리너는 여성들이 왜 그렇게 이성과의 교제를 열망하는지 이해할 수 없었다. 그녀는 아버지, 남자 형제, 친구들과 지내는 것에 너무도 익숙한 터라 오히려 여성들과의 교제가 참신해서 마음에 들었고, 영국인들이 베풀어준 친절에 보답하고 싶어서 런던 탐험 여행에 클럽 회원들을 차례차례 초대해 함께했다.

그러나 엘리너의 여행은 결코 한가한 관광이 아니었다. 클럽에서 지낸 첫 주에 리타 하드캐슬이라는 치열하고 지저분하고 잉크를 묻히고 다니는 재미난 젊은 광신도가 엘리너를 독립노동당 집회에 데려갔다. 그곳에서 엘리너는 숱 많은 검은 머리와 보는 사람을 무장해제시키는 미소, 영국 제국을 차례차례 고발하는 순결하고 순수한 마음을 지닌 어떤 삐삐한 남자의 연설을 들었다. 그 남자를 보니 블룸폰테인• 독립당 전당대회 연사들이 떠올랐다. 그의 연설 중 감동적인 구절을 머릿속에서 아프리칸스어로 바꾸다보니 마침내 런던에 정신적인 안식처가 생긴 것 같았다. 엘리너는 독립노동당에 가입했고 이후 계속 그 당의 연설자들을 위해 저녁에 자동차를 제공하고 활동을 도왔다.

그렇게 해서 화려한 모험이 시작되었다. 남은 겨울 내내 비서 학교에서 밝고 질서 정연한 낮을 보냈다. 꼼꼼하고 효율적으로 작업했다. 하지만 낮은 대담하고 화려한 밤과 엮여 있었

• 남아프리카 공화국의 사법 도시.

다. 엘리너는 불 밝힌 런던 거리 구석구석으로 차를 몰았다. 의장들을 회의에, 연사들을 주말 학교에, 좀 평범한 연사들은 크로이던과 일퍼드의 소규모 회의에 실어다주었다. 작은 교실과 노동단체에서 열띤 토론을 하며 영국 정치의 진실을 배웠다. 손전등을 비추며 지도를 샅샅이 훑어 런던 주변의 지리를 익혔고 어둠 속에서 휙휙 스쳐 지나는 영국의 풍경을 구경했다. 그 어둠을 뚫고, 늘어진 리본 같은 아스팔트나 변덕스럽게 구부러진 시골길 위에 은빛 창(槍)처럼 자동차 불빛을 비추며 운전했다. 차 불빛의 창을 12월의 무한한 어둠에 겨누고 차갑게 벼려진 분노 속에 집중해서 운전했다. 운전을 하는 동안 자신이 빈민가와 빈곤과 경제적 박해와 기득권의 숨겨진 위협을 진짜 창으로 찌르고 있는 것 같았다. 속도와 프로파간다라는 강렬한 힘에 휩쓸려버렸다. 기질적으로 냉철하고 열광에 빠지지 않는 성격이기는 했지만, 어둠 속에서 낯선 길을 따라 언제 망가질지 모르는 차를 운전하면서 몸이 즐거웠고, 숨겨진 악을 정치적으로 고발한다는 생각에 흥분한 덕분에 과민한 신경의 통증이 누그러졌다. 잠자리에 들 때면 너무 피곤해서 더 이상 아버지의 죽음으로 힘들어하지 않았고 아이처럼 뻗어서 잠들어 꿈도 꾸지 않았다.

이런 새로운 생활을 하면서 엘리너가 처음 캐럴라인을 만나 품었던 환상이 깨져버렸다. 이제 캐럴라인은 엘리너가 만났던 광신자들과 똑같은 사람이라는 것이 점점 확실해졌다. 캐럴라인은 크리스천 키네마사를 위해 굶주리고 기도하고 고생하고 찬양했다. 캐털라인도, 무지개 끝에서 가족수당이라는 금항아리를 찾는 리타 하드캐슬처럼, 종군 포로 구호 협회를 위해 시위하다가 기꺼이 구속된 벤 샌더스처럼, 서리 내린 저녁마다 마블 아치•에서 덜덜 떨면서 완전 금주의 신조를 열정적으로 설파하던 브렌다 클레이처럼 어리석은 신념을 품었다.

런던에서는 프로파간다와 개혁 운동이 한창이었다. 고개만 돌리면 어디에서나 사회의 궁극적 이상을 추구하는 단체들을 볼 수 있었다. 엘리너는 평화를 위한 청년 집회, 페미니스트 다과회, 중국 반대 집회에 초대받았다. 엘리너는 우편물을 발송하고 달력을 팔고 회의 도우미로 활동하고 거리 모퉁이에서 신문을 팔고 열정적 활동가들을 이 부흥회에서 저 부흥회로 실어 날랐다. 어떤 단체든 늘 돈이 부족해서 겨우겨우 유지해나가면서도 회원 규모, 자신들이 내놓은 해결책의 영향력, 은행 잔고에 대해서는 말도 안 되게 부풀려 말했다. 과학에서 배운 원인과 결과의 관계와 이 대의와 효과의 관계는 전혀 달랐다. 엘리너가 충분히 구체적이고 안정적이라고 생각했던 기관, 그러니까 신문사나 정치 협회, 기업들이 상당 부분 실체가 없는 환상에 기초했다. '현실에 대해 이러쿵저러쿵할 생각은 전혀 없지만.' 엘리너는 생각했다. '세상은 내가 생각했던 것보다 훨씬 더 이상하고, 입스웨인 교수님의 신용

• 런던 하이드 파크 북동쪽의 문.

운용 강의대로 부와 경제적 지배력의 가장 강력한 원천은 억측처럼 전혀 실제적이지 않은 것이구나.'

엘리너는 사회를 지배하는 숨겨진 역학의 신비주의적 요소를 인정하면서 매우 빠르고 질서 정연하게 돌아가는 사무실의 현실주의도 기꺼이 받아들였다. 물 만난 물고기처럼 업무 방식을 아주 쉽게 배웠다. 파일과 회계, 색인 카드, 문서는 균형 잡히고 아름다운 오케스트라의 악기였다. 단 하나의 악기만 음정이 어긋나도 엘리너의 조직적인 정신에 거슬렸다. 난관과 혼란으로 무질서한 실제 사무실을 경험해본 적이 없어서 급한 일을 하나씩 닥치는 대로 해나갔지만 주눅 들지 않았다. 그녀는 아무리 개혁과 도덕적인 복지사업을 외친다고 해도 그것이 정확하게 반복되는 세세한 일상의 절차에는 전혀 적용되지 않는다는 것을 아직 알지 못했다. 그래서 빅토리아가에 있는 크리스천 키네마사 사무실은 심각한 충격으로 다가왔다.

엘리너는 무례해 보일까 걱정되기도 하고 꺼려지기도 해서 불쌍한 캐럴라인에게 그 회사의 제멋대로인 목록과 정리되지 않은 편지가 너무도 끔찍하다고 차마 말하지 못하고, 두 번째로 캐럴라인을 만나러 갔을 때 언젠가 수업을 마치고 저녁때 사무실을 정리할 사람 두세 명을 데려오겠다고만 했다.

"저희에겐 아주 좋은 연습이 될 거예요. 맡겨주세요."

캐럴라인의 눈이 고마움과 기대감으로 빛났다. **젊음**과 **능력**이 자신의 사무실을 맡아서 무질서를 질서로 만드는 모습을 그려보았다. 데이지꽃처럼 생생한 젊은 여성들이 편지를 분류하고 캐럴라인이 어려워했던 일들을 척척 해내고 일을 다 끝낸 뒤 가스난로 주변에 둘러앉은 모습을 상상했다. 울워스 상점에서 사 온 밝은 주황색 컵으로 차를 마시고 흥겨워하면서 바닥에 호두케이크 부스러기를 흘리는 모습. 신나게 상상하다보니 별안간 행복과 희망의 미래가 눈앞에 펼쳐지는 것 같았다.

"엘리너, 나한테 너무 잘해줘서 고마워. 인생은 **너무도** 멋진 거야. 있잖아, 너를 처음 본 순간에 네가 나한테 행운을 가져다주겠구나 하고 딱 알아챘어. 그때부터 인생이 아주 다르게 보이기 시작했지."

"그 3000파운드 건은 진전이 있었어요?" 현실적인 엘리너가 물었다. 1월 말이 다 돼가고 있었다. 매커피 이사의 최후통첩 기한이 일주일도 남지 않았다.

캐럴라인의 얼굴에 어둠이 드리웠다.

"아니, 없어. 아직은 그대로야. 하지만 엿새가 더 남았고 회사 전단에 대한 질문지 열여섯 부를 받았고 오늘 오후에 브라이턴의 어떤 부인이 주식 두 주를 사겠다고 했으니까 현재까지 542파운드 10실링이야. 이제 **언제든** 백만장자가 나타날 거야."

"하지만 그렇게 안 되면요?"

"안 되면? 안 된다고? 엘리너, 네가 나만큼 오래 살고 나면, 그러니까 불가능해 **보이는** 것을 이루려고 싸우고 발버둥 치며 살고 나면 말이야. 묻지 않는 게 최선인 질문이 있다는 걸 알게 될 거다. **될** 거야. **틀림없이** 그럴 거야. 믿음이야. 하늘이 무너져도 나는 믿을 거야. 우리 같은 사람들에겐, 편하고 평범한 길로 가지 않고 대담하게 높이 올라가려고 하는 사람들에겐 후퇴란 없어. 무르기도 없고. 그렇지 않니? **안 되면**이란 건 없어. 틀림없이 돼."

"그래요. 하지만 최악의 경우에 대비해야 하잖아요, 캐럴라인."

그 작은 여자가 엘리너 쪽으로 몸을 홱 돌렸다. 온갖 구슬 줄과 펜던트가 군인의 갑옷처럼 철컹거렸다. "최악이라고 했니? 네가 최악에 대해 뭘 알아? 영혼 깊숙이 칼이 쑥 들어올 때까지 있어봤어? 절대적인 외로움에 깊이 빠질 때까지 가라앉아 모든 것을, 네 자존심조차, 그 **모든 것**을 옳은 일에 걸고 어디 한번 기다려봐라. 네가 뭔데 나한테 최악 이야기를 하는 거냐? 너는 돈이 있고 대학 교육을 받아 늘 걱정거리 없이 살잖아. 영혼이 철저하게 헐벗은 상황이 되어본 적 있어? 사람들이 '일이 그다지 잘되지 않는 게 분명해. 그러니 저 여자가 저렇게 추레해 보이지'라고 수군거리는 상황. 그래, 사람들이 '저 여자가 아직도 계속 그 일에 매달려 있어. 딱하다. 약간 미친 게 분명해'라고 하는 상황 말이야. 네 친척들이 너를 정신 질환 진단을 받게 해서 괜찮은 정신병원에 집어넣는 게 더 안전하고 더 경제적이지 않을까 생각한 적이 있기나 해? 친척들이 너한테 그만 발버둥 치고 망한 여자들이 사는 클럽에서 노령연금을 받아 살라고 말한 적이 있어? 성공을 빼고 아무것도 안 남은, 정말 아무것도 안 남은 적 있니? 네가 너의 특권을 모두 다 벗어던진다고 해도, 엘리너, 넌 우리 세대의 헐벗음, 외로움, 전혀 보호받지 못하는 상황은 이해할 수 없을 거야. 심지어 특권이 없다고 해도 너는 젊고 건강하고 좋은 교육을 받았고 사람들이 계속 너를 도울 거란 보장이 있지. 하지만 나 같은 여자들은, 우리는 맨땅에서, 정말이지 **무**에서 시작했어. 너는 평생 보호받으며 살잖아. 너는 네 세대가 가진 특권을 내려놓을 수 없지. 그런 네가 내 앞에서 '최악의 경우에 대비하라'고 말하고 있어!"

캐럴라인은 엘리너를 마주 보고 섰다. 캐럴라인의 가슴이 들썩거리고 눈이 번뜩이고 얼굴은 흥분으로 하얘졌다. 그러다 캐럴라인은 갑자기 무너져 내렸다. 의자에 쓰러져 머리를 책상에 대고 아이처럼 마구 고통스럽게 흐느꼈다. 아이처럼 격하게 화를 내고 노인처럼 힘들고 괴롭게 울었다.

엘리너는 자책감이 들고 당황해서 어쩔 줄 모른 채 옆에 서서 멍하게 이런 말만 했다. "죄송해요. 죄송해요. 제가 잘 몰랐어요."

얼마 동안 캐럴라인은 걷잡을 수 없이 심하게 흐느꼈다. 그런 뒤 무너져 내렸던 때처럼 갑자기 일어났다. 붉어진 눈가의 앞머리를 뒤로 넘기고 일그러진 얼굴을 가다듬으려고 했다. 이제 마녀 같은 예언력도, 욱하고 솟았던 거만한 반발심도 사라졌다. 그전처럼 두서없이 말을 막 쏟아냈다. "아니, 아니야."

캐럴라인이 외쳤다. "괜찮아. 네가 이해 못 하는 건 당연해. 그걸 바랄 수는 없지. 내가 지쳐서 그런 거야. 아주 많이 힘든 건 아니고 오늘 헤일스 부인과 약간 문제가 있었어. 물론 방세를 진즉에 **냈어야 하는데.** 부인 처지를 내가 아주 잘 알고는 있지만 같은 교회에 다니니까 좀 봐줄 줄 알았지. 항상 너무 착한 사람이었고 집주인이라기보다는 친구 같았거든. 물론 낮은 계급 여자이긴 하지만. 그리고 나로서는 낮은 계급 사람에게 빚을 지고 있다는 게 좀 괴로워. 밤이면 그 생각을 안 할 수 없는데 잠을 적당히 자지 않으면 큰 사업에서 책임을 다하기가 훨씬 어렵잖니. 난 늘 로이드……." 캐럴라인이 정신을 가다듬고 눈가를 토닥거리면서 울컥 터지려는 울음을 참았다. "난 늘 로이드조지•가 전쟁 승리의 크나큰 부담을 그렇게 멋지게 이겨낼 수 있었던 게 밤마다 잠을 잘 자서란 걸 알고 있거든."

"어, 그런 일이 있었는지 몰랐어요. 헤일스 부인이 못되게 구나요? 제가, 그러니까 제가 돈을 좀 드리면, 그러니까 주제넘는 것 같지만 빌려드리는 걸로, 고모 월급이 들어올 때까지만 빌려드리면 안 될까요?" 엘리너는 캐럴라인이 안됐다는 생각에 어쩔 줄 몰라 더듬거리며 얼굴을 붉혔다. 캐럴라인이 우는 것을 보니 마음이 아파 견딜 수 없었다. 가더라도 뭔가

• 영국의 수상으로, 제1차 세계대전 때 영국을 승리로 끈 데이비드 로이드조지(1863~1945).

해주고 가야 했다.

"그럼, 빌려주는 걸로. 너한테 부탁할 생각은 없었어. 네가 말을 안 했다면 빌릴 생각은 꿈에도 없었어. 하지만 나한텐 아주 큰 도움이 될 거야. 내가 밤에 지쳐 돌아와서 헤일스 부인과 인사를 나누거나 벽난로 앞에서 차라도 한잔 마시려고 항상 깔끔하게 잘 정돈된 지하로 내려갈 수 있을 테니까. 매일 밤 혼자 방으로 올라가는 것보다 덜 외로울 거야. 7파운드 8실링 6펜스면 되는데. 방세를 안 낸 상태에선 부인에게 말을 붙일 **수가 없어**."

"7파운드 8실링 6펜스. 수표를 써드릴게요. 가방에 수표책이 있어요."

캐럴라인은 작은 거울을 보며 엉클어진 머리를 매만지고 있었지만 얼굴은 여전히 얼룩지고 일그러져 있었다. 누군가가 마분지 가면을 공처럼 구기고 내다 버린 다음 다시 쓰려고 펴놓은 것 같았다. 하지만 자신감은 회복됐다.

"8파운드 더 써주면 좋겠구나." 캐럴라인이 말했다. "너한텐 별로 차이가 없겠지만 난 외상 우윳값을 갚을 수 있으니까."

"아, 당연하죠. 당연히 그렇게 할게요. 왜 여태 말씀 안 하셨어요? 섭섭하네요. 제가 여쭤봤어야 하는데."

"아니야, 넌 전혀 잘못한 게 아니야. 너는 아직 인생을 잘 모르잖아. 그러니까 난 늘 세상의 절반은 다른 절반이 어떻게 사는지 모른다는 생각이 들어. 그건 물론, 빌리는 거다. 이자 붙여서 갚을 거야."

엘리너가 20파운드짜리 수표를 건넸다.

"그래, 고맙다. 내가 써놓을게. 자, 이제 오늘 밤 내가 한 말은 잊어버려. 젊은이들을 보는 건 늘 좋은 일 같아. 그러니 일요일 밤에 나랑 같이 래시터 신부님 설교를 들으러 갔다가 나중에 제의실을 보러 가자꾸나. 같이 가줄 거지? 알고 있겠지만 지난번 이사회 회의에서 우리한테 교회 대표자들이 있어야 한다고 했잖아. 가능하다면 주교님이 하면 좋으니까 래시터 신부님이 켄싱턴고어의 주교님께 그 이야기를 해줬으면 하고. 갈 거지?"

엘리너는 거절할 생각이었다. 1918 클럽에서 열리는 청년 사회주의자 모임에 참석하기로 약속돼 있었다. 하지만 거절할 수가 없었다.

"그럼요." 엘리너가 말했다. "당연히 가야죠. 그럼 그다음에 클럽으로 식사하러 오셔야 해요."

엘리너는 피하지 못했다. 캐럴라인을 따라 두 층을 내려가 승강기로 가면서 자신의 운명이 크리스천 키네마사 사람들과 뗄 수 없이 묶여버렸다는 생각이 들었다. 친척을 굶주리게 내버려둘 수는 없었다. 헤일스 부인이 꼬장꼬장 따지며 캐럴라인을 무시하게 둘 수 없었다. 1월이 끝나기 전 3000파운드가 생기지 않으면 인생이 괜찮지 않을 텐데.

하지만 캐럴라인에게 얽매이고 싶진 않았다. 빅토리아가에서 시간을 많이 쓰고 싶진 않았다. 독립노동당 모임에 선동가들을 태워다주거나 회사법과 과학적 경영 강의를 들을 수 있는 시간이었다. 크리스천 키네마사에서 사무를 보려고 런던에 온 것이 아니었다. 아니, 그랬던가? 런던에 왜 왔더라? 사람은 왜 무언가를 하는 걸까? 왜 나는 살아 있는 거지? 인생이 어떤 의미가 있지? 왜 아버지는 죽고 나는 살아남았지? 그 모든 일의 이면에 알 법한 의도가 있었을까? 면제받는 특권은? 그래, 나는 면제를 받았다. 가난과 무지로부터, 죽음으로부터도 면제받았다. 이것이 늘 엘리너를 괴롭히는 문제였다. 기묘하게 하얀 얼굴로 현관 베란다를 향해 걸어오는 그 잰 듀 플리시스를 본 이후, 그리고 그가 부자연스러운 목소리로 이렇게 말하는 것을 들은 이후. "이봐, 엘리너. 나쁜 소식이 있어." 아무도 특권이라는 참을 수 없는 짐을 내려놓을 수 없을 거야.

클럽으로 돌아가는 내내 엘리너는 가슴속에서 오래되고 익숙한 고통을 느꼈다. 방에 올라가 어둠 속의 침대에 누워 솜털 난 플럼베이고와 진한 자홍색 부겐빌레아가 웃자라 있는 그 베란다를 떠올렸다. 한쪽 팔걸이가 망가져서 끈으로 묶어 놓았던 아버지의 커다란 고리버들 안락의자가 보였다. 구겨진 종이 더미가 있는 탁자와 파리채, 빈 소다수 사이펀, 파이프 걸이와 담배 상자가 보였다. 남자들이 베란다를 가로질러 아버지의 방으로 들것을 옮길 때 나던 무겁게 끄는 발소리와 힘겨운 숨소리를 다시 들을 수 있었다. 잰 듀 플리시스가 소식을 전하고 나서 시신이 도착하기까지 있었던 일이 세세하게 다 기억났다. "특권. 죽음을 면한 특권." 육체의 고통으로 마음의 고통이 덜어지기를 바라며 작은 주먹을 꽉 쥐어 이마를 쳤다. 아버지에게서 물려받은, 두 번째 손가락에 낀 커다란 인장 반지가 눈썹을 벴다. 상관하지 않았다. 고통이 반가웠다. 아, 아버지! 아버지!

그때 문을 두드리는 소리가 들렸다.

"저기, 데 라 루! 안에 있어?"

잠시 조용히 있었다.

"안에 있니? 대답해!"

엘리너는 대답하지 않았다. 숨을 죽이고 그들이 가버리기를 기도했다. 다른 누군가에게 말하는 리타의 목소리가 들렸다. "벌써 들어왔을 리가 없어. 그럼, 엘리너는 모임에 못 가겠네." 아래 석조 회랑으로 멀어지는 발소리가 들렸다.

몇 시간 동안 어둠 속에 그대로 누워서 아버지와 특권과 불쌍한 캐럴라인 생각을 했다.

5

엘리너는 세인트오거스틴 성당을 보자마자 그런 건물이 남아프리카에 있었을 수도 있겠다는 생각이 들었다. 고딕 양식과 고전 양식을 어색하게 섞어 지은, 50년은 돼 보이는 크고 흉측하고 칙칙한 건물이었다.

엘리너는 네덜란드 개혁 교회 신자로 자랐지만 아버지도

그녀도 종교에 별로 관심이 없는 불가지론자였다. 영국국교회 미사에 참석해본 적은 단 두 번 있었다.

벽에 그림들이 걸려 있었다. "십자가의 길이란다." 캐럴라인이 속삭였다. 엘리너가 보기에는 조잡하고 좀 불쾌한 그림들이었다. 향냄새가 마음에 안 들었고, 후줄근한 남자와 여자들이 소나무로 만든 신도석으로 돌아가기 전에 성단소를 향해 거의 무릎이 닿을 정도로 굽히는 모습도 싫었다.

엘리너는 왜 사람들이 교회라는 형식적이고 불편한 곳에서 일정한 간격을 두고 서로 만나고 무릎을 꿇었다 일어서고 뼈가 녹고 적들이 도망하고 금으로 된 옷을 입는 왕의 딸이 나오는 터무니없는 내용의 노래를 부르고 싶어 하는지 알지 못했다. 저렇게 단편적으로 낭독하는 신구약 성경, 하도 여러 번 되풀이해서 신자들 머릿속에 전혀 남지 않고 그냥 흘러가버리는 기도문, 저 우스꽝스러운 찬송가, 왜 저런 짓을 할까? 왜 저런 행위가 전능한 신의, 그러니까 신이 있다면, 그 신의 마음에 들 것이라고 생각할까? 왜 전부 시간 낭비라는 것을 알지 못할까? 할 일이 이렇게 많은데. 유아 복지 센터도 설립해야 하고 선거운동원들을 위해 표지판도 설치해야 하고 거리 안내서에 표시도 해야 하고 빈민가의 집주인 문제도 해결해야 하고 인도와 중국의 실상과 국제 오일 트러스트의 부정도 알려야 하는데. 아주 훌륭한 사람들은 죄다 과로로 신경쇠약이 생길 지경인데 이 기고만장한 크리스천들은 기괴하고 흉한 제단 앞에서 절을 했다. 해야 할 일이 너무도 많은데. 나흘만 있으면, 그러니까 목요일 밤이면 매커피의 최후통첩 기간이 만료된다. 크리스천 키네마사는 구원받거나 망하겠지. 엘리너가 보기에는 망할 가능성이 매우 높았다. 이즌바움과는 여전히 전혀 접촉할 수 없었다. 세인트데니스는 크리스마스를 지내러 파리에 갔는데 그곳에서 야속하게도 유행성 인플루엔자 환자가 되고 말았다. 회복해서 주말에 돌아갈 것이지만 미리 매커피에게 말미를 더 달라고 부탁하는 전보를 보냈다. 하지만 매커피는 완강했다.

"매커피 이사가 왜 그러는지 알아. 어떤 생각인지 알지." 캐럴라인이 말했다. "그건 그 사람의 발명품이야. 돈이 필요하다고 했어. 기한을 한 차례 연기했고. 하지만 개척 사업이란 게 그렇지. 친구들이 함께하자고 다가오지. 그런 다음엔 두려워하게 돼. 친구들은 하늘에서 뜻이 이루어진 것같이 땅에서도 보상을 달라고 요구하기 시작해."

"기도해야 해." 캐럴라인이 교회로 걸어가며 엘리너에게 말했다. "기적을 빌어야 해. 나는 이런 일이 우리 믿음을 시험하기 위한 것이고 최후의 순간에 우리는 구원받을 거라고 믿어. 도박이 흥분된다고 사람들이 말하잖아. 흥분에 대해서라면 우리도 할 말이 많을 것 같지 않니?" 캐럴라인은 지난주에 화낸 일은 모두 잊었다. 엘리너를 '우리'에 포함시켜서 자기 영역으로 끌어들였다. "늘 말하듯 평범한 경주자나 도박사는 위험이 뭔지 몰라. 어, 우리는 가진 것을 다 걸었어. 거의 가능성이 없는 데에 모든 것을 걸었으니까 우리는 개척자인 거야.

그리고 우리가 딴 거야. 그렇지?"

정말 그렇구나, 하고 엘리너는 생각했다. 캐럴라인은 용감하게 열정을 품고 무모하게 엄청난 위험을 감수하고 있었다. 게다가 한순간 나약했지만 이제 너무도 아름다운 열정이 다시 샘솟아 역경에 맞서고 있었다. 그 상황을 즐기는 것처럼 보일 정도였다. 로이드조지가 말한 잠의 은혜를 제대로 받지 못하고 기나긴 밤 동안 그녀의 영혼이 어떤 고통을 당했는지 모르지만 낮에는 전혀 흔들리는 기색이 없었다. 교회로 가는 길에 캐럴라인은 행복해 보였다. '최악에 대한 대비'로 다가올 영광을 상상하기만 하면 된다는 듯 아주 신나 보이기까지 했다.

그러나 교회에서 오르간 연주가 있고 나서 구겨진 레이스가 달린 성가대복에 새빨간 수단•을 입은 소년 성가대의 짧은 행렬이 복도를 지나가자 캐럴라인은 엘리너에게 실망한 표정을 보였다.

"여기 안 계셔." 캐럴라인이 속삭였다. "래시터 신부가 안 왔어. 저 신부는 모르는 사람이야."

'어, 그렇구나.' 엘리너는 생각했다. '그 신부가 있었어도 무언가 해줄 것 같지는 않아. 다른 사람들은 캐럴라인 말을 얼마나 진지하게 듣는 걸까? 세인트데니스라는 사람을 만나보고 싶네. 음, 여하튼 목요일이면 다 끝나겠지. 정말이지 이제

• 보통 성직자가 제의 밑에 받쳐 입거나 평상복으로 입는 긴 옷.

아무래도 그 사람들은 안 돼.'

엘리너가 보기에 이즌바움은 더 이상 책임을 지지 않기로 했고 호사가인 세인트데니스는 전혀 상관하지 않는 것이 확실했다. 크리스천 키네마사는 망할 것이고 캐럴라인 말고는 아무도 슬퍼하지 않겠지.

예배에는 관심이 없었다. 교회에서, 그리고 캐럴라인에게서 벗어나고 싶었다. 크리스천 키네마사는 자신에게 아무것도 아니라고 스스로에게 타일렀다. 그 일이 설사 다른 박애주의 사업보다는 현실적이라고 해도, 아무튼 비현실적이었다. 캐럴라인이 허황된 야망을 품은 것이 안타까울 뿐이었다.

"27일 저녁 찬송." 래시터 신부가 아닌 그 사제가 알렸다. "〈시편 126편〉."

캐럴라인이 엘리너의 옆구리를 찔렀다. 눈이 빛나고 있었다.

"오늘이 27일인 걸 잊고 있었어." 캐럴라인이 속삭였다. "이건 계시가 분명해. 나한텐 항상 찬송가가 아주 중요해."

성가대가 노래했다.

"야훼께서 시온의 포로들을 풀어주시던 날, 꿈이던가 생시던가!

그날 우리의 입에서는 함박 같은 웃음 터지고 흥겨운 노랫가락 입술에 흘렀도다.

그날 이교 백성 가운데서 들려오는 말소리, '놀라워라, 야훼께서 저 사람들에게 하신 일들!'

야훼께서 우리에게 놀라운 일 하셨으니 우리는 얼마나 기뺐던가."

캐럴라인은 눈물이 뺨을 타고 흘러내리는데도 고개를 꼿꼿이 들고 약간 쉰 듯하고 떨리는 목소리로 함께 불렀다.

"야훼여, 저 네겝 강바닥에 물길 돌아오듯이 우리의 포로들을 다시 데려오소서.

눈물을 흘리며 씨 뿌리는 자, 기뻐하며 거두어들이리라."

그다음의 〈시편〉 130편 〈깊은 구렁 속에서〉조차 좀 시시하게 느껴질 정도였다. 엘리너는 옆에 앉은 캐럴라인이 예배 시간 내내 흥분의 파도 꼭대기에 올라 있는 것을 느낄 수 있었다. 엘리너조차 스스로는 인정하지 않았지만 동요하고 있었다. 이때가 1월 27일 저녁이라는 것과 그날 〈시편 126편〉을 불렀다는 것은 우연에 지나지 않았다. 기도서의 다른 〈시편〉도 거의 다 그렇게 의미를 지닐 수 있었다. 우연히 선택된 찬송가에서 계시를 찾는 것은 점치는 일과 비슷했다. 캐럴라인은 계시를 찾는 신앙이 없는 세대•는 아니라고 해도 바보스러운 세대였다. 엘리너는 캐럴라인이 응접실 벽난로 옆 주전자 위로 몸을 기울였을 때 불길이 진홍색 벨벳 위에서 번뜩이고 얼굴에 괴이한 그림자가 드리워 마녀처럼 보였던 것을 잊을 수 없었다. 캐럴라인은 마녀였다. 마법을 믿었다. 찬송가에서 계시를 찾다니.

엘리너는 남부럽지 않게 돈을 벌고 상식이라는 확고한 기

• 〈마태복음〉 16장 4절 참조.

반에 발을 딛고 있고 가축의 질병이나 시장의 상황에 대해 이야기를 나누는 평범하고 현실적인 사람들과 함께 있고 싶어졌다.

그러나 캐럴라인이 딱해서 속이 탔다. 인생은 너무 짧고 미래는 너무도 불확실했다. 어떤 사람들은 친구와 부와 행운과 성공을 모두 가진 채 너무도 화려하게 태어났다. 또 어떤 사람들은 빈손이었다. 캐럴라인도 아무것도 가지지 못했다. 행운은 능력과는 전혀 무관하게 주어졌다.

캐럴라인은 엘리너가 특권을 가진 젊은이라고 울부짖으며 불공평하다고 항의했던 일을 잊었는지 모르지만 엘리너는 잊지 않았다. 절대 잊지 않겠다고 생각했다. 남들이 부러워할 만할 자신의 미래와 캐럴라인의 외로움과 가난이 대조되어 예배 시간 내내 머리를 떠나지 않았다. 캐럴라인이 낡은 양모 장갑 위로 경건하게 고개 숙인 모습을 보았다. 응창하느라 일어서서 고개를 당당하게 드는 모습을 지켜보았다. 성경 구절을 따라 읽기 위해 안경을 찰칵 펼 때 위엄 있고 우아한 여성의 분위기가 느껴졌다.

엘리너는 생각했다. '내가 신이라면 캐럴라인에게 기적이 일어나게 할 거야. 이제 뭔가 좋은 일이 일어날 때도 됐잖아. 비웃고, 마술적인 힘을 발휘하고, 황소처럼 우렁우렁하고, 기적을 행하고, 폭풍을 가라앉히는 야훼 하느님이 있어봤자 어쩌다 작은 기쁨조차 누리지 못한다면 무슨 소용이 있겠어?'

"제왕들을 왕좌에서 끌어내리시고." 캐럴라인이 확신에 가득 차 노래했다. "비천한 사람을 높이셨다."

'저것은 실현되기 힘든 희망이야.' 엘리너는 생각했다. 사실 그대로가 아니야. 제왕들은 왕좌에 변치 않고 그대로 남아 있으며 만약에 그들이 내려온다 해도 비천한 사람들을 짓밟겠지.

성가 순서가 되었을 때 엘리너는 약간 짜증이 나 있었다. 신이 기회를 제대로 활용하지 못하고 있다는 생각에 어느 때보다도 더 싫었다. 하지만 옆에 앉은 캐럴라인은 예배의 모든 순서에서 영적 음식을 섭취하고 있는 것 같았다. 왕족을 위한 기도에서조차도.

래시터 신부가 아닌 젊은 사제가 설교단에 올라갔다.

"잘생긴 청년이네." 캐럴라인이 관심을 보이며 속삭였다. "늘 말하지만 잘생기면 설교가 절반은 성공한 거야."

엘리너가 보기에도 잘생긴 사람이었다. 다만 뭔가 캐묻는 듯한 코가 길었고 입은 너무 컸다. 하지만 키 크고 꼿꼿하고 보기 좋았다. 멋진 갈색 머리카락이 총명해 보이는 이마에 제멋대로 구불거리며 흘러내려 있었다. 높은 자리에 올라서 있는 것이 그다지 편치 않은 듯 작은 탁자를 붙든 손은 길고 섬세해 보였다.

엘리너는 그가 여러모로 매력 있는 젊은 남자라고 생각했지만, 그래서 더더욱 그가 사제라는 사실이 안타까웠다.

그녀는 젊고 매력 있는 사제들을 좋게 봐줄 수 없었다. 강하고 똑똑한 보통 남성이라면 이웃들에게 도덕을 가르칠 수 있다고 주장하는 집단에 갇히고 싶어 했을 리 없으니까. 젊은 남성이 사제복을 입어버리면 그는 자신을 실재하지 않는 것에 바친 것이고, 그러니 더 이상 보통 인간으로 불릴 자격이 없는 것 같았다.

이 특별한 젊은 남성은 여드름도 없고 서투르지도 않았고 허약해 보이지도 않았으며 영국국교회 목사라고 하면 떠오르는 외적인 단점도 보이지 않았다. 조신하면서 약간 뜻밖에도 위엄이 있었다. 차분하고 사제 같지 않은 목소리로 성경을 낭독했다. "예수께서 그에게 말씀하셨다. 네가 완전한 사람이 되려고 하면 가서 네 소유를 팔아서 가난한 사람에게 주어라." 말을 아주 잘하는 편은 아니었다. 태도는 너무 딱딱했고 목소리에는 자신이 없었고 발음은 약간 부자연스러웠다. 논지를 전개해가다가 두 대목에서 신도들이 듣고 있다는 사실을 잊고 자신에게만 몰두해서 잠깐 동안 웅변을 하다시피 했다. 단순하고 쉽게 설교해야 한다는 것을 잊고 학부생에게 윤리학을 강의하는 젊은 교수처럼 말하는 모습이 엘리너는 재미있었다. 사제는 갑자기 정신을 차렸는지 얼굴을 살짝 붉히고 그 전의 수줍고 평범한 언어로 돌아가려고 애썼다.

설교가 지루할 것이라고 예상했던 엘리너로서는 즐거워서 마음에 들었다. 상급 사제들에게서 쉽게 설교하라고 배웠을, 이 똑똑한 교수님 같은 젊은 남자 덕분이었다. 옥스퍼드 학생들과의 논쟁이 체질에 맞는 사람이었지만 이제 그가 해야 할 일은 지친 청소부를 개종시키는 것이었다. 그는 설교단에 원고를 가지고 왔지만, 근시인 푸른 눈을 앞이 안 보이는 사람처럼 원고에 바짝 갖다 대더니 결국에는 아예 보지 않았다.

'젊은 사람이 딱하네.' 엘리너가 비웃었다. '전혀 편안하지 않지. 영적 올바름에 혹하지 않고 대학에 가만히 남아 있었더라면 크게 성공했을 텐데. 지적인 데다 개성도 있으니 금세 거들먹거리는 학자가 됐을 텐데."

그 젊은 남자의 딜레마에 관심이 생기자 엘리너는 그가 하는 말에도 관심이 생겨서 이제 태도가 아니라 설교의 내용을 따져보기 시작했다. 그러고 보니 내용을 적절하게 잘 고른 것 같았다. 설교 주제가 그가 봉독했던 성경 구절과 아주 자연스럽게 연결됐기 때문이다. 몰리 경의 에세이를 잘 알고 있었고 경을 본받아 **절충**에 대해, 절충이 이상주의에 끼치는 큰 영향력, 평범한 사람들이 절충에 느끼는 매혹에 대해 이야기했다. 조심스러운 입술로 너무도 자연스럽고 예스럽게 열정을 찬양했다. 열정 없는 미온적인 태도를 비판하고 대담함을 찬양하고 이상을 위해 모든 것을 다 거는 최고의 도박꾼들에 대해 이야기했는데, 엘리너에게는 그 설교가 다소 낭만적으로 느껴져 혼란스러웠다. 처음에는 내용이 마음에 들지 않았으나 나중에는 그 내용을 스스로에게 적용해보았다. 그의 말을 들으며 엘리너는 모험을 하지 않는 사람들이 마싱턴의 스미스 가족, 번듯한 부르주아, 보호받는 사람들, 상식적인 사람들, 관습을 따르는 소심한 사람들을 가리킨다고 생각했다. 완벽을 추구하는, 진정한 의미의 고귀한 사람들은 아시시의 성 프란체스코, 성 프란시스코 사비에르, 잔 다르크 같은 사람들,

그리고 캐럴라인, 불쌍하기까지 한 캐럴라인 같은 사람들이었다. 어떤 대가를 치르든 굴하지 않고 당당하고 무모한 독립의 몸짓을 한 사람들. 그런데 나 자신은 어떻지?

문득 엘리너는 자신이 절충주의자라는 생각이 들었다. 소유물이 있기 때문에 큰 거부•를 당할 사람. 캐럴라인은 엘리너가 나이 든 여성 세대처럼 아무것도 없는 상태가 될 수 없다고 말했었다. 정말 그랬다. 엘리너는 교육과 자유, 자신의 야망을 지지해주는 아버지의 보호를 영원히 받았다. 캐럴라인이 전날 밤 사무실에서 엘리너에게 소리치며 했던 모든 말이 이제 그 젊은 사제의 주장에 있었다. 절충을 택한 사람도 그녀였고 특전을 가진 사람도 그녀였다. 엘리너는 신이 기적을 일으켜주지 않는다고 책망했었다. 그 기적은 신이 일으킬 수 있었지만 그녀도 일으킬 수 있었다. 나에게 3000파운드가 있다. 크리스천 키네마사를 구할 수 있다. 그렇게 하면 신에게 자기 잘못을 알게 하고, 또 더 이상 견딜 수 없는 그 특전을 적어도 나만이라도 내려놓을 수 있을 거야.

이런 생각이, 전에는 못 했던 것이 이상할 정도로 당연한 듯 갑자기 떠올랐다. 엘리너에게는 돈이 있었다. 그녀는 그 돈이 그다지 필요하지 않았다. 6개월 교육이 끝나면 돈을 벌게 될 것이고, 교육이 끝날 때까지 검소하게 지내면서 버틸

• 단테의 《신곡》에 나오는 말. 천국에도 지옥에도 들어가지 못하고 거절당한 상태를 의미한다. 생전에 절충적인 태도를 취하는 사람에 대한 비판의 뜻.

만큼 돈이 있었다. 그녀는 누가 뭐래도 최고의 학생이었다. 이미 훌륭한 과학교육을 받았고 상업 네덜란드어는 또 다른 자산이었다. 당장이라도 파트타임으로 무역 회사에서 네덜란드어 서신 번역 일을 할 수도 있었다. 3000파운드가 나에게 왜 필요해? 그 돈을 크리스천 키네마사를 살리는 데 쓸 거야.

캐럴라인에게 얼마나 큰 기쁨이고, 냉담한 이사회에게는 얼마나 큰 꾸짖음이며, 늘 캐럴라인이 아무것도 제대로 하지 못할 것이라고 생각하는 마싱턴의 스미스 집안 사람들에게는 얼마나 큰 책망이 되겠는가. 왜 이 생각을 진즉 못 했지? 저 젊은 남자 훌륭하구나! 다니엘 같은 명재판관이야. 설교 하나를 듣고 내가 크리스천 키네마사를 돕게 되다니. 하긴 여태 정신의 양식으로 너무 적은 설교를 섭취했으니까, 하고 엘리너가 생각했다.

결심을 바로 굳혔고 지난 며칠간의 우울이 싹 사라졌다. 행복했다. 자동차를 처음 샀을 때보다 더 행복했다. 이미 무언가를 해낸 느낌이었다. 역사의, 비록 그것이 무명의 지엽적인 역사라고 할지라도 그 역사의 줄기를 바꿀 일을 할 참이었다.

설교의 결론은 듣지 않았다. 엘리너에게는 이미 들은 것이나 마찬가지였다. 노래는 잘 부르지도 제대로 들을 줄도 몰랐지만 엘리너는 이제 캐럴라인에 버금가게 열정적으로 마지막 찬송을 부르기 시작했다. 교회에서 나와 캐럴라인을 따라 걸었다. 초조하고 맥박이 마구 뛰고 입술이 뿌듯한 미소로 실룩거렸다.

버스에 탈 때까지 겨우 참고 기다렸다가 이렇게 툭 말을 던졌다. "있잖아요, 제가 생각을 해봤는데요. 아버지가 저에게 남겨주신 3000파운드는 어떨까요? 5퍼센트라고 하던데요. 전시공채 이율이 너무 끔찍하죠? 크리스천 키네마사에 그걸 넣는 거 어떻게 생각하세요?"

나중에 엘리너는 성급한 충동 때문에 어떤 대가를 치렀더라도 그만한 가치가 있었다고, 캐럴라인의 얼굴이 황홀한 열망으로 떨리는 것을 본 것만으로도 가치가 있었다고 스스로를 다독였다. '적어도 내가 독실한 크리스천의 기도에 응답해서 신에게 신의 의무가 무엇인지 가르쳐주기는 했잖아. 불쌍한 캐럴라인!'

제4장 휴 앵거스 매커피

1

휴 앵거스 매커피는 여태 이룬 일로 보면 분명 혼자 힘으로 성공한 사람이었다. 하지만 혼자 하는 일의 가장 큰 단점은 한쪽으로 치우치지 않기 어렵다는 것이다. 휴의 발전 과정은 애처로울 만큼 한편에 치우쳤다. 그는 스물여섯 살의 뛰어난 기술자였다. 특정 건물의 청각적 속성을 아주 정확하게 계산할 수 있었다. 컬러 사진, 음향의 전기적 재생, 셀룰로스의 효용, 빛과 음악의 융합에 대해 정확하지만 이해하기 쉽지 않은 논문을 쓸 수 있었다. 어떤 유럽 대학에서도 물리학, 화학, 공학 시험에서 최우수상을 받을 수 있었다. 정신적으로 힘들어하지 않고 일주일에 15실링으로 살 수 있었다. 당시 할리우드에서 사용되던 글래스고 갤러웨이 패턴트만큼이나 효율적인 영상·음향 동시 재생 영화를 발명했다. 그러나 저녁을 주문할 줄 몰랐고 후원자와 면담을 잘 못했고 특허권을 시장에 내놓을 줄 몰랐고 음정을 못 맞추었고 여자가 자신을 사랑하게 할 수 없었고 누군가와 함께 삼십 분 이상 일하면서 상대가 자신에게 적대감을 품지 않도록 할 수 없었다.

그의 입장에서 공평하게 다 말하자면 자신이 만든 것에는 불만이 없었다. 불만이 특기였지만 스스로에게는 그 특기를 발휘하지 않았다. 그가 불만인 것은 옥스퍼드 억양, 현대 소설, 비트나이거의 전기 처리, 고전 교육, 초자연적인 신의 존재, 어머니들을 제외한 모든 여성, 영국국교회, 중앙난방, 오르되브르, 부자연스러운 예절, 가척의 원자 이론, 영국 국민이었다. 마음에 들어 하는 것은 로버트 번스,• 스코틀랜드 고지대의 풍경, 청빈, 오트밀 포리지, 과학교육, 그리고 자기 자신이었다.

휴는 퍼스셔 출신 소작농의 아들로, 열다섯 살 때 생각해보니 집안과 장래성이 자기 성에 차지 않았다. 그는 거만한 아이였으나 아버지는 바람과 계절의 노예였다. 그는 성미가 급했으나 어머니는 다섯 아이를 키우고 일곱을 묻으며 자연 생식이라는 느리고 소모적인 과정에 얽매여 있었다. 그는 똑똑했고 논쟁을 즐겼고 기민하고 호기심이 많았지만 어쩔 수 없이 농촌에서 썩을 운명이었다.

선생님은 휴가 수학에 소질이 있다고 칭찬했지만 말을 안

• 스코틀랜드의 국민 시인인 로버트 번스(1759~1796).

듣고 고집을 부린다며 때렸다. 휴는 아버지에게 공부를 계속하게 장학금을 신청하겠다고 했지만 돌아온 것은 퉁명스러운 거절이었다. 그러나 어머니는 아이의 야망을 조금 알아주었다. 휴는 퍼스에 있는 삼류 사진사 밑에 들어가려고 집을 나가며 어머니에게만은 목적지를 알렸다. 어머니는 버는 것은 적고 길기만 한 휴의 도제 생활 내내 소다스콘과 귀리비스킷을 조금씩 싸서 몰래 보내주었다.

사진이 그를 사로잡았다. 밤이면 공공 도서관에서 책을 읽고 야간 강좌를 듣고 새로운 질서의 세계에 푹 빠졌다. 화학, 물리학, 사진술의 기술적 공정에 관한 책을 읽었다. 사물의 평범하고 무질서한 모습 뒤에는 완벽한 대칭이 있었다. 너무 작아서 인간의 무딘 눈에는 보이지 않지만 시스템은 정확하고 확실하게 작동했다. 하숙집에 있는 조잡한 송판 의자가 경이로운 물건이 되었다. 회전하는 전자를 고체의 모습으로 고정하는 법칙, 그 나무의 질감을 바꾸는 법칙, 크기의 확장이나 축소를 지배하는 법칙에 흥미를 가지고 몰두했다. 누군가는 음악에서, 또 누군가는 형식에서, 또 신권을 탐구하는 데에서 느끼는 기쁨을 휴는 자연과학에서 발견했다. 화학과 물리학을 통해 황홀한 경이를 경험했고, 그래서 우주와 자신의 관계가 송두리째 바뀌었다.

내적 삶은 그랬다. 외적 삶은 자신을 사진관에 없어서는 안 될 존재로 만들고, 믿을 수 없을 만큼 적은 수입으로 먹고살면서 어쩌다 팁을 받거나 푼돈이 생기면 초인적인 정신력으로 저축하고, 자신의 말에 인내심을 가지고 귀를 기울여주는 사람 모두에게 언젠가 대학에 갈 거라고 떠벌리고 다니는 데에 썼다. 그리고 정말 대학에 갔다. 열아홉 살 때 가장 부자인 친척, 던디에 사는 돼지 판매상에게서 200파운드를 빌려 에든버러 대학에 갔다. 에든버러에서 낮 내내, 그리고 밤 시간 절반을 공부에 바쳤다. 우정과 오락, 사치와 취미 생활을 거부하고, 육안으로 견고해 보이는 세상이 모두 보이지 않는 양자의 세찬 움직임인 것을 관찰할 수 있는, 물질이 다 들여다보이는 고립된 세계에서만 살았다. 그러면서도 공학과 화학 시험을 치러 결심대로 두 과목 모두 잘해냈다. 졸업할 때, 끈질기고 꾀가 많고 남들이 자신을 싫어하게 만드는 능력이 있다는 특이한 평가를 받았다. 교수들은 그를 에든버러만 아니면 어느 대학이든 교수 자리에 기꺼이 추천하려 했다. 멀리 가면 갈수록 더 좋았다. 휴가 독일에 방문 연구원 자리를 얻어 색재현을 공부하러 가게 되자 교수들은 진심으로 기뻐했다.

휴는 독일로 갔다. 2년 동안 머물면서 뛰어난 연구를 했고 영국인에 대한 반감이 강해졌고 독일어와 과학적 방법을 대충 다 배웠다. 귀국해 내셔널 시네마 프로덕트 유한회사에 연봉 600파운드를 받고 실험 화학자로 입사했다. 회사의 아주 후한 조건을 누리면서도 겨우 18개월을 버텼다. 회사 연구실을 개인 실험실처럼 썼고 동료 모두와 싸웠고 상무이사에게 욕을 했다. 하지만 그가 회사에 내놓은 몇 개의 아이디어가 너무 가치 있는 것이어서 회사는 그를 그냥 내놓은 놈으로 치부하며 비주기로 했다. 그러나 급기야 그가 일주일에 삼 일만 회사 일을 하고 나머지 시간에는 토나퍼펙타 음향 융합 필름에 전념하겠다고 선언했다. 그러자 총대를 메고 있던 상무이사가 흔들렸다. 매커피의 괴상한 짓거리를 더 참고 보아야 한다면 회사를 그만두겠다고 을러댔다. 그 스코틀랜드 남자가 일을 아주 잘한다는 데에는 이의가 없었다. 무례할 정도로 솔직한 것에 대해서도 마찬가지였다. 그래도 같이 일할 수는 없었다. 다른 직원들에게 그러라고 할 수도 없었다. 덜 독창적이고 더 협조를 잘하는 직원이 회사에 더 도움이 될 것 같았다.

이사회가 매커피를 불렀다. 이사들이 친구와 형제처럼 매커피에게 다가갔다. 눈치를 좀 보라고 했다. 함께 잘 도우며 일하는 것이 어떠냐고 했다. 숙이고 절제하라고 했다. 휴는 이십 분 동안 그 말을 다 듣고는 그들을 박살 내놓았다. 사업방법, 광고윤리, 홍보, 타협, 영국의 국민성에 대한 속엣말을 다 했고, 이사들이 손이 발이 되게 빌면서 함께 일해달라고 간청한다고 해도, 연봉 만 파운드에 연구실을 무상으로 사용하게 해준다고 해도 절대 회사에 다시 발을 들이지 않을 거라고 했다.

그런 다음 낡은 중절모를 쓰고 방에서 척척 걸어 나갔다.

연봉 600파운드를 받는 동안 그는 일주일에 35실링을 쓰며 살았다. 이제 그렇게 사치를 부린 것이 후회됐지만 적어도 아직 돈을 쓸 수 있으니 다행이었다. 런던 주변을 돌아다니던 어느 날 애널리에 있는 버려진 화학 공장의 반쯤 무너진 건물들을 발견했다. 중심 건물들은 전쟁통에 폭격을 맞은 뒤 재건되지 않았지만 연구실들은 봐줄 만한 상태로, 몇 년째 한 특허 의약품 회사가 사용하고 있었다. 공장이 있는 8000제곱미터가량 되는 부지를 3년 뒤에 폐쇄하기로 되어 있었던 터라 땅주인은 그렇게 엉망인 부동산에 세입자를 들인 것만으로도 무척 기뻐했다. 휴에게 딱 맞는 곳이었다. 크기가 적절했고 외딴곳이었다. 값이 쌌다. 설비를 갖추는 데에 저축했던 돈을 거의 다 쏟아부어 토나퍼펙타 필름을 완성할 준비를 했다.

준비를 마치자 특허사무소에 가서 자기 발명품을 등록했고, 제안서를 들고 내셔널 시네마 프로덕트사로 돌아갔다. 그들은 그 필름을, 휴가 자비로 혼자 완성한 그 필름을 받아들일 수도 있었다. 이사들이 교과서의 저자들이 경제적인 인간에게서 발견했다는 현명한 이기심에 따라 행동했다면 휴의 제안과 조건을 받아들였을 것이다. 하지만 그들은 그냥 인간이었고 자신들이 무시당했다는 사실에 기분이 상해 있었다. 휴 매커피에 대해서도, 휴 매커피가 하는 말도 다시는 듣고 싶지 않았다. 그들은 정중하지만 기세등등하게 다른 데 가서 알아보라고 편지에 썼다. 회사 사람들은 대담하게 거절하고 나서 일주일 뒤 글래스고 갤러웨이 필름 소식을 듣고는 좋아서 거의 울음을 터뜨릴 뻔했다. 글래스고 갤러웨이 필름이 몇몇 측면에서 토나퍼펙타보다 더 나았기 때문이다. 하지만 매커피에게는 그 경쟁 상대에 대해 알려주지 않았다.

휴는 거절에 분개하면서도 거만하게 받아들였다. '불쌍한 벌레들'이라고 생각했다. '자기들한테 좋은 게 뭔지 전혀 모르는군.' 그는 음산한 연구실에 처박혔고 연구실의 불빛이 밤늦도록 깨진 병과 녹슨 쓰레기통, 기름투성이 웅덩이와 연구실을 둘러싼 황무지를 장식하고 있는 범포 천 다발과 그물을 비추었다. 하지만 휴의 상황은 좋지 않았다. 그는 기술만 알았지 법과 사업에 대해 알아야 한다는 생각은 전혀 하지 못했다. 발명이 그 상품을 파는 심각한 사업 앞에 붙는 신나는 전주곡에 불과하다는 것을 알지 못했다. 그래서 그저 일을 잘하면 보상이 오리라고 믿었다. 하지만 실상 휴는 자신의 필름으로 무엇을 해야 하는지 전혀 몰랐다.

친구가 있었더라면 조언을 얻을 수 있었을 테다. 하지만 오히려 휴는 조언을 해달라고도 들으려고도 하지 않는 자신이 자랑스러웠다. 누구의 의견도 중요하지 않다고 큰소리를 쳤지만 지적의 기미만 보여도 화들짝 놀랐다. 비웃음은 그를 후려쳤다. 후원은 골칫거리였다. 경쟁적인 사업 판에서 그는 자기 이익을 지킬 수 없었다. 몰려오는 코끼리 떼 아래에 있는 껍데기 없는 거북이 같은 상황이었다.

그는 펜지의 비석 가게 위쪽에 있는 후미진 건물에 가구 없는 작은 침실을 얻었다. 주당 6실링을 냈는데 터무니없이 비싸다고 생각했다. 방과 연구실, 공립 도서관 사이를 뚱하게 규칙적으로 걸어서 오갔다. 어떤 때는 며칠 동안 조수로 들인 실직한 평판 나쁜 화학자 캠벨 말고는 아무와도 말을 하지 않았다. 그는 런던 거리에서 만나는 사람들을 경멸했다. 염가 할인 판매장 앞에서 넋이 나가버린 뚱뚱한 여자들을 혐오했다. 몽롱한 군중을 헤치고 공성 망치같이 생긴, 짐이 실린 유아차를 밀다가 "진짜 겨울 세일, 모피 장식 여성용 코트 단돈 49실링 6펜스. 셀러니즈• 실크 속옷, 화장 도구 상자, 화장실 용품의 모든 것" 앞에 멈추어 있는, 지쳤으면서도 만족을 모르는 어머니들을 싫어했다. 흉측하고 멍청하고 쓸모없다고, 그리고 자신이 중요한 일로 급히 지나는데 길을 막고 있다고 그들을 혐오했다. 자신은 야위고 굶주리고 심란하고 실현될 수 없는 욕망에 사로잡히고 꿈에 휘둘려 외롭고 사납고 무례해졌는데, 그 사람들은 한가하고 행복하고 명랑하다는 이유로 그들을 혐오했다. 입을 헤벌린 멍한 사람 중에 토나퍼펙타를 어떻게 팔아야 하는지 자신에게 알려줄 사람이 한 명도 없고, 1실링 11과 4분의 3펜스짜리 물건의 거스름돈이 어떻게 되는지, 파딩••이 아직 쓰이는지 아닌지 아무도 상관하지 않는다는 이유로 그들을 혐오했다. 그럴 때 그는 그 어정거리는 사람들과 입 벌린 멍한 얼굴에 쏘아 갈길 기관총이 있었으면 했다. 군중 사이에 찔러 넣을 총검이 있었으면 했다. 발을 질질 끄는 사람들 밑에서 지진이 났으면 했다. 자신이 그 대재앙에서 삼손처럼 사라진다 해도 괜찮았다. 언젠가는 엄

• 인조견사의 일종이자 상표명.

•• 영국의 옛 화폐단위로, 1파딩은 1페니의 4분의 1에 해당한다.

마 품에서 거의 잠들어 축 늘어져 있던 아기가 허연 얼굴로 매섭게 쏘아보는 휴를 보고 무서워서 울음을 터뜨리다가 입에서 고무젖꼭지를 떨어뜨렸다. 휴는 사람들 틈에 서서 아이 엄마가 고무젖꼭지를 주워서 자신의 검정 코트에 문질러 털고 난 뒤 입으로 빨아서 흙을 제거하고는 아기의 입에 다시 밀어 넣는 것을 보았다. 휴는 역겹고 화가 치솟고 불쾌해서 돌아서서 씩씩거리며 걷다가 버스에 치여 죽을 뻔했다.

2

1928년 초가을 어느 저녁, 휴는 공립 도서관에서 계속 기다리고 있었다. 포웰이 쓴 《빛 실험》을 읽고 싶었다. 너무도 간절하게 읽고 싶었다. 화가 나서 미치기 직전이었고 지치고 낙담해 있었고 배가 고파서 조용한 침실로 얼른 돌아가서 쉬고 싶었다. 그는 색재현 민감도를 100퍼센트 증가시킬 것이라고 믿었던 셀룰로스를 새로 제조하다가 완전히 실패했다. 그렇게 시작된 분노가 사회를 향한 적대감에 불을 붙였고 결국에는 보조 사서에게 공립 도서관 운영에 대한 불만을 쏟아내기에 이르렀다.

보조 사서는 커다랗고 로맨틱한 녹갈색 눈에 입꼬리가 살짝 아래로 처진, 멍청해 보이는 젊은 여성이었다. 런던 억양으로 높고 우아하게 말했고 코바늘로 뜬 파란 스웨터 아래 어깨를 성가시게 옴쭉거려서 휴의 신경을 긁었다. 휴가 화를 내면 낼수록 그녀는 더 움찔움찔했다.

"하지만 매커피 씨." 보조 사서가 반박했다. 사납게 쏘아붙이는 휴의 스코틀랜드 억양보다 잘 들리도록 목소리를 높였다. "제가 도서관장님에게 그 문제를 말씀드렸어요. 진짜로요."

"제가 그 책을 신청한 게 육 주 전입니다."

"알지요. 그래서 그 문제로 브루스 관장님께 갔습니다. 매커피 씨께서 그 책이 몹시 중요하다고 했다고 관장님에게 전했고요."

"그러셨겠지요."

"그런데 관장님이 그 책은 사람들이 많이 보지 않는다고 하셨어요. 그런 전문 서적은 사실 저희가 마련해드릴 게 아니라고요."

"허, 그래요? 관장님이?"

"저희로선 지방세 납세자의 수요를 고려해야 하니까요."

"알겠습니다. 그러니까 저는 지방세 납세자가 아닌 거지요?"

"관장님은 매커피 씨께서 **그렇게** 급하게 필요하다면 영국 박물관 열람실에 가서 읽으시는 게 낫겠다고 하셨어요."

"그러니까, 사서, 아, 사서분께서는 눈이 툭 튀어나온 투덜이 얼간이가 제목을 듣고도 그 위대한 책의 가치를 모른다는 이유로 내가 내 좋은 신발 가죽을 닳게 하면서 영국 박물관까지 갈 거라고 생각하시는 겁니까?"

"아, 이보세요, 이봐요. 위대한 책이 아닙니다. 그 분야에서도 훌륭하지 않아요."

거칠고 몹시 밝은 목소리에 휴가 뒤돌아보니 아주 특이한 사람이 서 있었다. 크고 건장한 체구에 지저분하고 고풍스러웠으며 얼굴은 잘생겼다고 할 만했다. 단추를 다 채우지 않고 제대로 세탁하지 않은 파란 셔츠에, 거무스름해진 뭉툭한 손가락으로 챙이 넓은 모자를 들고 있었고 반백의 머리가 빽빽했다. 휴는 그 머리를 보자마자 그가 싫어졌다. 그 남자의 모든 것이 과하게 꾸민 듯했고 덜 씻긴 것 같았고 잘생기고 선명하고 짙은 눈이 약간 비뚤어져 있어서 거들먹거리는 태도와 스페인식 구레나룻이 불어넣은 블룸즈버리판 서부 악당의 분위기가 한층 뚜렷해졌다.

"포웰의 《빛 실험》이 위대한 책이라고 말씀하신 것 맞지요?" 그 사람이 물었다.

"어, 존슨 씨!" 보조 사서가 알아보고는 킥킥 웃었다. "깜짝 놀랐네요. 오늘 밤에 오실 줄 전혀 몰랐어요."

"몰랐어요? 그래요. 모르는 게 맞아요! 우리 브래컨버리 양, 바람은 제가 불고 싶은 대로 분다. 너는 그 소리를 듣고도 어디서 불어와서 어디로 가는지를 모른다.• 그런데 나는 정말 이분이 엄청 궁금한데, 성함이?"

"매커피 씨세요." 사서가 알려주었다.

"매커피 씨가 내 친구 포웰의 소논문을 위대한 책이라고 부

● 〈요한복음〉 3장 8절.

르셨군요."

"도대체 댁이 포웰의 책에 대해 뭘 압니까?"

"그게, 사실은, 친구라고 할까요? 그러니까 포웰과는 오래전, 그러니까 1923년에 로스앤젤레스에서 처음 만났습니다. 그다음 포웰이 그 책을 쓰고 나한테 보냈습니다. 그리고 내가 그것을 읽었는데, 분명히 말씀드리는데요, 선생. 그건 유효기간이 10년은 지난 겁니다. 사실은 완성되기도 전에 이미 한물간 거예요. 내 생각에 러시아와 독일 사람들이 1925년부터 그 분야에서 잘해나가고 있었는데, 그 불쌍한 늙은 포웰이 한치 앞을 못 내다봤죠. 연못 반대편에서 무슨 일이 일어나는지 볼 수 없었던 거죠. 그래서 어떻게 되었을까요? 무슨 일이 일어났을까? 내 장담하는데 선생, 비뚤어진 전문가만큼 눈이 흐린 사람은 세상에 없습니다."

"그런데 포웰이 왜 댁한테 자기 책을 주었는지 궁금하네요. 댁이 영화 촬영술이나 영화 공학 기술과 관련이 있습니까?"

방금 나타난 그 남자가 더러운 손을 자기 조끼에 찔러 넣고, 그다음엔 바지 주머니에 넣고 또 코트 주머니에 넣더니 마침내 좀 더럽고 구겨진 명함 한 장을 꺼냈다. 거기엔 이렇게 쓰여 있었다.

"클리프턴 로더릭 존슨. 토론토와 할리우드. 런던(영국) 스트랜드 에식스가 18번지와 뉴욕 12번가 동부 247번지. 영미 시나리오 창작 학교 교장."

"그렇군요." 휴가 말했다. "그런데 시나리오 창작 학교가 뭔가요?"

"선생, 선생. 선생은 포웰의 빛에 대한 철 지난 끔찍한 헛소리를 끝까지 다 읽고 싶을 만큼 영화에 관심이 충분하신 분입니다. 시나리오의 수준을 올리는 운동이 필요하다고 생각지 않으십니까? 그러니까 내 생각엔 시나리오가 영화의 이면에서 기본적인 두뇌 작용을 돕는 겁니다. 훌륭한 시나리오가 생기면, 잘되면 훌륭한 영화가 생기는 거죠. 시나리오에는 예술이 있습니다. 지성이 있지요. 심리학이 있고요. 내가 하는 일은 대중에게 예술과 심리학을 이해시키는 겁니다. 젊을 때 사람들을 잡아서 높은 이상을 심어줘라. 이게 우리의 모토입니다."

"그러시군요." 휴가 반감을 품고 냉랭하게 말했다.

"그럼, 댁의 경우를 봅시다. 댁은 빛에 관심이 있다고 생각하는 젊은이입니다. 마음에 든다고 생각하는 영화를 보러 가고 이렇게 말합니다. '여호사밧이여! 위대한 작품이야! 그런데 저런 멋진 여자가 멍청이 같은 삼류 영국 놈이 자기 엄마의 비밀을 가지고 도망하도록 두겠나?' 선생은 당연히 **이렇게 말하겠죠**? 그리고 **그것이** 바로 비평의 시작입니다. 비평은 창작의 첫걸음이지요. 선생이 영화관에 갑니다. 그리고 더 좋은 영화가 뭔지 알기 시작합니다. 그런데 자신은 모르지만 좋은 영화를 **이미** 가지고 있습니다. 남자든 여자든 아이든 모두가 적어도 하나, 최고의 영화를 이미 가지고 있습니다. 하지만 선생이 기법을 배울 때까지 아이디어는 내부에 밀봉돼 있어요. 한 단어도 팔 수가 없죠. 한 음절도. 자, 제가 방법을 알려드리지요. 영화를 보러 가면……."

"전 영화 보러 절대 안 갑니다."

"영화 보러 절대 안 간다고요? 진짜? 정말로? 영화를 보러 정말 안 간다고요? **절대로?**"

"저는 전문 화학자이자 전기 전문가입니다. 토나퍼펙타 필름, 매커피 프로젝터를 발명했고 3개월 전까지 내셔널 시네마 프로덕트 실험부를 맡았었습니다. 빛과 음향 문제에 관심이 있습니다. 반쯤 벗은 젊은 여성들의 음란한 연기는 필요 없습니다."

존슨은 굴하지 않았다. 휴를 빤히 보고는 커다란 머리를 삐딱하게 옆으로 기울였다. "그거 아주 재미있군요. 아주 재미나요. 심리학적으로요. 매우 흥미롭다고 생각해요. 선생은 수단에 집중하는군요. 긴긴 낮과 (적어도 내 상상으론) 힘든 밤을 그 수단을 만드는 데 쏟아부어요. 대중을 위한 과학을. **최고의** 기술자고. **그런데도** 그 결과물을 경멸하신다. 그 결과물을 경멸해요. 선생의 작업물이 어떻게 되는지 상관하지 않는 거군요. 정말 재미있네요."

"재미있으시다니 다행이네요. 여하튼 전 바쁜 사람입니다. 안녕히 계세요."

"아뇨, 서두르지 마십시오! 급할 게 없어요!" 존슨이 소리쳤다. "**아직** 포웰의 책을 읽고 싶으시잖습니까?"

"저는 어쩌다 만난 사람 때문에 생각을 바꾸는 사람이 아닙니다."

"그럼 제 누추한 집에 가서 책을 빌려 가시는 게 좋겠네요. 그러면 그 책이 한물갔다는 걸 직접 확인하겠고요. 포웰은 도움이 안 될 겁니다, 불쌍한 녀석. 하지만 나를 못 믿으시겠다면 직접 보세요. 확실한 교육의 방법은 스스로 알아보는 것밖에 없지요."

"댁이 어디시오?" 휴는 신발 가죽이 얼마나 닳을지 기꺼이 계산하려 했다. 존슨이 너무 역겨운 인간이니 그가 말하는 위치에서 6킬로미터는 족히 더해 계산할 생각이었다. 그 책을 읽고 싶었다.

"배터시. 공원 건너편. 첼시처럼 예술적이지는 않지만 꽤 쾌적한 곳입니다. 여기 제 자동차가 있고, 저는 보려던 책을 찾았으니 선생이 볼일을 마치셨으면 바로 갈 수 있고요."

"좋구먼." 휴가 무례하게 내뱉고 존슨을 따라 공립 도서관을 나섰다.

온화한 10월 저녁이었다. 갈색과 금색 셰리주 같은 런던의 오후가 연노란 등불을 받아 선명한 보라색과 푸른색으로 변해 버리자 이 가을밤이 봄밤처럼 느껴졌다.

"멋진 저녁이네요. 놀라운 색채예요. 색깔. 이야, 색깔이 정말. 먹어도 되겠네요. **먹을 수 있겠어**." 존슨이 소리치며 육중한 몸을 작은 차의 운전석에 접어 넣었다. "댁 같은 화학자들이 진짜 훌륭한 컬러 매체를 연구하셔야 하지 않습니까? 이 컬러 영화라는 게 조잡하잖습니까. 조잡해요. 내 생각에 이

시대는 색이 부족해서 문젭니다. 흑백. 직선. 망점. 이 빌어먹을 차가! 맨날 출발을 잘 못해. 크랭크로 돌려야겠어요. 염병!" 휴는 기계를 잘 다루는 사람이었지만 존슨을 도와줄 이유를 떠올리지 못했다. 존슨이 차에 탔다 내렸다 어기적어기적 움직이는 동안 휴는 자기 자리에 가만히 앉아 있었다. 엔진이 콧방귀를 끼고 덜덜 떨렸다. "이 기계의 시대가 우리에게서 따뜻함과 아름다움을 빼앗아요. **자연**으로 돌아가야 해요. **열정**으로." 차가 갑자기 앞으로 나갔고 휴는 자리에서 거의 튀어 올랐다. "천천히, 차야, 살살 가! 늘 말하지만." 존슨이 말 안 듣는 야생마의 고삐라도 되는 양 핸들을 잡고 소리쳤다. "이 차란 것들은! 제가 서부에 갔을 때 네 다리와 척추가 있는 뭔가를 탈 수 있었지요. 하지만 이 **기계**들은." ……존슨은 '기계'라는 단어를, 평생 농축된 혐오를 담아 발음했다. 차가 버스 한 대를 가까스로 피했고 한쪽 바퀴를 왼쪽 인도에 올리더니 좀 전처럼 괴팍하게 앞으로 튀어 나갔다. "늘 말하지만 전부 직선인 것들을 좀 보십쇼. 집, 고층 건물, 기계 같은 것들요. 보세요. 디자인을요. 직선, 줄무늬, 논리적인 결론을 향해 앞만 보는 거죠. 이성적이고 논리적인. 타협하지 않는 것. 그래서 어디로 가게 되는 걸까요? 어딘가로 가야죠. 혁명으로. 기계에 반대하는 사람들의 폭동이죠. 아니면 사람에 반대하는 기계들의 폭동. 프랑스 혁명 때 무슨 일이 일어났나요? 줄무늬가 다시 유행했죠. 직선. 논리. 타협 없음. 혁명. 군중. 테러. 단두대. 그러면 이제 우리 빅토리아 시대를 보세요.

나뭇가지 무늬, 자잘하고 다양한 무늬. 선을 깨뜨렸죠. 생각을 깼어요. 앨버트. 테니슨. 대박람회. 위대한 중산계급. 위대한 사기. 그 계획이 밀랍 꽃 속에 묻혀버렸는데 누가 끝까지 생각이란 걸 하고 싶겠습니까?"

"엥?" 휴는 숨이 턱 막혔다. 온 정신이 차에 쏠려 있었다. 뼈에서 살이 분리되게 키질당하는 것 같았다. 그래서 튀어 오르는 차에 재빨리 들러붙었다.

"심리학입니다. 그게 바로 우리가 연구해야 하는 거죠. 내 생각에 영화에는 세상의 혁명을 끝내는 가장 강력한 힘이 있습니다. 직선을 자르고, 아름다움과 열정, 예술을 주죠. 그 아름다움…… 염병, 야! 이 개새끼야! 저 새끼가 도대체 어디를 가겠다고 저러는 거야?" 기적적으로 심부름꾼 아이를 치어 죽이지 않고 콸콸 흐르는 독백으로 돌아갔다. "색을 민주화해야 합니다. 대중에게 예술과 음악을 줘야죠. 기계를 **가지고** 기계에 대항하는 겁니다. 사탄으로 사탄을 몰아내는 거예요. 그래요. 좋다!"

커다란 고래들 사이에 낀 새조개처럼 금세 부서질 것 같은 작은 차가 버스들 사이로 굴을 파고 마차들 아래로 다이빙하고 거대한 트럭들을 끼고 돌았다. 휴의 심장은 조끼 속에서 무거운 혹 덩어리로 변했지만 옆에 앉은 남자에게 두려움을 들키고 싶지 않았다.

"아, 댁 같은 과학자들." 존슨이 도로의 난리통보다 더 큰 소리로 같은 말을 자꾸 해댔다. "아, 댁 같은 과학자들, 수단을 연구하고 결과를 무시하는 사람들은 몸조심해야 해요. 몸조심해야 해. 댁들이 아기랑 젖먹이들랑 함께 기초 심리학을 배우러 고마워하며 학교에 갈 날이 올 거니까요. 다 왔습니다. 얼른 내리시면 뒤쪽에 차를 대겠습니다."

휴는 공포에서 해방되어 진심으로 기뻐하며 마음을 놓고 차에서 내렸다. 오 분 뒤에는 따스하고 몹시 안락한 방에 앉아 있었다. 커다란 가죽 의자 위 갈색 플러시 쿠션에 반쯤 파묻혀서 밝게 활활 타오르는 난로 쪽으로 발을 놓은 채였다. 존슨은 작은 탁자에서 위스키와 소다수를 섞고 있었다.

"작고 좋은 곳이죠. 3개월 동안 가구를 포함해 세냈죠. 나는 구르는 돌처럼 자주 옮겨 다닙니다. 메이페어에 잠깐, 그다음엔 앨버타 오지에. 움직여야 돼요. 자, 맛보시죠!"

휴가 어정쩡하게 고개를 숙이고 위스키를 받아 들었다.

휴는 이 집 남자에 대한 생각이 달라지지는 않았고, 사기꾼 옆에서는 어떻게든 정신을 바짝 차려야겠다고 속으로 되뇌었다. 존슨은 모험가가 분명했다. 지저분하고 말 많고 정직하지 않은 게 거의 확실하고, 세속적이며 무례했다. 하지만 난로는 따뜻하고, 위스키는 부드러운 불꽃 같고, 그 남자가 영화에 대해 정확하게는 아니라고 해도 뭔가 안다는 것은 확실했다. 포웰의 책을 가지고 있었고, 어쩌면 특허권 판매에 대해 알 수도 있었다. 판매야말로 저런 사람이 잘 알 것 같은 상업적이고 저급한 것이니까. 휴는 가장 시급한 두 가지 문제를 최우선으로 생각하기로 했다. 빛에 관한 포웰의 책을 읽고 싶고 투나꺼페타 필름을 팔고 싶었다. 존슨이 둘 중 하나를 해결해준다면 존슨의 못된 점들을 참아줄 수 있어.

어쩌다보니 휴는 반쯤 졸면서 존슨의 계획을 듣고 있었다. 영국 영화의 도덕적, 미적 수준을 올리려는 계획이었다.

"내 지인 중에 배질 세인트데니스, 헤링데일 경의 조카인가 뭔가가 있는데, 아, 나는 서민입니다. 땅꼬마였을 때 토론토 거리에서 신문을 팔았죠. 하지만 내가 취향의 문제에서 이튼이나 옥스퍼드가 **일반 대중**에게 취향을 심는 게 분명하다고 말하는 건 뭘 모르고 하는 소리가 아닙니다. 내 말을 잘 들어요, 매커피. 취향 문제에서 나한테 뭐가 유전됐든 환경이 이깁니다. 우리는 회사를 만들고 있습니다. 이름은 마음에 안 들지만 캐럴라인이, 캐럴라인은 덴턴스미스 양이라고 우리 간사인데, 우리가 교회를 끌어들여야 한다고 해서 이름이 그렇게 됐습니다. 크리스천 키네마사. 잘 기억하세요. 목사들이 몰려오고 돈이 돈을 낳을 거요. 물론 유대인도 있어야 하죠. 하긴 이즌바움이 적임이지. 백만장자는 아니고. 나라를 좌우하는 유대인 쥐스• 같은 인물도 절대 아니고." 따뜻한 데다 위스키 때문에 나른해진 휴의 정신 속에서, 스타카토 같은 문장들이 불꽃 위에서 춤을 추었다. 기분 좋게 정신을 놓고 늘

• 독일의 유대인 은행가이자 법률가인 요제프 쥐스 오펜하이머(1698~1738). 적이 많았던 그는 친척인 카를 알렉산더를 살해했다는 누명을 쓰고 사형당했다. 그의 이야기는 두 편의 문학작품과 두 편의 영화로 만들어졌다.

어져 있었고 집주인이 때때로 두 사람의 잔을 채우고 환희의 목소리로 '건배'를 외치는 동안 그 문장들이 그를 둘러싸고 발레의 피루엣 동작을 했다. 거대한 존슨의 몸이 푸른 담배 연기를 뚫고 돌아서고 거대한 목소리가 울리고 거대한 독백의 리듬이 오르내렸다.

"결혼식!" 존슨이 소리쳤다. "과학과 예술이 손을 마주 잡고 식장에서 행진을 하는 겁니다. 나는 영국인이고 캐나다계예요. 미국에 살지만 내 마음은 작고 오래된 내 조국과 함께 있지요. 내가 보고 싶은 건요, 영국의 유성영화가 허더즈필드부터 호놀룰루까지 전 세계를 도는 거예요. 우리에게는 무성영화가 있었지만 할리우드에도 그 영화가 있었어요. 날씨가 늘 할리우드 편이지요. 하지만 이제 우리에게 유성영화가 있고 날씨보다 세련된 문화가 더 중요해졌어요. 나는, 유성영화 기술이라는 과학이 날씨의 방해를 막아주고 영국의 문화를 널리 퍼뜨리는 모습을 보고 싶습니다. 나는 책을 쓰고 있습니다. 좀 보시겠습니까? 매일 학교에 가기 전에 두 시간씩 비서한테 받아쓰게 합니다. 영국 영화가 위대한 영국을 우주의 중심으로 되돌려놓을 거라는 사실을 입증해 보일 겁니다……. 셰익스피어도 캘리포니아의 태양이 싫다고 하지 않았습니까." 독백이 계속 쏟아졌다. 휴의 정신은 드문드문 한 마디씩 알아들었다. "아이디어를 받는 산파." "과학은 아름다움의 시녀." 예술. 과학. 심리학. 절대적 형식. 디자인. 크리스천 키네마사. 휴는 자신이 이 광시곡에 추임새를 넣었다는 것을 깨닫지 못했지만 크리스천 키네마사와 그 거창한 아이디어가 세찬 홍수 속에서 자신을 휘감는 것은 느꼈다.

"물론입니다. 토나퍼펙타가 우리에게 필요한 바로 그겁니다……. 소리와 형태의 융합. 음향과 동작의 추상적인 양식. 위스키 더 드시겠습니까? 세인트데니스를 만나시죠. 전화번호가 어떻게 되시죠? 선생 번호를 주세요." 존슨의 달변이 따뜻한 물처럼 휴의 머리를 휘감았다. 사실은 그리 취하지 않았다. 마지막에 가죽 의자에서 일어서서 보니 꽤 잘 설 수 있고 잘 걸었다. 하지만 말은 통제하지 못했다. 빈 위장에 부은 위스키가 평소의 과묵함을 없애버렸다. 텅 빈 거리를 따라 집으로 향하는 길에 자신이 세인트데니스라는 모범적 인물을 만나서 크리스천 키네마사와 토나퍼펙타 판매에 대해 의논하기로 약속했다는 사실이 떠올랐다.

3

휴는 그날 밤 침대에 누워 바보를 뜻하는 온갖 욕을 자신에게 퍼부었다. 저녁 시간을 몽땅 날렸다. 두통을 얻었다. 괜찮은 식사는커녕 위스키만 잔뜩 마셨다. 내장을 갉아먹는 듯한 허기와 눈 뒤를 망치로 두들기는 듯한 두통이 서로 경쟁하고 있었다. 허기는 침대에서 몸을 끌어내 더듬더듬 가서 식품 저장고로 쓰는 포장 상자를 열어 아침 빵으로 잠재울 수 있었다. 하지만 날려버린 저녁은, 우아하게 외따로 떨어져 느끼는 호젓함도, 돈도 시간도 따로 투자하지 않고 포웰의《빛 실험》을 얻을 기회는 다시 돌아오지 않았다. 목적했던 바로 그것을 잊어버리고 말았다. 그 책을 빌리려고 애써 그곳까지 갔는데 그 책은 아직 배터시의 존슨 집에 있었다.

"그 작자한테서 얻은 건 두통밖에 없어!" 휴가 분통을 터뜨렸다.

하지만 그건 그의 착각이었다. 이틀 뒤 연구실에서 작업을 하고 있는데 누군가가 문을 두드렸고 말소리도 들렸다. 비실비실한 조수에게 이렇게 소리쳤다.

"가서 누구든 지옥에나 떨어지라고 해!" 그는 이런 말을 존슨에게서 배운 것을 깨닫지 못했다.

캠벨이 문을 열고 휴의 말을 채 전하기도 전에 존슨이 조수를 지나쳐 방 안으로 바로 밀고 들어왔다. 그 뒤로 키가 크고 날씬하고 품위 있는 금발 신사가 따라 들어왔고, 매커피는 그 사람이 마음에 안 들었다.

"나를 피할 수 있다고 생각하시는 것 같군요, 선생?" 존슨이 떠들썩하게 소리쳤다. "그런데 우리가 와버렸군요. 어쩌나! 선생을 찾으려고 얼마나 고생을 했는지. 휴 매커피 씨, 토나퍼펙타 시네마 필름의 발명자가 크리스천 키네마사의 배질 세인트데니스 회장님을 만났군요. 자, 이제 사업을 해야지요. 이 일이 정말 역사적인 사건이 되면 좋겠군요." 존슨이 놀랍고 감동적이라는 듯 과장된 표정으로 둘러보았다. "자, 그럼,

선생이 만든 그 놀라운 유성영화는 어디 있습니까? 우리에게 비공식적으로 조금 시연을 해봐주실 수 있습니까?"

"끼어들어서 죄송합니다만." 키 큰 금발 신사가 말했다. "존슨 씨, 기술 분야에선 저는 아기나 마찬가지니 그 기막힌 물건이 뭔지 먼저 설명해주시지요."

휴가 캠벨을 보았다. 내셔널 시네마 프로덕트 유한회사를 위한 시연용 영화가 저기 있었다. 영화를 틀어줄 장치도 있었다. 하지만 연구실의 음향 도구가 미비했다. 인상을 잔뜩 찌푸리고 그 점을 강조하며 설명하기 시작했다. 존슨이 말을 잘랐다.

"워워, 거기서 컷. 컷. 우리는 연구실에서 시연하는 게 어떤지 잘 압니다. 충분히 감안할 겁니다. 우리는 새롭고 안전한 것이 필요합니다. 선생 필름이 불연성이라고 하셨지요?"

"시장에 나와 있는 보통 영화와 비교하면 그렇습니다. 난롯불에 던져 넣어도 안 탄다는 보장은 못 합니다."

"그 정도면 충분합니다. 그 필름이 아이들에게 안전하다고 광고할 수 있으면, 도덕적으로도 물리적으로도요, 마티네 시장은 접수한 겁니다."

휴는 자기 보물을 보여주어도 아무런 문제가 없겠다고 생각했다. 그는 돈이 필요했다. 새로운 컬러 사진 아이디어가 이제 막 그 단계에 도달해 있었다. 유혹적인 발명의 제1악장에 들떠 있는 단계. 나중에 힘들고 실망도 하겠지만 이 순간에는 어떤 것도 성공의 눈부신 환상을 가리지 못했다. 그리고 바로 그 이유로 돈이 필요했다. 새로운 발명품을 만들려면 더 많은 도구, 더 많은 재료, 더 많은 도움, 더 많은 시간이 필요했다. 크리스천 키네마사가 토나퍼펙타의 사용료를 현금으로 지급해주기만 하면 저 시끄러운 존슨과 저 멋들어진 세인트데니스와 일하는 것도 기꺼이 참으려 했다.

크리스천 키네마사의 두 이사는 자신들이 본 것에 만족한 것 같았다. 사흘 뒤 휴는 이사회에 합류해달라는 초청장을 받았다. 세인트데니스의 서명이 있었다. 그렇게 시작해야 한다면 기꺼이 합류할 각오가 돼 있었다. 매달 회의에 참석하는 것도 참을 수 있었다. 악당 소굴에서 자신을 잘 지킬 수 있었다. 하지만 회사법과 세상의 이치를 더 잘 알았어야 했다.

휴는 처음 빅토리아가 사무실을 방문해 동료 이사들을 보고 당황했다. 덴턴스미스는 살짝 미친 것은 그렇다 쳐도 사기꾼이라고 하기에는 너무 가난해 보였다. 〈소작인의 토요일 밤〉•에 나오는 도덕성을 기준으로 교육받은 휴는 정직과 가난이 상호 의존적인 자질이라는 안일한 환상을 고이 간직하고 있었다. 이즌바움은 유대인이니 부자고 약삭빠른 사람이겠지. 거던은 퀘이커교도이니 조심성 있고 명예를 중시할 거야. 세인트데니스는 옷만 잘 빼입는 놈이지만 그건 자신도 어쩔 수 없이 그렇게 된 걸 테고 존슨은 날건달이 분명하지만 토나퍼펙타 필름에 대해 잘 떠벌려줄 거야. 휴는 토나퍼펙타

• 로버트 번스의 시.

를 찬양하고 자신을 훌륭하다고 추켜세우는 사람에게는 예상보다 더 관대할 수 있었다.

휴는 자금 마련에 대한 논의를 들었다. 모든 것이 놀라울 만큼 쉬운 일 같았다.

"백만장자를 찾기만 하면 됩니다!" 덴턴스미스가 소리쳤다.

수백 수천만 파운드 이야기가 나왔다. 휴는 이사회에 합류하고 두 달이 지난 뒤에야 회사의 자금 상태가 위태롭다는 사실을 알게 되었다. 회사의 광고 전단이 관심을 크게 불러일으키지 못했고 돈도 조금밖에 못 모았다. 이즌바움이 처음에 투자한 금액은 거의 다 소진되었다. 페런스 밀머 가문이 영화를 제작하게 하려면 최소 3만 파운드가 필요했다. "푼돈이지요!" 존슨이 으르렁거렸다. "하찮은 금액입니다!"라고 세인트데니스가 말했다. "그럼, 됐네요!" 휴가 말했다. 휴는 자신의 발명품에 대한 극심한 걱정 끝에 안전한 제안을 생각해내고 스스로의 사업 감각에 감탄했다. 크리스천 키네마사가 곧 성공할 것이라는 믿을 만한 증거를 보여주어야 한다. 회사는 연말 전까지 3000파운드를 조달해야 한다. 휴에게 착수금으로 500파운드, 향후 지급 보증금으로 2500파운드를 준다. 그러자 덴턴스미스가 휴를 점심 식사에 초대해 아량을 베풀어줘서 감사하다고 하면서 크리스마스 때 수표를 수금하기 어렵다고 설명했다. 휴는 어깨를 으쓱하고는 1월 말까지 말미를 주었다. 그런 뒤 돌아가서 연구실에 처박혔다.

하지만 그의 평화는 깨졌다. 일상생활과 회사 일을 완전히 분리할 수가 없었다. 침실과 애널리의 작업실을 오가면서 배질 세인트데니스와 뚱보 유대인 이즌바움 생각을 하며 혼자 벙긋거리곤 했다. 그들을 실에 꿰어 조종하고 있어. 그자들은 자금을 모아야 해. 안 그러면 내가 바싹 잡아당겨주지. 그자들의 어여쁜 거품을 터뜨려줄 거야. 회사라고? 그들은 어른 흉내를 내며 진지하고 중요한 사업 놀이를 하는 애들에 불과해. 사업이라고? 이 사업가들에게 내가 그들을 어떻게 생각하는지 보여주지. 그는 내셔널 시네마 프로덕트 유한회사와 그들이 자신을 어떻게 취급했었는지 씁쓸하게 기억을 되씹었다. 위대한 사람은 모두 외로운 법이라고 생각했다. 비참한 방에 앉아 추위에 떨면서 크리스천 키네마사 같은 쓸모없고 부정직한 환상을 깨뜨릴 힘이 있다는 생각에 흐뭇해했다.

1월 말이 되었고, 그는 빅토리아가를 걸어 마지막으로 이사회 회의에 참석하러 가면서 여태 자신이 형편없는 대우를 받았다는 생각이 들었다. 회사가 그 발명품에 대가를 지불할 것이라고 사기를 쳤다. 그들에게 관대한 조건을 걸었음에도 지키지 않았다. 그들은 현실을 직시하지 못했고 발명품을 판매할 가능성은 사라졌다. 그들에게 현실은 그 사업이 돈만 드는 헛짓거리임을 인정하는 것이었다. 승강기가 한 층 한 층 올라가는 동안 점점 자신의 분노가 정당하다는 생각이 들었다.

문을 열자 다른 이사들이 이미 모여 있었다. 이즌바움이 돌아와 있었다. 번지르르하고 알랑거리고 남의 눈을 의식하는 이즌바움. 휴는 그 유대인이 회사에 들어오면서 이미 목적을 달성했다는 사실을 몰랐다. 이번이 이슨바움이 참석하는 마지막 회의라는 사실도. 거던이 코안경을 아주 깔끔하고 광나게 닦았다. 세인트데니스는 재킷 깃에 하얀 카네이션을 꽂고 존슨과 농담을 하고 있었다. 존슨은 막 도착한 매커피에게 시끌벅적하고 친절하게 인사했다.

앞쪽으로 가 탁자에 자리를 잡은 휴에게 덴턴스미스가 가죽 장정의 출근부를 밀어주었다. 그는 꼼꼼하고 읽기 쉬운 필체로 서명하며 마지막 e의 꼬리를 다른 철자 아래로 내리고는 잘 써졌다고 속으로 뿌듯해했다.

의장은 예의 그 부드러운 목소리로 개회를 선언했다. 회의록이 낭독되었다. 평소와 다름없이 서신에 대해 논의했다. 휴는 초조하게 기다리고 있었다. 이 모든 일이 시간 낭비였다. 왜 이 사람들은 자금을 마련하지 못했다고 대놓고 말하지 않는 걸까?

덴턴스미스가 파일을 내려놓았다.

사슬과 구슬이 짤랑거렸다. 안경도 딸랑거렸다. 떨리는 손가락으로 안경을 다시 펼쳤다. 기침을 했다. 그런 뒤 떨리는 목소리로 재빨리 이렇게 말했다.

"그럼, 이제 의제에는 올리지 않은 다른 안건을 논의하겠습니다. 의제가 공식적으로 확정되고 난 후여서 새로 올릴 시간이 없었습니다. 그러니 이사회가 의장님이 이미 말씀하신 관용을 베풀어서 제가 지금 그 안건을 발표하도록 해주시리라 믿습니다."

그녀가 회의장을 한번 둘러보았다. 떨리는 손가락 아래에서 서류가 바스락거렸다. 하지만 심리학에 대해서는 아는 게 거의 없는 휴 매커피 같은 사람도 덴턴스미스가 나쁜 일 때문에 떨고 있다고 오해할 수는 없었다. 너무도 확실했다. 좋은 일 때문이었다.

"제가 신청을 받았습니다. 그러니까 회사가, 엘리너 데 라 루, 최근까지 프리토리아에 살았고 현재는 런던 남서부 5 얼스코트 클럽에 살고 있는 데 라 루로부터 보통주 3000파운드분을 신청받았습니다. 이미 데 라 루 양의 수표를 받았고, 은행이 그것을 지급할 것이라는 확인을 마쳤습니다. 그러므로 의제에 올라 있는 다른 항목을 즉시 처리합시다. 토나퍼펙타 구입 건입니다." 덴턴스미스가 휴를 건너다보며 즐겁게 활짝 웃었다. "제 말은 이제 회사가 매커피 이사님이 제시한 조건을 만족시킬 수 있다는 뜻입니다. 우리 모두에게 소중한 관계가 단절될 뻔했는데 그렇게 되지 않았으니 자축해야 할 것 같습니다."

휴가 어리둥절해서 가만히 듣고 있었다. 너무 놀라서 아예 제정신이 아니었다. 그가 제정신을 지켰더라면 당연히 이때라도 그 회사에서 완전히 벗어나는 쪽을 선택했을 것이다. 그러나 벗어나기는커녕 이렇게 주절주절 말하고 있었다. "좋습니다, 여러분. 전 이의가 없습니다. 제가 착수금으로 현금 500파운드, 여러분이 제작을 시작할 때 2000파운드, 그리고 필름 300미터당 10퍼센트의 사용료를 받고 10년간 배타적 재생권을 판매한다는 뜻이겠지요."

논의할 내용이 더 있었다. 기술과 사업상의 세부 사항. 회사는 대규모 광고와 선전전에 착수하기로 했다. 이후 3개월 안에 3만 파운드의 자금을 모집하기 위해 할 수 있는 일은 다 할 예정이었다. 회사는 이미 성공한 것이나 다름없었다. 사업 전망이 불확실했을 때 약간 망설였던 사제와 교육 전문가가 주식을 사려고 앞다투어 뛰어들 것이라고 했다. 곧 주교를 이 사회에 합류시키기로 했다.

"그런데 아직 주교님의 **약속**을 정확하게 받지 못했습니다." 덴턴스미스가 말했다. "하지만 모티머 신부님이, 아시겠지만 대단히 **유명한** 젊은 사제이자 학자시고 세인트오거스틴 성당에서 임시 봉직 중인 **그분**이 켄싱턴고어 주교께 이 일을 말씀드릴 거라고 했습니다. 그리고 모티머 신부님은 제가 알기 때문에 성공을 아주 **확신**할 수 있습니다. 사실 저는 이사 명단에 곧 대주교님을 올릴 수도 있을 것 같습니다."

"대주교님라고요?"

"예, 대주교님요, 존슨 이사님. 지난번 회의 때 연극계, 교회, 학교, 대학, 미술, 음악, 공직을 대표하는 유명한 숙녀와 신사를 이사로 모셔서 우리가 대중에게 호소할 때 우리 뒤에 높디높은 권위가 있다는 것을 **아주** 확실하게 보여주자고 했던 것 기억 못 하십니까? 제 생각에는, **장관**, 심지어는 수상도, 영국의 문화에 엄청나게 관심이 있을 겁니다. 사실 저는 볼드윈• 수상의 이름을, 가능하면 캔터베리 대주교까지 우리 이사회 명단에서 보고 싶습니다. 늘 말하듯 높은 **목표를 정하면** 높은 수준을 유지할 수 있는 법이지요."

휴는 들으면서 꿈을 꾸고 있었다. 새 이사들이 올 것이고 새로운 전단도 찍을 것이며 대규모 공개 행사가 열린다는 것을 알게 됐다. 덴턴스미스가 그 마지막 행사의 개요를 들려주었다.

가능하다면 행사는 앨버트 홀에서 열릴 것이다. 그러니까 덴턴스미스가 수상이나 로이드조지, 아니면 캔터베리의 대주교, 혹은 버나드 쇼 씨가 연설하도록 할 수 있다면. "영화의 현 상태에 대한 대중의 두드러진 항의 표현입니다"라고 덴턴스미스가 말했다. "가능하면 영화 중 최악의 부분을 보여주는 겁니다. 저는 늘, **그림처럼 생생한** 예시가 오래 남는다고 생각하니까요. 하지만 물론 **섹스** 같은, 귀하신 대주교께서 입에 담기 힘드신 내용은 모두 다 피해야 합니다."

"너무 꿈이 큰 거 아니오?" 거던이 시무룩하게 말하며 번뜩이는 안경을 다시 닦았다.

"물론 크지요!" 덴턴스미스가 외치면서 탁자에 손을 너무 세게 올리는 바람에 온갖 목걸이 줄이 또 짤랑거렸다. "물론 우리 꿈이 크긴 합니다. 안 그럴 거면 우리가 왜 모인 겁니까? 늘 말하듯 작은 도토리에서 커다란 참나무가 자라는 법이지요. 우리 중에 극소수지만 믿음을 지닌 사람이 있는데 무

• 영국의 정치가이자 수상을 지낸 스탠리 볼드윈(1867~1947).

는 문제가 있습니까? 우리는 수는 적지만 단결력과 영감은 **강합니다.** 아주 강하니까 얼마나 널리 퍼져나가는지 두고 봅시다! 엘리너가, 데 라 루 양이 와서 주식 이야기를 꺼냈을 때 저는 우리 믿음이 옳았다는 것을 **확실히 알게 됐습니다.** 우리는 앞으로 나갑니다. 불가능한 일들을 시작하기 위해서 다락방에 함께 모인 소수의 무명 인사 없이 위대한 운동이 일어난 적이 여태 있습니까? 불가능해 보이는 일을 하지 않는다면 할 가치가 있는 일은 아무것도 없는 것 아닙니까. 우리는 깨끗한 영화를 위해서 **영국 전체**를 일으켜 세울 겁니다!"

4

이제 크리스천 키네마사가 휴를 새로운 세상으로 이끌고 있었다. 그가 이전에 알던 세상과 다를 뿐만 아니라 알고 싶어 했던 세상과도 달랐다.

휴는 퍼스셔에 사는 농부의 삶을 알고 있었다. 더위와 추위, 바람과 날씨, 허기, 피곤, 노동, 짝짓기라는 단순한 동물적 필요, 어쩌다 한번씩 두려워하며 인내를 실천하는 칼뱅주의의 생활을 알고 있었다. 현대적 대학 생활을 알고 있었다. 지적으로 경쟁하고 일자리를 구하고 순화된 험담이 있는 생활을, 과학적 질서라는 엄격하고 탁월한 세상을 알고 있었다. 뒤로 연구실 문을 닫을 때마다 그 세상에 들어갔다. 그리고 펜지 하숙집의 조금 부끄러운 가난과 무료 도서관을 알고 있었다.

그러나 덴턴스미스의 세상은 계몽과 선행, 선전의 세상이었고 그 자체로 완전했다. 그 세상만의 거주자가 있었다. 칙칙한 옷을 입은 바쁜 중년 여자들, 늙고 짜증깨나 내는 퀘이커교도와 사회주의자, 혈색 좋은 배불뚝이 자유주의 자선가, 안경 쓰고 여드름 난 성실한 젊은 여성, 사카린처럼 달달한 성직자, 보고서와 팸플릿으로 무거운 가방을 든 사회복지사가 있었다. 그 세상만의 활동이 있었다. 회의, 연례 총회, 대중 시연, 가정 파티, 바자회와 강연이 있었다. 그 세상만의 언어가 있었다. 휴는 사방에서 그런 언어를 들었다. "여론을 교육하고" "올바른 분위기를 창조하고" "호평을 받고" "무정당" "무정파" "개척 사업" "젊은 세대에 접근하라" 같은. 휴는 특히 젊은 세대에 호소하라는 말을 자주 들었다. 젊은 세대가 왜 이렇게 중요한 거야, 하고 휴는 생각했다. 왜 스물두 살의 젊은 남자가 절주나 무장해제, 대중 위생을 지지하는 것이 쉰다섯 살이 지지하는 것보다 더 중요하지? 휴는 주위를 둘러보았고, 남들이 아무리 다르다고 강조해도 세대들은 서로 아주 비슷해 보였다. 젊은이들이 너무 과대평가되고 있다고 생각했다.

알고 보면 젊은이들도 자신처럼 이들의 세상을 이상하게 여길 수도 있었다. 그는 부나 진리를 추구하는 것을 이해할 수 있었다. 경멸하기는 했지만 쾌락을 추구하는 것도 받아들일 수 있었다. 하지만 멘턴스미스와 동료들은 이것 중 어떤 것도 좋아하지 않는 듯했다.

그들은 부를 경멸했다. 무보수로 혹은 "이름만 급여"인 최소액을 받고 밤낮 힘들게 일했다. 노동 착취에 항의하면서도 스스로는 창피한 줄 모르고 착취당했다. 트램과 버스를 타고 불편하게 이동했고, 우유와 구운 콩을 올린 토스트로 점심을 때웠고, 면장갑을 꿰매 끼고 후미진 침실 겸 거실과 지하 아파트에서 모자라는 생활비 때문에 울상이 됐다.

그들은 쾌락을 경멸했다. 아무리 화끈하게 놀아도 저녁 친목회 이상은 아니었다. 크리스천 어머니회 소유 건물에 있는, 공중변소를 닮은 암울한 지하 집에서 샌드위치와 커피를 먹고 마시며 좋아라 했다.

그들에게 진리는, 입으로만 칭송할 뿐 거의 필요가 없었다. 자신들이 생각하는 완벽한 세상의 모습에 도움이 되지 않는 사실들은 애써 무시했다. 과학적 연구는 그들의 목적에 부합하도록 현상을 설명하는 것이었다. 그들은 남녀를 불문하고 사람들에게 '건전한지' 물었다. 그 사람들이 평소에 정직하거나 건전한지 알아보려는 의도가 아니라 특정한 관점을 얼마나 중시하는지 알아보려는 것이었다. 실험실 연구는 그 결과가 자신들에게 유리하게 미리 정해진 것이 아니라면 필요 없었다. 그들은 있는 그대로의 세상을 사랑하지 않았고 가차 없이 반박했고 다양성은 전혀 인정하지 않았다. 사회를 자신들이 만든 선의 틀에 넣어 주조하려고 했고, 변하기 쉬운 인간의 의지에 자신들의 의지를 강요했고, 우주라는 움직이는 체계에 자신들의 이상을 강요하려고 했다. 그리고 휴에게 자신들이 영미 동맹을 끌어들이도록 도와달라고 했다. 아르메니아 국가, 산아제한 정보 은폐, 산아제한 정보 선전, 사회적 잔학 행위인 아프리카 토속 결혼제 폐지, 인류학적 연구 대상으로 아프리카 결혼 풍습 보존, 영국 해군의 발전, 모든 해군의 폐지, 생체 해부 금지, 생체 해부 반대자들로부터 의학 연구 보호, 알코올음료 금지, 인간의 음료 선택권 옹호, 여성의 완전하고 절대적인 해방 확보를 위해 도와달라고 했다.

휴는 이 어마어마한 힘을 가진 조직을 둘러보았다. 여태껏 사회적 현상이란 저절로 발생하는 것이라고 믿었다. 경제적, 성적, 전통적 동기로 인해 사람들이 이런저런 이상한 사회적 태도를 취하게 된다고 믿었다. 인간의 운명이 이런 사람들에 의해 결정되는지 몰랐다. 이들은 지식과 욕망, 취향과 야망의 방향을 정하고 대중의 필요를 대변하고 서로 상쇄되지 않았다면 너무도 혁명적이었을 기적 같은 일들을 이루어냈다. 휴는 이런 생각을 해보았다. 만약 모든 사회가 조용하게 해산해 버리면 어떻게 될까? 의회 표결 페어링• 같은 효과가 나타나지 않을까? 어차피 사람들이 할 일을 하게 만들려고 이런 수고를 무릅쓰고, 이 모든 고생을 견디는 이유가 뭘까?

하지만 휴에게는 자신의 문제가 더 중요했고 인간의 본성

• 한 정당의 의원이 다른 정당의 의원과 짝을 이뤄 토론 투표 불참에 합의하는 것.

이 얼마나 종잡을 수 없는 것인지는 더 이상 신경 쓰지 않기로 했다. 그에게 남들이 중요했던 적은 없었다. 크리스천 키네마사는 혹시 안 그럴 수도 있지 않을까 하는 기대를 꺾을 뿐이었다. 휴는 회사가 사제와 사회복지사를 초대해 여는 가정 파티에 참석해달라는 덴턴스미스의 편지를 받았을 때, 처음에는 여느 때처럼 그 편지를 무시했다. 그러다가 그 파티 날 저녁 빅토리아가에서 사업상 새 장비 문제로 누군가를 만나야 한다는 것이 기억났고, 초대장에 언급된 가벼운 식사로 저녁 식사를 해결하면 되겠다는 생각이 들었다. 가겠다고 했다. 그래서 공짜 밥을 먹을 기대에 돌계단 두 단을 내려가 나무 의자가 드문드문 놓인 지하 방으로 내려갔다. 한쪽 끝에 가대식 탁자를 연결해 뷔페를 차려놓았고 모자를 쓰지 않은 여자들이 커다란 금속 주전자에서 멀건 밀짚 색깔 차와 연한 커피를 따르고 밀치락달치락하는 사람들에게 아주 작은 샌드위치와 아주 커다란 번이 담긴 접시를 건네고 있었다.

그 퀘이커교도, 거던이 보였다. 평소처럼 시무룩하게 혼자서, 작은 접시 위에 커다란 번을 간신히 올려놓고서 길고 처치 곤란인 코를 실룩거리고 있었다. 덴턴스미스가 이 의자에서 저 의자로 총총거리며 샌드위치와 미소, 축복의 인사를 뿌려대는 모습이 보였다. 그 여자의 겉모습은 늘 그렇듯 놀라웠다. 강렬한 푸른색 브로케이드 드레스의 가장자리는 깃털로 장식돼 있었다. 꼬불꼬불한 갈색 머리가 화려한 빗과 달랑거리는 술이 달린 장식품을 받치고 있었다. 걸을 때 구슬 줄과 사슬 목걸이와 안경이 탁탁거리고 흔들리며 쨍그랑거려서 마치 음악 반주에 맞추는 것 같았다. 주위에 몇 안 되는 성직자들, 복지와 교육 단체의 간사들과 따분한 여자들이 돌아다녔다. 여기저기서 안경을 쓴 열성적인 젊은 여자들이 건포도가 박힌 하트 모양 과자 위로 단발머리를 흔들었다. 휴 주위에 대화의 파편이 떠다녔다. "그래서 제 말은, 그래요. 그 여자가 수정안을 제출하고 **게다가** 그걸 통과시키면, 난 그만둔다고요." "너무 끔찍해서 할 수 없는 일이야. 완전히 **형편없어.** 그리고 내무 장관 대표단에서 그 여자가 딱 십 분, 일 초의 오차도 없이 십 분 걸렸는데 우리는 네 시간 반은 걸릴 거라고 생각했지……." "그 애를 4개월 전에 고아원에 데려갔는데 3월이 돼야 열여섯 살이 돼. 걔 삼촌이." "애들을 채찍으로 때려야 돼. 그게 그 애들을 가르칠 유일한 방법이야."

'이건 안 먹을 수가 없겠군.' 휴가 생각하며 편리하게도 의자 위에 덩그맣게 놓여 있던 접시의 햄샌드위치를 게걸스럽게 먹었다. '너무 맛있다.'

그때 존슨의 거대한 몸이 의자 장벽을 건너 다가오는 모습이 보였다.

"오셨군요? 휴 이사. 어이구! 가만. 좀 돌아가겠습니다."

앉아 있는 여성들 사이를 헤치고 천천히 휴 쪽으로 온 존슨이 휴와 함께 벽을 등지고 서서 사람들을 바라보았다.

"아, 존슨 이사님, 차 좀 드시겠습니까?"

"차? 안 마셔요. 입에 대지도 않아."

서투른 웨이트리스가 실망해서 물러났다. 그녀에게 존슨은 약간 호기심이 가는 새로운 사람이었다. 키와 자신감, 옷에서 풍기는 부유한 남자의 담배와 위스키 냄새, 그리고 서부 분위기, 모든 것이 신선했다. 존슨은 웨이트리스가 물러나는 것을 보고 휴 쪽으로 몸을 돌렸다.

"저들 모두가 필요로 하는 게 뭔지 아십니까?"

휴가 고개를 저었다. "누구 말씀이시죠?"

"이 여자들. 내 생각에는 저들 절반에게 구원은, 정육점 점원한테 강간당하는 걸 겁니다."

휴는 깜짝 놀랐다.

"이런." 존슨이 휴의 팔을 휴가 싫어하는 방식으로 친근하게 잡으며 투덜댔다. "저들 모두에게 무슨 문제가 있는지 모르십니까? 섹스에 굶주렸어요. 섹스에 굶주렸다고요. 저들은 에너지를 어떻게든 소비해야 하죠. 좋은 일에. 순수함과 사회 복지. 아동 폭행과 매춘에 관한 흥미로운 사연을 찾아봐야죠. 구호 사업. 신성한 척하면서 섹스에 굶주린 많은 독신녀에게 음담패설하는 주교를 용서해야지, 노예제도 반대, 페미니즘, 평화. 흥! 자기들 콤플렉스를 약간 덜어내는 거, 마블 아치에서 상자 위에 올라서서 지껄이고. 노출증이야. '자, 동지들, 내 말 좀 들어보세요. 멜라네시아에서 탄압받는 불쌍한 자매들의 울음소리에 귀를 기울여보세요!' 순수성? 웩! '주교님, 하이드 파크에서 일어나는 끔찍한 일들을 아세요? 끔찍해요, 끔찍해. 키스요? 키스보다 **훨씬 더** 나쁜 일이죠. 식품 가게 조수와 잔디밭을 뒹굴 생각을 하면 너무 끔찍하답니다.' 식품 가게 조수도 당신한테 부탁할 생각이 없답니다, 마담. 평화 십자군? 여성 평화 운동? 여자들이 그걸 즐기는 것 **아닙니까**? 트래펄가 광장에서 평화 십자군 문제로 거세게 항의할 때 실은 즐기고 있다니까요."

휴가 끙 하고 신음했다. 존슨 말이 맞을 수도 있다고 생각했다. 여성이 아무리 악하거나 멍청하다고 말한대도 기꺼이 믿어줄 생각이었다. 하지만 제발 존슨이 입을 다물어주길 바랐다.

"왜 저들이 여기에 옵니까?" 존슨이 말을 이었다. "라이언스 팝에서 재즈를 들으며 음식을 먹을 수 있었을 텐데. 음악을 들을 수도 있겠죠. 자식이나 다른 사람 아이를 보살피고 있을 수도 있고요. 책을 읽고 롤러스케이트를 타거나 영화를 보러 갈 수도 있는데. 저들은……." 존슨이 거의 안 들리도록 목소리를 낮추어 여자들이 했을 다른 일을, 공개된 장소에서는 언급하지 않는 그 일을 들먹였다. "하지만 안 합니다. 여기에 오죠. 왜냐고요? 여자들이 영화를 눈곱만큼이라도 좋아합니까? 아니죠. 더 차원 높은 교육을 좋아합니까? 흥! 여자들이 좋아하는 건 참견입니다. 죽을 수밖에 없는 운명인데, 불쌍한 것들. 저들은 흉하고 바보스럽고 볼품없고 성공할 수도 없습니다. 죽을 운명이라는 짐이 얹혀 있습니다. 영원한 별로 가는 마차에 올라타겠죠. 그런데 말입니다. 남을 행복하게 만드는 일은 일종의 불멸성을 지니고 있습니다. 우리는 죽지만 우리의 대의는 살아남지요. 우리는 가난하고 아프고 약하고 경멸당하고 이름 없는 하찮은 존재입니다. 하지만 대의는 위대하지요. 대의는 번성합니다. 여기 있는 사람들이 **알고 보면** 다들 대단한 사람들입니다. 자기 손가락을 세상의 맥박 위에 올려놓은 것처럼 세상일을 다 꿰고 있다고 생각하지요. 저기, 저 나이 든 폭스턴 양을 보십시오. 1년에 200파운드로, 간호해야 할 병든 아버지, 자신을 괴롭히는 가정부와 집에서는 눈썹 하나 까딱하지 못하고 살았습니다. 그런데 지금은 종전 운동 위원회인가 뭔가에 있고 자기가 재채기를 하면 유럽의 수상들이 비틀거린다고 생각할 정도지요. 있잖아요, 그게 **그** 일입니다. 이 고양된 느낌이……."

"그렇게 생각하신다면." 휴가 스코틀랜드 억양의 느리고 거친 목소리로 물었다. "선생은 왜 여기 오시오? 크리스천 키네마사에 왜 그렇게 관심을 두십니까?"

"어떻게 될지 아무도 모르니까요. 도대체! 매커피, 왜 모든 일이 늘 그렇게 딱 계획대로 되길 바랍니까? 내 생각엔 인생 대부분이 쓰레기고, 여하튼 이 행복하게 해준다 어쩐다 하는 쇼도 다른 것들처럼 인생 대부분에 해당해요. 게다가 우린 뭔가를 해야 하죠. 댁은 이 과학이란 걸 좋아하지. 캐럴라인의 사업 없이 댁이 원하는 걸 얻을 수 있습니까? 못 얻어요. 캐럴라인의 위원회 없이 내가 영화를 얻을 수 있습니까? 누가 거기에 자금을 댑니까? 예술가들이? 영국에서 자본이 얼마나 예술을 지배한다고 생각합니까? 유대인 몇 명이 거장들의 작품을, 그게 한 500년 된 거라고 증명되면 바로 삽니다. 그럼 그것들은 틀림없습니다. 렘브란트나 티치아노 때문에 웃음거리가 될 리는 없잖아요. 하지만 새로운 아이디어, 생기, 예술, 새롭고 유연한 미디어…… 관습에 의해서 굳어지고 정형화되기 전의 것은요. 누가 신경 씁니까? 아무도 신경 안 쓰죠. 정말입니다. 내 생각에 영국 대중은 예술을 두려워합니다. 너무도 두려워하죠. 이봐요, 매커피. 진실은요, 우리가 본 대로 세상을 받아들여야 한다는 겁니다. 세인트데니스가 옳아요. 그래, 세인트데니스가 옳아. 옳은 일을 하기 위해선 때때로 피를 흘려야 해요. 세인트데니스가 머리가 좋아서가 아니에요. 잘 들어둬요. 특별히 머리가 좋아서가 아니고, 배짱이 있는 것도 아니에요. 천부적인 감이 있죠. 남들이 보람을 느끼게 만드는 사업이 돈이 된다고 해요. 그리고, 맹세코, 세인트데니스가 그렇게 만들 겁니다."

"크리스천 키네마사가 성공할 거라고 믿으십니까?" 휴는 존슨의 수다가 흘러나오는 동안 휘말리지 않고 자기 관심사를 굳게 지키는 데 점점 능숙해지고 있었다.

"그럼요. 그래요. 그러니까, 지난주에 내가 댁한테 다르게 말했을 수 있었는데, '세 르 프리미에 파 키 쿠트'•죠. 이 데라 루라는 젊은 여자가, 아, 그런데 그 여자를 만나보셨나요?"

"누구요? 3000파운드 넣은 여자분요? 우리 대주주요? 아

• '시작이 반이다'라는 뜻의 프랑스어.

니요."

"여자분? 아니, 애예요! 귀엽고 멋진 애. 이틀 전 밤에 사무실에 들렀다가 만났어요. 캐럴라인이 목사들한테 편지 쓰는 걸 돕고 있더군요. 고아고, **게다가** 남아프리카에서 온 상속인이라고요. 캐럴라인의 친척이고요. 주일에 3펜스를 헌금으로 내놓듯 3000파운드를 내놨지요. 봐요, 매커피. 댁한테 기회예요. 그 여자는 과학자들을 좋아해요. 나한테 그렇게 말했어요. 남아프리카에서 대학에 다녔고 동물학인가 뭔가를 공부했다고. 예쁘지는 않아요. 아시죠. 작고 조용한 여자. 다크호스. 이 다과회에 올 겁니다. 내가 여기 온 이유에 그것도 포함되죠. **그리고** 글로리아를 보러. 그런데 우리 멋진 글로리아를 만나본 적이 있습니까?"

"아니요, 누구를 말씀하시는지 모르지만 만난 적 없습니다."

"글로리아 세인트데니스. 너무도 훌륭한 여자가 있단 말입니다. 내 생각에는, 우리 사이니까 하는 말인데, 그 여자는 절대 세인트데니스의 아내가 아닙니다. 결혼할 타입이 아니에요, 둘 다. 여하튼 멋진 여잡니다. 이 여자 멀치들, 립스틱 바른 멀대들과는 달라요. 글로리아와 같이 있으면 뭔가 얻을 게 있을 겁니다. 저기 왔네요!"

저기 그녀가 하노버 스퀘어의 회사에서 곧장 왔다. 아름다움을 한껏 뽐내면서도, 그날에 어울리게 일부러 좀 덜 화려하게 꾸민 채였다. 검정색 드레스는 고객들을 맞을 때 입는 것이었다. 진주 목걸이는 감탄스러웠다. 부드러운 터번 모양 모자, 한쪽 팔에서 흘러내린 모피 코트, 그리고 조용하고 품위 있고 거만한 분위기는 그곳에 모인 사람들에게 충격을 주었다. 여신처럼 걸었고 생기가 뿜어 나왔고 강렬하고 눈부시고 차분했고, 존슨처럼 이곳에 어울리지 않았다. 식탁으로 가서 자리에 앉았다.

"가서 말을 걸 거예요. 같이 가서 소개해드릴까?" 존슨이 말했다.

"전 됐습니다!" 휴는 샌드위치를 다시 들었고, 존슨이 육중한 몸으로 의자와 허둥대는 웨이트리스 사이를 지나 그 여자에게 다가가더니 재치 있는 칭찬을 하며 인사하는 모습을 보았다.

휴가 샌드위치를 다 먹은 뒤 빈 접시를 내려놓고 빠져나가려던 참에 바로 옆에서 덴턴스미스의 목소리가 들려서 깜짝 놀라 돌아보았다.

"매커피 이사님, 마침 혼자 계셔서 다행이네요. 제 친척 데라 루 양을 소개해드리고 싶어요. 이미 이름은 알고 계시리라 생각해요. 자, 엘리너, 이사님 커피 좀 드시게 해드릴래? 남자들은 이런 종류의 일엔 너무 무능한 것 같아. 그리고 좀 전에 **우리** 모티머 신부님**이랑** 래시터 신부님을 뵀어요. 두 분 다 그렇게 바쁘신데도 너무나 감사하게 와주셨으니 전 이만 **날아가**봐야 해요!"

덴턴스미스가 스카프와 목걸이 줄과 안경 줄처럼 뒷말을 찔렁이며 날아가버렸다. 휴는 남겨졌고 머리가 갈색인 아주 작은 젊은 여자가 휴를 심각한 눈으로 뚫어지게 바라보고 있었다.

"안녕하세요, 매커피 이사님!" 여자가 말했다. "제 생각에 토나퍼펙타 필름을 발명하신 분 같은데, 맞죠?"

"맞아요." 그가 여전히 빈 접시 내려놓을 곳을 찾으면서 대답했다.

"그거 제가 치울게요. 감사합니다! 커피 드시겠어요?"

휴는 정말 커피가 마시고 싶어서 그러겠다고 했다.

"제가 가지고 올게요. 저기서 기다리시겠어요? 자리를 두 개 잡아주세요. 커피는 제가 가지고 올게요. 같이 가시면 자리가 없어질 거예요."

여자가 갔다. 술렁이는 사람들 사이를 솜씨 좋게 비집고 들어가더니 거의 바로 쟁반을 들고 돌아와서 라디에이터 위에 올려놓았다.

"이제 조용히 먹을 수 있겠네요." 그녀가 말했다. "의자 맡아주셔서 감사해요. 뭔가 먹어둬야 해서요. 저녁을 못 먹을 거거든요. 오늘 밤엔 연사 한 분을 고스웰 가든 시티까지 태워다드려야 하는데 거기선 음료수도 한잔 안 줘요."

"저도 저녁을 못 먹을 겁니다." 휴가 말했다.

"잘됐네요! 그러면 제대로 먹어요. 햄샌드위치 좋아하세요? 전 싫어해요. 그게 선전가들의 주식이라고들 하죠."

"선전가신가요?"

데 라 루가 진지한 얼굴을 휴 쪽을 향해 들더니 잠깐 생각에 잠겼다. 그런 뒤 눈을 반짝였다. "글쎄요, 모르겠어요. 저는 독립노동당을 위해 일해요. 아주 흥미진진한 일이에요. 하지만 가끔은 과학을 계속했어야 했다고 생각해요. 연구하시는 분이니 무슨 말인지 아시겠지요."

"과학이라고요?"

"남아프리카에서 의학사를 따기 위해 공부했어요. 선생님은 화학을 하셨던 것 같네요."

"공학도 했지요."

"에든버러에서요?"

"그런 다음 독일에서요."

그녀가 고개를 끄덕였다. "저도 독일에 가고 싶어요. 배울 게 아주 많을 것 같아요."

"독일은 심각한 일을 심각하게 여기는 사람들의 나라지요." 휴가 대답했다.

그녀가 다시 반짝거렸다. "심각한 일이 뭐죠?" 그런 뒤 수사적 질문과 반어법, 그리고 회피하는 대화를 모조리 혐오하는 휴의 찡그린 얼굴을 보고는 진지하게 덧붙였다. "무슨 말씀이신지는 알 것 같네요. 번 하나 더 드세요. 정말 괜찮네요. 구석에 많이 있어요. 당연히 선생님은 영화에 대해 알아야 할 것들은 다 알고 계시겠죠?"

"현재까지 알려진 대부분의 것을 압니다." 휴가 차분하고 진지하게 대답했다. 이 젊은 여자가 마음에 들 것 같았다. 여러 가지 면에서 유일하게 진심으로 존경했던 젊은 여자를 떠오르게 했다. 그녀와는 상대가 남자가 아니라는 사실에 신경 쓰지 않고 오후 내내 이야기를 나눌 수 있었다. 베를린에서 만난 화학과 학생이었다. 이 데 라 루라는, 소년 같은 짧은 머리에 소년 같은 트위드 코트를 입은, 남아프리카 억양이 섞인 이상하고 약간 쉰 듯한 목소리를 내는 여자는 깔끔하게 차려입은 작고 젊은 남자 같았다.

"토나퍼펙타에 대해 알려주시면 좋겠어요. 다른 필름들과 뭐가 다른가요? 영상과 음향의 완벽한 일치를 어떻게 확보하시죠? 제작자들에 따라 달라지는 것 아닌가요? 캐럴라인이 이야기해주려고 하긴 했지만 기술적인 내용들은 사실 잘 모르더라고요."

휴는 행복해졌다. 정신 사나운 홀에 등을 돌리고 커다란 건포도번과 샌드위치를 두 접시 가득 먹어치우고 똑똑하게 잘 알아듣는 편안한 여자에게 토나퍼펙타만의 혁신을 모두 설명해주었다.

"그렇군요." 그녀가 다 듣고 말했다. "이제 회사에 대해 아주 다른 느낌이 들어요. 전에는 캐럴라인 때문에 회사에 뭔가를 해주고 싶었는데 이제 회사 자체를 위해 회사가 성공하기를 **진심으로** 바라게 됐어요."

휴는 기뻤다. 일이 잘돼서 느끼는 것만 빼고, 쾌락이라면 모두 경멸해왔던 그의 얼굴이 만족감으로 따스하게 달아올랐다. 이 작은 여자가 상속인이라는 사실이 기억났다. 존슨 말대로 3000파운드를 3펜스처럼 선뜻 내놓을 수 있었다. 그런데 토나퍼펙타에 푹 빠졌다. 아직 공개하지 않은 새 발명품에도 관심이 있을 수 있다. 몇천을 더 내놓을 수도 있다.

휴는 얼굴을 붉혔다. 정말로 벌게졌다.

"저, 그러면." 이렇게 말하고 그녀를 애널리의 연구실에 직접 초대해 발명품을 보여주겠다고 말할 참이었는데, 덴턴스미스가 돌아왔다.

"아, 이사님, 모티머 신부님을 만나주시면 좋겠어요. 저는 모티머 신부님께서 아주 **최고로** 우리에게 도움이 되면 좋겠다고 생각하거든요. 켄싱턴고어의 주교님처럼 명망가세요. 신부님, 이분이 저희의 **경이로운** 토나퍼펙타를 만드셨어요. 살아 있는 발명가 중 가장 똑똑하신 분이라고 생각해요. 그리고 이쪽은 남아프리카에서 온 제 친척 엘리너 데 라 루예요."

휴가 대화를 방해한 덴턴스미스를 혐오의 눈길로 바라보았다. 덴턴스미스는 손자까지는 아니라고 해도 아들뻘은 되고도 남는 젊은이를 '신부(Father)'라고 부르고 있었다. 신부는 키가 크고 날씬하고 멋지고 당당한 젊은 남자로, 검은 사제복 때문에 키가 한층 커 보이고 더 날씬해 보이고 더 젊어 보였다. 제기랄, 아주 잘생긴 젊은이였다. 휴는 사제라면 다 싫어했는데 끼어드는 사제는 특히 더 싫었다.

"모티머 신부님 설교 들으러 같이 갔던 거 기억나지, 엘리너?" 들뜬 목소리로 덴턴스미스가 물었다.

"잊을 수 없을 것 같아요." 엘리너가 대답했다. "그리고 아직은." 그녀가 눈을 반짝였다. "용서해드릴 수 있을지 잘 모르겠네요."

"용서요?" 사제가 물었다.

"얘기하자면 길고 어쩌면 말도 안 될 수 있어요. 신부님이 어쩔 수 없었던 것이기도 하고요. 그래서 용서해드려야 할 것 같아요." 엘리너가 신부를 향해 빙긋 웃었지만 그는 당황하고 의아해하며 엘리너를 계속 바라보았다.

"저는 데 라 루 양과 토나퍼펙타 이야기를 하고 있었습니다." 휴가 불쑥 끼어들었다. "언제 한번 제 연구실에 와서 보시라고 초대하려고. 오실 거지요, 데 라 루 양?"

"고맙습니다. 기꺼이 가고 싶어요."

"고모는 발명품 보셨죠, 당연히?" 젊은 여자가 물었다.

"아니, 아직 못 봤어. 그러니까 직접은 못 봤어. 계획서 같은 것만. 진짜로 **본** 사람은 존슨 이사와 세인트데니스 이사야."

"우리가 함께 가도 되겠죠, 매커피 이사님? 제게 차가 있으니까요."

"**그리고** 모티머 신부님도요." 덴턴스미스가 소리쳤다. "우리를 도와주실 거예요. 우리 믿음이 정당하다는 것을 확인하셔야 해요."

"음…… 그럴 수도요. 이거 혹시 비밀 작업인가요, 매커피?" 사제가 미소를 지었다.

휴는 어쩔 줄 몰랐다. 어떻게 된 건지 상황을 파악하기도 전에 돌아오는 금요일 저녁 자동차 한 대분의 크리스천 키네마사 사람들이 작업장과 연구실을 보러 오게 되고 말았다.

말을 바꿀 생각이었다. 데 라 루 외에 아무도 오지 말라고 조건을 달 생각이었다. 그러나 그 순간 옆에서 와글와글하던 대화 소리가 희미해졌다. 덴턴스미스가 짤랑거리며 급히 저쪽으로 가버렸고 짧은 행렬이 연단을 향해 줄지어 가고 있었다. 세인트데니스 부인이 커다란 붉은 카네이션 다발을 들고 있었고, 통통한 사제와 존슨, 일부러 입술을 빨갛게 칠하지 않고 전혀 파리풍이 아닌 옷을 입은 키 크고 빼빼 마른 여자 배우가 있었다. 전문적인 능력의 부족을 선행에 헌신해 보완하는 유형의 배우였지만 휴는 알아채지 못했다. 덴턴스미스가 제일 끝에 서 있다가 자기 자리로 경쾌하게 걸어가며 인사하고 미소 짓더니 숙원을 풀었다는 듯 사람들을 향해 활짝 웃어 보였다.

엘리너 데 라 루가 중얼거렸다. "연설을 하시면 저는 도와야 해요. 가볼게요!"

엘리너가 팸플릿이 쌓인 좌판 옆자리로 쏙 들어갔고 휴는 모티머 신부와 남아서 존슨이 일어나 녹색 베이즈 테이블보 위에 커다란 손가락을 펼쳐 올리고 이렇게 말문을 여는 모습을 바라보았다.

"동지들, 신사 숙녀 여러분."

앉아 있는 사람들이 연사 쪽으로 몸을 돌리자 의자가 끽끽거렸다. 드문드문 쏟아지는 박수 소리에 의자 소리가 묻혔다. 휴는 빠져나갈 수 있을지 둘러보았지만 문으로 가는 길은 완전히 막혀 있었다. 팔짱을 끼고 눈을 감고 벽에 기대서 존슨이 하는 연설을 들었다. 이 부도덕한 세상을 구하는 모든 방법 중에서 가장 빠르고 가장 돈이 적게 들고 가장 고상하고 가장 예술적인 것이 바로 크리스천 키네마사의 창립이라고 했다. 휴가 옆에 있는 모티머 신부에게 고개를 돌렸을 때 그 젊은 남자는 물건이 쌓인 좌판 뒤에 보초처럼 조용하고 올곧게 서 있는, 아이 같고 빼빼 마른 데 라 루 쪽을 건너다보고 있었다.

5

크리스천 키네마사 가정 파티 다음 날 이른 아침에 휴 매커피는 옆쪽 담 위에서 고양이가 세레나데를 불러대는 통에 잠을 깼다. 그는 늘 발전하는 사람이 되려고 노력해왔다. 갑자기 잠에서 깼을 때조차도 무언가 생산적인 일을 하고 싶어 했고, 밤이든 낮이든 깨어 있는 시간을 낭비하지 않으려 했다. 그날 아침 그런 청교도주의가 보상을 받았는지 애써 생각해내려 하지도 않았는데도 탁월한 생각 두 가지가 떠올랐다. 첫 번째 생각은 고민하고 있던 색재현을 용이하게 하는 화학적 감광제의 새로운 배열에 관한 것이었다. 두 번째는 집에 관한 것이었다. 이런 의문이 들었다. 연구실에 있는 침대에서 아주 편하게 잘 수 있는데 왜 임차료를 두 건이나 내야 하지? 연구실에 살면 일과 아주 가까이 있을 수 있다. 돈과 시간을 절약할 수 있다. 이런 생각을 여태 한 번도 안 해봤다는 것이 이상했다.

아침 식사를 마치자마자 집주인에게 알리고 화학 공장으로 서둘러 갔다. 이제 모든 일이 근사하게 잘됐다. 그는 컬러 필름에서 잘못된 부분 전체를 작업하고 있었다. 그가 원한 것은 색조뿐만 아니라 불투명도와 심도까지 재현할 도구였다. 계획 중인 작업의 올바른 근거를 찾기 위해 졸리, 아이브스, 뤼미에르의 투박하고 초보적인 컬러 사진을 연구하기 시작했다. 완벽한 행복에 빠져 새로 들여온 장비들 사이를 돌아다니며 새로 생긴 경제적 자유를 만끽했다. 유일한 불만거리는 캠벨이었다. 캠벨은 컬러 사진에 관심이 없었다. 토나퍼펙타의 실용적이고 구체적인 효용은 이해했지만 컬러 작업의 중요성은 알지 못했다. 빛과 색조의 미묘한 변화를 더 완벽하게 촬영하고 색의 일정성이나 투명성을 포착하려는 휴의 바람이 캠벨의 눈에는 멋있어 보이려는 허세에 불과했다. 캠벨은 무례했고 훼방을 놓았다. 마침내 휴가 참지 못하고 폭발해서 서류로 알리지도 않고 주급을 쥐여주며 나가라고 직접 말했다.

금요일 밤, 혼자 일하고 있었는데 갑자기 급하게 문을 두드리는 소리가 들렸다. 놀라서 펜을 내려놓고 가만히 앉아 귀를 기울였다. 처음에는 존슨일 거라고 생각했지만 존슨이 런던에 없다는 사실이 떠올랐다. 누구지? 새로 온 경찰이 순찰 도중에 연구실 불빛을 보고는 이상하게 여겨서 온 건가? 아니면 부랑자인가?

노크 소리가 위압적이지는 않았지만 계속 들려왔다.

휴가 일어서서 천천히 문 쪽으로 어기적거리며 갔다. 잠시 망설인 다음 재빨리 예일 자물쇠를 돌리고 문을 밀었다. 문은 본채 쪽 바깥을 향해 열렸다. 연구실에서 나온 빛이 엘리너 데 라 루의 모습을 비추었다. 그녀가 덴턴스미스와 가정 파티에서 만났던 젊은 사제와 함께 서 있었다.

"헉!" 휴는 숨이 턱 막혔다.

자신이 마지못해 초대한 일을 깡그리 잊고 있었다.

"안녕하세요!" 데 라 루가 미소를 지었다. "저희 초대하신 거 맞지요?"

휴가 뚫어지게 바라보았다.

"제가 보낸 엽서 못 받으셨나요? 오지 말라는 말씀이 없으면 가겠다고 썼는데요."

"어디로 보냈습니까?"

"캐럴라인 고모가 저한테 준 편지의 주소로요."

"이사했습니다." 휴는 주소 변경 작업을 전혀 하지 않았다는 사실을 불현듯 떠올리며 말했다.

"너무 죄송하네요. 그러면 방해가 되나요? 저희가 돌아가는 편이 나을까요?"

휴는 이때 이 데 라 루라는 여자가 상속인이라는 사실을 떠올렸다. 남들이 헌금 접시에 3펜스를 내놓듯 쉽게 3000파운드를 내놓은 여자. 이 여자는 토나퍼펙타에 관심이 있었지.

다른 작업물에도 관심이 있을 수 있다. 똑똑했다, 여자치고는. 다시 말해서 나에게 도움이 될 수도 있다.

그가 계속 어색하게 바라보고 있는데 마침내 덴턴스미스가 이야기를 꺼냈다.

"와, 이사님, **너무** 신났어요! 스파이 이야기 같은 데 나오는 장면이랑 똑같지 뭐예요. 우리가 존슨 이사님이 말해준 대로 부서진 문 쪽으로 갔고, 엘리너는 차를 바깥쪽에 두었고, 그런 다음에 우리가 안쪽을 보니까 폐허에서 여기 불빛이 보였고, 그게 연구실이 **틀림없다**는 걸 알았는데, 그게, **폐허**에서 빛이 나오는 건 **아주** 드문 일이고, 늘 말하듯 성(城)과 사원은 지붕이 무너질 때까지는 본모습이 보이지 않지만 **공장**은 **지붕이** 박살 나야 **진짜** 무너진 것처럼 보이는 법이죠!"

"음, 오셨으니 들어오시든가요." 휴가 무례하게 말했다. "여러분이 관심을 가질 만한 게 많을 것 같진 않지만요."

그들이 불 밝힌 연구실로 들어왔다. 휴는 생활 도구를 제대로 갖추지 못할지 몰라도 장비 문제에서는 필요한 것이 무엇인지 정확하게 알고 있었다. 연구실은 넓었고 안에는 이미 가스관, 분젠 버너, 전등과 개수대가 설치돼 있었다. 등불과 난로, 카메라가 있었다. 음향적 속성을 시험하는 정교한 도구들이 있었다. 제도용 책상과 회전등이 있었다. 휴가 불을 더 켜자 이 모든 것이 하얗고 눈부신 빛을 받아 드러났다. 그 방은 어두운 폐허 가운데 있는 복잡하고 문명화된 활동의 오아시스였다.

휴는 자신의 일에 마땅한 자부심을 품고 있었다.

“둘러보셔도 좋습니다. 하지만 만져서는 안 됩니다.”

적어도 데 라 루라면 내가 한 일의 진가를 일부라도 알아줄지 몰라. 그녀는 소리와 색재현의 가능성에 대해 전혀 몰랐지만 과학적 의미의 기초를 배웠다. 전혀 멍청하지 않았다. 휴는 데 라 루가 가볍고 날렵한 걸음으로 돌아다니는 모습이 보기 좋았다. 여기저기 멈추어 서서 가죽 장갑을 벗어 손에 들고 뒷짐을 진 채 그에게 도구에 대해 질문하고 몸을 숙이고 들여다보았다. 자기 집에 있는 사람처럼, 이곳에 예전부터 있었던 사람처럼 재빠르게 효율적으로 움직였다. 그녀는 재치 있는 질문을 바로바로 조용히 던졌다. 저 여자는 악마한테 잡히고 말았구나! 도대체 저 찡찡거리는 젊은 사제와 모자라는 늙은 여자와 함께 무엇을 하고 있는 걸까?

휴는 사제들을 싫어했다. 반면 덴턴스미스는 모티머 신부에 대한 애정을 숨기지 못했다. 젊은 여자가 사제와 함께 방 저쪽으로 가자 캐럴라인은 휴 쪽을 향했고 확신에 차 흥분해 지껄이기 시작했다.

“저, 매커피 이사님, 오늘 제가 여기 온 것이, 그리고 모티머 신부님을 함께 모실 수 있었던 것이 어떤 의미인지 말로 표현할 수 없을 정도네요. 아시겠지만 저는 항상 이 사업에 **교회**의 축복이 필요하다고 느껴요. 세인트오거스틴 성당의 훌륭한 래시터 신부님이 늘 **큰** 도움과 위로를 주시지만 정말 **뛰어나고 아주** 똑똑한 젊은 신부이자 학자이신 분이 관심을 가져주시는 것만은 못하지요. 옥스퍼드, 뉴 칼리지 아시죠. **아주** 똑똑하세요. 그레이츠,• 그렇게 부르던데, 아니, 스몰스•• 던가요? 저는 그 두 개, 그레이츠랑 스몰스가 제가 대학 교육을 못 받아서 그런지 너무 헷갈려서 자주 후회스럽지만, 예전엔 기회가 너무도 제한돼 있었잖아요. 그래서 엘리너한테 대학에 다니다가 갑자기 그만둔 게 **그다지** 현명한 일은 아니지 않냐고 늘 이야기하곤 해요. 하지만 그 불쌍한 아이가 아버지를, 부녀가 서로에게 전부였는데, 그렇게 잃고 끔찍하게 상처를 입어서 남아프리카에 그대로 있을 수 없었죠. 저는 늘, 애정에만 매달리면 안 된다고 말하지만 **아버지**는 다른 문제라고 생각해요. 게다가 **어머니**가 없는 것도……."

"험." 휴는 지겨워서 앓는 소리를 내고서 금세 이런 생각을 하고 있었다.

방 저쪽에서 남아프리카의 상속인이 사제와 이야기를 하고 있다. 저 여자에게는 조언해줄 아버지도 어머니도 없다. 슬픔이 그녀를 영국으로 내몰았고 슬픔인지 외로움인지가 그녀를 캐럴라인 덴턴스미스에게 보냈다. 대학 공부를 포기했지만 천성이 발명가의 조수로 아주 딱 맞는다. 자기 입으로 연구실의 정직한 작업이 좋다고 하지 않았던가? 젊음과 지성을 선전과 계몽 사업의 혼돈과 허위 속에서 낭비하는 것은 완전

• 옥스퍼드 대학의 인문학 과정 학위를 따기 위한 최종 시험.

•• 옥스퍼드 대학에서 학위를 받기 위한 세 가지 시험 중 첫 번째.

히 잘못이다. 그런 일을 하기에는 그녀가 너무 아깝다. 그만두게 해야 해. 그리고 이게 캠벨을 해고해서 생긴 문제의 해결책이 될 수도 있잖아?

전도사와 같은 열정이 휴를 사로잡았다. 데 라 루의 영혼을 구원하고 자신이 고용해야 했다. 양해를 구하지도 않고 덴턴 스미스를 내버려두고 방을 가로질렀다. 엘리너가 도표 위로 몸을 구부리고 있었다. 그들이 불쑥 찾아온 바람에 중단한 작업이었다. 이제 휴가 엘리너에게 불쑥 다가갔다. "할 말이 있습니다!"

"뭔데요?"

"연구를 다시 하는 게 어떻습니까?"

"무슨 말씀이세요?"

"아직 이 크리스천 키네마사에 관여하고 있습니까?"

"선생님만큼은 아닌 것 같은데요."

"그게 무슨 말이죠?"

"이사님이시잖아요?"

"그렇게 부르긴 하지요."

"그렇죠. 전 이사가 아니고요. 그냥 주주일 뿐이에요. 대체로 그냥 주주인 거죠."

"여하튼 주주만 하고 사는 건 아니죠?"

"맞아요."

"남은 시간엔 뭘 합니까?"

"공부. 운전. 런던 구경. 노동당 연설 듣기. 사업가 되는 법

배우기."

"사업이라. 사업은 왜요?"

"돈을 벌고 싶어요."

"그래서 학위를 받지 않고 대학 공부를 그만둔 겁니까?"

그녀가 잠시 멈칫했다. "그렇다고 할 수 있죠."

"재능을 낭비하고 있군요!"

"감사하지만, 그걸 가장 잘 판단하는 건 저 자신이라고 생각해요."

하지만 그녀는 그렇게 말하며 미소를 지었다. 무례하게 굴지도 않고 휴의 말을 무시하지도 않았다.

"그만두세요!"

"왜요?"

"여기 와서 저를 도와주세요. 조수가 필요합니다. 데 라 루 양이 많이 아는 것 같지는 않지만 지시에 잘 따를 테고 아주 민첩해 보여요."

"조수가 돼달라고 부탁하시는 건가요?"

"아뇨, 부탁할 이유가 없다고 생각하는데요. 데 라 루 양도 대부분의 젊은 여자처럼 연구실에서 방해만 될 수도 있어요. 데 라 루 양을 시험 삼아 일주일 일하게 해보려는 겁니다."

"그렇군요." 그녀가 휴를 빤히 보았다. 재미있기도 하고 좀 놀랍기도 하고 어리둥절하기도 했다. "재미있는 분이시네요! 진지하게 제안하시는 거예요?"

"마음에도 없는 제안을 하느라 시간을 낭비하는 사람이 아닙니다."

"얼마를 주실 건가요?"

"봉급 말입니까?"

"당연하죠."

"봉급을 받을 만큼 제대로 일을 하려면 오래 걸릴 겁니다. 하나부터 열까지 다 가르쳐야 하고요. 이 일은 데 라 루 양에게 아주 좋은 기회가 될 겁니다. 사실 나한테 수업료를 내야 할 입장입니다."

"여기서 같이 일하는 남자들한테도 이런 식으로 말씀하시나요?"

"무슨 말입니까?"

"좀 성급하신 것 아닌가요?"

"그럼, 생각할 시간이 필요하시다면 그러셔도 됩니다. 하지만 덴턴스미스나 그 친구들과 어울리면 망가질 위험이 있다는 것은 알려드리겠습니다. 어떻게 그런 분위기에서 정직하게 사고하는 능력을 잃지 않을 수 있겠습니까? 그 사람들은 모두 거짓말하고 타협하고 둘러대고 속입니다. 거짓말이 자신들의 회의와 가증스러운 대의에 도움이 된다면 진실을 팔아먹을 사람들입니다. 전부, 전부 아주 부정직하고 썩었지요. 거기엔 아무것도 없습니다."

휴는 존슨처럼 유창하게 말하지 못했다. 전도사 같은 일에 익숙하지도 않았다. 머뭇거리며 단어를 떠올리려 애썼고 생소한 감정에 휩싸여 있었다. 그는 엘리너 데 라 루가 덴턴스미스의 일이라는 소용돌이에 휩쓸려 들어가는 상상을 했다. 엘리너의 정직한 두뇌가 감상으로 오염되고 헝클어지고 명료한 시각이 혼란스러운 감정으로 흐려지는 것을 보았다. 두고 볼 수 없었다. 망가질 거야. 다른 모든 여자, 허약하고 감정적이고 이성적 사고를 할 수 없는 여자와 똑같아질 거야. 엘리너가 궁금함을 담아 심상치 않은 표정으로 그를 바라보았다. 녹갈색 눈을 동그랗게 뜨고 있었고 놀랐지만 당황하지도 아주 기분 나빠 하지도 않았다. 그의 장광설이 끝났을 때 엘리너가 조용하게 말했다. "제 일을 가장 잘 판단할 사람은 바로 저라고 생각하지 않으세요?"

휴가 말을 더듬었다. "아니, 아니요. 물론, 그렇지 않아요. 여자는 그럴 수 없어요."

"여자에 대해 뭘 아시죠?" 엘리너가 물었다. "그리고 저에 대해서는 뭘 아시죠?"

"알죠. 데 라 루 양이⋯⋯ 그러니까⋯⋯." 휴는 할 말이 없었다. 사실 그녀에 대해 아무것도 몰랐다. 똑똑하고 침착한 여자라는 것 말고는. 그리고 연구실에서 일하게 하고 싶다는 것, 그래서 저 여자가 진지하게 자신에게 관심을 쏟고 저 기다란 민달팽이 같은 사제와 함께 어슬렁거리지 않게 하고 싶다는 것 말고는.

하지만 그렇게 말할 수는 없었다. 그저 그녀를 쏘아보며 이렇게 내뱉을 수밖에 없었다. "저는 시간 낭비, 능력 낭비를 싫어합니다. 들어봐요, 엘리너. 저런 늙은 여자들과, 그러니까 내 말은 남자든 여자든, 어울려서 남는 게 뭐가 있습니까? 덴턴스미스 양은 영화의 순화를 말하지요. 정직한 영화를 만들고 어쩌고 하면서. 저 여자는 정직한 영화가 뭔지 전혀 모릅니다. 저는 정직이 뭔지 알려줄 수 있습니다. 이런 사업에서 정직이라면 정직한 기술뿐입니다. 선전은 모두 쳐내야죠. 제가 좋은 일 하는 법을 알려드리겠습니다."

엘리너가 갑자기 빙그레 웃으며 바로 친근감과 호감을 내비쳤다.

"그렇군요. 그래요." 엘리너가 말했다. "선생님께선 아주 말솜씨가 좋으시네요. 저분들에 대해 하신 말은 마음에 들지 않지만요. 생각해볼게요." 그런 뒤 가버렸고 휴는 묘하게 불편해졌다.

덴턴스미스가 곧바로 다가왔다. "어, 이사님, 귀찮게 해드리고 싶진 않지만" 하며 말문을 열었다. "부탁드릴 일이 딱 하나 있어요." 그러더니 잠깐 망설이다가 대담하게 말을 이었다. "저한테 10실링짜리나 1파운드짜리로 돈을 좀 빌려줄 수 있으시지요? 이번 주에 아주 약간 모자라서요. 당연히 갚아야죠. 아주 일시적으로 곤란한 것뿐이에요. 우리 모두가 돈을 많이 벌 거잖아요. 지금 살짝 모자란 것뿐이에요."

"하지만 덴턴스미스 양." 휴가 어처구니없어하며 쏘아보았다. "존슨 말로는 덴턴스미스 양에게 일을 안 해도 먹고살 만큼 수입이 있고 부자 친척도 많다던데요."

"그게, 당연히." 덴턴스미스가 고개를 약간 치켜들고 말했다. "저는 존슨 이사님에게 제 개인사를 다 털어놓지 않을 겁니다. 우리끼리니까 드리는 말씀인데 제가 요즘 약간 힘들어요. 몇 달 동안 엘리너가 아주 후하게 베풀어주었지만요. 물론 엘리너에게서 너무 많이 받고 싶지 않아요. 회사에 투자를 하고 나서 엘리너에게는 공부를 끝낼 때까지 버틸 만큼의 돈만 남았다는 것을 아니까요. 그리고 당연히 배당금이 들어올 때까지예요. 지금 5실링 4와 2분의 1페니가 있고 내일 모티머 신부님께 갈 거예요. 정말 근사한 것은 이거예요. 제가 늘 말하듯 좋은 **친구들**이 있다면 **돈**은 중요하지 않죠!" 덴턴스미스가 약간 불안한 미소를 지었다.

"그러니까 저 사제와 데 라 루 양한테 돈을 받아서 살고 계신다는 말입니까?"

덴턴스미스가 얼굴에서 미소를 거둔 채 휴를 빤히 쳐다보았다.

"그러니까 그건 빌리는 거예요. 우리 **모두** 성공해서 돈을 많이 벌 때까지요. 이사님이 제 나이가 되면 돈이 전혀 부족하지 않을 거예요. 멋지죠. 엘리너와 신부님이 제가 중요한 일을 하고 있을 때 저를 돕고 싶어 하는 건 아주 당연한 거죠. 요크셔에 있는 친척들은 제가 **무슨 일**을 하는지 정확하게 이해하는 것 같지 않으니까요. 물론 우리가 크리스천 키네마사를 성공**시켜야** 하는 이유도 바로 그거지요. 그러니까 거기 **전부**를 걸었다는 말이에요."

"그렇군요."

그러니까 캐럴라인은 정말 무일푼이고 회사는 돈 많고 나이 든 여자가 재미 삼아 해보는 것이 아니라 운을 건 필사적인 도박이었다. 휴는 속으로 역겨움을 느꼈다. 이렇게 가난이 탄로 난 것이 또 어떤 복잡한 문제를 일으킬지는 몰랐지만 모든 가난이 위험하다는 것은 알고 있었다. 가난이 일을 방해하고 정신을 산란하게 하고 사람과 신념 사이를 갈라놓는다는 것은 알고 있었다.

휴가 시무룩하게 축 처져서 연구실 저쪽, 계획서와 서류들을 넣어두는 작은 금고로 터벅터벅 걸어갔다. 금고 문을 열고 서류들을 치우고 가죽 주머니 하나를 찾아냈다. 꼼꼼하게 4파운드를 세어 꺼내고 남은 4파운드를 상자에 다시 넣고 문을 잠갔다.

"이걸 받으세요. 괜찮으시다면 이제 모두 돌아가주면 좋겠어요. 오늘 밤에 할 일이 남아서요."

"어, 대단히 고맙습니다. 정말 빌리는 거예요. 걱정 마세요. 차용증을 보내드릴게요. 아주 기쁘네요. 돈이 생겨서가 아니라 우리가 정말로 함께 일하고 있다는, 이사님이 우리가 성공할 거라고 진심으로 믿고 있다는 뜻이니까요." 캐럴라인이 일행을 다 불러 모았고 모두 작별 인사를 하고는 떠났다.

휴는 저런 여자와 무언가를 하려 해봐야 소용이 없다고 생각했다. 그녀는 구제불능이다. 돈을 빌려준 것은 당연히 미친 짓이었다. 거리로 그녀를 쫓아가서 4파운드를 돌려받고 싶은 마음이 굴뚝같았다. 하지만 캐럴라인에 대해 정당하게 다시 생각해보니 그녀가 크리스천 키네마사를 설립했다는 사실을 인정할 수밖에 없었다. 그녀에게서 500파운드를, 가능하면 더 많이 받기로 돼 있었다. 캐럴라인을 통해 데 라 루를 무급 조수로 들이게 될 수도 있었다. 휴는 이제 자신이 아주 잘했다는 생각이 들었다. 그리고 이렇게 생각했다. 4파운드 빌려준 걸 억울해하면 안 되지. 불쌍한 캐럴라인에게.

제5장 로지 에인트리 모티머

1

캐럴라인이 1월 30일 이사회 회의에서 모티머 신부가 켄싱턴고어의 주교에게 회사 이야기를 하기로 약속했다고 보고했을 때 엄밀하게 진실만 말한 것은 아니었다. 모티머 신부가 약속한 것은 래시터 신부에게 그 사업에 대해 더 부탁해보겠다는 것이었다.

모티머 신부는 켄싱턴고어 교구 풀럼에 있는 세인트오거스틴 성당의 부사제였다. 그는 그것이 일주일에 칠 일, 하루 열여섯 시간씩 일하는 직책이라고 잘못 생각하고 있었다.

하루 종일 자전거를 타고 거리를 달려가 미사를 드리고, 환자를 문병하고, 위원회에서 다투고, 버릇은 없으면서 힘은 넘치고 통제 안 되고 따분한 소년 클럽이나 청년 조합과 씨름했다. 모티머 신부가 가벼운 발걸음으로 긴 검정색 수단을 휘

날리며 활보한 거리들은 죄다 칙칙하고 흉측했다. 방문한 집은 가난하고 불결하고 복작복작했다. 신부는 푹 꺼진 더러운 침대 옆에서 무릎을 꿇고 기도했다. 휑하고 다 허물어져가는 클럽실에서 냉소적인 실업 청년들의 가슴에 열정의 불꽃을 붙이기 위해 애썼다. 고된 일이었지만, 그래서 그에게는 더 큰 위안이었다. 머물고 있는 사제관은 보기 흉해서 오히려 더 매력적이었다. 일이라는 약을 신경에 먹이고 피곤하게 만들어서 사고를 둔하게 해야 했다.

그가 가진 문제는 평범하지 않았다. 고행은 전혀 괴롭지 않았다. 육욕 때문에 이 마르고 젊은 육체가 고통스러웠던 적은 거의 없었다. 그의 몸은 꾸준한 운동, 간소한 식사, 계속되는 행동 훈련으로 단련되어 있었다. 제멋대로 날뛰는 정신 때문에 괴로웠다. 교양 있고 당당하고 멋지며 빈정대기 좋아하는 옥스퍼드 집안 출신인 그는, 전쟁 초기 2년 동안 학교가 휴교할 때 고향 집에 갔는데 가족들이 잘난 척하며 쌀쌀맞게 굴고 학교 일에는 관심도 없자 부아가 치밀었다. 갑자기 "내 편에 서지 않는 사람은 나를 반대하는 사람이며"•에 자극받아 열여덟 살이 되자마자 영국국교회의 품에, 그다음에 한 보병사단에 자신을 내던졌다. 오싹하면서 격렬한 행복감에 사로잡혀 신체검사와 성인 침례를 통과했고 견진성사와 군대 변소를 견뎠다. 그의 부대가 훈련소를 떠나 프랑스로 가기 사흘

• 〈마태복음〉 12장 30절.

전에 첫 영성체를 받았다.

훈련을 받는 동안 대체로는 불행하지 않았다. 사생활이 없고 육체적으로 고되고 심하게 불쾌하고 험한 단체 생활은 그가 상상한 대로 신성하지는 않지만 견딜 만한 수도원 생활과 비슷했다. 정신적으로 초월한 상태였기 때문에 겉으로는 쾌활하고 유순하고 약간 쭈뼛거렸다. 형제애와 가난이라는 프란체스코의 이상에 매료되어 약한 비위로도 자신보다 덜 까탈스러운 남자들과의 역겨운 신체적 접촉도 견뎌냈다. 여자 사귀는 이야기, 외설적인 농담, 병장의 짐승 같은 폭력에 예의 바르게 관심을 가지고 귀를 기울였다. 병장은 총검 훈련을 시키면서 그를 향해 독일인을 혐오한다, 그들을 먹어버리겠다, 씹어 먹겠다, 창자를 찢겠다고 고함을 질렀다. 모티머는 바로 이런 사람들을 사랑하겠노라 약속했고, 사랑이 그의 임무인 이상 힘든 임무일수록 해내면 더 가치가 있었다.

마침내 프랑스의 진지에 도착했을 때조차 행복감이 전신마취제처럼 작용하고 있어서 공포로 미쳐버리지 않을 수 있었다. 행군하고 땅을 파고 땀 흘리고 먹고 자고 졸음을 견디고 악취가 물큰 풍기는 진흙에 배를 대고 기었는데, 이 모든 일이 일어나는 객관적 세상과 자신이 정말로 살고 있는 주관적 세상 사이에 장막이 드리워져 있는 것 같았다. 1917년 겨울, 폐렴에 걸려 숨을 잘 못 쉬고 기침을 하며 병원에 입원해 있었지만 정신적으로는 더없이 행복했다. 세상의 겉껍질이 아주 얇아졌다. 그 껍질이 자신과 진짜 영의 세계 사이에 투명한 장막처럼 드리워 있었다. 열이 오를 때면 이따금 장막이 한쪽으로 살짝 걷혔고, 그는 절대적 실체의 눈부신 빛을 똑똑히 보았다.

그는 1919년 봄 스물한 번째 생일이 지나고 아브빌 근처 막사에서 제대를 기다리고 있었다. 막사 뒤로 수선화가 노랗게 핀 공터를 지나 숲이 펼쳐져 있고 녹음이 우거진 길이 나 있었다. 따스한 봄 저녁, 그는 혼자 걸으면서 개암나무와 산사나무가 복잡하게 얽힌 잡목 숲을 지나가다가 늘어진 너도밤나무 가지에서 화를 내며 쫑알거리는 다람쥐를 보려고 발걸음을 멈추었다. 온몸에서 행복감이 뿜어져 나왔다. 영적 황홀경 때문이기도 하고 보통의 인간으로서 느끼는 기쁨 때문이기도 했다. 전쟁이 끝났고 그는 살아 있고 건강했다. 인생이 눈앞에 펼쳐져 있었다. 옥스퍼드와 자유, 배움과 학교생활의 느긋한 여유, 영국 시골의 아름다움, 터브니 숲, 처웰강, 모들린 타워, 와덤의 훌륭한 셰리주, 잘 차려진 점심을 먹으며 나누는 정겨운 담소, 아직 총각이어서 막연하지만 짜릿한 동경의 대상, 여자들, 철학, 여행.

움푹한 공터로 내려와 무릎까지 올라오는 수선화 속을 걷는데 꽃 아래에 숨겨진 둔탁하면서 푹신한 뭔가에 군화가 부딪혔다. 2년 전부터 생겨난 직감이 발동해 공포에 질려 뒷걸음질 치려 했다. 부패하는 살의 악취가 날 것이라고 생각했고 실제로 거의 그런 냄새를 맡았다.

수선화 아래 있었던 것은 시체가 아니었다. 너무 썩어서 툭 건드리기만 해도 으스러지는 통나무일 뿐이었다. 하지만 공포가 그의 기쁨을 찢고 실상과 대면하게 했다. 헛구역질을 하고 부들부들 떨면서 통나무를 뚫어지게 바라보았다. 축축한 나무가 아니라 친구 아놋의 시신을 보았다. 너무 지쳐 참호 발판에서 깊은 진창으로 미끄러졌고 그 아래에서 동료들에게 밟혀 죽은 아놋. 린든을 보았다. 가스 공격 뒤 기침하며 죽어간 린든. 그리고 미어도 보았다. 수류탄 폭발로 신체가 훼손된 미어. 모티머는 신경이 팽팽해지며 극심한 고통을 느꼈고, 그들을 죽이고 자신에게 삶이라는 짐을 짊어지게 한 운명에 대고 괴로워하며 비명을 질렀다. 그들은 기쁨을 빼앗겨버렸는데 아무렇지 않게 편안히 앉아 있는 자신의 모습에 질겁하고 화가 북받쳐 공터를 돌아다니며 수선화를 북북 뜯었고 그 부서진 나팔 모양 꽃송이를 땅바닥에 내팽개쳤다.

그는 그날 밤 점호 때 자리에 없었고, 다음 날 아침 쓰러진 나무 위에 웅크린 채로 머리를 두 손으로 움켜쥐고 어떤 말도 아무것도 하지 못하는 상태로 발견됐다.

전쟁이 끝나서 규율이 예전 같지 않았다. 군의관은 젊은 모티머가 똑똑하고 예민하고 섬세하다며 마음에 들어 했다. 정신착란이 젊은 군인들에게서 발생한 적이 없었고, 휴전협정 전보다 후에 진단을 내리는 것이 분명 더 편리했다. 모티머는 아브빌에 있는 병원으로 후송되었다. 이 주 동안 독감 치료를 받기로 했는데 공교롭게도 정말 독감에 걸렸다. 두 가지 병에서 동시에 회복된 것처럼 보였고 예정대로 전역 신고를 할 수 있었다.

하지만 그 공포감 때문에 결국 서품을 받기로 결심했다. 살아 있을 자격이 없으니 속세와 인연을 끊고 싶었다. 얼마 동안 나환자를 위한 선교사가 될까도 생각했다. 그러나 그 생각은 감상에 지나지 않았고, 그는 그대로 감상에 빠져 있지 않았다. 그가 할 일은 영국에 있었다.

정부 보조금을 받아 뉴 칼리지 그레이츠 단기 과정에 진학했다. 그런 뒤 리치필드 신학 칼리지로 옮겼다.

리치필드를 졸업한 이후 슬럼 교구에 살면서 굶주리며 기도했고, 인내와 포용을 배우기 위해 스스로에게 박차를 가했다. 인내는 신체적인 것이면서 정신적인 것이었다. 자신의 복잡하고 예민한 마음을 다잡아 일하는 어머니를 위한 짧은 강연과 남자 청소년에게 알맞은 연설을 떠올려내도록 했다. 돌봄 위원과 교회 노동자들 앞에서 난처하고 불편한 유머 감각을 순화하도록 훈련했다. 이제 생각에 잠기는 습관은 힘들고 단조로운 일의 눈사태 아래 묻혀버렸다. 그래서 작은 행복, 작은 기쁨을 예민하게 잘 알아차리도록 스스로를 채찍질할 수 있었다. 런던 도서관에서 보낸 뜻밖의 여가 시간, 에지웨어로로 가는 복잡한 두 길 사이로 자전거를 달리는 쾌감, 드문 휴일에 콘월에서 수영하고 걷는 일은 내세뿐만 아니라 현세도 사랑하게 하기에 충분했다.

그러나 문제는 머리로 확신할 수 없다는 것이었다. 일체, 수련, 조화라는 가톨릭의 이상이 마음에 와닿았지만 그는 기질적으로 프로테스탄트였다. 신앙의 문제는 권위가 아니라 개인의 믿음에 맡겨야 한다고 생각했다. 중년이 되자마자 가톨릭에 주저앉아버린 지인들의 모습이 불쾌했다. 그는 영국국교회의 입장에 만족할 수 없었다. 영국국교회는 중요하지 않아 보이는 전투에 휘말려 있었다. 래시터 신부를 사랑하고 존경했지만 그 노신부가 종파 논쟁에 집착하는 점은 피곤했다.

그는 스스로의 우유부단을 경멸했다. 칠순주일에 후두염에 걸린 래시터 신부 대신 세인트오거스틴 성당에서 설교했을 때 자신의 입장을 해명해보려고 절충을 비난했다. 자기 마음이 가는 대로 설교를 하면 신도 중 적어도 한 사람한테는 적용이 될 거라고 생각했다. 엘리너가 그곳에 있었는지 크리스천 키네마사가 곤란한지 전혀 모른 채 자기 자신의 우유부단함을 스스로 비난했다. 이틀 뒤 덴턴스미스라는 작고 웃긴 여자가 제의실 문 앞에서 그를 기다리고 있었고 주교 한 사람을 알아봐달라고 부탁했다. 그는 대충 래시터 신부 이야기를 해주고 자리를 뜬 뒤 그 일을 까맣게 잊었다.

하지만 한 번은 크리스천 키네마사를 잊었어도 다시는 잊을 수 없었다. 세인트오거스틴 성당에서 미사를 드릴 때 거의 항상 덴턴스미스의 작고 밝은 모습이 보였다. 어울리지 않는 녹색과 진홍색 드레스를 입은 모습이 앵무새처럼 강렬해서 도무지 못 볼 수가 없었다. 어느 엄청 추운 아침 미사 때 신자들 사이에 그녀가 있었다. 문 앞에서 로저를 기다리고 있었다. 교구회의에 가는 길인 그를 아주 쉽게 딱 찾아냈다.

로저가 래시터 신부에게 덴턴스미스 이야기를 했었다.

"불쌍한 노인이지. 찢어지게 가난하고 좀 성가셔. 드디어 일을 찾았다니 정말 다행일세. 교구 방문이나 교회 일이 아닌 게 얼마나 감사한가. 그 노인의 비위를 잘 맞춰주게나."

로저가 비위를 맞추어주었다. 이야기를 들어주고 루크리셔로까지 함께 걸어가주고 전단지 뭉치를 받아 들었다. 전단지는 곧바로 사제관의 넘치는 폐지 통에 던져버렸지만 로저는 크리스천 키네마사가 마련한 사제와 사회복지사를 위한 가정 파티에 참석하기로 약속했다.

파티에는 울적한 기분으로 그저 재미 삼아 갔다. 《신학대전》을 읽다보니 건조한 문장 이면의 엄청난 힘과 지식이 그를 자극했다. 아퀴나스라면 그의 요동치는 감정을 경멸했을 것이라고 생각했다. 로저는 자신이 또 한차례 신경 불안과 영적 위기를 겪으리라는 것을 알고 있었다. 가톨릭에 대한 언급이 그를 쓰라리게 했다. 성찬식은 극심한 시련이었고 말 한마디 동작 하나가 그에게 기독교의 통일이라는 강력한 주장에 맞서 신교를 정당화할 테면 해보라고 자극했다. 그 문제에 차분하게 맞서려면 큰 문제들에서 눈을 돌리고 가벼운 만남으로 기분을 풀어야겠다는 생각이 들었다.

파티에 온 사람 중에 한두 명은 알았지만 평소처럼 쭈뼛거리며 혼자 떨어져 있었다. 차를 만들고 의자를 정리하느라 바빴어도 주위 사람들을 관찰할 기회는 있었다. 특히 홀 저쪽 라디에이터 옆에 앉아 샌드위치를 먹는 젊은 여자를.

관찰해보니 그 여자는 좀 이상했다. 굽이 낮고 아주 말끔한 컨트리 슈즈•를 신었으며 소년 같은 소모사 스타킹을 신고 있었다. 모자를 벗었고 갈색 앞머리가 곧고 뚱한 눈썹을 덮었다. 발명가 매커피라고 알고 있는 빼빼하고 흐늘거리는 젊은 남자와 심각하게 집중해서 이야기를 나누고 있었다. 그가 말하는 내용이 흥미롭고 중요하다는 듯이 열심히 듣다가 거리낌 없이 비판하는 눈길을 던지고 불쑥 질문을 했는데 애교라고는 전혀 섞이지 않은 태도였다. 로저는 여성스러운 여자들이 남자의 말에 귀를 기울일 때 보이는 열렬하면서도 맹한 반응을 너무도 잘 알고 있었다. 남자가 아무리 평범한 말을 해도 대놓고 좋다고 맞장구치며 입을 헤벌린 채 다 받아들이는. 그런데 이 여자는 동등한 입장으로 들으면서 간혹 고개를 끄덕였다. 그럴 때마다 숱 많고 매끄럽고 윤기 없는 곧은 갈색 머리카락이 앞뒤로 흔들렸다. 그러다가 갑자기 매혹적인 미소를 지었는데, 로저는 그녀의 코에 띠처럼 나 있는 주근깨와 모양 좋은 깔끔한 턱선을 눈여겨보았다. 그곳에 있는 많은 사람 중에서 오직 그녀를 알고 싶어졌는데, 자신이 촘촘한 의자의 숲을 뚫고 차를 나르는 보좌신부 역할을 너무도 잘해내면서 미지의 여자에게 말을 붙여볼 궁리를 하고 있다는 사실이 우스웠다.

'저 여자를 다시는 만날 수가 없겠지.' 로저는 생각했다. '이

• 교외에 하이킹을 가거나 여행할 때 이용하는 편한 신발.

모임은 좀 망한 것 같아. 이 영화사도 다른 회사들처럼 될 거야. 그럼 나는 어떻게 되지?' 어떻게 해야 할지 알 수가 없었다.

"모티머 신부님." 덴턴스미스가 바로 곁에 와 있었다. "제 친척 엘리너 데 라 루를 **꼭** 소개해드리고 싶어요. 회사든 뭐든 지속되는 데 **엘리너의** 신세를 지고 있다는 것 아시죠?"

덴턴스미스가 방 저편에 있던 젊은 여자, 젊은 남자와 이야기하던 그 여자에게 로저를 안내하고 소개해주었다. "모티머 신부님 설교 들으러 같이 갔던 거 기억나지, 엘리너?"

그 여자의 인사는 로저를 깜짝 놀라게 했다. "잊을 수 없을 것 같아요." 그녀가 말했다. "그리고 아직은 용서해드릴 수 있을지 잘 모르겠네요."

용서? 용서라고? 로저는 세인트오거스틴 성당에서 그날 밤에 뭐라고 설교했는지 기억조차 나지 않았다. 그러나 그 말을 들으니 생각이 꼬리에 꼬리를 물었다. 이미 알고 있었구나. 저 여자를 알고 싶어 했잖아. 그런데 이미 나도 모르게 그녀의 삶에 영향을 끼쳤다니. 재미있는 일이었다. 삶의 무늬를 이루는 경험이라는 것이 얼마나 신기할 만큼 다양한지 상징적으로 보여주는 일이었다. '너무 이상하게 서로 얽혔군.' 로저가 생각했다. '서로 개입돼 있어. 뗄 수 없는 관계야. 어쩔 수 없이 서로에게 책임이 생기는구나.' 로저는 좀 우습기도 하고 당황스럽기도 해서 훌륭한 성직자들이라면 이렇게 복잡한 상호 관계조차 전혀 놀라운 일이 아니라는 듯 빼어난 말솜씨로 잘 포장하겠지, 하고 생각했다. 그는 오는 금요일 애널리에 있는 매커피의 연구실을 방문하기로 약속하고 말았다.

엘리너 데 라 루를 다시 만나고 싶었다. 설교가 정확하게 어떤 영향을 주었는지 알아내고 싶었다. 이렇게 잠시 우회하면 정신적 불안이라는 밀물이 올라오지 못하게 막을 수 있을 것 같았다. 내가 로마 가톨릭에 가지 않은 것은 충성심 때문인가 게을러서인가? 그날, 로저는 밤이 깊도록 차가운 수도실 같은 방에서 무릎을 꿇고 자신의 명예라는 천사와 씨름하고 배교라는 미친 짓을 하지 않으려고 공연히 즐거운 생각을 하려 애쓰며 기도했다.

2

로저에게 매커피의 연구실을 처음 방문했던 일은 "자제할 수 없거든 결혼하십시오. 욕정에 불타는 것보다는 결혼하는 편이 낫습니다"•라는 사도 바울로의 간결한 명령의 배후에 있는 현실을 처음으로 깨닫게 해준 사건으로 남았다. 크리스천 키네마사의 가정 파티에서 엘리너 데 라 루를 만났을 때는 자기가 웬 젊은 여자 인생에 영향을 주었다는 상황이 재미있고 호기심이 동했다. 하지만 덴턴스미스와 함께 애널리에 가기 위해 엘리너를 다시 만나자마자 자신이 그녀를 그저

• 〈고린도전서〉 7장 9절.

아는 사람 이상으로 느끼고 있다는 것이 분명해졌다.

연구실에 서서 덴턴스미스의 몰아치는 독백을 들으며 눈으로는 그 젊은 여자가 책상에서 탁자로 순례하는 모습을 좇았다. 남의 눈을 전혀 의식하지 않고 확신에 찬 그녀의 행동을 진기한 것이라도 되는 듯 지켜보았다. 차를 타고 돌아오는 동안 갑자기 이렇게 이 소풍을 끝낼 수 없다는 생각이 들었다. 우연히 만나고 미련 없이 헤어진 수백 명의 남자와 여자처럼 엘리너도 내 삶에서 그냥 뚝 떨어져 나가버리고 말 거야.

루크리셔로에서 덴턴스미스를 내려주고 엘리너 쪽을 보았다. "집으로 바로 가셔야 합니까?" 로저가 물었다. "아니면 저랑 커피라도 같이 드시겠어요?"

"그러면 좋겠네요." 엘리너가 무심하게 말했다. "많이 늦지 않았나요?"

"얼스코트 클럽 아주 가까운 곳에 적당한 데가 있어요." 그가 말했다. "가시는 길이니까 괜찮을 겁니다."

"그래요. 잘됐네요."

둘은 거의 침묵 속에서 얼스코트로로 돌아갔다. 맑고 추운 저녁이었고 반들거리는 도로는 안쪽에서 빛이 뿜어 나오는 것처럼 투명하게 빛났다. 불 켜진 도시는 전등을 넣어놓은 반투명한 구체처럼, 훅 불면 터질 듯한 사랑스럽고 약한 거품처럼 보였다. 로저에게는 이 행복감도 거품처럼 쉽게 사라져버릴 것 같았다. 그는 아주 가만히 앉아 있었다. 마법이 깨질까 봐 거의 움직이지도 말을 하지도 않았다. 스쳐 지나서 멀어져

가는 짐들과 핸들을 꽉 잡은 엘리너의 장갑 낀 손을 바라보는 것만으로 좋았다.

얼스코트로에 자그마한 외국 음식점이 있었고, 자정까지 문을 열었다. 로저가 엘리너를 그곳으로 안내했고 테이블에 자리를 잡았다. 분홍색 갓을 씌운 등불이 밝혀져 있었다. 그가 커피와 샌드위치를 주문했고, 엘리너는 음식이 나오기를 기다리며 담배를 피웠다.

"궁금한 게 있습니다만." 로저가 마침내 입을 열었다. "대답하기 싫으면 안 하셔도 되지만 전 궁금해서 힘들 겁니다."

"뭐죠?"

"우리가 처음 만났을 때 저를 용서할 수 없다고, 용서하지 않을 수도 있다고, 왜 그런 말을 하신 거지요?"

엘리너가 담배 연기 너머로 짓궂게 빙긋 웃었다. "그 말을 기억하시는군요? 맞아요. 그랬죠." 그때 갑자기 그녀의 뺨과 목에 장밋빛 홍조가 확 퍼졌고, 그 모습에 로저는 깜짝 놀랐다. 그녀가 갈색 손가락으로 담배를 꽉 눌러 껐다. "그랬죠." 엘리너가 다시 한번 말했다.

"그냥 해본 말씀이거나 곤란하면 대답 안 하셔도 됩니다. 그냥 궁금해서 물어보는 것뿐이에요. 또 제가 용서받지 못한다고 생각하면 끔찍해서요. 잘못을 바로잡을 수 있다면요."

"그러니까 이런 거였어요." 엘리너가 뜸을 들이다가 말했다. "신부님 때문에 제가 3000파운드를 썼어요."

"저 때문에 뭘 써요? 다시 말씀해주시겠어요?"

"그러니까 이렇게 된 거예요. 캐럴라인 고모가 저를 교회에 데려갔어요. 전 자주 안 가거든요. 실은 네덜란드 개혁 교회 신자고, 어쨌든 전 불가지론자예요." 엘리너가 도전하듯 쳐다보았지만, 그는 그저 진지하게 고개를 끄덕였다.

"그래서요?"

"저는 좀 불행했고 좋은 많은 것, 저 자신에 대한 거의 전부가 아주 못마땅했어요. 그런데 신부님이 절충이 부정직하다고 설교를 하셨고요. 큰 재산을 가져서 슬프게 죽은 젊은 남자 이야기였죠. 설교는, 이렇게 말해 죄송하지만, 아주 훌륭하지는 않았어요. 하지만 저는 사회주의자예요. 그리고 뭔가 대충 하는 데 아주 질렸고요. 그래서 신부님 말씀대로 했어요."

"그랬군요……."

로저는 커피를 따르지 않고 그녀를 바라보며 앉아 있었다.

"그런데 그렇게 하고 보니 아주 멍청한 짓 같아요. 이제 전 이전에 혼자 먹고살려고 일했던 때보다 더 열심히 일을 해야 해요. 반면 제가 돈이 있을 때는 다른 사람들을 위해 훨씬 더 많은 일을 할 수 있었어요. 그러니까 예전의 제가 더 쓸모 있었다고 할 수 있죠."

"그 말은 **전** 재산을 내놓았다는 뜻인가요?"

"전부는 아니에요. 학교를 마치고 혼자 힘으로 살 수 있게 될 때까지 쓸 돈은 남겨두었어요. 하지만 차는 팔아야 해요."

"그 돈을 전부 크리스천 키네마사에 주신 거고요?"

"고모는 투자라고 했어요. 하지만 조금이라도 되찾을 수 있을 거라고는 생각 안 해요. 신부님 생각은 어떠세요?"

"저는 모르겠습니다. 회사에 대해서는 사실 많이 알지 못해요. 하지만……."

"하지만요?"

"데 라 루 양은 회사에 관심이 없지 않습니까?"

"그래요. 저는 회사가 좀 별로라고 생각하는데, 그렇지 않아요?"

"그러면 도대체 왜?"

"글쎄요, 모르겠어요. 설명하기 힘드네요. 신을 흉내 내고 싶었던 것 같아요. 자선이라는 게 대부분 그렇잖아요. 자기가 신이 된 것처럼 행동하는 거죠. 하지만 그렇게 한다고 신이 될 것 같지는 않아요. 자선은 너무 쉬운 일이잖아요. 그리고 진짜 만족감을 느낄 수도 없어요. 다음번 설교를 위해 잘 기억해두시면 좋겠어요. 마음의 평화는 국채처럼 살 수 없는 거예요. 그렇게 되지 않아요."

"그러면 그 주식을 파실 건가요?"

"신부님이라면 어떻게 하실 것 같아요?"

"그게 중요한 게 아니에요. 제 생각을 강요한 적이 없는데도 제가 데 라 루 양에게 충분히 큰 손해를 입혔어요."

"손해라고요?"

"그런 셈이……."

"사제에게 아주 어울리는 생각이네요! 신부님은 가장 실천하기 힘든 교리를 설교하고는 누군가가 그 교리를 있는 그대로 받아들였다고 지나치게 충격받으시네요. 신부님은 개종자들에 익숙지 않으신가봐요. 제가 처음인가요?"

"데 라 루 양이 개종자라면 그럴 겁니다. 하지만 아직 확실히 개종했다고 보기는 힘드네요. 아직은."

"'아직은'이라고요?"

"음, 소망뿐만 아니라 믿음과 사랑도 중요하니까요."

데 라 루가 지친 듯이 한숨을 내쉬고 손으로 턱을 괴었다.

"신부님은 그 일이 그다지 기쁘지 않으신 것 같네요. 저도 누군가가 기뻐할 거라고 기대하진 않은 것 같아요. 캐럴라인 고모 말고는요. 물론 신부님 말이 맞아요. 신부님 신도들이 전부 계율을 글자 그대로 따른다면 당장 내일이라도 아주 놀라운 경제 혁명이 일어날 거예요. 우리 모두가 코트에 망토까지 다 벗어서 남들에게 주겠죠. 1킬로미터를 걷기로 하고 돈을 받은 노동자들이 다들 2킬로미터를 걸을 거고, 물건을 경쟁사보다 싸게 팔아서 외국 시장이 아주 난리가 날 겁니다. 은행은 도산하겠죠. 모두가 자기 주식을 팔아 가난한 사람들에게 줄 테니까요. 그리고 우리가 빠진 수렁에서 모두를 꺼내줄 재림이 바로 일어나기를 바라기만 하면 되지요."

"하지만 가톨릭교회는 이미 그런 문제를 잘 알고 있습니다. 교회는 우리가 성급하게 행동하지 않도록 아주 세심하게 보호하고 있습니다."

"음, 그러면 제가 미친 듯이 날뛰며 제 돈을 내던진 게 과격한 불가지론적 개인주의자여서 그렇다고 생각하시는군요. 그러니까 제가 가톨릭 신자였다면 신부님이 절충을 거부하자고 한 것이 글자 그대로의 뜻이 아니라는 것을 알았을 거라고 생각하시는 거죠. 모든 말에는 상징이란 것이 있는데 이교도만이 글자 그대로 해석하지 않는 법을 못 배웠으니까요. 그렇죠?"

"비슷하게 말할 수 있겠네요. 하지만 저는 그때 제 말이 옳다고 주장하려는 게 아니었습니다. 저 자신이 무엇을 할 수 있을까 저도 궁금해하고 있었습니다. 데 라 루 양의 투자에 제 책임도 어느 정도 있습니다. 물론 크리스천 키네마사가 성공해서 돈을 번다면 괜찮으실 겁니다."

"그리고 신이 일하시는 신비로운 방식이 정당화되겠죠? 그래요. 당연히 고모는 제가 돈을 벌게 될 거라고 해요. 저는 그러지 않을 수도 있을 거라고 생각하지만, 그래도 매커피가 똑똑한 사람이고 그 발명품이 정말로 중요하다고 생각해요. 신부님 생각은 어떠세요?"

로저는 매커피 이야기를 하고 싶지 않았다. 엘리너와 그녀가 처한 곤경에 대해 이야기하고 싶었다. 아무리 일부러 그런 것이 아니라고 해도 자신이 엘리너의 행위에 결정적인 영향을 끼쳤다는 사실이 괴로우면서도 흥분됐다. 엘리너가 곤란해질까봐 불안했다. 더 많은 것을 캐물었다. 엘리너 자신과 고향인 남아프리카, 미국에 있는 오빠에 대해서까지.

"하지만 오빠는 지금은 거의 남이에요." 엘리너가 말했다. "그리고 통하는 게 많았던 적도 없어요. 가족애라든지 피가 물보다 진하다는 둥 하는 말이 얼마나 웃겨요. 피가 물보다 진하다는 걸 생리학적으로는 기꺼이 인정해요. 하지만 그래서 뭐요? 오빠가 나처럼 생각하게 되나요? 말도 안 되죠!"

졸린 웨이터가 그들 주변을 서성거렸다. 11시가 한참 지났지만 엘리너는 일어나려는 기색이 없었고, 로저는 그대로 앉아서 분홍색 불빛이 엘리너의 심각하고 약간 고집스러운 얼굴을 비추는 것을 보며 아주 만족스러워했다. 그는 엘리너가 격식을 차리지 않고 진지하고 저돌적이고 약간 냉소적이라고 생각했다. 교회를 무시하고 자기 이익에 관심이 없고 친척인 캐럴라인을 약간 비웃으면서도 존중하는 모습이 마음을 끌었다. 마침내 엘리너가 일어나서 커다란 장갑을 끼고 하품했을 때 그는 애틋하고 섭섭했다.

"가야겠죠?" 로저가 말했다.

"거의 자정이네요. 차를 차고에 넣어야 하고 내일 일도 해야 하니까요."

"저도 해요. 내일 일이요. 차고에 차를 대신 넣어드릴까요?"

"운전할 줄 아세요?"

"고향 집에 오스틴이 있었어요. 저는 다 망가진 싱어를 몇 년 탔고요."

"성직자들도 진짜 남자들처럼 평범한 일을 한다는 걸 잊고 있었어요."

"그러면 저는 진짜 남자가 아닌 건가요?"

"글쎄요, 성직자는 왠지 완전히 진짜 남자는 아닌 것 같은

데요. 안 그래요?"

"그런가요? 악마는 아닙니다." 그는 웃고는 있었지만 쓰라렸다. 대놓고 하는 욕은 참을 수 있지만 이렇게 아무렇지 않게 당연하다는 듯 하는 말에는 화가 북받쳤다. 완전히 진짜 남자는 아니라고? 그녀에게 증명해 보이고 싶었다.

속으로는 화가 끓었지만 겉으로는 정중하게 차까지 함께 걸어갔고 차고에서 클럽까지 바래다준 다음 헤어졌다. 그런 뒤 등불과 달빛밖에 없는 텅 빈 거리를 걸어서 돌아왔다.

어찌 됐든, 하고 그가 스스로에게 말했다. 내가 엘리너 데라 루의 성급한 투자에 책임이 있다. 그러니까 크리스천 키네마사의 전망이 어떤지 알아보고 내가 입힌 손해가 무엇인지 정확하게 알아야 해. 엘리너가 그야말로 전 재산을 잃어서는 안 돼. 엘리너 같은 여자가 자기 재산을 그렇게 내던지는 건 정말 말도 안 되잖아. 그런 생각을 하니 마음이 아주 바빠져서 가능한 한 빨리 덴턴스미스에게 찾아가서 실상을 모두 다 알아내고 덴턴스미스가 고아들 주머니를 털지 못하게 하기로 결심했다.

그러다가 로저는 자기가 바보라는 생각이 들었다. 엘리너는 자신의 이익을 얼마든지 지킬 능력이 있으니까. 그녀는 단단하고 예리하고 유능하지. 그리고 자신의 일에 누가, 특히 완전히 진짜 남자가 아닌 사람이 끼어드는 것을 원하지 않을걸. 웃기는 사제로군, 그는 스스로에게 말했다. 엘리너가 나를 그렇게 생각해. 웃기는 사제. 우유랑 번을 먹고 사는 웃기는 놈.

잠자리에 들기 위해 사제관으로 걸었다. 긴 다리로 엘리너의 클럽에서 사제관으로 가는 길을 재촉했다. 음침하고 수도실 같은 방에 가서 아주 오래 약간 격한 기도를 했다. 잠들어서는 예전에 일했던 이스트엔드의 한 클럽에서 열린 여성들의 친교 모임에 다시 참석하는 꿈을 꾸었다.

하얗게 칠한 삭막한 홀에서 밴드가 재즈를 연주했다. 젊은 여성 세 쌍이 춤을 추고 있었다. 매력적인 얼굴들이 춤에 몰두했고 젊고 날씬한 몸이 아주 정확하게 움직였다. 머리카락은 곱슬거렸고 입술은 진홍색이었고 싸구려 새틴 드레스나 광택가공 한 면 드레스가 젊음과 자부심, 생기와 품위를 과시했다. 관능적이면서도 흐트러지지 않고 즐겁게 춤을 추는, 당당하고 아름답고 날씬하고 사랑스럽고 손상되지 않은 온전한 존재였다. 벽 앞에 더 나이 든 여자들이 앉아 있었다. 못쓰게 된 손가락 살에 결혼반지가 파묻혀 있었다. 회색 얼굴이 늘어진 목까지 처져 있었고 목은 거대하고 모양새 없는 가슴과 튀어나온 배로 이어져 있었다. 퉁퉁한 다릿살은 망가진 신발 위로 불거져 나와 있었다. 생활, 일, 육아와 가난이 그들의 몸을 망쳐놓았다. 사랑스러웠던 것들을 흉측하게 만들고 생명력을 빼내고 자존감을 앗아 갔다. 그들은 야한 농담에 헛웃음을 지었고 음악에 맞추어 발을 굴렀고 옹이 지고 때 묻은 손으로 박수를 쳤다. 젊은 여자들이 춤추는 것을 보며 때때로 낮고 쉰 목소리로 시시껄렁한 농담을 했다.

어떤 뚱뚱하고 이가 다 빠진 흉측한 할머니를 본 로저는 그 할머니가 바로 눈앞에서 꼿꼿하고 깨끗한 엘리너 데 라 루의 모습으로 스르륵 바뀐 것처럼 느껴졌다. 그러더니 그 여자가 젊은 여자들 사이에서 진지하고 차분하게 춤을 추기 시작했다. 로저가 그녀에게 인사를 하러 뛰어나가 엘리너를 불렀다. "엘리너, 엘리너, 나랑 춤춥시다. 나랑 춤춥시다!" 하지만 엘리너는 냉담하게 경멸하는 듯한 얼굴을 돌리더니 말했다. "웃기는 사제군. 진짜 남자도 아니잖아." 로저는 화가 치밀어 엘리너에게 달려들어 어깨를 붙들고 흔들어댔다. 어깨를 붙들린 그 여자는 다시 이가 다 빠진 꼴사납고 부들부들 떠는 노파로 변했다.

공포에 질려 땀을 흘리면서 꿈에서 깨보니 그는 혼자였고 침대 위로 달빛이 긴 칼처럼 드리워 있었다.

3

로저는 사나흘 후에야 덴턴스미스를 만날 수 있었다. 어느 날 저녁 6시경 루크리셔로 근처를 지나다가 문득 덴턴스미스가 집에 있는지 보자는 생각이 들었다. 크리스천 키네마사의 상황을 정확하게 알고 싶다고 말할 작정이었다. 덴턴스미스가 자주 그에게 도움을 청하곤 했고, 그의 입장에서는 모르는 활동을 도울 수는 없는 노릇이니 말이다.

그는 루크리셔로 40번지의 외양은 눈여겨보지 않았다. 어두운 계단과 더러운 복도는 익숙했다. 방문을 두드렸지만 답이 없었다. 다시 두드렸다.

이번에는 안쪽에서 희미하게 움직이는 소리가 들려왔다.

"덴턴스미스 양 안에 계십니까?" 로저가 물었다. "모티머입니다. 로저 모티머예요."

"어이구, 잠시만요. 내가 지금 막 들어와서요. 불을 켤게요."

"제가 때를 잘못 맞추어 왔나요? 그냥 갈까요?"

"아니, 아니에요. 아니야, 아니에요."

캐럴라인이 문을 열었고, 그가 불을 밝히지 않은 방으로 들어갔다.

"내가…… 내가 성냥을 못 찾아서요." 잠긴 목소리가 반쯤 속삭였다.

"괜찮아요. 저한테 성냥이 있어요."

로저가 성냥을 꺼냈다.

"가스등을 켜드릴까요?"

"예, 그래주세요."

로저가 가스등에 불을 붙였다. 쓸쓸하고 어수선한 방이 눈에 들어왔다. 코트와 모자가 좀 전까지 그녀가 누워 있었던 것이 분명한 침대 위에 내던져져 있었다. 캐럴라인의 얼굴이 감정의 동요에 따라 움직이고 떨리고 있었다.

"나는…… 시간이……." 그녀가 말을 제대로 하지 못했다. "사무실에서 막 돌아온 참이라 시간이 없었어요. 좀 피곤해서."

그리고 의자에 쓰러져서 울기 시작했다.

"어, 잠깐만요……. 피곤하시군요. 난로에 불을 붙여드릴까요?"

로저는 이전에 비슷한 상황을 접한 적이 있어서 어떻게 대처해야 하는지 알고 있었다. 난롯불을 붙이고 쿠션을 두들겨 부풀리고 빛바랜 커튼을 쳤다. 캐럴라인은 눈물이 말라가고 있었지만 말은 할 수 없었고 로저가 밀어준 안락의자에 기대앉아 기적이 더 일어나기를 기다렸다.

캐럴라인은 점점 진정되었고 이제 살짝 웃고는 주전자에 물을 받아달라고 부탁하며, 사무실에서 돌아와 너무 힘들어서 차도 못 끓이고 장도 못 보고 아무것도 할 수 없었다고 설명했다.

"그럼, 제가 심부름꾼이 되어드릴게요. 어떤 차를 사다드릴까요?"

"아무거나요. 뭐든지요. 집에 뭐가 있는지 모르겠어요. 하지만 지갑에 7펜스 반 정도가 있어요."

"아주 잘 됐네요. 제가 가서 7펜스 반으로 뭘 할 수 있는지 알아볼게요."

로저가 다시 계단을 달려 내려가며 재빨리 생각했다. 캐럴라인의 상태를 보니 찾아온 목적을 이루지 못할 것 같았다. 의자에 기대앉아 기진맥진해 울음을 그치지 못하는 것을 보니 정말 아파 보여. 가차 없이 다그치고 신부의 권위로 억누르기 좋은 때가 아니지.

이 가게 저 가게를 돌아다니며 닥치는 대로 우유, 달걀, 치즈, 버터, 빵, 차, 브랜디 한 병, 커다란 파운드케이크, 당절임 과일 한 상자, 설탕 반 킬로그램을 샀다. 꾸러미를 들고 돌아오는 길에 연보라색, 분홍색, 진홍색 튤립으로 환한 수레를 밀고 가는 소년을 지나쳤다. 지갑이 거의 비었지만 충동적으로 걸음을 멈추고 단단하게 묶인 진홍색 튤립 한 다발을 샀고, 캐럴라인의 방으로 달려오다가 계단에서 버터와 파운드케이크을 떨어뜨렸다.

캐럴라인이 로저가 오는 소리를 듣고 문을 열었다. 캐럴라인은 이제 조금 기운을 차려서 머리를 정돈했고 식탁보를 펴 놓고 있었다. 난롯불이 활활 타오르고 있었고 주전자가 푹푹 김을 내뿜었다. 캐럴라인은 아이처럼 기뻐하면서 로저가 꾸러미를 끄르는 모습을 보았다. 하지만 튤립을 보자 다시 울음을 터뜨렸다.

"어머나, 꽃이군요." 캐럴라인이 큰 소리로 말했다. "아, 꽃이야." 그런 뒤 꽃 속에 얼굴을 묻었다.

괜히 꽃을 사 온 걸까, 로저는 당황했고 잘 골랐는지 알 수 없어서 이렇게 중얼거렸다. "아, 그냥, 지쳤을 때 꽃을 보면 기분이 좋아지잖아요. 그리고 저는 늘 꽃을 살 핑계가 생기기를 기다렸어요."

로저가 버터 바른 빵을 자르고 달걀을 삶았고, 캐럴라인에게 잔을 다 채우기 전에 진한 차에 브랜디 한 스푼을 넣어 마시라고 우겼다.

"저희 어머니가 기운 차리는 덴 그게 최고라고 하셨죠."

"같이 좀 드시겠어요?"

"저는 안 지쳤어요."

"머리가 젖었네요. 비가 와요?"

"아니요, 수영을 했어요. 빅토리아 배스에서. 좀 이상한가요? 하지만 단시간에 운동하기엔 수영이 최고예요. 목요일 오후 학교가 끝나자마자 개구쟁이들과 수영을 하고, 다이빙을 시켜요. 제가 맡고 있는 스카우트는 전부 수영 배지를 받으려고 뛰어들 겁니다."

"신부님도 다이빙하실 수 있어요?"

"조금 합니다."

그는 다이빙을 아주 잘했다. 시합에 나가기에는 시력이 너무 나빴지만 달리기, 수영, 허들 실력이 수준급이었다. 런던에 오고 나서 자신의 운동 능력이 소년단과 남자 청년들을 휘어잡는 데 지식이나 고행보다 더 효과가 좋다는 것을 알게 됐다.

"사실대로 말씀드릴게요, 덴턴스미스 양." 그가 작은 티스푼으로 냄비 속 달걀을 저으며 말했다. "전 다이빙을 이용하는 거예요. 제가 아주 잘할 수 있는 유일한 거지요. 소년 클럽이나 청년 조합 같은 데선 저를 좀 불쌍한 굼벵이 취급을 해요. 쾌활하고 짧고 남성적인 대화를 잘 못 하거든요. 하지만 네 살 때쯤에 처웰강에서 수영을 배웠어요. 그래서 제 생각엔 다이빙이 습관처럼 몸에 밴 것 같아요. 소금요? 소금? 어디다

두시는데요? 찬장에요? 달걀이 잘 익었나요? 교회가 계율이나 예배 예식을 통해서는 이 젊은이들과 결코 아무것도 함께 할 수 없는 게 아닐까 지레 겁을 먹었었는데 '목요일에 제가 제비식 다이빙 하는 거 보러 오세요' 하면 그냥 오더라고요."

"저도 신부님 다이빙하는 거 보러 가야겠네요."

"놀라실 거예요. 제가 장담하죠. 문제는 제 일이 영혼을 하느님께로 인도하는 거라고 오만하게 생각한 거였죠. 제가 정말 할 수 있는 일은 몸을 수영장으로 인도하고 '침대만큼 수영장이 안 무섭다고 알려주는 것이 전부'•였는데요."

로저는 캐럴라인이 튤립과 차, 그리고 놀라운 물건들 덕분에 기력과 정신을 추스르는 동안 시간을 벌려고 아무 말이나 했다. 캐럴라인이 어깨를 폈고 양쪽 뺨에는 다시 선명한 홍조가 떠올랐다. 농담을 하고 즐거워서 목소리를 높이고 지난번 설교에 대해 이러쿵저러쿵했다. 그런 모습을 지켜보다가 로저는 이제 본론으로 들어가도 되겠다고 생각했다.

"저 있잖아요, 덴턴스미스 양이 일전에 제가 가진 일천한 영향력을 크리스천 키네마사를 위해 써달라고 부탁하셨잖습니까."

"그래요. 그랬지요. 그리고 제가 얼마나 기뻤는지 이루 다 말로 할 수 없을 정도예요. 언젠가 교회가 우리에게 관심을 가져줄 테니까요. 우리가 필요로 하는 게 바로 그 관심이거든

• 영국의 시인 해리 그레이엄(1874~1936)의 시 〈수영〉의 일부.

요. 그리고 요즘 조짐이 아주 좋답니다. 우리가 《크리스천 헤럴드》에 낸 **아주** 멋진 광고에 대해 말씀드렸던가요? 제가 지난주에 월즈던에서 했던 짧은 강연에 대해 《감리교 자유 언론》에 낸 건요? 정말이지 번져나가고 있어요. 펼쳐지고 있다고요."

"제가 정말 알고 싶은 건." 로저가 말을 시작했지만 캐럴라인이 잘랐다.

"있잖아요, 제가 레이디 헌팅던께 편지를 썼는데 비서 말이 레이디가 3월에 돌아오신다고 하더라고요. 레이디 헌팅던은 아주 부자예요. 신문에서 남편의 유산 이야기를 읽었는데 레이디가 단독 수증자고, 그러니까 1년에 **거의** 1만 2000파운드, 더 많지는 않다고 해도 그만큼을 받을 텐데 그 돈이면 레이디가 우리에게 아주 조금은 **내줄 수 있을** 거예요. 이를테면 5000파운드 정도. 그리고 레이디가 영화에 관심이 있다는 것도 **알고 있고요.**"

"하지만 덴턴스미스 양……."

"그래요. 알죠. 저와 같은 생각이시잖아요. 그리고 매커피 이사가 있다는 것도 아시고요. 물론 그 사람은 어려워요. 늘 말하듯 천재성은 비정상성과 동전의 양면 같은 거예요. 물론 그렇게 **똑똑한** 사람이, 예를 들면, 제가 잘 모르기는 하지만 저 같은 사람이 가지고 있는 상식과 세상에 대한 실용적인 지식을 가지기를 바랄 수 없죠. 그리고 회사에 대해서도요. 주말 동안 5실링만 **빌려**주실 수 없을까요? 엘리너에게 오늘 들러달라고 엽서를 써 보냈는데 오늘 저녁에 시내에 있는 회사에서 일해야 하고, 그래서 올 시간이 없다고 해서요. 젊은 사람들이 **그렇죠, 뭐.**"

그러니까 캐럴라인은 엘리너가 이사라고 돈을 뜯어내는 것만이 아니구나, 로저가 생각했다. 엘리너가 친척이라고 또 돈을 빌리는구나. 위험하고 골치 아픈 여자로구나. 로저는 따지고 들어보려고 마음을 단단히 먹었다. 하지만 동정심이 이성을 가로막고 나섰다. 캐럴라인을 보니 지치고 외로운데도 당당하고 활기찼다. 그 커다랗고 로맨틱한 눈으로 흠모와 믿음의 눈길을 보냈다. 캐럴라인은 자신이 지치기는 했지만 폭풍우와 위험을 뚫고 눈부신 항구를 향해 나아가는 용감한 모험가라고 생각하는 것이 분명했다. 이제 크리스천 키네마사가 언젠가는 해낼 위대한 일들과 영국에 대중의 취향을 정화하기 위한 조직이 필요하다는 이야기를 하고 있었다. 그 눈부신 전망이 캐럴라인을 사로잡아서 이상주의의 저 높은 곳으로 올려놓았다. 굴하지 않는 정신력이 지친 육신을 이겼고 그의 눈앞에서 신비로운 힘이 인간의 한계를 넘는 극적인 과정을 보여주었다. 캐럴라인의 환희를 깨뜨릴 수가 없었다. 게다가 6시 30분에 교회 바자회 준비 회의가 있었고 가려면 십오분은 족히 걸릴 터였다.

일상의 그물에도 감정의 세계가 얽혀 있었다. 만약 회의에 늦으면 롤린스 부인의 닦달에 가련한 비서인 비티 레이버가 어쩔 줄 몰라 횡설수설할 것이고, 매스터스 부인은 롬니 집

안 자매들을 사탕 가판대에서 밀어낼 것이고, 시간이 낭비되고 마음이 불안해지고 너무 당혹해서 품위를 잃고 말겠지. 덴턴스미스는 다음에 다시 만나야겠어. 그렇게 생각하며 낡아 빠진 가죽 지갑을 뒤졌다. 비상금 1파운드가 있었다. 그날 밤에 혹시 엘리너가 이곳에 온대도 이 늙은 여자가 돈을 달라고 졸라대지 않도록 해줄 돈.

그래서 덴턴스미스에게 돈을 빌려주는 것이 너무도 당연하다는 듯이 정말 아무렇지 않은 척하며 지폐를 내밀었고, 엘리너를 구출하고 나면 하루 이틀 안에 돌려받을 작정이었다. 그러면서 캐럴라인에게 자리를 뜨겠다고 양해를 구했다.

"그래요. 꼭 가셔야 한다면 가셔야죠. 아무튼 이렇게 와주셔서 감사한 마음은 정말 말로 다 할 수가 **없네요**. 어둠의 시간에 내린 빛이었어요. 도움을 구하는 기도를 드렸는데 그 도움을 **내려주신 놀라운** 영광의 시간이었어요. 하느님이 선하시다는 것을 알 수 있는 건 이런 따뜻한 마음 덕분이지요. 정말 절대 잊지 않을게요. 절대. 가셔야 하니까 붙잡지는 않겠어요. 그런데 가시기 전에 기도를 한번만 해주실 수 있나요? 저한테 큰 **도움**이 될 거예요. 기억 속에 늘 간직할게요. 이 방에 축복을 내리신 것으로."

롤린스 부인, 비티 레이버, 롬니 자매들이 더 기다릴 수밖에 없었다. 로저는 비슷한 방에서 기도를 한 적이 수없이 있어서 주방 용품 같은 것들 사이에 아무렇지 않게 좁은 자리를 마련하고 테이블 옆에 무릎을 꿇었다. 캐럴라인은 힘들게 무릎을 꿇고 머리를 안락의자의 망가진 스프링 사이에 올렸다. 모티머 신부의 조용한 목소리는 캐럴라인에겐 음악이었다. 마법의 주문이었다. 경이였다. 살짝 노크하는 소리도, 문이 열리는 희미한 소리도 듣지 못했다.

하지만 로저는 보았다.

"우리의 어둠을 밝히는……." 기도하던 그의 눈에 문간에 선 엘리너의 모습이 보였다. 엘리너는 복도의 어둠을 등지고 서 있었다. 말끔한 가죽 코트를 꼭꼭 여며 입었고 눈은 빛나고 뺨은 차가운 바람 때문에 빨개져 있었다. 잠깐 동안 멈춰 선 엘리너는 로저가 삶은 달걀을 담은 컵과 캐럴라인의 뒤집어지고 찢어진 가죽 신발 사이에서 무릎을 꿇고 손을 모으고 있는 모습을 보았다. 그녀의 얼굴에 동요가 일었다. 웃기기도 하고 어색하기도 하고 무시하는 듯도 한 감정의 희미한 동요였다. 그런 다음 문이 닫혔다.

"……오늘 밤 크나큰 자비로 저희를 모든 위험과 악에서 구하소서." 로저가 되풀이했다. 그런 뒤 축복을 내리고 잠시 가만히 있었다.

로저가 일어섰을 때 캐럴라인이 관절에서 우두둑 소리를 내며 천천히 따라 일어났다.

"너무 멋졌어요. 너무 좋았어요." 캐럴라인이 외쳤다. 목소리가 떨리고 있었다. "차와 꽃, 신부님이 오신 것, 전부요. 신부님을 보고 뭐가 생각났는지 아세요? 바나바, 위로의 아들요."

로저는 작별 인사를 하고 자신을 붙드는 옹이 진 손에서 빠져나와 계단을 달려 내려갔다. 정문에서 멈췄을 때 막 엘리너의 자동차가 거리 모퉁이를 돌아 사라지는 것이 보였다. 차가 리치먼드로로 돌아가면서 도도하게 울리는 경적 소리를 들었다. 이제 엘리너는 가고 없었다.

로저는 자기도 모르게 손으로는 기둥의 눅눅한 회칠을 바스러뜨리고 있었고 얼굴은 괴로워서 납빛이 되었다. 자신이 했던 멍청한 짓을 만회하게 됐다고 생각했는데 그게 착각이란 것을 알게 됐으니까. 자신을 조롱하며 스스로에게 채찍질했었는데 이제 엘리너의 미소가 갈고리 달린 더 센 채찍으로 그를 내리쳤다. 엘리너가 자신을 어떻게 생각할지 알고 있었다. 빵 사이에서 기도하는 웃기는 사제. '진짜 남자는 아닌.' 그렇지. 정말 그래. 그리고 엘리너는 캐럴라인을 만나고 가려고 기다리지도 않았다. 하지만 로저는 그 짧은 순간 그녀의 마음을 모두 읽고 말았다. 엘리너의 경멸이 우주를 시들게 할 수 있었다. 엘리너가 나를 그런 식으로 보는데 나는 내 영혼과 교회의(그런데 어떤 교회?) 영예를 지키기 위해 무엇을 한단 말인가? 엘리너가 나를 존중해주면 좋겠어. 아니, 존중 이상의 것이 필요해. 그는 엘리너를 원하고 사랑하고 갈망했다. '솔직하게 생각해봐. 그러니까 솔직하게'라며 스스로를 비웃었다. '그게 뭔지 제대로 솔직하게 말해. 멍청아, 받아들여. 넌 사제고, 엘리너 데 라 루 같은 똑똑하고 현대적인 젊은 불가지론자에게 사제는 좀 웃기고 아주 멸시할 만해. 엘리너는 네 기도에도 재미있어하는데 네가 사랑한다는 것을 알면 아주 웃겨 죽겠구나. 바보짓을 할 계제가 아니야. 십 분 안에 너는 교회 바자회 준비 회의 장소에 있어야 해. 수예품과 가재도구 중 어떤 것에 연단 바로 앞 영광의 자리를 차지할 권리를 줄지 정해야 해. 이게 바로 네가 선택한 삶이야. 얼른 이 계단을 달려 내려가 버스를 잡아타고 짐을 든 뚱뚱한 여자에게 자리를 양보해. 오른쪽으로 지나가세요. 1페니짜리 표 주세요. 이제 롬니 자매들이나 매스터스 부인에게로 돌아가는 거지? 이런, 이런, 이런, 이런. 사람이 이런 절망의 고통 속에서 어떻게 살 수 있나? 괜찮아. 하느님께 부탁해. 위로해주시는 분으로 그분을 선택했잖아. 사슬에 묶이고 절망한 인간들이 불러낸 환상, 경험의 한계에 대항해서 인간의 정신이 하는 저항. 이게 현실이야. 이 눈도 못 뜨게 심한 고통, 이 수치심, 이 고뇌, 엘리너 데 라 루가 현실이야. 그리고 너는 선택했잖아. 교회 바자회를. 하느님을. 이 버스를 견딜 수가 없어. 이 흉측하게 주절주절 떠드는 멍청한 사람들. 안 돼. 걸어갈 시간이 없어. 회의까지 이제 오 분 남았어. 뭐라고요? 뭐라고 하셨죠? 버스표요? 아, 뭐야. 웃기는 사제가 버스표를 달라는데 못 알아듣고 있네. 예, 여기 있어요. 하지만 이 버스는 도저히 못 참겠어. 참을 수가 없어.'

그는 버스에서 뛰어내려 보도를 가로질러 어떤 건물로 들어가 회의 테이블에 자리를 잡았고, 소심한 간사는 바로 코안경을 닦더니 회의록을 낭독하기 시작했다.

4

회의가 슬픔을 삼켜주지는 않지만 가끔 슬픔이 그 희생자를 삼키지 못하게 막아준다. 로저의 일정을 적은 수첩이 슬픔을 완화해주지는 않았지만 마지못해 계속 움직여야 해서 참을성은 강해졌다. 교회에서 보호 위원회로, 어린이 수업에서 장례식으로, 세례식에서 수영 수업과 바자회로 몰아치는 동안 엘리너 생각을 지속할 수가 없었다. 한 달 가까이 시키지도 않은 일들을 하며 앞만 보고 달렸더니 래시터 신부가 가만히 말렸다.

"사제 수가 부족해서 생긴 일을 자네 어깨에 다 짊어질 필요는 없다고 생각하네만."

"그런 거 아닙니다." 로저가 웃었다. 하지만 버먼지의 세인트세이비어 교회에 보좌신부 자리가 있다는 소식을 듣고 래시터 신부에게 전임하고 싶다고 말했다.

"그레이브스는 노예처럼 일을 시키는 것으로 유명하네."

"압니다. 지금이 노예처럼 부려지고 싶은 때라고 생각합니다."

"그러면, 꼭 가야 한다면 가게. 이런 시기가 지나고. 자네는 나한테 문제를 털어놓고 싶지 않은 모양일세."

"시간을 두고 관심을 딴 데로 돌리는 게 약이지요."

"버먼지에서라면 관심을 돌리기는 하겠지. 하지만 자네를 죽일 필요는 없잖은가."

"안 죽을 거예요. 전 너무 건강합니다. 안 그래 보입니까?"

"신경쇠약에 걸릴 것처럼 보이는군."

"말도 안 됩니다, 신부님. 우리 팀이 런던 주니어 다이빙 컵에서 우승하게 할 겁니다. 그런 큰 포부와 신경쇠약을 연결하시면 안 되죠."

둘 다 웃었고, 어쨌든 로저는 나이 든 신부를 대충 안심시켰다.

하지만 자신을 루크리셔로로 가게 했던 그 일은 잊지 않았다. 크리스천 키네마사 사무실에 두 번 가서 캐럴라인과 또 한 번 만났고 존슨과도 한 번 만난 뒤 엘리너의 돈을 되찾을 방법은 단 하나라고 판단했다. 토나퍼펙타 필름이 존슨과 매커피가 주장하는 대로 훌륭하다면 영화산업에 관심이 있는 누군가가 그것에 투자할 만하다. 그러면 적어도 엘리너가 돈을 돌려받을 수 있을 거야.

그래서 로저는 데인코트에게 전화를 걸었다. 데인코트는 대학 동창생으로, 둘은 관심사가 서로 다른데도 그럭저럭 불규칙하게 연락하며 관계를 유지하고 있었다. 데인코트는 파리와 첼시에서 살았고 지적인 영화 비평을 썼고 아주 사심 없이 취미 삼아 영화 투자판의 지저분한 수수께끼를 해독하며 재미있어했다. 데인코트는 누구의 돈이 어떤 영화에 왜 투자되었는지 항상 알고 있었고 비웃으면서 그 이유를 설명해 주곤 했다.

로저는 체인로에 있는 데인코트의 집으로 크리스천 키네마사의 이야기를 가져갔고, 데인코트는 마지못해 현금 내는 기분으로 알고 있던 큰손을 그 자리에 내놓았다.

"사이먼 엘 브룩스를 꼭 만나봐야 해. 브룩스 뒤에 얼마나 많은 회사가 있는지는 아무도 몰라. 하지만 명심해야 할 건 브룩스가 자선사업가는 아니라는 거야. 만약에 네 말대로 그 스코틀랜드 천재한테 물건이 있다면 브룩스가 너의 미친 회사한테서 그 천재를 사버릴 거야. 그러면 네 회사는 평화롭게 사라지겠지. 내 생각으론 그게 가장 행복한 결말일걸. 안 그러면……." 데인코트가 어깨를 으쓱했다.

그 거물은 그때 영국에 있는 것 같았다. 그리고 데인코트가 그를 만날 예정인 듯했다.

"내가 도울 수 있나 알아볼게. 그래, 됐고. 잘 지내나. 영국 영화 개혁을 안 할 때는 어떻게 지내? 약간 피곤해 보이네. 벌써 로마가톨릭으로 넘어간 거야? 아니면 아직도 신앙의 수호자 윌리엄 조인슨힉스 바트 경의 지휘에 만족하고 있나?"

"천만에!"

이제 로저는 기대에 부풀어 사제관으로 돌아갔다. 만약 (웃기는 사제이자 진짜 남자는 아닌) 내가 짠 하고 자금의 신을 모셔와 회사를 구한다면 꽤 신나겠는데. 그는 엘리너에게 자신이 아주 쓸모없는 사람은 아니라는 것을 증명해 보이고 싶었다.

하지만 며칠이 지나도 데인코트에게서 더 이상 소식이 없었다. 그러던 어느 날 갑자기 그 태평스러운 친구가 전화를 걸어 자신이 브룩스를 만났는데 브룩스가 아주 흥미로워했고 전화를 할 테니 월요일 밤에 시간이 되면 자기들을 매커피한테 데려가서 필름을 보여달라고 했다.

월요일 저녁엔 보이 스카우트 수업이 있었지만 로저는 전화로 자신을 대신할 사람을 찾았다. 매커피의 연구실에 사이먼 브룩스를 데려가는 즐거움을 놓치고 싶지 않았다. 데 라 루가 요즘 남는 시간에 그곳에 있다던 존슨의 말이 그녀를 볼 수 있을지도 모른다는 희미한 희망의 불을 지폈다. 로저는 엘리너를 보고 싶은 것인지는 잘 모르겠지만 순전히 인간이기에 느끼는 약간 치사한 감정 때문에 엘리너가 브룩스와 데인코트를 데리고 연구실에 간 자신의 모습을 보아주기를 간절히 바랐다.

"똑똑히 보여주겠어. 보여준다고." 로저가 침침한 복도에서 못에 걸린 검정색 사제 코트들 사이를 더듬어 찾으면서 다짐했다. 텅 빈 복도로 바람이 불어왔다. 사나운 날씨였다.

로저가 계단으로 나와서 애널리에 데려다줄 차를 기다렸다. 바람이 구름을 갈기갈기 찢었고 이미 비가 내리고 있었다. 비가 로저의 코트 위에 내리고 모자를 안 쓴 얼굴을 채찍질했다.

"야훼께서 욥에게 폭풍 속에서 대답하셨다."• 로저가 생각했다. '내가 땅의 기초를 놓을 때에 너는 어디에 있었느냐? 그렇게 세상 물정을 잘 알거든 말해보아라.•• 음, 폭풍우 좋지.

• 〈욥기〉 38장 1절.

•• 〈욥기〉 38장 4절.

그런데 주께서 나에게 응납하실까?'

커다란 차 한 대가 문 앞까지 부릉거리며 다가왔다. 로저가 내려갔고 안경을 쓴 덩치 큰 사람과 데인코트가 함께 앉아 있었다. 상상했던 영화계 거물의 인상과 너무 비슷해서 로저는 어둑한 롤스로이스 안에 앉아 데인코트가 서로를 간단하게 소개할 동안 웃음을 참았다. 차 안에 불을 켠 채 블라인드를 내리고 있어서 작고 비밀스러운 회의실에 있는 것 같았다. 선실 같은 그 차가 런던 거리를 질주했다. 브룩스는 올빼미 같은 순한 모습이었다. 뿔테 안경 뒤의 눈은 예리하다기보다는 좀 온화했고, 로저에게 영화사에 대한 질문은 하지 않고 음담패설을 지칠 줄 모르고 쏟아내며 즐거워했다. 로저는 건성으로 들으며 제멋대로인 매커피가 혹시 오늘 저녁에 연구실에 없으면 어쩌나 생각하고 있었다. 길에서 그 화학 공장을 가리고 있는 낡아빠진 울타리가 보였고 곧 커튼 없는 연구실 창에서 나오는 빛줄기가 보이자 로저는 크게 안심했다.

"다행히 매커피가 안에 있는 것 같군요. 차는 바깥쪽에 두시지요." 로저는 자기도 모르게 엘리너의 클리노를 찾았지만 다른 차는 없었다. 사이먼 브룩스의 밝은 회색 각반이 인도 위에서 반짝였다. "거기 진흙이 들어가겠어요." 로저가 일러주었다. "들판 같은 데를 건너가야 해서요."

"그래요?" 사이먼 브룩스가 울타리 틈으로 심각하게 내다보았다. "주류 밀매자가 된 기분이네요. 그렇죠? 이걸 벗는 게 나으려나요. 어때요?" 그가 각반을 가리키며 물었다.

"그게 엉망이 되는 걸 바라지 않으신다면요." 로저가 진지하게 말했고, 그 거물은 차 문에 기대서 놀랍게도 전혀 아무렇지 않게 각반을 한쪽씩 벗어서 좌석에 던져 넣었는데, 그때 데인코트의 얼굴이 그림자에 가려 보이지 않은 것이 다행이었다.

"괜찮네. 그렇지? 자, 갑시다. 모티머 씨가 앞장서시죠. 언제 돌아올지 모르지만 기다려요." 브룩스가 운전기사에게 말했다. "하지만 두 시간 정도 지나도 내가 안 나오면 내 시체를 찾으러 와요. 총 들고."

바람이 더 강해졌다. 울타리가 미친 듯 흔들리며 덜컹거리고 끽끽거렸다. 로저가 울퉁불퉁한 땅을 건너 깨진 그릇 위에서 비틀거리고 쩍쩍 소리 나게 웅덩이를 밟으며 앞으로 가고 있을 때 강풍이 로저를 세게 때렸다. 공장 주변 땅이 전쟁 당시의 프랑스를 떠올리게 했고 부패한 시체를 밟던 예전의 공포가 되살아났다. 사이먼 엘 브룩스가 뒤에서 신나게 욕을 해댔고 로저는 바람 속에서 잘 들으려고 귀를 쫑긋 세웠다. 로저는 성직자이기 때문에 공공연하게 욕하는 것이 금지되어 있었지만 자신은 욕을 모르는 것이 아니라 자제하는 것이라고 자부했고 이때가 잠재적인 어휘력을 풍부하게 할 기회라고 생각했다.

그런데 바람이 엄청났다! 롤스로이스 안에 있을 때는 바람이 이 정도인지 몰랐다. 이제 바람이 로저를 덮치더니 모자를 낚아챘고 스카프가 얼굴에 채찍질을 해댔다. 공장은 무너지기 직전의 퇴락 상태인 것 같았다. 기댈 데 없는 저 높은 담들이 이런 공격에 견디고 있다는 사실이 경이로웠다.

'오늘 같은 밤엔 매커피가 집에 있다고 해도 뭐라고 못 하겠어' 하고 로저는 생각했고, 불경하지만 유쾌한 브룩스에게 힘내라고 했다.

우선 들판 건너 매커피 연구실 불빛의 정확한 위치를 찾아야 했고, 그다음에 연구실 문을 찾아야 했다. 로저가 무너진 벽돌 더미 위로 더듬더듬 나아갔고 몇 미터나 벽을 두드리며 가느라 손가락에 상처가 났다. 마침내 문처럼 생긴 것을 찾아 노크했다. 대답이 없었지만 새어 나온 불빛을 보고 확신했다. 노크를 하다가 손가락 관절을 지키려고 발로 차며 온건하게 상스러운 단어들을 점잖게 떠올렸다. 하지만 결국 문이 열렸고 매커피가 예전보다 더 너저분하고 먼지를 뒤집어쓴 채 엉클어진 머리로 나타나 색안경 너머로 눈을 끔벅이며 서 있었다. 로저가 머뭇거리면서도 설득하는 듯한 정중한 말투로 브룩스와 데인코트를 소개하고 뒤따라 연구실로 들어갔다. 그런 뒤 불 켜진 길쭉한 방에 들어가자 가스버너 위로 고개를 숙이고 있는 엘리너 데 라 루의 매끈한 갈색 머리가 보였다. 버너 위에 거품 나는 튜브를 올려놓고 붙잡고 있었다.

감정이 폭풍처럼 몰아쳐 로저를 뒤흔들었다. 반가우면서도 안타깝고 실망스러우면서도 화가 나서 냉소와 유머로 세운 단단한 방어막이 부서지고 말았다. 매커피를 후원하는 넉넉한 마음이 질투심의 폭풍에 휩쓸려 사라졌다. 그러니까 엘리너는 저녁 시간을 이렇게 보내고 있었군. 비즈니스 칼리지에서 공부한 뒤 매일 밤 오는 곳이 바로 여기였어. 이것이 독립노동당 대신 새로이 열정을 쏟아붓는 대상이었어. 저기 그녀가 앉아 있다. 내가 괴로워하는지 사이먼 엘 브룩스가 어떤 일을 할 수 있는지 전혀 신경 쓰지 않고 거품이 이는 튜브 속 새파란 액체를 지켜보고 그 반응을 종이에 기록하고 있다.

로저는 이런 생각을 했다. 이렇게 스스로를 비웃어봐야 비웃는 건 고통에는 전혀 무력한 무기인걸. 자신이 얼마나 우스운지 너무도 잘 알았다. 라이벌의 편인 운명의 신과 손을 잡게 된 얄궂은 상황이 잘 보였다. 엘리너의 눈에 띄어보겠다고 이 모든 골칫거리를 떠맡아서 결국 저 역겨운 매커피를 돕는 데 성공했을 뿐이다. 하지만 우스꽝스러운 상황을 깨달아도 괴로운 마음이 덜해지지는 않았다.

하지만 하려고 했던 일은 잘되어가고 있었다. 브룩스는 예민하고 다루기 힘든 젊은 발명가들을 대하는 데 익숙했고 자신의 투자 능력과 별개로 그 영화의 기술적 가능성을 제대로 잘 이해했다. 매커피는 브룩스의 능력을 바로 알아보고 높이 샀다. 말이 통하는 사람과 이야기를 나누게 되어 아주 마음이 놓였다. 긴장을 풀고 거의 연설을 했고 반색을 하며 도표와 화학식을 설명해주었다. 브룩스가 짧은 시연을 제안하자 매커피가 목소리를 높여 임시 조수를 불렀다.

"엘리너, 이봐, 엘리너!"

로저가 움찔했다. 이렇게까지 되고 말았다. 매커피는 엘리니를 마치 하녀, 사기 물건, 애인인 양 불렀다. '말도 안 돼. 말도 안 돼.' 로저는 걷잡을 수 없이 화가 나서 생각했다. '함께 일하는 사이잖아. 무례하고 예의 없는 사람. 저 사람은 되는 대로 아주 편하게 엘리너의 이름을 부르는구나.'

그는 엘리너가 조명을 조절하고 기구를 설치하는 모습을 지켜보았다. 민첩하고 똑똑하고 조용하게 자기 일에 집중했다.

"네 이웃의 집을 탐내지 못한다. 네 이웃의 아내나 남종이나 여종이나 소나 나귀 할 것 없이."• 로저의 머릿속에 성경 구절이 떠올랐다. 성경에서는 아직 이웃의 소유가 아닌 것을 탐내지 말라고는 하지 않았어. 아직 마음껏 경쟁할 수 있는 상태야.

엘리너가 조명을 껐다. 로저는 데인코트와 브룩스 옆에 서서 부드럽게 밝혀진 스크린을 마주한 채 옅은 황토색 빛에 물들어 있었다. 매커피의 목소리가 어둠 속에서 들려왔다. "시험용 영화를 만들기 위해서 저는 하트퍼드셔에 있는 웨스턴 신디케이트의 스튜디오를 이용했고 유성영화 한 편을 토나퍼펙타에 적용했고 동시에 웨스턴 신디케이트에도 적용했습니다. 이것은 평범한 웨스턴 신디케이트 영화입니다."

로저는 유성영화를 본 적이 없었고 진동하는 화면 뒤의 확성기에서 귀에 거슬리는 소리가 너무 크게 나와 깜짝 놀랐다. 중요한 건 기술적인 문제뿐이라며 예술적 가치를 무시하던

• 〈출애굽기〉 20장 17절.

매커피가 짓궂은 운명의 꾐에 넘어가 기껏 고른 것이 대놓고 저속한 장면이 나오는 영화라니 웃음이 났다. 웅웅거리며 당김음의 음악이 나오더니 수영복 입은 미녀들의 모습이 나왔기 때문이다. 가짜이기는 하지만 멋있는 부두를 향해 철썩이는 가짜 여울에서 철벅거리고 있었다. 미녀들이 차가운 물속에 달려들자 놀라면서도 황홀해하는 비명이 오케스트라 반주 속의 높은 색소폰 선율처럼 찢어지듯 커졌다. 하지만 음악이 서서히 줄어들자 낮게 윙윙거리는 기구 소리 너머로 대화가 들렸다.

"소리와 화면이 항상 같이 나오지 않는다는 것을 아셨을 겁니다." 매커피가 말했다. "화면에 보이는 사람이 반드시 말하고 있지 않을 수 있습니다."

그 스코틀랜드 남자가 여기서는 자신감에 가득 차 있고 전혀 우스꽝스럽지 않군, 로저는 생각했다. 이 사람이 정말로 훌륭한 작업을 했다면 엘리너가 이 사람을 존경한다고 해도 뭐라 할 수 없는 것 아닌가? 엘리너가 기술 진보의 편에 서는 게 잘못된 일은 아니잖아? 이렇게 물리적인 환경을 통제한 사람이야말로 20세기의 진짜 성공한 사람이고 말이야. 그리고 엘리너는 한창때의 여성이잖아.

'엘리너는 한 분야의 기술을 완전히 파악하고 싶어 하는 거야.' 로저가 스스로에게 말했다. '그리고 경쟁적인 사업계에 뛰어들고 싶어 해. 힘과 돈과 능력을 믿어. 그것들이 없기 때문에 여성과 사회주의자가 고통받는다고 생각하고. 그들은

주인이 이건 희생자라는 걸 즐기고 있는데, 엘리너는 그걸 탐탁지 않아 해.'

영화가 그의 앞에서 춤을 추고 낄낄거렸다. 갑자기 매커피가 영화를 끄고 전등을 켰다.

"이제 토나퍼펙타를 켤 겁니다. 똑같은 음향을 사용할 겁니다. 화면과 음향의 일치에서 차이가 있다는 걸 알아채길 바랍니다."

브룩스가 말했다. "아주 잘 알겠어요. 담배 좀 피울까요?"

엘리너가 조용히 재떨이용 접시를 가지고 앞으로 나왔다가 장치 뒤의 자기 자리로 바로 돌아갔다. 브룩스는 엘리너가 소리 없이 움직이는 모습을 지켜보았다.

"똑똑한 여자를 구하셨군요."

"이 일을 다 끝내면 똑똑해질 겁니다. 딱 한 달만 일을 시켰습니다. 그것도 반일 근무죠. 잘합니다."

매커피로서는 극찬이었지만 로저는 자신이 소유하고 베푼다는 듯한 말투가 혐오스러웠다.

전등이 다시 꺼졌고 로저는 똑같은 여자들이 똑같은 물에서 철벅거리고 깍깍거리는 것을 보았다. 하지만 이번에는 정말로 달랐다. 화면이 더 선명하고 더 부드러웠다. 물에 비친 햇빛이 놀라울 만큼 생생했다. 음향은 화면의 일부인 것처럼 완벽하게 맞아 들어갔다. 여자들이 정말로 시시껄렁한 이야기를 하고 있고, 물이 여자들 발에서 정말로 철썩거리는 것 같았다.

'훌륭한 물건이네.' 로저는 생각했다. '저 사람은 똑똑하군, 제기랄. 똑똑해.' 기술적으로 뛰어난 매커피와 버벅거리며 설교하는 자신을 비교해보았고 암울한 느낌이 무겁게 몸을 눌러 실제로 통증이 느껴졌다.

시연이 끝나자 불이 켜졌고 매커피가 그 거물에게 다시 말을 걸었으며 데인코트는 기분이 좋아 거만하게 들떠서 연구실을 어슬렁거렸다. 로저는 어쩌다보니 엘리너 옆에 가 있었다. 엘리너는 부드러운 머리칼이 약간 엉클어졌고 달아오른 뺨에 기름 자국이 남아 있었다.

"어떻게 생각하세요? 훌륭한 것 같아요? 매커피가 뭔가 해낼까요?"

"모르겠어요. 저는 이런 일에 대해 잘 모릅니다. 웨스턴 신디케이트 필름이 얼마나 훌륭한 건지 모릅니다. 매커피가 만든 것이 분명히 낫긴 해요. 브룩스가 저걸 마음에 들어 하길 바라나요?"

"몹시요." 엘리너가 말했다. "일전에 얼스코트 그 식당에서, 기억나시죠? 우리가 여기서 처음 만난 다음에요. 그때 제가 회사에 별로 관심이 없다고 했잖아요. 그런데 여기서 일을 하고 보니 사업 전체에 엄청난 관심이 생겼어요. 토나퍼펙타는 우리가 만들고 있는 새로운 컬러 영화에 비하면 아무것도 아니에요."

엘리너가 완전 달라졌군, 로저는 생각했다. 자기밖에 모르는 매커피가 그녀에게, 내가 사랑과 고통과 배려를 다 동원해서도 결코 줄 수 없었던 무언가를 주었어.

"이게 바로 제가 원했던 것이에요." 엘리너가 말을 이었다. "물론 저는 영화산업의 기술 분야 일이 아니라 사업을 하고 싶어요. 하지만 그 과정을 먼저 알아야 해요. 우리는 개량한 밴 돈 켈리 프리즈마 필름을 놀랄 만큼 낮은 가격에 대량생산할 계획이에요. 진심으로 광학에 대해 더 배우고 싶어요. 아, 보세요. 저기서 휴가 컬러 작업을 했어요. 제 생각엔 로저가 모셔 온 브룩스 씨가 분명 관심이 있어 할 거예요. 그게요, 컬러 영화는 **참으로** 중요한 물건이 될 거예요. 진짜예요. 그걸 보여줄 수 있으면 좋겠는데. 브룩스 씨가 얼마나 오래 영국에 머무르시나요?"

"열흘 정도라고 합니다."

"그래요. 꼭 머무르셔야 해요. 브룩스 씨가 정말로 휴와 함께 일을 하게 되고 재량권을 주면, 그리고 어찌어찌 제가 그 옆에 있게 된다면 너무너무 멋지지 않겠어요? 굉장하겠죠?"

로저는 행복으로 달아오른 엘리너의 얼굴을 바라보았다. 그로서는 그 바람이 이루어지기를 바라는 수밖에 없었다.

"그렇겠네요." 자신의 그런 마음이 진심이라고 믿으려 애쓰며 말했다. "굉장하겠어요."

5

엘리너의 말이 맞았다. 브룩스는 토나퍼펙타보다 컬러 영화의 가능성에 훨씬 더 강한 인상을 받았고, 로저는 이번 방문의 결과가 자신의 의도와 다르게 흘러간다는 것을 서서히 깨달았다. 브룩스가 토나퍼펙타에 전혀 관심이 없다면 크리스천 키네마사는 여전히 불안하고 이해할 수 없는 그 자산과 함께 남겨지겠지. 반면 브룩스는 아직 완성되지 않은 컬러 영화를 아주 손쉽게 사들일 수 있지. 매커피를 설득해 캘리포니아에 함께 가고, 엘리너는 장비가 자기 없이 안 된다고 분명히 주장하고 있으니 그녀도 미국에 데려가겠지.

“물론 아주 잘되면 그렇다는 거지.” 로저가 스스로에게 말했다. 하지만 감정과 감각이 이성의 말을 들으려 하지 않았다. 그는 자신이 너무도 이질적이고 환영받지 못한다고 느끼며 사람들과 따로 떨어져서 서 있었다. 브룩스에게 매커피를 소개한 것이 자신이었다는 것을 아무도 기억하지 못하는 것 같았다.

드디어 데인코트와 브룩스가 움직이기 시작했다.

매커피가 브룩스에게 컬러 영화 시연이 준비되면 바로 직접 볼 기회를 주기로 약속했다.

“우리가 태워다드릴까요, 이…… 여성분?” 데인코트가 예의 바르게 속삭였다. 그는 사실 엘리너 같은 젊은 여자들을 싫어했다. 빛 굴절과 보색 수치에 너무 몰두해서 이성에게 구애해야 한다는 임무를 잊어버린 여성들 말이다. "화학은 여성이 하기엔 좋지 않은 일이죠." 그가 로저에게 속삭였다.

"저는 남아서 정리를 도와야 하고 할 일도 좀 남았어요." 엘리너가 말했다. "정말 괜찮아요. 늘 혼자 퇴근합니다."

"그럼 신부님은 이번에도 함께 가시면 좋겠습니다만?" 브룩스가 로저에게 물었다.

"감사합니다만 전 데 라 루 양을 집까지 배웅하겠어요." 그래, 그렇지. 로저가 스스로에게 말했다. 아무도 나에게서 그 삼십 분의 달콤한 수고를 빼앗을 수 없어.

브룩스와 데인코트가 연구실을 떠날 때 폭풍이 더 세진 것 같았다. 로저는 매커피와 엘리너가 장비를 치우는 동안 주위에서 휙휙 부는 바람 소리를 들었다. 지붕의 슬레이트가 떨어지거나 본채의 열린 창에 남은 깨진 유리 조각이 덜그럭거리는 듯한 소리도 한두 차례 들렸다. 로저는 엘리너와 매커피가 자기한테 전혀 관심을 두지 않아 못마땅하고 서운했다.

하지만 드디어 엘리너가 준비를 마치고 트위드 오버코트의 단추를 채웠다.

"코에 얼룩이 남았군요." 매커피가 말했다.

"고마워요. 어디요? 여기?"

"아니, 여기요." 매커피가 엘리너의 손수건을 건네받아 오빠처럼 친근하게 닦아주었다.

'제기랄, 매커피. 제기랄, 그래도 여하튼 이제 엘리너는 내 거야. 삼십 분 동안.' 로저는 생각했다.

“이제 갈까요, 데 라 루 양?” 로저가 큰 소리로 물었다.

문을 미는 데 온 힘을 다해야 했다. 바람이 공장을 가로질러 울부짖은 탓에 문이 쾅 닫혀버리자 그들은 폐허의 어둠 속에 서 있게 됐다. 밝은 빛 속에서 갑자기 어둠에 내던져져 익숙해질 때까지 눈을 깜박이고 나자 하늘을 배경으로 삐쭉삐쭉한 벽돌 벽의 윤곽이 보였다. 구름처럼 갈기갈기 조각난 연기가 별들 위로 흩어져갔다. 벽돌담에서 오래된 포스터가 미친 듯 펄럭여서 바람이 눈에 보이는 듯했다. 오롯이 드러난 건물이 고통 속에서 신음하며 울었다. 지붕널이 달그락거리며 부서져 내렸다. 돌풍이 버티고 있는 벽을 뒤흔들었다. 가장 높은 벽이 그들 뒤의 연구실 바로 옆에 불길하게 서 있었다. 5층 높이를 받쳐주던 것이 사라진 채 단 하나 남은 멀쩡한 곳을 위협했다.

로저는 엘리너를 잡아당겨 벽에서 떼어놓고 돌아서서 벽을 마주 보았다. 바람이 밀면 금방이라도 우뚝 솟은 벽이 연구실 쪽으로 무너질 것 같았다.

“안전해 보이지 않아요.” 로저가 소리쳤다. “길로 나가 계시면 제가 매커피에게 알리겠습니다.”

그가 연구실로 다시 출발했다. 바람이 앞에 있는 높은 벽을 뒤흔들었고 돌풍이 파도처럼 연속해서 몰아쳤다. 언제라도 와르르 무너져서 연구실 지붕에 떨어질 것 같았다. 매커피와 카메라와 천공기, 프로젝터와 확성기 위로.

문이 열리지 않았다. 로저가 필사적으로 문을 잡아당겨 가까스로 열고 보니 그 젊은 스코틀랜드 남자가 커다란 궤짝 앞에서 알록달록한 도표가 잔뜩 그려진 서류를 돌돌 말고 있었다.

"어이구, 다시 오셨네?" 매커피가 아주 싹싹하게 말했다. "들어와서 이것들 좀 보시죠. 이거 못 보셨죠? 이게 내가 프리즈마 필름을 개량한 겁니다. 자, 보세요. 밴 돈 켈리의 장치에서는 네거티브 필름이 똑같은 이미지의 연속적인 쌍들로 구성되는데……."

"이것 보세요, 매커피." 로저는 숨이 막혔다. "여기서 나가야 합니다. 저 낡은 담이 흔들리는 것 같아요."

"아, 흔들린 지 오래됐어요. 그러니까 제가 한 일은 포지티브 필름의 '플래시' 노출을 대체한 건데……."

"그렇군요. 하지만 직접 가서 한번 보는 게 좋겠어요." 로저는 위험이 절실하게 느껴졌다. 연구실이 눈앞에서 거대하고 하얀 덫처럼 입을 벌리고 있었다. 지붕은 달걀 껍데기처럼 약해 보였고 벽돌담은 사정없이 흔들렸다. "바람이 엄청나요."

로저는 화가 치솟아 미칠 지경이었다. 매커피와 함께 저 덫에 걸린 자신의 모습이 보였다. 욋가지가 무기력하게 찌그러지고, 회반죽이 눈사태가 난 것처럼 부서지고, 마지막으로 다 무너져 내리는 모습이 보였다. 머릿속에서 위험이 너무 생생하게 보여서 자기도 모르게 고개를 홱 숙였다. 그대로 서 있는 매커피는 무사하지 못할 것이라고 생각했다.

"젠장, 매커피." 로저가 갑자기 고함쳤다. "빌어먹을 멍청한 짓 그만해. 죽고 싶어요?"

매커피가 우습다는 듯 거만하게 그를 쳐다보았다.

"쯧쯧쯧, 신부님, 겁나면 도망가세요."

그러나 그 순간 폭풍이 몰아쳐 벽에 헐겁게 붙어 있던 벽돌 하나가 떨어졌다. 그것이 연구실 지붕을 뚫고 떨어져 좀 전에 엘리너가 작업하던 개수대 위로 떨어졌다.

"보셨죠." 로저가 소리쳤다. 위험하다는 것을 매커피에게 증명해 보이고 싶은 마음이 너무 간절해서 매커피의 판단이 틀렸다는 것을 깨닫게 해줄 수만 있다면 건물이 다 무너져도 괜찮다는 생각이 들 정도였다.

"어, 그러네." 매커피가 말했고 사람을 미치게 만드는 차분한 태도로 방을 걸었다. 문을 둘이서 밀어 열 수가 없는 정도였는데, 마침내 열어서 바깥에 있는 물건에 괴어놓자 열린 문으로 엘리너가 떠밀려 들어왔다. "저기요." 엘리너가 외쳤다. "두 분 나오실 거죠? 여긴 정말이지 안전하지 않은 것 같아요, 휴."

"나가요. 당장 여기서 나가요." 로저가 소리쳤다. 두렵고 화가 나고 엘리너가 걱정돼서 제정신이 아니었다.

하지만 휴는 차분하게 문으로 빠져나가서 무너질 듯한 벽을 바라보더니 어깨를 으쓱하고 돌아왔다.

"저게 약간 비틀거리는 것 같네요. 우리가 해야 할 일이 있습니다. 릴과 도표가 있는 저 궤짝을 가지고 나가는 게 좋겠어요. 우리 셋이면 들 수 있어요."

"아니, 안 돼요." 로저가 말리려고 했지만 엘리너는 어느새 매커피가 서류와 견본 릴을 넣어둔 거대한 나무 궤짝을 끌어당기고 있었다.

말도 안 되는 일이다. 인간이 할 수 없는 일이다. 무자비한 공포의 악몽이었다. 언제라도 벽이 엘리너 위로 무너져 내릴 수 있는데 엘리너에게 그런 위험을 무릅쓰게 하다니.

로저의 이마에서 땀이 솟기 시작했다. 궤짝에 덤벼들었다. 바로 엘리너의 팔을 잡아 위험에서 구해낼 생각이었다. 하지만 그럴 수 없었다. 엘리너가 버둥거리며 밀어내면서 버텼고 결국 시간만 많이 낭비했다. 궤짝의 한쪽 모서리를 잡고 그 무거운 물건을 문 쪽으로 미는 데 힘을 보태는 수밖에 없었다.

일 초가 한 시간처럼 흘렀다. 궤짝을 개수대 모서리에 대놓았다. 로저보다 더 작고 근육도 적은 매커피는 한 번 비틀거렸고, 또 한 번은 궤짝과 고정된 테이블 사이에 다리가 끼었다. 그들이 삼각대를 쓰러뜨렸고, 그 굉음에 로저는 너무 흥분해서 잡고 있던 것을 놓칠 뻔했다. 옆을 보니 엘리너는 조랑말처럼 두려움이라곤 없이 밀고 당기고 있었다.

궤짝을 문 쪽으로 밀면 밀수록 문은 더 멀리 물러나는 것 같았다. 로저는 자기도 모르게 반사적으로 문에 가 닿게 해달라고 기도하기 시작했다. 문에만, 죽지 않고 가 닿게 해달라고. 하지만 공포에 질려서 하는 감정적이고 반사적인 기도는 소용없다는 생각에 그만두었다. 아무리 엘리너를 위해서라고 해도 그렇게 영적으로 저급한 상태는 되지 않기로 했다. 몸을 숙이고 힘을 꽉 주어 더 안전하게 궤짝의 무게를 견디며 앞으로 나아갔다. 거의 궤짝 전체를 가슴에 기댄 채 문턱을 넘어 나아갔다.

공장의 어둡고 울퉁불퉁한 바닥도 지나야 했고, 무너진 돌무더기, 낡은 바퀴와 벽돌 위를 비틀거리며 가야 했지만 일단 연구실 밖으로 나오자 악몽은 끝났다. 공장 벽을 지나 공터에 닿자 그들은 짐을 진흙 바닥에 내려놓고 쑤시는 팔을 뻗었다.

"이젠 어떡하죠?" 엘리너가 물었다. "카메라들도 가져왔어야 하는데."

"다시 가면 안 돼요." 로저가 힘주어 말했다.

"왜 안 돼요? 잠잠할 때 가야 해요. 다 같이 가서 뭔가 가져와요." 엘리너가 대답하고는 건물을 향해 내달렸다.

"멈춰요! 엘리너! 엘리너! 서요!" 로저가 소리쳤다. 어둠을 뚫고 비틀거리며 뒤따라 달리면서 미친 듯이 불렀다. 부르는 행위에는 절실하게 슬픈 느낌이 있다. 부르기만 해도 더 간절하게 바라게 된다. 로저는 어릴 때 밤에 혼자 누워 있을 때, 그저 짓궂은 장난으로 유모나 엄마를 방으로 부르곤 했다. 하지만 무서운 척하며 부를 때 자신의 목소리, 어둠 속에서 무력하고 절박하게 부르는 그 목소리가 그에게 극심한 공포를 불어넣어 결국 진짜 공황 상태가 되고 말았다. 이때, 컴컴한 바람을 뚫고 엘리너를 부를 때도 고통스럽고 어린아이 같은 공포에 사로잡혔다. 무너진 벽이 엘리너를 덮치려고 괴물처럼 도사리고 있었다. 바람이 로저를 마구 때렸다. 쓰레기 더미가 발을 걸어 무릎을 꿇렸고 얇은 사제복 바지를 찢고 피부를 할퀴었다.

"엘리너! 엘리너!"

'이건 어린 시절의 악몽이야.' 깨어나면 불 밝힌 거리에 엘리너와 안전하게 서 있으면 좋겠다고 생각했다.

"엘리너! 엘리너!"

다시 연구실 벽에 붙어 더듬더듬 가고 있었다. 엘리너가 다급하게 문을 잡아당기고 있었다. 하지만 벽이 비틀어지면서 문이 끼어버렸다. 아무리 엘리너가 무너진 벽돌에 발을 올린 채 씩씩하게 잡아당겨도 문은 열리지 않을 것이다.

"엘리너, 물러나요. 물러나, 바보야."

로저가 문손잡이에서 엘리너의 손을 떼어놓으려고 하자 엘리너는 벌컥 화를 내며 그를 향해 돌아섰다.

"놔요. 제기랄, 내버려두라고."

남자애들이 장난치듯 그녀를 팔로 안아서 문에서 떼어놓으려는 로저에게 엘리너가 소리쳤다. "저리 가요. 신부님은 무서워하더라도 휴와 나는 들어가게 두세요."

그러나 그 순간 벽돌이 삐걱거리고 바람이 울부짖는 소리 외에 다른 소리가 들렸다. 채찍에 맞은 듯 쩍 하며 건조한 회반죽이 떨어져 나갔고 잠시 동안 눈앞에서 어둠이 뒤섞이며 소용돌이치고 움직이는 것 같았다. 너무도 놀라운 광경이어서 엘리너는 입을 다물지 못하고 서서 캄캄한 밤이 눈앞에서 움직이는 것을 지켜만 보았다. 그때 갑자기 바람이 훅 불어왔고, 로저가 달려들어 엘리너를 땅바닥에 거칠게 눕힌 뒤 팔다리를 벌려 보호했다. 엘리너는 아래에 깔린 채 버둥거리며 마구 발길질을 했다. 그때 천둥 같은 포효와 함께 벽이 그들 앞에서 무너져 내렸다.

물론 그들과 좀 떨어져 있는 연구실 위로 무너졌지만 벽돌 몇 개가 우두둑 떨어지면서 그중 하나가 로저의 발목을 때렸다. 그들은 입에 흙먼지가 가득한 채로 가만히 엎드려 있었다. 포효는 삼십 분 정도 계속된 것 같았지만 사실 겨우 몇 초간이었다. 그 뒤로 무섭도록 완벽한 정적이 흘렀다.

그런 뒤 로저가 아주 조심스럽게 움직이기 시작했다. 엘리너는 놀라고 화가 난 상태로 아래에 깔려 너무도 멀쩡하다는 것을 확인시키듯 힘차게 꿈틀거렸다. 흙먼지가 가라앉고 있었고 바람은 제대로 몰아치고 난 뒤 잠시 쉬게 돼서 감사하다는 듯 숨을 죽였다.

"괜찮아요? 저 때문에 아프셨어요? 죄송합니다." 엘리너를 일으켜주며 로저가 말했다.

"입 안에 흙이 가득해요. 흙 맛이 이런 거였군요." 엘리너가 기침을 했다. "어쩔 수 없으셨잖아요. 아이구, 휴는 어쩌죠! 전부 다 박살 났을까요?"

먼지가 가라앉자 훨씬 낮은 다른 벽의 모습이 별이 빛나는 깨끗한 하늘을 배경으로 나타났다. 로저는 주위를 둘러보고는 기침하며 눈을 깜박였다.

"여기서 나가야 해요. 또 다른 것이…… 악!" 벽돌에 맞은 발목을 디디던 로저의 몸이 푹 구부러졌다. 엘리니가 팔을 잡아주지 않았다면 넘어질 뻔했다.

"왜 그러세요?"

"발에 뭔가 맞았나봐요. 정말 괜찮아요. 먼저 가세요. 따라갈게요."

"무슨 소리예요. 같이 가요. 저한테 기대세요." 어떻게 하든 그곳에 남는 것보다 나을 듯했다. 로저가 그녀의 팔에 기대 절뚝거리면서 앞으로 나아갔다. 매커피는 슬픈 듯 폐허를 바라보고 있었다.

"정말 안됐어요. 벽이 무너져버렸네요." 엘리너가 말했다. "아, 휴, 거기로 돌아가면 안 돼요. 소용없다고요. 이렇게 어두워서는 아무것도 안 보일 거고 볼 수 있다고 해도 아무것도 구해낼 수 없어요. 그리고 안전하지도 않아요."

안전하지 않은 것이 분명했고, 바람 속에서 거기 서 있는 것도 좀 멍청한 짓 같았지만 달리 할 일이 없었다.

"그럼, 이제 어떡하죠?" 엘리너가 물었다.

로저는 시계를 꺼냈지만 너무 어두워서 보이지 않았고 성냥도 없었다.

"음, 어쨌든 여기서 빠져나가는 게 좋겠지요. 그다음에 경찰에 신고해야 할 거예요."

"경찰에요?"

"그럼요. 건물이 무너지면 그래야 하는 거 아닌가요?"

로저가 거리를 향해 절뚝거리며 걷기 시작했다. 발의 통증이 줄어들어서 발을 디딜 때 무릎 아래쪽으로 둔한 통증만 느껴졌다. 매커피와 엘리너가 양편에 서서 걸었다.

보통 때와 같이 차분하고 환한 거리로 나가니 이상했다. 바람 소리가 크기도 했고, 그 낡은 화학 공장이 고립되어 있었기 때문에 거대한 공장 벽 전체가 강풍에 무너졌다는 것을 애널리에서는 아무도 모르는 것 같았다. 그렇게 요란하게 소동이 일어나고 극적인 사고가 있었는데 단 한 사람도 몰랐다.

가로등 아래에서 엘리너, 휴, 로저가 서로를 바라보았다. 세 사람 모두 흙투성이였고 벽돌 가루를 뒤집어써서 집시처럼 갈색이었고 눈가가 빨개진 채 눈을 멍하게 깜박였다.

로저가 갑자기 가로등에 기댄 채 인도 위에 주저앉았다. 발목이 참을 수 없이 아프기 시작했지만 괴롭기보다는 행복했다.

경찰관 두 명이 위엄 있는 경찰의 걸음걸이로 세 사람에게 다가왔다.

"어이구, 어이구! 이게 무슨 일입니까? 왜 이러십니까?" 경찰관들이 물었다.

로저가 사제복을 입고 있다는 사실을 떠올리며 일어서서 눈가에 묻은 흙을 떨어내려고 했지만, 온몸이 진흙으로 뒤덮여 있었고 모자는 이미 잃어버렸고 사제복 칼라는 잠그지 않은 채 한쪽 귀 뒤로 올라가 있었다.

"아하, 아주 딱 제때에 도착하셨습니다, 경사님." 로저가 격식을 차린 옥스퍼드 억양으로 말문을 열었다. "저희가 경관님들의 도움을 요청하려던 참이었습니다. 사소한 사고가 있었습니다."

격식을 차리는 로저의 어색한 태도를 보고는 엘리너가 갑자기 웃기 시작했고, 그 전까지는 재미있다고 생각하지 않았던 로저도 따라서 웃음을 터뜨리며 가로등에 기댄 채 몸을 흔들어댔다.

"이런, 저기요." 셋 중에 매커피가 가장 멀쩡해 보이는지 경찰관이 그에게 말했다. "여기서 이러시면 안 됩니다. 무슨 일이 일어났는지 말씀해주시지요."

"저 사람 술 취한 거 아닙니다." 그 스코틀랜드 남자가 퉁명스럽게 내뱉었다. "발을 다쳤어요. 사고가 있었습니다. 바람이 내 공장 벽을 날려버렸어요. 우리는 그 사건을 신고하러 가는 중이었습니다."

매커피의 진지한 태도가 로저의 웃음보다는 설득력이 있었지만 경찰들은 아직도 완전히 믿지는 못했다. 그래서 엘리너와 매커피가 더 뚱뚱한 경찰관을 울타리 틈으로 데려가서 다 무너진 공장의 모습을 보여주었다. 바람은 아까 마지막으로 몰아친 뒤 더 조용해졌다. 거리에서는 바람을 느낄 수 없었다. 마침내 경찰관들이 상황을 이해하고 호의적인 태도를 보이더니 꽤 적극적으로 나섰다. 매커피에게서 상세한 내용을 받아 적었고 로저의 다친 발을 봐주겠다고 했다. 처음에 로저는 엘리너 앞이라 부끄러워하며 꺼렸다. 하지만 엘리너가 사양하는 것은 말도 안 된다며 직접 무릎을 꿇고 자신의 부츠를 벗기려고 하자 곧바로 경찰관에게 봐달라고 하고 엘리너를 밀어내며 휴와 함께 택시를 잡으라고 했다.

경찰관들은 따분한 밤 순찰에서 일거리가 생겨 은근히 신나하면서 응급처치 솜씨를 발휘해 로저의 발을 살펴보고는 타박상을 심하게 입었다고 했다.

"혹시 어딘가가 좀 부러진 건 아닐까 궁금해할 필요는 없겠네요." 로저의 다리 통증을 약간 비웃으며 한 경찰관이 말했다.

"그럼요. 제 생각도 그렇습니다." 로저가 사근사근 맞장구를 쳤다. "그럼, 저희는 집에 가야겠죠."

그러나 엘리너가 택시를 잡아 돌아오자 로저는 사제관에서 환자를 떠맡게 된 가정부의 당황한 모습을 그려보았고, 그래서 선뜻 지역 병원에 가도 좋겠다고 했다. 엘리너에게는 클럽에 돌아가라고 했지만 엘리너는 전혀 졸리지 않는다고 딱 잘라 말했다. 그래서 결국 매커피가 경찰관 한 사람과 함께 공장 붕괴 건을 신고하러 가고 다른 경찰관은 로저와 엘리너를 병원에 데려다주기로 했다.

"물론 발목에 타박상을 입어서 병원에 가는 건 정말 터무니없습니다." 로저가 택시에서 말했다. "하지만 성가신 놈이 되어야 한다면 병원에서 그러는 게 나을 것 같아요. 여하튼 병원은 이런 저녁에 잘 어울리는 아름다운 결말 같고요."

"대단한 저녁이죠!" 엘리너가 말했다. 로저는 어둠 속에서 엘리너의 눈이 얼마나 빛날지, 뺨은 또 흥분으로 얼마나 달아올랐을지 그려볼 수 있었다. "대단한 저녁! 불쌍한 휴! 휴가 아끼는 카메라와 프로젝터가 다 망가졌다고 생각하니 견딜 수 없네요."

"그래도 필름은 구해냈잖아요." 로저가 위로했다.

그들은 그러다가 침묵에 빠져버렸고 택시는 바람이 세게 부는 거리를 덜커덩거리며 달렸다. 병원 정문에서 경찰관이 그들을 두고 야간 경비원을 찾으러 갔다. 로저는 아프고 충격 받고 흥분해서 약간 제정신이 아닌 채로 엘리너 쪽을 향했다. 별안간 그날 저녁의 모든 일이 자신들에게 딱 알맞게 일어난 것처럼 느껴졌다. 엄청나게 대담해졌고 또 행복했다.

"공장에서 제가 한 행동을 사과드리고 싶습니다. 지독하게 무례했습니다. 하지만 데 라 루 양 때문에 겁이 났습니다." 로저가 공손하고 편안한 목소리로 말을 시작했다.

"정말 괜찮아요. 사실은 좀 재미있었어요. 신부님이 제 목숨을 구해주신 거죠. 대단히 감사해요."

"그럴 필요 없어요. 천만에요, 그러니까, 사랑합니다."

"뭘 한다고요?"

"사랑한다고요. 성가시게 하고 싶은 건 아니고, 제가 왜 그렇게 날뛰며 데 라 루 양이 죽을까봐 걱정했는지 설명이 될 것 같아서요."

"아." 엘리너가 아주 부드럽게 말했다. "그렇군요."

"진짜로 말할 생각은 없었는데." 로저가 편안한 말투로 침착하게 말을 이었다. "제 행동에 대해 뭐라고 설명해도 사실 합리적이지는 않을 거고 따지고 보면 데 라 루 양이 몰라야 할 이유도 없으니까요. 그러니까 제 말은 누군가를 사랑하면

확실한 의무가 생긴다는 뜻이에요. 저는 데 라 루 양이 이 세상에 있다는 것을 안 것만으로도 너무 행복했으니까 그것에 보답할 기회가 조금이라도 있다면 당연히 기쁜 겁니다. 물론 이것이 데 라 루 양에게는 아무 의미가 없을 수도 있겠지요." 그가 들떠서 명랑하게 계속 설명했다. "하지만 데 라 루 양을 위해 무언가를 할 기회를 얻으려고 모든 것을 바칠 사람이 세상에 있다는 사실을 아는 것도 때로는 괜찮을 거예요. 그렇다고 제가 할 수 있는 무언가가 **있다**는 말은 아니에요. 그냥 만일의 경우에 말이죠."

"어, 그래요. 고맙습니다." 엘리너가 무심하게 말했다.

"제 말을 다 들어주셔서 정말 감사합니다. 이제 데 라 루 양이 원하지 않으시면 이 이야기는 다시 안 꺼내기로 약속할게요. 그런데 데 라 루 양은 이제 여기서 기다릴 필요가 없을 것 같은데요? 끔찍하게 지쳤을 텐데요."

"아뇨, 아주 멀쩡해요. 도저히 잊을 수가 없겠네요. 그러니까 바람 말이에요. 아, 저기 우리 경관님이 들것 옮길 사람들을 모두 거느리고 오시네요."

"잘됐네요. 최고예요. 아, 그리고 너무 수고스럽겠지만 덴턴스미스 양을 하루 이틀 내에 만나게 되면 제가 내일 왜 못 가는지 알려줄 수 있겠어요? 저를 기다릴 것 같아서요."

"당연하죠. 캐럴라인 고모한테 다 이야기할 거예요. 아마 신부님이 괜찮은지 보려고 당장 달려올 거예요. 신부님을 아주 소중하게 여겨요. 불쌍한 캐럴라인!"

제6장 클리프턴 로더릭 존슨

1

같은 날 그보다 이른 저녁 클리프턴 로더릭 존슨, 영미 시나리오 창작 학교 교장, 경영자, 간사, 강사이자 연구 이사가 자기 학생 네 명을 에식스가의 사무실 창가로 데려가서 왼쪽 풍경을 잘 보라고 일렀다.

"저쪽에." 존슨이 우렁우렁한 목소리로 말하며 거대한 머리통과 어깨를 창밖으로 내밀고 에식스 스테어스 쪽으로 손짓했다. "옛 런던이 좀 남아 있습니다. 저게 **로맨스**죠. **아름다움**입니다." 그가 안쪽으로 물러났고, 이즐링턴에서 온 사무원, 베이스워터 하숙집에서 온 비혼 여성, 스트리텀에서 온 은퇴한 보석상, 그리고 반스에서 온, 폴라 네그리처럼 되고 싶다는 젊은 여자가 차례로 **로맨스**와 **아름다움**을 보려고 목을 뺀 다음 존슨을 따라 테이블로 돌아갔다. 이것은 시나리오 착상 개별

지도 수업 2차 과정이었다. 존슨이 학생들의 이해를 돕기 위해 하는 이 수업은 그의 수업 중에서 제일 고급 과정으로, 존슨이 **직접** 강의했고 가장 앞날이 창창해 보이는 학생들만 들을 수 있었다. 선택받은 네 사람은 풋사과 빛깔의 커튼 천과 잉크 자국으로 덮인 싸구려 나무 탁자 앞에 입을 헤벌린 채 앉아서 자신들은 수백 명의 지원자 중에 엄선된 우수한 학생이며, 나머지 학생들은 더 크고 더 조잡하고 수업에 덜 적당한 홀에서 존슨의 부하 직원에게서 충고를 듣고 있다고 생각했다. 그들은 자신들만이 6기니의 수업료를 선불로 학교 계좌에 입금했다는 사실을 알지 못했고, 공평을 기하기 위해 덧붙이자면 존슨 본인도 이때 그 사실을 거의 잊고 있었다. 또 그들은 기법과 편집, 드라마와 저작권료에 대해 너무도 확신에 차서 떠들고 있는 이 강사가 정작 자신은 시나리오 딱 한 편과 자막 한 벌밖에 팔지 못했다는 사실을 알지 못했고 존슨 자신도 기억이 가물가물했다.

존슨은 그날 저녁 기분이 좋은 것이 분명했다. 아이디어가 머리에서 콸콸 흘러나와서 질식할 지경이었고 네 명의 학생은 자신들이 돈 내고 사기당하는 중이라는 것을 전혀 몰랐다.

"공책에 이렇게 쓰고 기억에도 새기세요." 존슨이 고함을 쳤다. "좋은 경치를 절대 허비하지 마라. 어떤 장소든 특정한 각도에서 보면 그림처럼 아름답다. 가장 따분한 인생도 각광을 받을 구석이 있다. 이걸 명심하고 이제 숙제로 돌아가보죠. 머릿속에 에식스 스테어스의 모습을 넣어두었죠? 좋습니다. 말해보세요. 다음에 어울리는 다섯 장면을 꾸며보세요.

(a) 무성영화

(b) 유성영화

(c) 컬러 영화

에식스 스테어스를 배경으로 다음과 같은 것을 넣어보세요.

(a) 계단 오르내리기

(b) 계단 중간에 있는 찻집 문

(c) 계단에서 본 제방

(d) 꼭대기에서 본 에식스가의 복잡한 삶. 에식스가, 이동, 혼잡한 도로, 도시 생활, 거리 악사들, 플리트가 근처, 혼잡함, 스트랜드가, 법원, 성당, 회사 건물을 떠올리세요. 그런 다음 제방, 강, 로맨스, 배회, 세계 최대의 항구 런던, 미지의 곳으로 가는 관문, 새로운 런던, 옛 런던을 생각해보세요. 이제 시나리오를 위해 또 다른 분위기를 떠올립니다.

(a) 희극: 빛, 봄, 사랑, 서글픔, 인간, 정서. 4월의 소나기, 길가에서 파는 프림로즈나 제비꽃, 비를 피해 에식스 아치 아래로 달려가는 소녀. 젊은 남자도 거기서 소나기를 피하고 있다.

(b) 익살극: 추적, 뚱뚱한 유대인 노점상, 계단을 오르내리며 도망감, 제방 정원 옆에 주차된 차들, 오토바이, 계단 아래로 오토바이를 몰려고 함, 계단 아래에서 장난감 오리를 파는 뚱뚱한 여자.

(c) 비극: 법원을 나서는 주인공, 혼자 치욕을 당함, 모든 것을 잃음, 강이 뛰어내리라고 유혹, 자살, 평화, 스트랜드와 강

의 영원한 평화 사이에서 일어날 평범한 소동.

어떤 인생도 평화를 위해 살지 않는다
죽은 사람은 결코 살아나지 않는다
강조차 지긋지긋하고
바람이 어딘가에 있는 고향 쪽으로 분다, 아래로? 고향 바다로 돌아간다

찾아보세요. 뒤져봐요. 인용문은 항상 확인하세요. 짧은 운문이 감동적인 희극과 드라마와 비극에서 오래 남는다는 걸 잊지 마세요. 갱 영화나 익살극에서는 쓰지 마세요.

(d) 역사극: 그 나흘, 시대를 나타내는 소재를 찾아보세요. 에식스 스테어스에서 무슨 일이 일어날까? 옛날에 스테어스가 어땠는지 알아봐야 해요. 거기서 무슨 일이 일어났는지 알아보세요. 그리고 그곳에서 무슨 일이 일어날 수 있었는지 생각해봐야 합니다. 역사 영화는 사실보다는 가능성을 다룬다는 것을 기억하세요. 지역색. 시대색. 생생하게 표현하세요. 익살맞은 장면으로 생기를 불어넣어요. 러브 스토리 등등. 러브 스토리는 늘 밝아야 해요. **섹스**는 안 돼요. 돌려 말하지 않을 겁니다. 여러분은 애가 아니고 나도 아니죠. 어른 대 어른으로. 대중은 건전하고 강한 인간적 관심사를 원합니다. 거기엔 **섹스**가 필요 없습니다. 건전한 유머를 담아요. 눈물 한두 방울은 괜찮아요. 펑펑 울게 해주는 것 말고 **부인들**을 **영화**

괸에 끌어들이는 데 필요한 게 있습니까, 엉? 하지만 **강렬해야** 하고 **단순**해야 합니다. 이제 다음 금요일까지 시놉시스를 제출하세요. 종이 한쪽 면에만 쓰고 1페니 반짜리 인지 붙이는 걸 잊지 마세요. 끝입니다." 존슨이 악수를 여러 차례 나누고 인사하며 수업을 끝냈다. "그럼, 잘 가요. 안녕, 안녕히. 조심히 가세요, 심슨 씨. 잘 가요, 브로디 양. 또 봐요, 엘로웨이 양. 가세요, 로람 씨. 안녕히 가세요."

학생들이 서류 가방을 집어 들었다. 뒤적여 각자 제 우산을 찾은 다음 이렇게 떠들면서 가파른 돌계단을 딱딱거리며 내려갔다. "와, 오늘 **선생님** 수업 좋았죠?" "그런 걸 모두 생각해 내다니 **엄청나게** 똑똑한 거죠?" 보석상 로람조차 남자다운 척하며 마지못해 인정했다. "똑똑한 분이에요. 매우 똑똑하세요. 언젠가는 더 유명해지실 겁니다." 존슨이 학생들을 위해 다른 무언가를 해주었는지는 확실치 않지만, 여하튼 힘은 불어넣어주었다. 존슨의 엄청난 신체적 열정에 학생들은 기운이 솟았다. 인생이 흥미진진한 가능성으로 가득하다고 느꼈다. 그리고 교양 있는 사람과 아주 친해진 것 같았다.

존슨은 문화와 아름다움을 탐구하느라 출판사의 최신 광고 속 개론과 선집은 거의 다 사들였다. 책꽂이에 역사, 과학, 철학, 종교학 개론서들이 있었다. 문학은 《세상에서 가장 유명한 이야기 100》, 《플롯의 서른일곱 가지 형태》, 《문학 인물 사전》에서 배웠다. 디킨스 작품을 한 글자도 읽지 않고도 미코버 씨•와 폴 돔비••가 어떤 인물인지 알고 있었다. 고전을 화려하게 인용하고 유럽 최고의 소설로 수업 주제를 장식했다. 세르반테스, 벨레로폰, 키케로, 엘라 휠러 윌콕스를 인용하기 위한 온갖 현대적이고 편리한 도구들을 곁에 두었고, 설령 그가 역사, 과학, 문학, 종교를 가로질러 마구 질주하다가 섬 이름 하나를 잘못 말하거나 어떤 미술가나 작곡가를 엉뚱한 시대에 쓸어 넣었다고 해도 학생들은 감히 질문하려 들 수 없었다. 그리고 설령 질문을 받았다고 해도 존슨은 완벽하게 정당화했다.

"날짜요?" 존슨이 말했다. "날짜란 게 뭡니까? 상상력 없는 인간이 시간을 임의로 구분하려고 만든 겁니다. 내 생각에 여러분은 결코 기원후 언제, 기원전 언제의 날짜를 애써 확인할 필요가 없습니다. 사건과 날짜를 알고 싶으면 스트랜드가를 따라 서머싯 하우스●●●까지 달려가세요. 그럼 거기서 알 수 있습니다. 하지만 다른 건 전혀 못 알아낼 겁니다. 죽은 것이란 말입니다. 죽은 것. 저는 여러분께 살아 있는 지식을 줍니다. **아름다움을**를 줍니다. **영원한 탐구 대상. 영원한 문제.** 나는 우주의 열쇠를 드립니다. 문화……."

문화를 생각하자 가슴이 부풀어 올랐고 눈은 빛났다. 스스로 내뱉은 단어의 바람을 타고 높이 솟구쳐 올랐다. 그가 빌

● 찰스 디킨스(1812~1870)의 소설《데이비드 코퍼필드》에 나오는 인물.

●● 찰스 디킨스의 소설《돔비와 아들》에 나오는 인물.

●●● 당시 등기소와 세무서 등이 있던 건물.

려 온 미국 정신이 힘과 진보의 위대한 기쁨을 불어넣었다. 볼리비아 광산 주식의 유감스러운 급락, 최근에 쓴 시나리오가 전혀 팔리지 않는다는 대리인의 짧은 메모가 붙어 반송된 것, 점점 불어나는 빚 걱정에 쓰라린 속, 몰리가 아이를 또 가지겠다고 한 일을 모두 잊었다.

몰리는 항상 그보다 뒤처져 그에게 매달렸다. 그녀를 만났을 때 존슨은 자연으로 돌아가기 운동의 여울에서 장렬하게 허둥대고 있었다. 〈포장마차〉•처럼 개척적인 영화를 작업하고 있었고, 자신이 넓은 엉덩이와 넓은 가슴의 여자, 그러니까 자식을 잔뜩 낳은 아내를 거느리고 양피 코트를 입은 강하고 정력적인 남자가 될 거라고 생각했다. 몰리는 위험한 확신을 품고 헤이버스톡 힐에 있는 방 두 칸짜리 소형 아파트에 사는 실험적인 개척자를 따라나섰고 첫 아이가 시간에 딱 맞추어 태어났다. 존슨은 아동심리와 유아교육에 대해 대단히 멋진 이론을 생각해냈다. 하지만 그 어린것에게 색조와 형태의 중요성을 가르치려고 가져온 알록달록한 큐브와 사각형들로 거실이 난장판이 되고 나자 에식스가 사무실로 나앉았고 마침내 배터시에 아파트를 빌렸다. 헤이버스톡 힐의 집이 드넓은 장소가 필요했던 배경으로 그의 교육체계뿐만 아니라 생각에도 방해가 되었기 때문이다. 창조적인 예술가가

• 1923년 미국의 영화사 파라마운트가 출시한 서부 무성영화. 등장인물들은 뜨거운 사막과 눈 덮인 산에서 배고픔에 시달리고 인디언의 공격을 받는다.

울고불고하는 아기를 데리고 밤 시간을 망칠 수 없었고 어수선한 육아 활동에 낮 시간을 낭비할 수는 없었으니까.

바로 그맘때 델리아를 만나 그녀를 위해 칵테일파티와 난초, 패션쇼, 크로이던 비행장을 배경으로 런던과 파리 밤 생활에 관한 시나리오를 쓰기 시작했다.

델리아가 모든 일을 복잡하게 만들었다. 몰리가 존슨의 이상적인 소울메이트의 모습에서 멀어질수록 그가 원했던 아내의 역할을 점점 더 잘해냈으니까. 존슨은 개척자 가부장과 도시 아버지의 경제적 상황이 다르다는 것을 깨닫기 시작했다. 전자는 식구가 늘어날수록 점점 더 부유해지고 후자는 자손이 많이 생길수록 청구서가 늘어난다. 게다가 델리아는 사치스러웠다. 최고의 것만 마음에 들어 했다. 존슨은 델리아가 약간 질리기 시작했다. 그의 창의력이 이미 새로운 매혹의 대상과 수 세기에 걸친 **꿈의 여인**을 형상화한 긴 서사시를 향해 돌아서고 있었다.

다른 여자를 만났기 때문이다. 모든 이상을 완벽하게 충족하는 여자. 개척자처럼 강인하고 칵테일처럼 묘하고 고상하고 당당하며 화려하고 정복하는 여자 글로리아 세인트데니스를.

그는 강의를 마친 뒤 기분이 좋았고 자신의 달변이라는 아찔한 와인에 취했기 때문에 생각이 그냥 그녀에게 흘러가도록 두었다. 천천히 짓는 무심한 미소, 몸의 유려한 곡선, 적재적소에 배치되는 화제. 그녀를 생각하고 있는데 노크 소리가 들렸다.

약간 놀라서 돌아보았다. 그 황홀한 꿈 뒤에 경제적 어려움에 대한 무의식적인 걱정이 억눌린 채 도사리고 있었기 때문이다. 들여놓고 싶지 않은 방문객들이 너무도 많았다.

잠시 그대로 가만히 앉아서 사무실에 없는 척하면 저 사람이 그냥 가지 않을까 싶었다.

하지만 다시 노크 소리가 들리더니 사무실 청소부인 프랜리 부인의 목소리가 이렇게 불렀다. "존슨 선생님, 존슨 선생님!"

"아, 들어오세요. 프랜리 부인." 존슨이 마음을 놓으며 소리쳤다. "수업이 있어서 좀 늦게까지 있었어요."

"어떤 젊은 여자분이 선생님을 뵈러 오셨어요, 선생님. 제가 선생님이 계실 시간이 아니라고 했는데 그 여자분이 창으로 불이 켜진 것을 보았다고 여기 계신 걸 안다며 그냥 가려고 하지 않았어요."

'글로리아는 절대 아니군!' 존슨이 생각했다. "누굽니까? 부인이 아는 사람이던가요?"

"모르는 사람이에요. 매번 오는 사람도 아니고요."

"그래요. 괜찮아요. 괜찮아. 내려가시면 그 여자분을 올려 보내주세요. 학교에 들어오려는 사람이겠죠."

하지만 속으로는 델리아일 가능성이 더 크다고 생각했다. 이틀 전 피널디스에서 가벼운 말다툼을 했다. 경제적 공황 상태에서 그답지 않게 3실링짜리 정식을 주문했더니 델리아가 거만하게 화를 내면서 오르되브르를 포크로 마구 뒤섞고 나서 평생 이런 쓰레기 같은 음식은 본 적이 없노라고 딱 잘라 말했다. 왜 나를 데려왔어요? 밤 외출에 하녀가 필요했던 거야? 내가 도대체 뭘 먹고 싶었을 거라 생각한 거예요? 남들이 먹다 남긴 오일에 적신 청어 뼈다귀에 채소? 그런 뒤 델리아는 일어서서 모피 코트를 입더니 보란 듯이 건물 밖으로 나갔다. 악마! 존슨은 남아서 화도 못 내고 델리아가 먹지도 않은 저녁 식사의 비용을 지불해야 했다. 오늘 밤에 다시 와서 내게 바짝 파고들어 앙상한 청어로 전채 요리를 만들고 웨이터들이 모두 느릿느릿 걷는, 그 멋지고 멋진 식당에 데려가 달라고 간청해야 진짜 델리아인데 말이야, 그가 생각했다. 그래, 그러지 뭐, 델리아가 부탁하면 데려가야지. 아기 고양이처럼 교태를 부리면 너무 매혹적이잖아.

하지만 쭈뼛거리며 문으로 들어온 여자는 삐친 델리아도 멋진 글로리아도 아니었다. 그녀는 가장자리가 붉고 겁먹은 눈으로 코안경을 통해 사무실을 훑어보고는 낡아빠진 서류 가방을 우주의 비밀이 들어 있기라도 하다는 듯 꽉 움켜쥐었다. 존슨이 번화가 사무실로 가는 트램과 버스에서 매일 지나치는 수천 명의 여자 중 하나 같았다. 좁은 가슴에 눈을 내리깔고 진흙이 튄 스타킹을 신고 안 어울리는 갈색 펠트 모자를 쓰고 가장자리 가죽이 다 닳아빠진 한심한 코트를 입은 여자들. 그녀는 존슨이 자신을 잡아먹기라도 한다는 듯한 눈초리로 그를 바라보았다.

"존, 존슨 씨?"

"예, 그렇습니다." 그가 연극하듯 과장해서 인사를 했다. "무엇을 해드릴까요?"

"제 얼굴은 모르시겠죠." 그녀가 더듬더듬 말했다. "하지만 이름은 아실 거예요. 웰러예요. 도린 웰러."

그의 머릿속에서 약간 불편한 기억의 동요가 살짝 일었다.

"만나게 돼서 대단히 반갑습니다, 웰러 양. 보통은 손님을 만나는 시간이 아닙니다만, 개별 특강이 끝나고 약간 늦게까지 남아 있었고 기왕 이렇게 오셨으니 왜 오셨는지 말씀하시지요. 앉으시겠어요?"

여자가 고개를 숙이며 꼴사납게 앉았고 존슨은 학교에 가끔 편지를 보내오곤 하는 멍청한 여자 중 하나일 거라고 생각하며 기억을 더듬고 있었다.

"선생님." 마침내 그녀가 절박하게 다그치는 투로 말했다. "왜 제 편지에 답장을 주지 않으시나요?"

"아하, 편지! 편지요! 웰러 양, 제게 타고난 결함이 하나 있습니다. 저는 편지에 답장을 할 수가 없습니다. 하려고 합니다. 하려고 해요. 비서에게 받아쓰게 하려고 머릿속에서 멋진 구절을 지어냅니다. 그런데 그것들이 바로 사라져버려요. 없어지는 거죠."

"그래요. 알았어요." 그녀가 말을 잘랐다. "그러면 제 소설은요? 제 소설은 어떻게 됐죠?" 그런 뒤 갑자기 웰러가 손에 얼굴을 묻고 울기 시작했다.

존슨은 그녀를 바라보며 점점 짜증이 치밀었지만 목소리만은 위로하는 삼촌인 양 꾸몄다.

"자, 자, 힘드신 것 같군요. 무슨 일이 있으신가요? 그래, 도시 여성들! 도시 여성들. 어여쁜 꽃 같은 젊은 여성들을 침침한 사무실에서 시들어가게 하는 것은 범죄지요. 타고난 여성성을 왜곡하는 겁니다. 자, 이제 진정하고 뭐가 문제인지 나한테 말해보세요."

도대체 이 여자는 누구야? 도대체 누구냐?

웰러가 코안경을 벗고 눈물을 훔쳤다. 존슨은 책상 옆 의자에서 일어나 강의라도 하듯 방 안을 왔다 갔다 하며 그녀에게 진정할 시간을 주었다.

"우린 그걸 진보라고 부르죠. 말도 안 되게! 그걸 진보라고 불러요. 우리 여성들에게 하고 싶지 않은 일을 강요합니다. 여성의 신성한 일은 못 하게 해놓고요. 우리가 여성들의 인생을 허비하고 있는 겁니다. 우리가 여성들의 인생을 허비해요. 그러고는 그걸 진보라고 부르는 겁니다!"

"아니, 선생님." 여자는 침을 꿀꺽 삼키고 여성의 복지 문제는 모두 무시했다. "저는 제 소설에 대해 **꼭** 알아야겠어요."

"아, 그런데, 웰러 양, 고백하건대 전 지금 그 소설이라는 게 정확하게 기억이 안 납니다."

조심스럽게 가야 했다. 저 여자는 정말로 불만이 있는 것 같아. 어쩌면 불온한 사상을 지녔거나 법적인 문제가 있을 수도 있어.

공교롭게도 존슨은 영미 시나리오 창작 학교만 맡고 있지 않았다. 런던 저널리즘 전문 통신학교의 소유주이기도 했다. 이 학교는 한동안 수익 좋은 작은 벤처 사업이었다. 오즈번이라는 실패한 저널리스트, 영리하지만 무책임하고 간헐적으로 미친 듯이 술을 퍼마시는 그 사람의 도움으로 운영했다. 그 통신학교는 가장 단순한 방법으로 돈벌이를 했다. 존슨이 이따금 실력을 발휘해 기발한 광고를 여러 신문에 끼워 넣었다. "남자든 여자든 혹은 어린이도 방법만 안다면 적어도 **하나의** 이야기를 쓸 수 있습니다", "여러분이 런던 저널리즘 전문 통신학교를 알았더라면 말 못 하는 무명의 밀턴이 되지는 않았을 겁니다", "**여러분**이 사람들을 울고 웃게 할 수 있고 그것으로 돈을 벌 수 있습니다", "원고를 무료로 검토해드립니다" 등등. 이 광고를 보고 배스와 허더즈필드, 피블스와 펜잰스에서 시, 단편소설, 에세이, 희곡, 시나리오가 날아들었다. 존슨은 적절한 시간 간격을 두고 각각 똑같은 답장을 보냈다. 제출된 작품이 시장성은 거의 없지만 잠재력은 충분하다고 썼다. 팔릴 작품을 쓰기 위해 필요한 일은 단 하나, 존슨이 쓴 짧은 책을 파고드는 것밖에 없다고 했다. 《3펜스를 3000파운드로 만드는 법》은 우편료 무료에, 6실링 6펜스라는 저렴한 가격에 그 학교에서 살 수 있다고. 사실 그 학교는 존슨이 출판사와 맺은 계약 때문에 억지로 구매한 자신의 책 재고 1786부로 이익을 내기 위한 방편이라고 할 수 있었다. 학교로 보내진 원고는 모두 개당 2실링 6펜스에 오즈번에게로 넘어갔고 연구 이사 자격으로 오즈번이 원고를 대충 훑어본 다음 여백에 반쯤 못 알아볼 글씨로 평을 휘갈겨 주었다. 하지만 오즈번은 원래 그런 사람이어서 어느 날 훌쩍 떠나버렸고 얼마나 많은 원고가 그 트렁크에 들어 있었는지 아무도 알 수 없었다. 그 이후 존슨은 시급한 개인적인 일로 너무 바빠서 수표를 현금으로 바꾸거나 책을 보내는 것 말고는 다른 일은 할 수 없었다. 원고는 배터시에 있는 아파트의 커다란 양철 상자에 도착했고, 누군지 모르지만 오즈번의 후임에게 넘겨졌어야 하는데.

그 원고 중에, 혹은 오즈번이 급히 떠나면서 사라져 되찾을 수 없게 된 원고 중에 도린 웰러의 소설이 있을지도 몰랐다.

곤란한 상황이지만 해결이 불가능하지는 않군.

"선생님께선 제가 25파운드를 보내면." 웰러가 흐느꼈다. "제 소설이 출판될 수 있게 해준다고 하셨잖아요. 그게 7개월 전이에요. 저는 편지를 쓰고 또 썼어요. 왜 답장을 안 해주셨죠? 제 소설은 어떻게 된 건가요? 출판사에서 마음에 안 들어 했나요? 출판사마다 다 보내셨어요? 어디에 보내셨죠? 도대체!" 웰러가 히스테리 발작을 일으키려 하고 있었다. "끔찍했어요." 그녀가 침을 삼켰다. "매일매일 답을 기다리는 게 끔찍했다고요. 우편함에 편지가 꽂히는 소리에 늘 귀를 기울였어요. 그런데 한 줄도 안 왔죠. 매일같이. 저작권료를 받아야겠어요. 반드시. 아니면 제 돈을 돌려주세요."

"하지만, 웰러 양, 그건 안 됩니다."

"아뇨, 돼요. 그러지 않으면 제가 감옥에 가야 해요. 그 돈을 훔쳤어요. 이해 못 하시죠. 그 돈을 훔쳤단 말이에요. 사무실의 한 달 치 소액 현금이었어요. 제 생각에는…….”

“아, 자, 자, 자, 그러면 안 됩니다. 그러면 안 돼요.” 이런! 이 멍청한 것이! 이 말이 사실이라면 어쩌지. 게다가 이런 제정신이 아닌 여자들은 못 할 짓이 없는데, 그러면 경찰서에, 그다음에 법정에 갈 테고 런던 학교와 원고 교정 서비스와 원고 취급 과정을 조사할 텐데. 존슨은 그렇게 되기를 결코 원하지 않았다. 좀 전까지는 돕는 척했는데 이제 돌변해서 아버지처럼 엄하게 닦달하며 꼬치꼬치 캐물어 그녀의 사연을 모조리 캐냈다. 여자는 평범했다. 외로웠고 이해받지 못했다. 사랑해주는 사람이 아무도 없었다. 여동생들은 바로 눈앞에서 다 결혼해 사라졌다. 남동생들은 그녀를 비웃었다. 그리고 내내, 그녀는 자신에게 재능이 있다고 알고 있었다.

“여기로 알아요!” 그녀가 소리쳤다. 잉크 묻은 손으로 갈색 프록코트 아래 납작한 가슴을 탕탕 쳤다. “여기로 안다고요! 저는 시를 썼어요. 희곡을 썼어요. 하지만 아무도 봐주지 않았어요. 그런데 그 광고를 봤죠. 선생님이 쓰셨잖아요. 기억하시죠? ‘당신이 세상을 웃고 울게 만들 수 있습니다. 발자크의 계관에서 이파리를 하나 뽑을 수 있습니다. 바로 당신이!’” 그녀는 발자크에 대해 잘 몰랐지만 계관은 몹시 탐났다. 펜클럽에서 상 받는 자신의 모습, 화려하게 칭송받으면서 암청색 벨벳 드레스에 진주 목걸이를 하고 유창하게 이야기하는 유명 소설가인 자신의 모습을 보았다. ‘올해의 책《운명》, 도린 웰러 지음.' 신문에 실린 자신의 사진, 코안경을 쓰지 않고 머리는 멋지게 구불구불 만 모습도 보았다.

하지만 25파운드는 막대하고 말도 안 되는 불가능한 금액이었다. 25파운드를 어떻게 손에 넣지? 그녀에겐 우체국 예금으로 5파운드가 있었다. 주급으로 30실링을 벌어서 10실링은 살림에, 5실링은 교통비로, 또 5실링은 점심을 사 먹고 비상금으로 썼다. 어떻게 20파운드를 모을 수 있지? 저축하거나 빌리거나 벌 수 있을까?

그때 사장이 평소처럼 그녀에게 은행에서 한 달 치 예비 소액 현금으로 50파운드를 인출해 오라고 시켰다. 그러면서 역시 평소처럼 현금 상자에 얼마가 남아 있는지 묻지 않았다. 그녀는 알고 있었다. 지난달이 이례적으로 부진해서 우편요금과 전령비 등의 비용 지출이 줄었고, 특별비로 쓰려고 현금으로 바꾸어둔 10파운드짜리 수표가 그대로 있다는 것을. 그러니까 이미 23파운드가 상자에 있었다. 내가 거기서 20파운드를 꺼낸다고 해도 감사관 손에 회계장부가 들어가기 전에는 아무도 알아채지 못할 텐데, 그때까진 아직 7개월이 남아 있어. 그런데 그때면 이미 부자가 되고 유명해졌을 테니까 그 보잘것없는 20파운드쯤은 돌려놓았을 거야. 필요하다면 열 배로 갚아주었겠지. 그리고 영원히 사무실을 떠나버렸을 거야.

그것은 신이 내려준 행운이다. 확실했다. 신이 정해주신 것이다. 웰러는 존슨에게 25파운드를 보내고 성공을 기다렸다. 하지만 성공은 오지 않았다. 답장도 오지 않았다.

그래서 이제 존슨, 펄펄 뛰며 화를 냈다가 사과를 했다가 하는 이 남자를 직접 만나 두렵고 고통스럽고 불안에 떨면서 최후통첩을 했다.

"선생님이 사분기 결산일까지 20파운드를 주지 않으면 경찰서에 가겠어요." 그녀가 말했다. "저 자신을 포기할 거예요. 하지만 경찰에 선생님 이야기도 할 거예요. 제 원고가 어떻게 됐는지 알아봐달라고 할 거예요. 선생님이 그걸 팔아서 저작권료를 받았다면 어떻게 될까요?"

이 두렵고도 어쩐지 위안이 되는 말은 이때 막 떠오른 것이었다. 웰러는 그 말의 효과를 지켜보면서 존슨을 사납게 쏘아보며 앉아 있었다.

하지만 존슨은 그녀에게 미소만 짓고 어깨를 토닥였다. 이제 어떻게 해야 할지 감을 잡았다.

"웰러 양은 어리숙하군요. 어리숙하고 딱해. 그러니까 덫에 걸린 동물처럼 내몰려서 자기를 도와줄 유일한 자기 편의 손을 무는 거야, 응? 자, 보세요. 생각해봐요. 우리한테 경찰에 켕기는 뭔가가 있다고 생각한다면 가서 말하고 싶은 걸 다 말해요. 가서 자수하고 다 말하기만 하면 돼요. 하지만 그 결과가 아가씨가 생각한 것과 달라도 놀라지 말아요, 딱한 아가씨. 런던 전문 통신학교는 **얼마든지** 회계감사와 경찰의 조사를 받아요. 우리 고객 중 한 사람이라도 의심하고 있다면 고객들을 **초대해서** 우리 장부를 조사하도록 해요. 내 생각엔 런던이나 뉴욕의 어떤 기관도 우리보다 더 깨끗한 기록을 가지고 있지 않을걸. 하지만 그건 아가씨랑 상관없군. 그 순간 중요한 건 아가씨지 우리가 아니에요. 물론 아가씨는 너무너무 멍청한 짓을 저질렀지. 아가씨를 위해서 내가 정의가 실현되는 것을 막아주어야 할지는 잘 모르겠네. 아가씨에게는 교훈이 되겠지. 쓰라린 교훈이."

"하지만 내가 알아보고 생각해봐줄 수는 있어요. 나를 만나러 와요. 그럼, 어디 보자, 사분기 결산일이 25일이니까 23일에 와요. 배터시 파크 크레센트 맨션 267으로. 8시 반쯤 오면 그때 내가 뭘 해줄 수 있는지 봅시다. 여성이 피고석에 앉는 걸 두고 볼 수는 없지요. 바퀴 위에 앉은 나비 같은 존재. 여성, 여성, 페미나 바리엔스(Femina variens) 그래요, 그럼. 내가 잘 알아볼게요."

그는 남자다운 번지르르한 말솜씨와 큰 목소리로 여자를 간단히 처리하고 그녀가 계단을 내려가는 모습을 지켜본 뒤 책상 옆 의자로 돌아와 욕을 했다. 그에게는 20파운드가 없었고 그 순간에는 어디서 돈을 구해야 할지 알 수 없었다. 하지만 도린 웰러가 온 런던이 떠들썩하게 히스테리를 부리면서 자수하러 가는 것은 원치 않았다.

2

비가 좍좍 쏟아졌다. 지난 이틀 밤의 폭풍이 지나고 흩어졌던 구름이 다시 런던으로 몰려왔다. 배터시 공원이 은빛 장막으로 덮였다. 비가 평평한 회색 강 표면을 찔렀다. 길가에서 우산들이 우스꽝스럽게 까딱까딱 움직였다.

비가 오다니. 비가 오다니. 존슨은 어느 봄날 아침의 캘리포니아를 떠올렸다. 햇빛에 반짝이는 캐나다의 눈을 떠올렸다. 태평양이 씻어 내린 해변의 반짝이고 따끔따끔한 뜨거운 모래를 생각했다. 여기 런던은 비가 오다니, 제기랄!

창가에 서 있었다. 구깃구깃한 파자마에 낡아빠진 갈색 가운을 걸쳐 입고 까칠한 턱을 쓰다듬었는데 유난히 따끔거리는 감촉이 매끈한 것보다 지금 기분에 더 어울리는 것 같았다. 머리가 쑤셨다. 어젯밤 싸구려 위스키에 걱정거리를 담가 죽여 없애려고 했다. 하지만 걱정거리는 아기 고양이처럼 목숨이 아홉 개여서 죽지 않았다.

우편물은 우울에 우울을 더해줄 뿐이었다. 볼리비안 센트럴 주식이 또 떨어졌다. 렉스 버클러는 대부금 500파운드를 이달 말까지 갚지 않으면 고소장을 쓸 거라고 썼다. 친구지간에 정말 착하기도 하지. 그리고 최후의 일격으로, 몰리가 '나는 엄청 불행하지만 용감하게 편지를 보낸다'를 길게 늘여 주절주절 불평의 편지를 보냈다.

"여보, 당신 책이 아주 잘되고 있다면 일을 그만둘 수 없겠지. 하지만 여기 쓸쓸하고 어린 너드도 당신을 보고 싶어 하는 것 같아. 너드가 '아빠, 아빠!' 하고 얼마나 자주 불러대는지. 여보, 내가 불평하는 거라고 생각하지 말아줘. 불평하는 거 아니야. 하지만 저녁마다 여긴 너무 쓸쓸해서 이 편지가 도착할 때쯤이면 난 아마 병들어 있을 거야."

빌어먹을, 사는 게 뭐 이래! 세상이! 그러니까 도린 웰러가 20파운드 문제로 자수하고 나면 그 돼지 같은 오즈번만 주머니를 채운 꼴이잖아.

"그 개새끼를 잡기만 하……." 존슨이 크게 외쳤지만 요란한 전화기 소리에 협박이 묻혔다. 가운을 여미고 어둡고 쿰쿰한 복도로 나갔다.

"여보세요, 여보세요, 여보세요, 제기랄 누구야. 여보세요."

"여보세요, 잘 잤어요? 기분 좋고 밝은 목소리네." 농후하고 나른한 목소리였다.

"글로리아, 자기, 나한테 좋은 일이 안 생기면 내가 바로 눈을 감을 거라고 천사가 당신한테 알려준 모양이군요. 같이 점심 먹으러 가자고 전화한 거군요?"

"내가? 그럴 생각 없었는데. 실은 나를 좀 도와달라고 전화한 거예요."

"도와달라고요? 부탁을 한다고? 부탁은 됐고, 그냥 말만 해요. '클리프턴 로더릭 존슨, 당장 와.' 그러면 내가 딱 거기로 갑지요."

"어, 아니에요. 오지 말아요. 당장은 안 와도 돼. 이제 들어봐요. 배질이 최근에 약간 몸이 안 좋은 거 알잖아요. 뭐? 그래, 그 사람이 안 좋아요. 그래서 내 생각엔 프랑스 남부에서 좀 지내는 게 유일한 방법 같아요. 하지만 이이는 크리스천 키네마시 걱정뿐이고 캐럴라인이 이 사람을 못살게 굴고 있잖아. 이틀 전에 폭풍이 그 낡은 공장을 부셔서 매커피의 연구실 꼭대기에다 날려버렸잖아요. 그리고 그 순간에 그, 누구였더라, 이름이 브룩스인가 하는 그……."

"브룩스…… 사이먼 엘 브룩스?"

"맞아. 그 사람. 그런데 그 사람이 그 스튜디오에 바로 직전까지 있었는데 토나퍼펙타인가 뭔가를 마음에 들어 했대요. 여하튼 인생은 이상하게도 모든 일이 한꺼번에 일어나는 것 같아. 내가 궁금한 건 자기가 수고를 좀 해줄 수 있냐는 거야. 얼른 가서 일이 어떻게 되고 있는지 알아보고 내일 밤까지 우리한테 말해줄 수 있나 해서. 나는 배질이 배를 탈 때까지 안정을 취하면 해서. 그래요. 맞아. 배질이 배를 타고 갈 거라서. 그게 더 편하잖아요. 아니, 언제 갈지는 아직 잘 몰라. 나는 내가 일하는 하노버 스퀘어에 있으니까 나를 만나러 올 수는 없지. 지금 공작부인 같은 몸 좋은 여자가 완전 독점 주문한 사항을 받기로 돼 있어."

"나는 공작부인이 아니고?"

"그래, 맞아. 재빨리 가서 무슨 일이 일어나고 있는지 알아봐준다면 공작도 되지."

글로리아가 전화를 끊었다. 수화기가 딸깍 지지직 소리를 냈고 글로리아의 농후한 목소리가 공기 중에서 사라졌다. 델리아? 흥! 몰리? 염병! 세상에는 단 한 명의 여자가 있고 그 여자는 축축한 런던 아침을 황금빛으로 바꿀 수 있지. 그 여자는 제왕이고 인간이면서 화려하다. 다채롭고 따스하고 환하다. 저 빛속에 뛰어들어 크리스천 키네마사에 무슨 일이 일어났는지 보러 가는 수고 정도는 해줄 가치가 있다.

존슨은 에식스가에 있는 자신의 학교로 갈 마음이 없었다. 신문사가 광고비로 대부분 선불을 요구해서 최근에 전단을 더 끼워 넣을 여유가 없었다. 광고를 하지 않으니 고객이 바로 줄었다. 임차료가 밀렸다. 우편함은 청구서로 가득 찼겠지. 축축한 3월에 청구서를 보러 빈 사무실에 가는 인생이라면 살 가치가 없는 것이지.

대신 면도를 하고 옷을 차려입고 직접 커피를 한 잔 타서는 차를 가지러 차고로 갔다. 반쯤 갔는데 묘하게 서늘한 느낌과 함께 그 차가 더 이상 자신의 것이 아니라는 사실이 떠올랐다. 할부금을 안 내면 아무리 잘 참는 자동차 판매업자도 움직이는 때가 오는 법이다.

"어차피 난 그 빌어먹을 물건이 항상 무서웠어." 존슨이 말도 안 되는 합리화를 하고는 애널리행 버스를 탔다. 약간 덜 외로운 느낌이었다. 글로리아가 전화를 걸었으니까, 그리고 내일 밤에 글로리아를 보러 갈 테니까. 버스에서 명랑하고 눈이 짙은 젊은 여자를 눈여겨보았다. 구불거리는 검은 머리 위로 진홍색 베레모를 쓴 유대인 여자, 탱글탱글하고 매혹적이었다. 일부러 그녀 옆자리에 앉았고 따스하고 탄탄한 젊은 몸에 자기 몸을 대자 힘이 솟았다. 아무리 그래도 세상에는 보상이 있는 거야. 버스에서 뛰어내렸을 때는 얼굴에 내리는 차가운 비조차 아주 상쾌했다. 펄럭거리는 축축한 포스터 무게 때문에 축 늘어진 울타리 쪽으로 갔다. 매커피가 평소에 드나드는 구멍 바깥에 경찰관 한 명이 서 있었다.

"안녕하쇼, 피라머스." 존슨이 고함쳤다 "티스베•는 어디 있나요?"

경찰관은 경찰관으로서의 공평무사한 태도로 그를 바라보았다. 기분이 좋기엔 너무 이른 아침인데 미국인도 마찬가지겠지, 하고 생각했다. 지금 막으면 뭐 하겠어?

"들어가도 될까요?" 존슨이 물었다. "매커피 씨를 만나고 싶은데."

"제출하실 서류가 있습니까?" 경찰관이 물었다.

"서류요? 나는 친구입니다."

"음, 그렇군요. **들어가셔도** 해될 건 없을 것 같군요. 하지만 밧줄을 넘어가시면 안 됩니다. 안전하지 않습니다. 언제든 다 무너질 수 있습니다."

"잘 알겠습니다. 알지요. 잘 읽고 서명했다 칩시다, 예? 갑니다, 친구. 좋은 게 좋은 거죠." 그런 뒤 존슨이 거대한 몸을 울타리 구멍에 쑤셔 넣었다.

뜻밖의 광경이었다. 공장은 그저 좀 더 허물어진 것처럼 보였는데 둘레에 일정한 간격으로 커다랗고 굵은 글씨로 '위험'

• 셰익스피어의 희곡《한여름 밤의 꿈》에 등장하는 극의 주인공. 피라머스와 티스베는 연인 사이이다.

이라고 표시된 밧줄이 둘러져 있었다. 밧줄 안쪽에서 철거반이 무너진 벽돌 아래로 매커피의 비싼 장비들을 조심스레 꺼내고 있었다. 밧줄 바깥쪽에는, 어디서 나타나는지 모르지만 어디에나 있는 신기한 존재인 아이들이 진흙탕에서 옥신각신하면서, 손짓 발짓을 해대는 아주 작은 인간 주변에 모인 사람들을 지켜보았다.

그 작은 인간은 캐럴라인이었다. 그녀는 마침내 필생의 소원을 하나 이룬 참이었다. 런던 언론의 이목을 사로잡은 것이다. 존슨이 다가가자 캐럴라인의 급하고 흥분한 목소리가 들렸다.

"그래서 매커피 씨가 바로 그 낡은 연구실에서 작업을 했습니다. 맞습니다. 토나퍼펙타죠. 크리스천 키네마사 소유지요. 키네마요. 그리스어 k처럼 발음되는 c예요. 맞아요. 맞습니다. **가장** 중요한 건요, 영국 영화의 도덕적, 그리고 미학적 수준을 올리는 겁니다."

비가 캐럴라인의 깃털 달린 모자 위에 내렸다. 코 위에, 질질 끌리는 모피에, 서류와 열쇠, 후약, 캔디, 필기장을 넣어 다니는 커다란 자수 가방 위에 내렸다. 그녀는 비가 오는 것을 알아채지 못했다. 낡은 구두가 천천히 진흙에 빠져들고 있다는 것을, 구두 위로 진흙이 스르륵 흐를 때까지 알아채지 못했다. 기자들의 은밀한 미소를 알아채지 못했다. 그들은 여태 이렇게 이상한 사람을 만나본 적이 좀처럼 없었다.

캐럴라인은 찬란한 성공에 거의 가닿아 있었다. 네 명의 젊은이에게 이야기를 다 했으니 크리스천 키네마사의 명성이

민빙에 퍼지는 모습이 눈앞에 보이는 듯했다. 화려한 성공이 눈 속에서 타올랐다. 성공이 혀를 움직이게 했다. 성공이 말에 환희에 넘치는 시적 표현을 빌려주었다.

"교회요? 그렇죠. 당연히 교회는 관심이 있지요. 기자님들 같으면 기독교의 엄숙한 자주색 장막을 치고 아테네의 황금시대, 르네상스의 다이아몬드 시대를 부활시키는 운동이 있다는데 관심이 없겠어요?"

젊은이들은 점점 지겨워지고 있었다. 날씨가 추웠고 이미 다 들은 이야기였다. 예의 바른 사람들이었지만 이 나이 든 여자가 살짝 미친 게 분명하다고 생각했고, 정작 만나고 싶은 사람은 그 발명가였다.

"그러면 이제 매커피 씨를?" 한 기자가 물었다.

또 다른 홍수의 수문이 열리고 말았다.

"아하, 매커피 씨는 너무도 로맨틱한 이력을 가진 **엄청** 재미있는 분이세요. 스코틀랜드 출신 농장주의 아들인데 저는 스코틀랜드가 너무도 놀라운 교육의 기회가 있는 곳이라고 생각해요."

캐럴라인이 횡설수설하고 있군, 당연하게도. 존슨은, 헤드라인처럼 생각하고 자막처럼 말을 하는 사람이었으니 캐럴라인의 아마추어 같은 태도가 안타까웠다. 캐럴라인은 존슨을 알아보지 못했다. 근시인 눈으로는 '한 사람이 더 왔구나' 정도만 알 수 있었다. 존슨도 캐럴라인처럼 언론에 대고 하고 싶은 얘기를 다 털어놓는 것만큼 짜릿한 경험이 별로 없다는 것을 알고 있었다. 고해실에서 비밀을 몰래 털어놓는 것보다 일요 신문에 대고 이야기하는 편이 더 위안이 되지. 캐럴라인은 크리스천 키네마사의 선풍적인 사연이 선명하게 박힌 신문 1면을 하나씩 하나씩 눈앞에 보고 있었다. 폐허를 배경으로 강렬하게 찍힌 자신의 사진도 보았다. 사랑하는 모티머 신부가 사람들을 구해낸 영웅으로 일컬어지는 모습도 보았다. 마싱턴 스미스 가족들의 얼굴도 보았다. 크리스천 키네마사에 너무 늦게 관심을 가진 걸 깨닫고 낙담해 허옇게 뜬 얼굴. 그때쯤이면 그들이 요크셔에서 주식을 주문하는 편지를 보냈을 테고 (캐럴라인이 현재 예상하는) 30만 파운드를 이미 넘어섰을 것이다. 굶주림과 피곤과 환멸의 나날은 더 이상 중요하지 않았다. 이 젊은이들을 개종시켜서 크리스천 키네마사 선교사로 세상에 내보낼 기회 말고는 아무것도 중요하지 않았다.

캐럴라인은 모티머 신부에 대해 이야기했고 어떻게 신부가 매커피의 작업물을 구하려다가 부상을 당했는지 이야기했다. 엘리너와 그녀의 역할도 이야기했다. 들떠서 이야기가 이쪽 끝에서 저쪽 끝으로 휙휙 날았고 점점 더 앞뒤가 안 맞아서 결국 젊은이 네 명은 수첩을 덮고 카메라를 옮기고 예의 바르게 자리를 뜰 적절한 순간을 기다리기 시작했다.

존슨은 이제 더 이상 두고 볼 수 없었다. 기자들 앞으로 가서 챙 넓은 모자를 들어 올렸다.

"안녕하세요, 신사분들. 안녕하세요, 덴턴스미스 간사님. 저는 존슨이라고 합니다. 클리프턴 로더릭 존슨입니다. 영미 시니리오 창작 학교의 설립자이자 크리스천 키네마사의 이사입니다. 이제 이 여자분을 빗속에 그만 세워두시고 더 질문할 것이 있으면 저한테 물어주세요. 회사에 대해서든 이사들에 대해서든 아니면 토나퍼펙타 필름에 대해서든 어떤 질문에라도 대답해드리겠습니다."

"아, 대단히 감사합니다, 선생님. 하지만 덴턴스미스 간사님이 이미 이야기를 다 해주신 것 같네요."《펜지 앤드 애널리 옵서버》에서 온 젊은이는 이십 분 후에 지역 결혼식장에 가 있으려면 이제 버스를 타야 했다. 다른 기자들은 이 기자를 따라가게 된 것만으로도 충분히 기뻐했다. 존슨은 캐럴라인과 달리 자신은 전문가인데 무시당했다고 억울해하며 눈앞에서 사라지는 언론의 이목을 그저 바라보기만 했다.

하지만 캐럴라인은 전혀 아쉬워하는 것 같지 않았다. 환한 얼굴로 존슨 쪽으로 돌아섰다.

"존슨 이사님, **너무** 멋지지 않았어요? 기회가 올 거란 걸 전 늘 알고 있었어요. 하지만 우리 사기를 북돋아줄 것이 간절히 필요한 바로 **지금** 올 줄은 몰랐지요. 어제 제 기분이 어땠는지는 말로 **표현할 수 없어요.** 공장이 무너졌고 연구소가 엉망이 됐고 보험도 **안 들었고** 불쌍한 모티머 신부는 입원했다는 소식을 들었죠. 모든 게 다 끝나버린 기분이었어요. 그런데 오늘 아침에 **갑자기** 모든 일이 진전되기 시작했죠. 브룩스 씨가 매커피 이사님을 불러오라고 했어요. 언론은 자초지종을 다 알고 싶어 하죠. 브룩스 씨는 우리에게 자금을 대주실 거고 언론은 우리가 바라는 **만큼** 광고 효과를 내줄 거고 저는 지금 사무실에 가서 새 전단을 보내고 편지를 처리할 거예요."

"세인트데니스 씨 보셨어요?"

"아니요, 모르시나봐요? 세인트데니스 이사님이 또 아프세요. 딱하죠. 심각한 건 아니길 바라지만 외국에 가셔야 한다고 해요. 존슨 이사님이 와서 **아주** 기쁜 것도 그래서예요. 우리 모두가 일을 시작해야 한다고 생각하고 있었고 수표 서명에 관해 말씀드리고 싶은 것도 있고요. 아시다시피 세인트데니스 이사님과 제가, 우리가 발행하는 모든 것에 서명을 해야 하는데 세인트데니스 이사님이 안 계실 동안 **존슨 이사님**이 그 일을 해주실 수 있을까요? 거던 씨도 아주 괜찮은 분이지만 좀 걱정이 많으신 편이잖아요. 제 생각엔 사업 방식에 아주 **익숙하지** 않고 대규모 사안은 재빨리 처리하지 못하시는 것 같아요."

존슨의 재빠른 두뇌가 돌아가고 있었다. 남의 수표에 서명하는 일은 늘 기회가 되는 법이지. 캐럴라인 말대로 확실히 일이 진전되고 있었다. 생각도 못 한 데에서 도움이 올 수도 있다.

"그러면 저한테 맡기시면 됩니다." 존슨이 말했다. "매커피 건은 제가 처리하겠습니다. 언론도 제가 맡을게요. 아, 그냥 제가 다 처리하겠습니다. 간사님은 바로 집에 가서 젖은 옷을 갈아입으세요. 이런 때에 감기에 걸리면 안 돼요."

"아, 고마워요. 이사님께서 도와줄 걸 **알고** 있었어요. 정말 안심이에요. 그런 일을 혼자 처리하자면 부담이고 모디미 신부님도 아주 걱정인 게 거의 **죽을** 뻔해서, **무서운** 벽 생각에 떠느라 간밤에 잠을 한숨도 못 잤어요. 쳐다보고 싶지도 않아요."

그들은 버스를 향해 걸었다. 반짝이는 거리와 인도에 복수라도 하듯 비가 계속 내리고 있었지만 캐럴라인은 개의치 않았다.

"언론이 우리 기사를 보도하는 데 얼마나 걸릴까요? 점심판에 실릴까요? 어떻게 실리는지 보고 싶어서 못 참겠어요. 아, **너무** 멋져요."

"글쎄요, 어떤 신문이냐에 따라 다르겠지요. 제가 물어볼게요. 어디서 온 기자들이었나요?"

"아이구, 제가 이렇게 바보 같답니다. 당연히 물어봤어야 했는데. 대수롭지 않게 여겼어요. 어쩌지. 이래서 흥분하지 말아야 하는 건가봐요. 음, 통신사인 것 같아요. 실은, 모르겠어요. 제 생각에는 언론이, 그러니까 언론들이 자기들끼리 정보를 **주고받지** 않을까요?"

"글쎄요, 제가 알아봐주기를 바라시는 거군요? 맡겨주세요. 제가 할 수 있는 일이 뭔지 보겠습니다. 여성들한테 일을 **전부** 맡기고 우리 짐까지 다 져주기를 바라면 안 되지요."

존슨이 덴턴스미스를 버스에 태웠고 그녀가 앞쪽으로 들어가서 창밖으로 손을 흔들 때까지 기다렸다. 버스가 작고 구질구질하고 의기양양한 여자를 싣고 갔고 존슨은 시계를 꺼냈다. 12시였다. 매커피를 만날 때까지 삼십 분이 남아 있었다.

비를 피하며 마실 위스키 한 모금이 필요하다는 생각에 쾌적한 술집을 찾아 길을 쭉 훑어보았다. 수표에 서명하기. 웰러의 20파운드. 세인트데이스는 떠난다. 내일 밤엔 글로리아를 만난다.

오전 업무를 아주 잘 마친 느낌이었다.

3

존슨은 맑은 3월의 그날 밤 엘긴가를 걸었다. 반들반들한 어둠 속에서 그 길은 메이더 베일 지하철역에서부터 싹이 돋고 있는 플라타너스 사이로 뻗어 있었다. 겨우 8시 반밖에 안 됐는데도 인도는 거의 비어 있었다. 멀리 갈수록 뾰족하게 끝이 좁아지며 쭉 뻗은 이 길은 낮에는 더없이 평범하지만 밤이면 서늘한 금욕에 익숙해지도록 훈련돼 있었다. '엘긴가'라고 되뇌었더니 엘긴 대리석 조각군•이 떠올랐다. '그리스' 하고 되뇌었더니 서늘한 달빛을 받은 체육관에 선 자신의 모습, 푸르스름한 달빛이 나체상들을 비추는 광경이 보였다. 눈부신 그리스의 아름다움이었다. 그는 널따란 등을 곧게 펴서 굽은 어깨를 펴고 구부정하게 숙이고 있던 자세를 고쳤다. 정신과

• 오스만 제국 주재 영국 대사였던 엘긴 백작이 파르테논 신전과 아테네 아크로폴리스에 있던 고대 그리스의 대리석 조각들을 통째로 떼어 영국으로 옮겨놓은 것.

신체의 완벽한 발전, 신체와 정신의 자유. 정신의 미세한 긴장에 자기도 모르게 반응하는 허벅지와 배 근육이 느껴졌다.

그리스를 떠올리니 격한 흥분이 일었다. 페리클레스• 시대를 상상하는데 이상하게 이런 것들과 뒤섞였다. 알마 타데마••의 그림, 리자이나 음악당의 막, 킹즐리•••의 《영웅들》 일러스트판, 이사도라 덩컨 자서전, 엘긴 조각상에 대한 환등기 강의, 《트로이의 헬레네의 사생활》을 원작으로 한 영화. 이런 것들을 떠올리며 너무도 생생하고 상세한 꿈의 나라를 그려내 햇볕에 바싹 마른 잔디에서 나는 상쾌한 백리향 향기를 맡을 수 있을 정도였다. 그가 땀을 뻘뻘 흘리며 레슬링을 한판 하고 눕자 풀 때문에 따끔따끔했다. 잔디밭 뒤 기둥이 있는 서늘한 홀에서 글로리아가 낮은 반원형 테이블 옆에 기대 있었다. 테이블 위에는 잔에 담긴 와인, 사발의 염소젖, 꿀, 접시에 쌓인 과일이 있었다. 누비아 흑인 노예 세 명이 글로리아에게 부채질을 했다. 그 노예는 〈키즈멧〉의 수영 장면에서 따온 것이지만 상관없다. 글로리아가 파슬리 화환을 게임의 승자인 그에게 씌우려고 손을 내밀 때 부드러운 우유 빛깔 한쪽 어깨에서 튜닉이 흘러내린다. 오, 그리스! 인간이 정신적으로도 육

• 아테네의 장군이자 정치가인 페리클레스(기원전 495?~429).

•• 네덜란드 태생으로 영국에 정착한 빅토리아 시대의 유명 화가 로런스 알마 타데마(1836~1912).

••• 영국국교회 사제, 대학교수, 사회운동가, 역사가, 소설가이자 시인, 어린이를 위한 그리스 신화 《영웅들》을 쓴 찰스 킹즐리(1819~1875).

체적으로도 전혀 두려워할 것 없이 인간답게 살 수 있던 때였다.

뒤에서 부드러운 발소리가 꿈속을 울렸다. 긴 플라타너스 행렬을 피해 고개를 이리저리 움직이면서 보니 황금색 등불빛을 받기도 하고 푸르스름하고 희미한 달빛을 받기도 하면서 달려오는 형체가 보였다. 엘긴 조각상에서 튀어나온 모습이었다. 희고 유연한 젊은 남자 모습이 플라타너스가 늘어선 길을 자유롭게 성큼성큼 달려오고 있었다. 머리는 치켜들고 가슴은 열고 손은 꽉 쥔 채 호리호리하고 긴 다리가 아름답고 편안한 리듬에 맞추어 어둠을 갈랐다. 아테네에서 스파르타까지(아니, 스파르타에서 아테네로 왔던가?) 전쟁 소식을 가지고 달려온 젊은이처럼, 넓은 체육관을 도는 소년들처럼 달렸다. 그 사나이는 기적이자 불현듯 나타난 잊히지 않는 아름다움이며 고대 그리스 신들이 내린 뜻밖의 선물이었다. 그는 패딩턴 육상 연합 직원으로, 늦은 연습을 마치고 운동복을 입은 채 서둘러 집으로 가는 중이었다.

존슨은 늘어나는 뱃살, 육중한 무게, 늘어진 근육과 건강해 보이지 않는 피부를 잊어버렸다. 목적도 의욕도 없이 갈피를 못 잡는 자신의 생활과 흔들리는 정직성을 잊어버렸다. 텅 빈 길을 바라볼 때 눈물이 나 눈꺼풀이 따가웠고 잠깐 동안 눈앞에 보이던 것이 스르르 사라졌다.

그렇지. 저런 모습을 보아야지. 저것이 남자의 삶이지. 몸이라면 저래야지. 강인하고 위엄 있고 맑은 정신에 힘이 넘친다. 사는 법을 아는 사람들이야. 그리스인들은.

글로리아는 살아 있다. 그렇지. 모름지기 여자라면 그래야지. 글로리아는 그리스인이다. 몰리는 야만인, 델리아는 런던 토박이 노동자 계급. 하지만 글로리아는 그리스인이지. 크고 당당하고 두려움을 모른다. 그리고 배질 세인트데니스가 영국을 떠날 것이고.

존슨은 전에 없이 행복했고 희망에 부풀었다.

지난 이십사 시간 동안, 그러니까 캐럴라인이 기자들과 인터뷰하는 것을 본 후 기분을 전환할 열쇠를 계속 찾고 있었다. 그리고 엘긴가가 그 열쇠를 주었다. 그리스인처럼 살면 행복해질 수 있다. 이 이야기를 글로리아에게 반드시 해야 한다. 둘은 그리스로 가야 한다. 왜 여태 아크로폴리스를 못 보았을까? 왜 무릎까지 수선화가 핀 들판을 달려보지 못했을까? 왜 이사도라 덩컨처럼 판테논 문 앞에 서보지 못했던 거야? 아니, 판테온이던가? 여하튼 그리스로 가야 해.

그는 자신이 성공할 것을 의심하지 않았다. 글로리아 같은 멋진 여자가 세인트데니스 같은 작고 병 걸린 토끼, 비실거리는 허약한 멍청이에게서 뭘 바랄 수 있겠어? 훌륭한 여성에게는 훌륭한 남성이 필요한 법이다. 그렇지. 그리고 훌륭한 여성은 훌륭한 남성을 차지하지, 암.

치솟은 기분으로 세인트데니스의 아파트 계단을 올랐다. 계단은 어두웠다. 계단 가장자리의 낡은 청동 판만이 희미한 빛을 발하고 있었다. 싸구려 계단이군, 존슨은 생각했다. 수

고양이와 유아차 냄새. 왜 글로리아는 더 큰 집에 살지 않는 거지? 세인트데니스가 쩨쩨하게 구는 거야. 게다가 글로리아도 돈을 버는데. 괜찮아. 곧 그녀에게 더 어울리는 집에 살게 될 테니까. 존슨은 화려하고 부유해진 기분이었다. 글로리아가 그리스에 가는 것만큼 좋은 일은 없을 거야.

존슨이 벨을 울렸다. 글로리아가 직접 문 앞으로 나왔다.

"배질은 자요. 아스피린을 70알 가까이 먹여서 재웠어. 들어와요."

존슨이 따스하고 안락한 방으로 따라 들어가 환하고 강렬한 눈빛으로 글로리아를 내려다보며 난로 앞 러그에 섰다. 그녀는 긴 의자에서 커다랗고 게으른 고양이처럼 몸을 말았다.

"그래, 무슨 소식을 가지고 왔어? 얼른 날 위한 칵테일을 한 잔 만들어주고 뭔가 기분 좋을 소식을 내놔봐요. 배질이 아프고 런던 날씨는 이 모양이고, 모든 게 다, 비 오는 주말처럼 꿉꿉한 기분이야. 나한테 돈이 생겼다고 말해줘. 크리스천 키네마사가 횡재를 했다거나 망했다고 말해줘요. 그 회사는 아주 지긋지긋해. 모든 게 다 지겨워."

하지만 그녀는 생생해 보였다. 반짝반짝 빛이 나는 것 같고 위엄 있고 차분해 보였다. 긴 주황색 벨벳 가운이 난로 불빛을 받아 따스하게 움직였다. 칵테일을 받으려고 큼직하고 잘생긴 손을 내밀 때 체리처럼 반짝이는 손톱이 눈에 띄었다.

나는 행동하는 사나이다. 그리스인이다.

존슨은 한쪽 팔꿈치를 벽난로 위에 짚고 서서 글로리아를 내려다보며 또박또박 끊어서 소식을 전했다. 그는 횡설수설하는 법이 없다. 그 소식에서는 자신이 독보적인 주인공이었다.

"내가 늘 매커피한테 할리우드를 연구하라고 했죠. 매커피는 다른 전문가들과 똑같아요. 자기 일에만 코를 박고 있지. 주위를 둘러보려고 하지 않아. 나는 공학 전문가라고 나서지 않아요. 아이디어가 바로 내 일이니까. 하지만 이걸 확실히 알았지. 물론 브룩스도 바로 그걸 알아챘어. 토나퍼펙타는 이제 어떤 회사에도 두통만큼이나 쓸모가 없어요." 존슨은 자신이 그 필름에 얼마나 열광했었는지 까맣게 잊었고 글로리아는 이미 그것에 흥미를 잃은 지 오래였다. "그런데 우리가 거기에 500파운드를 냈잖아요. 그 회사가 일을 제대로 안 하는 거지?" 그녀가 한숨을 쉬었다.

"당연히 매커피가 소용없다는 말이 아니에요. 오히려 내가 브룩스에게 이 새 컬러 장비가 최고라고 알려주었지. 매커피는 큰일을 할 거야. 그 젊은이는 경험으로 배웠으니까요."

"하지만 우린 그 새 물건에는 권리가 없지 않아?"

"우리요? '우리'가 누굽니까? 솔직하게 잘 생각해봐요, 글로리아. 누가 크리스천 키네마사에 관심이 있습니까? 글로리아는 아니지. 세인트데니스도 없어. 이즌바움은 전혀 우리랑 친하지 않지요. 이즌바움이 원하는 건 세인트데니스의 비위를 맞추는 것뿐이에요. 내 생각엔 그래요. 어때요. 솔직히 그렇지? 늙은 거던도 관심 없을 겁니다. 거던은 모든 것을 끔찍하게 두려워해요. 손수건의 세균이 두려워서 코도 안 풀려고 할걸. 염병할 관심으로 동전 한 푼이라도 정말 내놓을 사람은 캐럴라인밖에 없어요. 그런데 그 여잔 미쳤죠. 그러니까 캐럴라인이 한 가지에 집중하지 못하지. 그런데 캐럴라인한테는 보좌신부가 있지요."

"뭐가 있다고요?"

"아, 캐럴라인이 그 젊은 보좌신부한테 반했어요. 이름이 뭐더라? 모티머. 붕괴 사고에서 다친 사람이죠. 불쌍한 늙은이. 사제한테 빠지는 건 늙은 여자의 콤플렉스지. 덕분에 캐럴라인이 몇 달은 행복할 거야. 사실 그런 여자를 간사로 앉혀놓고 사업을 할 수 있다는 생각 자체를 안 했어야지. 그 여자는 사업에 대해 벼룩이 고차원 수학에 대해 아는 것만큼 알지. 물론 우리는 매정하게 굴고 싶지 않았고, 그래서 그랬던 거잖아. 내가 아주 잘 알아. 하지만 그 회사는 언젠가 끝이 날 거예요. 그러면 우리는 돈만 날리는 거지. 내가 장부를 좀 살펴보고 있어요. 인쇄업자, 변호사, 그리고 뭔지 모르는 여러 군데에 돈을 쓰고 있더라고요. 회의를 소집하는 게 나을 거예요. 남은 자산으로 낼 걸 다 내고 일을 마무리하고 나서 새롭게 시작하는 거지."

그렇게 말하면서 존슨은 자신이 발이 묶인 이상주의자들을 구하러 온 강인한 실용주의자라고 생각했다. 글로리아에게서 책임을 덜어내주리라. 세인트데니스 따위는 무시해버려. 존슨의 에너지가 강한 바람처럼 몰아쳤다. 캐럴라인을 빅토리아가에 있는 어울리지 않는 자리에서 몰아내 초가지붕과 고양이, 선반 위에 주전자가 놓인 적당히 괜찮은 시골 빈민 구호소에 내려놓았다. 글로리아를 메이더 베일에서 데려다가 그리스, 야생 타임과 수선화 사이에 내려놓았다.

글로리아는 존슨의 광시곡을 묵묵히 듣고 있었다. 사실 존슨 생각을 하고 있지 않았다. 생각은 배질을 향했다. 태양과 온기가 필요한 사람이었는데 어둡고 추운 겨울 내내 자신이 런던에 붙들어두었던 남자. 크리스천 키네마사가 아니었다면 배질은 작년 10월에 니스로 떠나서 따뜻해질 때까지 거기 머물렀을 것이다. 전부 멍청한 실수였다. 캐럴라인 덴턴스미스가 운영하는 회사가 엉터리일 수밖에 없다는 것을 처음부터 알았어야지. 배질의 유머 감각이 캐럴라인의 사업 감각과 함께 사라지게 내버려두어선 안 됐어. 평소와 달리 자책감에 사로잡혔다. 런던이 지긋지긋하고 메이더 베일의 아파트와 하노버 스퀘어도 지긋지긋하니 어쩌면 물랭 대로의 모자와 드레스 가게에 투자하는 것이 나을 수도 있어. 몬테카를로는 이제 겨울뿐만 아니라 여름에도 인기가 많으니까. 하마터면 존슨이 이야기를 하면서 자기 손을 잡는 것도 모를 뻔했다. 하지만 그가 쏟아내던 이야기를 멈추고 몸을 숙여서 손가락과 손목에 키스를 퍼붓자 글로리아는 한쪽 팔꿈치를 괴고 몸을 일으켜서 궁금하다는 눈빛으로 재미있다는 듯 그를 바라보았다. 존슨은 키스를 멈추고 들떠서 주체를 못 하고 소리쳤다.

"우리는 그리스로 갑시다. 아테네, 파르테논 신전."

"아테네는 끔찍한 곳이에요." 그녀가 말했다. "호텔마다 전부 빈대가 있고 제대로 된 칵테일 한잔 못 마셔."

글로리아는 사실 존슨이 키스했을 때 놀라지 않았다. 남자들이란 아주 자주 그런 식으로 행동하곤 하니까. 사실, 너무 자주, 너무 여러 가지 방식으로 키스를 받아봐서 존슨의 대담한 공습 정도는 몬테카를로 생각에 거의 방해되지 않았고, 아테네라는 단어도 배질의 요양 계획을 생각하는 중에 슬쩍 들렸을 뿐이다.

하지만 글로리아는 배질이 떠나고 나면 존슨과 함께 식사를 하기로 약속했다. 배질이 가고 나면 외로울 것 같았고 기분을 전환할 거리도 좀 필요했다. 존슨은 글로리아를 재미있게 해주었다. 곰이나 양치기 개 혹은 나쁜 영화가 그러듯. 그의 거칠고 기괴한 구애를 막지도 않았다. 글로리아는 제 몸을 돌볼 줄 아는 여자였다. 까탈스럽게 빼지 않고 있다가 나중에 배질에게 그 덩치 큰 남자가 얼마나 우스꽝스러운 짓을 했는지 들려주었다. 남편을 세심하게 배려하고 계속 보살피는 마음은 어떤 희한한 일이 갑자기 일어나도 변하지 않았다. 그런 마음이야말로 그녀의 감정과 정신의 정상적인 상태였고, 인생이라는 컴퍼스의 중심이 되는 바늘이었다. 배질은 그녀의 아이이자 애인이고 남편이며 친구였다. 배질은 글로리아의 일부였고 그녀는 그의 일부였다. 존슨은 그녀의 의식 표면에서 호들갑을 떨었을 뿐 전혀 그녀를 감동시키지 못했다. 그녀는 존슨이 자기 아파트에서 식사하기로 한 약속을 진지하게 받아들이는지조차 알 수 없었다. 어쨌든 그날 밤 늦게 남편에게 존슨의 멍청한 짓 이야기를 해주었다.

"그래서 우리 친구 존슨은 어땠어?" 배질이 물었다.

"이전보다 더 남자다운 척하고 더럽고 훨씬 더 장사꾼 같았어. 구애를 하려면 손톱이나 좀 다듬고 오면 좋겠어."

"자기를 꼬시려고 했어?"

"물론 그랬지. 좀 그랬어. 그 사람은 우리가 크리스천 키네마사를 없애기를 바라. 당신 생각은 어때?"

"난 어떻게 되든 상관없어. 처음부터 말도 안 되는 거였어. 그게 왜 재미있을 거라고 생각했는지 모르겠어. 내 생각엔 우리 손해를 줄이고 그냥 자연스럽게 없어지도록 내버려두면 될 것 같아. 존슨이 굳이 그 일을 맡아 수고를 하겠다면 하라고 하지 뭐."

그것이 배질 세인트데니스에게는 크리스천 키네마사의 최후였다.

4

저녁이 준비되었고, 저녁만 준비된 것이 아니었다. 운명이 준비되어 있었다. 인생이 준비되어 있었다. 배터시의 아파트 응접실에서 존슨과 함께 모든 것이 준비되어 이제 시간이 되기를 기다렸다. 로브스터는 분홍의 아름다운 자태로 백포도주 소스에서 수영을 하며 가스불에 딱 오 분만 올려두면 완벽해질 상태였다. 식탁에는 올리브와 차가운 닭고기샐러드, 유리 술잔에는 트라이플•이 차려져 있었다. 샴페인은 얼음통에 호화롭게 살짝 기울어져 있었다. 빨간 카네이션이 다마스크 천 식탁보 위로 흩뿌려진 자주색 꽃잎처럼 그림자를 드리웠다. 난롯불이 붉은 날개를 펼치고 날아올랐다. 담배가 은색 상자에 놓여 있었다. 존슨은 자기 작품을 바라보며 의기양양하게 아주 잘됐다고 감탄하며 서 있었다.

오늘이 그날 밤이니 이제 글로리아 오겠지. 글로리아가, 나의 것, 나의 애인이 돛을 활짝 펼친 배처럼 장엄하게 여왕의 찬란한 모습으로 오고 있어. 배터시의 아파트에서 이런 축제가 열린 적은 없었다. 그리고 내일, 드디어 내일이면 함께 파리로 떠난다. 계획이 다 있었다. 글로리아는 하루 종일 짐을 꾸려야 할 테고 하노버 스퀘어의 회사에는 남편이 아프다고 말한 뒤 나를 만나 야간 연락 열차를 타러 가면 된다. 이야, 현실적인 두뇌가 드높은 상상의 바람을 타고 있으니, 생각해내고 위험을 무릅쓰고 책략을 꾸미고 성공하기란 너무도 쉽구나. 절묘한 계획이었다. 크리스천 키네마사의 일들을 바로잡으려고 캐럴라인을 돕다가 내 주머니에 437파운드 17실링 6펜스를 슬쩍 가져다 넣었는데, 그래서 뭐? 법의 눈으로 볼 때 이제 그냥 투자자가 아니라 중죄인이라면, 그래서 어쩌라고? 내 사랑이 법보다 더 위대하니까 내일이면 나는 이미 도

• 케이크와 과일 위에 포도주 젤리를 붓고 그 위에 커스터드와 크림을 얹은 디저트.

밍가 있을 거야. 나의 글로리아를 데리고 그리스로 갈 거야.

존슨은 수백 번도 더 창가로 다가가서 커튼 뒤로 들어가 공원을 내다보았다. 글로리아가 오기 전에 봄이 대기에 슬쩍 마법을 걸어서 공원의 나무와 희미한 강 윤곽이 모두 숨을 죽이고 기다리고 있는 것 같았다. 존슨 자신도 숨을 죽이고 기다리는 듯 느꼈다. 나무의 검은 봉오리가 심장이 부풀면 함께 부풀어 오르는 것 같았고 크로커스꽃이 열리고 화초들이(무슨 꽃인지는 잘 모르지만) 초록색 창으로 컴컴한 땅을 찌르는 동안 땅은 불안해서 들먹들먹하는 것 같았다. 온 세상이 함께 노래했다. 그녀가 온다네. 그녀가 온다네. 그녀가 온다네. 봄이 오는 거냐고? 글로리아가 오는 거냐고? 알 게 뭐야. 아무려면 어때. 어차피 봄이랑 글로리아가 같은 것 아니었나? 우와, 황홀하다. 그는 이런 기다림의 기쁨을 한 번도 못 누려본 딱하고 둔하고 생기 없는 존재들이 불쌍해서 하마터면 울 뻔했다.

그의 상상이 다른 곳으로 훌쩍 뛰어넘으려는 찰나, 그래서 글로리아를 기다리고 있다는 사실을 잠시 잊은 순간 초인종 소리가 들렸다. 커튼을 내리고 작은 방을 바라보며 섰다. 그의 눈엔 모든 것이 완벽했다. 앞으로 다시 완벽을 맛보지 못한다고 해도 난 이 순간을 즐기겠어.

복도로 가서 문을 활짝 열고 보았더니 글로리아가 아니라 도린 웰러가 서 있었다.

"안녕하세요." 웰러가 말했다. 높고 부자연스러운 목소리였다. “저를 기다리고 계셨군요.” 그리고 그가 미처 정신을 다 차리기 전에 안으로 들어와버렸다. 웰러가 응접실을 보았다. 저녁이 차려진 식탁을 보았다.

존슨은 기겁했다. 글로리아를 위해 준비한 방을 훔하고 지저분하고 멍청하고 역겨운 존재가 저렇게 코안경을 통해 본다는 생각에 자신의 체면이 마구 짓밟히는 것 같았다. 그런 여자가 식탁과 카네이션, 샴페인을 보며 입을 헤벌린 채 서 있었다.

“어.” 그녀가 말했다. “이런.” 그런 뒤 얼굴이 굳어지더니 머리를 굴리며 벼르듯 눈빛이 번뜩였다. “아니, 이런 식으로 빠져나갈 수 없다는 거 아시잖아요. 저를 우롱해서 속여 넘길 생각은 마세요. 전 남자친구와 같이 왔고 밖에서 기다리고 있어요. 전 20파운드 때문에 온 거예요. 십 분 내로 저를 내보내주지 않으면 남자친구가 경찰을 부를 거예요.”

다행히 금세 나가려 하는구나. 다행이야. 금방 갈 거야.

“자, 자, 아가씨.” 그가 부드러우면서도 엄격하게 말했다. “아가씨는 여기 있을 권리가 없고 매우 곤란한 상황이란 것을 잘 기억해둬요. 내가 얼마든지 아가씨를 도둑으로 경찰에 넘길 수 있어. 나는 아가씨나 아가씨 원고에 대해 법적 책임이 없어요. 실은, 내가 알아봤더니 아가씨 원고가 아직도 출판사에서 돌고 있더군. 언젠가 그게 출판된다는 편지를 받을 수 있을 텐데, 그러면 아가씨가 이렇게 성급하게 판단한 걸 후회하게 될 거요.”

존슨은 시간을 벌고 있을 뿐이었다. 사실 웰러가 아파트에 들이닥친 그 순간까지 웰러와 그 20파운드를 깡그리 잊고 있었다. 웰러가 일전에 그를 찾아왔던 일은 그가 영국에서 탈출하려는 수많은 복잡한 이유 중 하나일 뿐이었다. 영국은 문제투성이다. 영국 사회는 너무 복잡해져버렸다. 도대체 이 사회에서는 제정신을 차릴 수 없다. 언제든 웰러가 나타나 20파운드를 내놓으라고 할 수 있고 채권자들이 고소장을 던질 수 있고 몰리 같은 여자들이 고통스러운 편지를 쓸 수도 있었으니까.

"모르시나본데." 존슨이 한 번 더 말했다. "이건 협박이고 협박죄는 절도죄보다 더 중해요. 이런 식으로 여기 와서 20파운드를 달라고 하면 안 되는 겁니다. 아가씨는 요건이 충족된 법적 조건 아래 나한테 돈을 지불한 겁니다. 안내서 내용을 떠올려보세요." 임기응변에 능한 그의 두뇌가 새로운 전략을 짜내주었고 이렇게 말을 이었다. "나는 고객의 책임하에 원고를 받을 뿐이라고 확실하게 설명했습니다. 내가 받은 모든 소설이 출판될 거라고는 도저히 약속할 수 없어요."

"하지만 저를 돕겠다고 하셨잖아요." 그가 정색하고서 딱딱하게 대응하자 그녀는 슬쩍 꼬리를 내렸다.

"그랬죠. 돕고 싶어요. 아가씨 같은 젊은 여자가 어리석게 행동해서 인생의 기회를 모두 날리는 것을 보고 싶지 않아요. 지난번에 아가씨가 왔다 간 이후로 아가씨 생각을 아주 많이 했어요. 어떻게 해야 가장 잘 도와줄지에 대해서도요. 하지만 현실을 제대로 인식해야 해요. 만약 내가 지금 아가씨한테 돈을 주면 나는 사후종범이 되고 내가 파트리아 포테스타스•를 가지는 겁니다(로코 파렌티스••라고 말하려고 했던 거긴 한데, 뭐 라틴어는 뭐라고 말해도 다 비슷하니까). 장기적으로 아가씨한테 무엇이 최선인지 생각해봤어요." 계속 시간을 끌고 있었다. 여자에게 돈을 줘서 글로리아가 오기 전에 보내버릴지 안 주고 보낼지 결정하지 못했기 때문이다. 집에 돈이 있었지만 그것을 줘버리면 여행 경비가 부족해진다. 이런 제기랄, 인생이 이렇게 꼬이다니! 이런 불쾌하고 더러운 사건이 하필 행복의 절정에서 일어나다니 너무 고약해.

"하지만 선생님은 나를 도와야 해요. 나한테 동지가 생겼거든요. 정말이에요. 선생님의 통신학교가 썩었다는 걸 알게 됐어요. 다른 여자들을 만나봤거든요. 홀든 양과 피터 씨의 소설은 어떻게 됐죠? 오즈번 씨는 지금 어디 있나요? 당장 말해요!" 그녀가 다시 흥분하기 시작했다. 말이 비명이 되었다. 다시 통신학교의 정직성을 전적으로 의심하기 시작했다. "선생님은 왜 그 통신학교를 운영하시죠? 왜 직접 책을 쓰지 않나요? 자기 책을 출판하지 못하는 사람만이 남들한테 쓰는 법을 가르치려 한다는 말이 사실인가요? 학생들 몇 명이나 진짜 일을 하게 해주셨죠? 여태 정말로 뭔가를 하기는 **했나요**?

• '가부장권'을 뜻하는 라틴어.

•• '부모의 자격'을 뜻하는 라틴어.

선생님은 우리를 속이고 사기 치고 기만해서 우리 돈을 빼앗았어요. 샴페인을 사려고." 숨 가쁘게 흐느끼면서 금띠가 둘린 샴페인 병목을 쥐었다. "샴페인, 샴페인이라니! 감옥에 가버리겠어." 웰러가 갑자기 자제력을 잃고 병을 테이블 너머로 내던졌다. 병은 카네이션 화병에 맞고 바닥에 떨어졌다. 폭력이 폭력으로 이어졌다. 웰러가 테이블보를 쥐었고 존슨의 저녁 식사가 바닥에 마구 떨어졌다. 그가 육중한 몸을 움직여 테이블을 돌아가서 맹렬하게 폭발한 여자의 손을 잡아 제지하려 했고, 그녀는 그의 멱살을 잡고 얼굴을 할퀴려고 했다.

"죽여버리겠어! 죽여버릴 거야!" 웰러가 흐느끼며 말했다. "도둑놈! 사기꾼! 짐승 같은 놈! 짐승! 짐승!"

"얼씨구, 정말." 굵고 낮은 서늘한 목소리가 문에서 들려왔다. "아주 볼만하네. 사적인 싸움인가요, 끼어들어도 되나요?"

존슨과 웰러가 드잡이를 멈추고 홱 돌아서 글로리아 앞에 섰다. 글로리아는 재미있다는 듯 차분하게 두 사람을 바라보며 서 있었다.

"문이 열려 있고 누군가가 흥분해서 괴로워하는 소리가 들려서 들어와봤어요. 나한테 약속한 파티가 이건가?"

존슨은 구겨진 목깃을 붙잡고 하릴없이 바라보기만 했다. 난생처음 무슨 말을 해야 할지 몰랐다.

웰러가 마지막으로 비명을 지르고 깨진 유리와 그릇 사이에서 무너지듯 바닥에 주저앉아 흐느꼈다.

"뭔가 말을 좀 해줘야 하는 거 아닌가요?" 글로리아가 말했다. "아니면 내가 이 비밀 만남을 방해하지 않는 게 나았으려나? 됐어. 안 들어가요. 여긴 엉망인 거 같은데, 내가 좋은 프록을 입고 왔다고."

아주 멋진 프록코트였다. 이렇게 부유하고 화려하고 섹시해 보인 적이 없었다. 보석 반지를 끼고 체리색으로 손톱을 칠한 손으로 금박과 갈색 모피로 장식된 망토를 단단히 여몄다. 흔들리는 귀걸이가 복도 불빛을 받아 반짝였다. 그녀는 눈썹을 치켜올리더니 존슨에게서 그 젊은 여자로 시선을 옮겼다.

존슨은 아직도 글로리아를 바라보기만 했다. 말없이 멍청하게, 글로리아가 불완전한 인간들과는 전혀 다른 여신이라는 듯이, 눈부신 사랑이자 아름다움이고 면류관이라는 듯이.

글로리아가 어깨를 으쓱했다.

"아, 이 젊은 여자를 죽이고 있었는지 꼬드기고 있었는지 물어야 할 것 같네요. 하지만 난 피곤하고 저녁을 먹고 싶어. 그리고 바쁘신 것 같으니 난 가겠어."

글로리아가 가버렸다. 그녀 뒤로 아파트의 문이 쾅 닫히는 소리가 들렸다. 존슨이 그제야 혀를 되찾았다.

"글로리아! 글로리아! 세인트데니스 부인! 돌아와!" 문 쪽으로 무턱대고 달려가려다가 테이블을 엎었고 그로써 그 방은 완전한 폐허가 됐다. 복도로 달려들어 예일 자물쇠를 잡았다. 하지만 손잡이가 미끄러졌다. 평소에도 열기가 힘들었다. 그가 거리에 도달했을 때 글로리아는 이미 택시에 올라 있었다. 택시가 그녀를 태우고 혼잡한 도로로 사라졌다. 그는 이제 그녀가 되돌아올 희망이 전혀 없다는 것을 알았다. 맨머리에, 미친 듯한 눈으로 거리를 쏘아보았지만 글로리아가 돌아올 리 없었고 그를 용서해줄 리도 없었다.

천천히 무겁게 계단을 올랐다. 아파트에서 그 끔찍한 여자, 도린 웰러가 아직도 깨진 유리잔 사이에서 울고 있었다. 이제 그 여자가 나가기만 바랐다. 책상으로 가서 잠금장치를 풀고 가죽 지갑에서 5파운드짜리 지폐 네 장을 꺼냈다. 파리에 갈 때 글로리아를 위해 쓰려던 돈이었다. 풀먼식 호화 침대차를 타고 꽃을 사려고 했던 돈이었다. 지폐를 한 덩어리로 말아서 여자의 축축한 손에 밀어 넣었다.

"네 염병할 돈 여기 있다. 멍청한 것." 존슨이 말했다. "제기랄, 이제 여기서 당장 나가."

웰러가 천천히 손을 펴더니 다리 위에 지폐를 펼쳤다. 이제 살았구나 하는 깨달음이 격노하고 멍해진 정신에 천천히 가닿았다. 무릎과 발을 딛고 천천히 몸을 일으켜 의자에 떨어뜨렸던 낡은 가죽 지갑에 지폐를 밀어 넣고 계속 조용히 흐느끼면서 방을 나갔다. 아무 말도 하지 않고 복도로 갔다. 존슨은 그녀가 훌쩍이는 소리를 들었고 문이 또 한 번 쾅 닫히고 나자 혼자 남았다.

빨간 카네이션을 주우려고 몸을 구부렸다. 꽃은 샴페인에 흠뻑 젖고 밟혀 뭉개져 있었다. 흩어진 올리브와 유리와 꽃 사이를 어설프게 더듬고 있자니 처량하고 비참한 느낌이 엄습했다.

괴로워하고 있는데 갑자기 날카로운 전화벨이 울렸다. 처음에는 그냥 울리게 두었다. 그러다가 글로리아가 전화했을지도 모른다는 말도 안 되는 희망이 일어서 (물론 그런 생각이 들자마자 아니라는 생각이 뒤따랐지만) 일어나 전화기 쪽으로 갔다. 익숙한 목소리가 들려왔다.

"여보세요, 여보세요, 당신이야, 자기? 나야. 나 누군지 알지? 그래, 델리아예요! 있잖아요, 내일 뭐 해? 나 심심해서 그래. 이 지겨운 일이 끝나버렸어. 나 해고당했거든요. 우리 어딘가 가지 않을래?"

"가지 않을래라고?" 존슨이 그 낡은 수법의 꼬드김에 응답했다. "이봐, 귀염둥이. 파리는 어때?"

"뭐, 파리라고! 농담하는 거죠! 이런, 자기야. 너무 갑작스러워서."

"농담 아니야. 여권 갖고 있지? 좋아. 내일 밤 8시 30분에 빅토리아에서 연락 열차표를 두 장 살게. 같이 잠깐 여행 갔다 오자. 그래, 그래. 현금 다 있어. 휴식이 필요해."

"아니, 솔직히 말해요. 농담 아니죠?"

"저얼대 아니야. 어차피 금요일에 출발하려고 생각하고 있었어."

"어, 난 언제든 상관없지만. 그 착한 사업인가 뭔가 하는 일 모두 자기 없이 괜찮을까요? 크리스천 키네마사랑 불쌍한 캐럴라인은 어쩌고?"

존슨이 진화에 내고 웃었다. "그것들에 다 질려버렸어. 네가 지금 봐줄 만한 세상에서 유일한 여자야. 내 기대를 저버리지 않을 거지, 자기? 같이 아주 즐겁게 지낼 거야. 아주 즐겁게. 이집트에 같이 가도 되겠다. 카이로랑 알렉산드리아에도. 난 런던에 너무 오래 살았어. 유럽에서 술집을 다 돌면서 흥청망청 놀자. 될 대로 되라지." 그런 뒤 하마터면 '글로리아는'이라고 덧붙일 뻔했지만 반은 울고 반은 웃느라 제때 입을 막았다. 그리고 큰 소리로 말했다. "될 대로 되라지, 불쌍한 캐럴라인은!"

제7장 캐럴라인 오드리 덴턴스미스

1

4월 4일 목요일 캐럴라인은 서류 더미 건너편으로 인원이 확 줄어든 이사회를 마주했다. 의장석에서 거던이 눈을 깜박거리고 목청을 가다듬었다. 오른쪽에는 휴 매커피가 못마땅한 듯 꼴사납게 늘어져 앉아 있었다.

캐럴라인은 두 사람 다 경멸스러웠다. 거던은 인습을 따르는 남자였다. 그녀는 자유롭고 진보적인 척하는 겉모습 이면에 소심한 천성이 변함없이 자리 잡고 있다는 것을 마침내 깨달았다. 안전하지 않은 일은 아무것도 할 수 없는 사람이었다. 조상들이 하지 않았던 일은 아무것도 하지 않았다. 캐럴라인도 처음에는 속았다. 조상이 퀘이커교도, 파시스트, 인도주의자, 급진주의자여서 자손으로서의 도리에 따라 관심을 가진 것이지 마음에서 우러나서는 아니었다. 다른 환경에서였다면 제국주의, 관세 개정, 복음주의, 여우 사냥에 찬성했을 것이다. 그녀는 이제 거던을 잘 알았다. 더 이상 필요 없는 사람이다.

휴 매커피는 완전히 자기밖에 몰랐다. 회사의 높은 이상을 마음에 들어 한 적이 없다. 원했던 것은 자기 발명품에 자금을 댈 사람이었지.

캐럴라인은 그들을 잘 요리할 수 있었다. 그날 아침에는 일전에 모티머 신부가 사 왔던 브랜디에 달걀을 넣고 휘휘 저어서 먹었다. 달걀 한 알 덕분에 호랑이와도 싸울 수 있을 것 같은 기분이 들었다.

"저는, 어, 제 생각엔 다 오신 것 같습니다만." 거던이 웅얼거렸다.

"제가 회사 정관을 찾아봤습니다." 캐럴라인이 씩씩하게 말했다. "확인한 바로는 정족수에 대해 아무것도 **기록**되어 있지 않습니다. 물론 그 조항이 **없어야** 한다는 말이 아니고 그저 상황이 그렇다는 뜻입니다. 그러니까 다른 이사들을 선임할 때까지 저희끼리 활동해야 한다고 생각합니다."

"그래요. 내 생각도 그렇습니다. 알고 보면 할 일이 많지 않습니다. 어디 봅시다……."

캐럴라인이 이렇게 유도하지 않았다면 거던은 회의가 끝장나도록 두었을 것이다. 그는 아무 상관 하지 않았다. 골더스그린에 있는 안락한 작은 집으로 도망갈 생각밖에 없었다. 캐럴라인이 분해서 격앙된 목소리로 낭독을 시작했다.

"3월 11일 크리스천 키네마사 이사회 회의가 빅토리아가 사무실에서 개최됨. 세인트데니스 씨가 의장으로 참석. 출석자 매커피, 거던, 존슨 이사와 명예 간사 덴턴스미스. 이전 회의록을 낭독하고 확인함. 서신을 검토하며, 조지프 이즌바움 이사가 사임을 선언한다고 보낸 편지를 명예 간사가 낭독함. 이사회는 사임 건을 유감스럽게 처리했고 이즌바움 씨에게 이 결과를 알리는 편지를 쓰도록 간사에게 명령함."

회의록의 형식적인 문장이 캐럴라인을 안심시켰다. 미사에서 사용하는 친숙한 단어들이 그랬듯이. 그 단어들에는 소중한 것이 덧없이 사라지는 세상에서 사라지지 않고 든든하게 남은 것이 있었다. 익숙하고 관례적인 사업 절차 덕에 이즌바움의 배신이 그리 비극적으로 느껴지지 않았다. 끔찍하게 고통스러운, 잠 못 드는 밤과 낮에 이 단정한 문장들로 나는 무엇을 했던가? 자신의 패배를 뜻하는 건조한 기록을 낭독하고 있자니 이사들이 사라진 것도 그런대로 받아들일 만해졌다.

회의록 낭독이 끝났다.

"어디 봅시다." 거던이 눈을 깜박거리고 입술을 핥았다. "회의록 내용 중에 의제에 올라와 있지 않은 것이 있습니까?"

아무도 말을 하지 않았다.

"자, 그러면 이제 서신 문제로 넘어가야 할 것 같습니다."

캐럴라인이 파일에서 커다란 연자주색 종이를 한 장 꺼냈는데 그 위에 밝은 자주색 잉크로 휘갈겨 쓴 글씨가 있었다. 그녀는 몹시 춥고 목이 아팠지만 이제 완전히 차분하게 가라앉았다.

"이것은 지난 이사회 회의 이후 세인트데니스 의장님에게서 받은 편지입니다. 우리 모두가 이 편지에 대해 알고 있지만 이것을 낭독해야 한다고 생각합니다." 보통 때보다 침착한 목소리로 읽었다.

1929년 3월 20일

친애하는 덴턴스미스 간사님

저는 의사들이 남편에게 건강을 위해 즉시 영국을 떠나라고 했으며, 내일 프랑스 남부로 떠난다는 것을 남편을 대신해 알려드립니다. 어쩌면 남편은 다음 겨울도 영국에서 지내지 못할 수 있습니다. 알고 계시겠지만 남편은 종군 중에 폐를 다쳤습니다. 그리하여 몹시 유감스럽지만 크리스천 키네마사 의장직 사직계를 대신 제출해달라고 부탁했습니다. 남편은 동료들의 충성스럽고 유익한 협조에 감사하며 이런 결정을 내리게 되어 얼마나 유감스러운지 알려달라고 했습니다.

진심을 담아,

글로리아 세인트데니스

"그렇습니다." 거던이 말했다. "저 뜻을 받아들여야 한다고 생각합니다. 어차피 결과는 다르지 않을 겁니다."

이것이 도전의 첫 번째 전조였다. 캐럴라인은 전투에 대비했다.

"거던 이사님, 제가 세인트데니스 의장님께 편지를 써서 건강 문제에 대한 이사회의 유감을 표시하고 공석을 대신할 부의장을 임명해주면 기쁘겠다고, 하지만 건강이 회복되는 대로 회사로 돌아오실 수 있기를 **아주** 많이 바란다고 하면 좋지 않겠습니까? 이전에도 병이 있었다가 회복된 적이 있으니까요. 지중해가 폐에 **아주** 좋다고 들었어요."

"글쎄요, 이런 상황에서 그렇게까지 할 이유를 사실 모르겠군요. 결과적으로는 별 차이가 없을 겁니다."

"저는 그렇게 생각하지 않아요, 이사님. 실제로 결과가 똑같지 않지요. 한 가지 경우는 세인트데니스 씨가 회장으로 남고 다른 경우에는 그렇지 **않으니까요**. 물론 거던 이사님은 세인트데니스 씨가, 말하자면 이름만 동업자인 상태로 남고 싶어 하지 않을 거라고 생각하시겠지만 그분의 의향을 정확히 알지 못하는 경우에는 세인트데니스 씨에게 유리하게 판단해주어야 한다고 생각합니다."

캐럴라인은 두 남자가 하는 말을 듣고 싶지 않았다. 그들은 가라앉는 배에서 도망치는 쥐였다. 쥐. 아니, 생쥐. 나약한 눈에 길고 무른 코를 실룩거리는 저 퀘이커교도는 커다랗고 침울한 생쥐에 더 가까웠다.

"그러니까 덴턴스미스 간사님, 나는 정말로…… 어떻게 생각하시오, 매커피?"

"나한텐 다 똑같아요." 휴 매커피는 제대로 듣고 있지 않았다. 아무래도 상관없었다. 그는 망점 재현에서의 중크롬산 염화 접착 공정에 대해 생각하고 있었다.

"좋습니다, 매커피 이사님." 캐럴라인이 말했다. "아주 좋아요. 그럼 제가 세인트데니스 씨에게 그런 취지로 편지를 쓰겠습니다." 어떤 취지인지는 말하지 않았다. 그녀는 전투를 앞두고 비밀스러운 열정으로 떨고 있었다. 다음 문제로 서둘러 나아갔다. "그리고 또 한 통의 사직서를 존슨 이사님에게서 받았습니다. 존슨 이사는 사업상 무기한으로 외국에 나가게 됐고 사임하게 되어 매우 유감이라고만 말했습니다. 그의 사임이 이사회로서는 아주 큰 손실이라고 말할 수밖에 없겠습니다. 이사님은 지난날 제 회계 업무를 **몹시** 친절하게 잘 도와주셨습니다. 이사님이 안 계셔서 아주 아쉽습니다. 그렇습니다. 이 편지는 3월 26일에 쓴 것입니다. 제 생각엔 그날 저녁 바로 떠나신 것 같습니다. 어디로 가셨는지는 모릅니다. 캘리포니아로 돌아가신 게 아닐까 합니다. 영미 시나리오 창작 학교는 문을 닫은 것으로 알고 있습니다. 에식스가에 가보았는데, 관리인이 모두 문을 닫았고 어떤 새 회사가 소유하고 있다고 말했습니다."

두 명의 이사는 아무 말도 하지 않았다. 거던은 존슨을 멀리했다. 그 신사의 일에 휘말리고 싶지 않았다. 평판이 나쁜 사람에게서는 빨리 벗어날수록 좋다. 휴 매커피는 브룩스가 재량권을 주지 않는다면 언제든 미국에서 자신의 컬러 공정에 관심을 가질 다른 사람을 찾으면 된다고 생각하고 있었다.

캐럴라인은 두 사람의 속내를 잘 알고 있었다. 인정사정 봐주지 않아. 더 이상 두려울 것도 없었다. 최악의 경우에 맞닥뜨리자 가슴이 웅장해졌다. 그녀는 이 멍청한 남자 모두보다 더 강했다.

그녀가 다른 편지들을 읽었다. 홍보 업무의 사소한 변화에 관한 것이었다.

공공 및 민간 도덕에 관한 주교 자문회에서 크리스천 키네마사가 아동을 위한 검열에 찬성표를 던져 결의안을 통과시켜달라고 요청했다. 안식일 엄수주의 연맹이 주일 영화 상영에 반대하는 모임에 회사 대표 두 명을 파견해달라고 요청했다. 특별 영화 시사회 초대장이 여러 장 와 있었다. 이런 활동은 고무적인 신호였다. 캐럴라인에게는 이제 회사가 자리를 잡았고 수요가 있고 세상을 지금보다 더 나은 곳으로 만들고자 하는 다른 개척자들이 협조하고 있다는 증거였다.

거던이 초조하게 듣고 있었다.

"편지는 그게 전부입니까?" 거던이 물었다. "그럼 간사 보고서 주세요."

캐럴라인이 보고서를 주었다. 보고서는 늘 길고 상세하고 낙관적이었다. 그녀는 보고서 쓰는 일을 사랑했고 다음번 이사회 회의가 열릴 때까지 자신이 힘들게 해낸 일의 양을 보고 스스로 항상 놀랐다. 고급 응접실 회합에서 여섯 차례, 총회에서 세 차례 연설했다. 여덟 개 회사와 인터뷰했다. 이런저런 편지를 받았고 이런저런 행사에 참석했다. 이런 활동에서는 아주 구체적인 결과물이 나오지 않았지만 적어도 그럴싸하게 선전이 되고 있다는 것을 증명해주었다.

동료 이사들은 그렇게 생각하지 않았다.

"대차대조표를 가지고 계시지요?" 거던이 말을 툭 내뱉었다.

"어, 사실은 전체 대차대조표를 준비할 수가 없었습니다." 캐럴라인이 살짝 웃었다. 의제의 이 안건은 그리 마음에 들지 않았다. 자신의 회계 작업이 효율적이지도 않고 도움도 되지 못했다는 생각 때문이었다. 하지만 한 사람이 모든 일에 동시에 신경을 쓸 수는 없는 노릇이지. "아시겠지만 저는 아주 바빴고, 그래서 존슨 이사님이 너무도 친절하게 제가 장부 정리하는 것을 도와주다가 외국으로 가셨어요. 아시겠지만 회계는 제가 이전에 **거의** 해본 적이 없는 일이에요. 하지만 **훈련받은** 정규직 회계사를 구할 여유가 생길 때까지는 제가 기꺼이 최선을 다하려 했지요. 그래서 존슨 이사님이 사분기 결산일까지 지급해야 하는 미지불 내역이 아주 많다는 것을 알아냈습니다. 아마 외국에 갈 것을 미리 알고 우리를 위해서 모든 걸 정리해주려고 했던 것 같아요. 그래서 저를 도와서 수표를 처리했습니다. 제가 **아는** 바로는, (안경을 들고 서류 위로 몸을 구부렸다) 우리의 은행 잔고는 현재 35파운드 4실링 7페니입니다. 유사한 단체들의 상황과 비교해보면 아주 많지는 않더라도, 우리는 봉급을 지불하지 않아도 되잖습니까." 그녀가 자랑스레 덧붙였다.

거던은 이렇게 묻고 싶었다. '우리가 1월에 가지고 있던

2500파운드는 어디 있습니까?' 하지만 그가 원하는 것은 조용하고 빠른 탈출이었다. 존슨이 정확하게 계산하지 않았을 수도 있다고 생각했다. 세인트데니스는 항상 믿을 수 없었다. 이즌바움은 자신의 초기 투자금이 어떻게 되는지 관심이 없었고, 그 데 라 루라는 젊은 여자는 덴턴스미스의 친척이니 당연히 자기 친척의 편일 것이다. 모든 일이 서리처럼 엉망진창으로 얼어붙어 있었고 빨리 녹아 사라지면 사라질수록 좋았다.

"그렇군요. 우리는 덴턴스미스 간사의 진술을 믿어야 하지요, 간사님." 그가 말했다. "이제 다음 안건, 새 이사 임명 건을 봅시다. 그런데 지금이 가장 적합한 때인 것 같아서 말씀드리는데, 저도 이사회에서 사임하겠습니다. 대단히 유감스럽지만 이런 회의가 저에게는 아주 큰 부담이었고 개인적으로 제가 회사에 더 이상 필요 없다고 생각합니다."

캐럴라인이 그를 쳐다보았다. 예상한 일이었다. 거던은 캐럴라인이 놀랄 것이라고 생각했을 테지만. 그녀는 잔잔히 미소를 지었다. 하지만 심장은 전투 개시의 북을 울렸다.

"그런 생각이시라니 정말 유감이군요." 캐럴라인이 시원스레 말했다. "그러면 매커피 이사님과 저만 이사로 남은 것 같네요, 매커피 이사님."

"뭐라고요? 그게 무슨 소립니까?" 휴가 주위를 둘러보며 물었다. "아니, 저는 미국에 갈 겁니다. 영국과는 끝냈습니다. 크리스천 키네마사가 저 없이도 괜찮을 거라고 확신합니다. 토나퍼펙타는 원하시는 대로 쓰세요. 브룩스가 뭐라 하든 그건 좋은 필름입니다. 저는 이 새 할리우드 필름을 토나퍼펙타보다 더 나아지게 하려면 아주 많이 노력해야 합니다."

"매커피 이사님도 사임하신다는 말씀인가요?" 캐럴라인이 냉정한 목소리로 작게 물었다.

"뭐, 좋으실 대로 생각하세요. 나는 갑니다. 여기서 이미 충분히 많은 시간을 낭비했어요. 끝났으면 가겠습니다."

"그러면 우리 사업은 끝인 것 같군요, 덴턴스미스 양." 거던이 말했다. "음, 아주 유쾌한 모험이었고 대단히 즐거웠습니다." 이 일에서 기분 좋게 빠져나가야지, 그는 그렇게 생각하고 있었다. 캐럴라인은 거던의 머릿속에서 생쥐들처럼 허둥지둥하는 생각이 다 보인다고 속으로 비웃었다. 큰 생쥐, 작은 생쥐, 쥐새끼. 거던이 말했다. "제 생각엔 다른 안건은 검토할 필요가 없겠군요. 회사가 자발적으로 청산되어야 한다고 다들 인정하실 테니까요. 우리 모두 깨끗하고 점잖은 영화가 필요하다는 것을 대중에게 알리며 작은 선행을 함께 하기를 바랐지요. 그리고 아마도 상황이 더 좋고 더 많은 영리기업이 업계에서 인정받는 날 사업을 재개하는 것이 좋겠어요. 제 생각에 잔액, 어, 35파운드 정도로 아직 처리되지 않은 비용을 지불할 수 있을 것 같군요. 형식상 주주 회의를 소집해야 할 겁니다. 하지만 이즌바움 씨가 회사를 정리하는 데 반대하지 않으니 데 라 루 양도 같은 생각일 것이고, 1~2파운드 이상의 대주주가 없으니 문제가 되지 않을 겁니다. 그저 정리를 위한 순전히 형식적인 회의지요. 다음 주에 회의를 열기로 하고 캐럴라인이 공고를 내주시길 바랍니다. 데 라 루 양은 원한다면 참석하라고 합시다."

"좋습니다." 캐럴라인이 말했다. "두 분께서 사임을 원하시고 회사를 정리하자는 말씀이시지요?"

"그게 할 수 있는 유일하게 합리적인 일인 것 같습니다. 물론……."

거던이 망설였다. 뭔가 더 할 말이 있어서가 아니라 타고나길 망설이는 성격 때문이었다. 캐럴라인이 기회를 잡았다.

"하지만 잠시만요, 이사님들. 제가 이사회의 승인을 요청하고 싶은 새로운 이사 명단을 의제에 올리겠어요. 이미 사임하신 존슨 씨와 이즌바움 씨의 후임을 찾아야 하므로 로저 모티머 신부와 엘리너 데 라 루 양을 추천하고자 합니다. 두 사람 모두 회사에 지대한 관심을 보였고 로저 모티머 신부는 교회 대표자로서 우리가 설득해서 모실 수 있다면 **커다란** 도움이 될 거라고 확신합니다. 그리고 데 라 루 양은 아시다시피 대주주이고 저는 늘 이사회에 **미래**를 위해 일할 이처럼 **더 젊은** 세대가 있어야 한다고 생각해왔습니다."

캐럴라인이 잠시 말을 멈추었다. 말을 계속할 수가 없었다. 완벽하게 차분했다. 두뇌가 냉정하게 정돈된 느낌이었다. 그런데 왜 입은 바싹바싹 마르고 심장은 이렇게 심하게 두근거리지? 두렵지 않았다. 내가 마음만 먹으면 회사는 사라지지 않아. 열의 없는 사람들을 보면 실망스러울 수 있겠지만 혼자서라도 할 거야. 새 이사회를 꾸리고 새로 마음을 다잡을 거야. 물리적 힘보다는 정신력으로 다시 시작할 거야. 애당초 투자자와 기술자에게 도움을 청한 것이 잘못이었어. 영의 힘이 현세의 힘을 이길 수 있다. 네 왼쪽에서 천 명이 쓰러지고 네 오른쪽에서 만 명이 쓰러져도 너는 조금도 다치지 아니하리라.•

"저, 간사님, 뭔가 하려고 하면 혼자 하셔야 합니다. 제가 덴턴스미스 간사님 앞에서 사임했잖습니까. 죄송하지만 더 이상 관여할 수가 없습니다. 생각해보면 금방 아시겠지만 그럴 수가 없습니다."

거던이 서류를 챙기기 시작했다.

"두 분, 서면으로 사임계를 보내주시겠어요?" 캐럴라인이 물었다. "이 일을 제대로 처리해야 합니다. 그리고 두 분이 아직 이사직에 계시는 동안 데 라 루 양과 모티머 신부의 임명에 대한 승인서를 보내주셔야 합니다. 아, 그리고 당연히 다른 분들도 모셔야죠. 도슨 우들리 부인과 매컬럼 스콧 씨가 될 겁니다."

"하지만 간사님, 이제, 현재로서는 상황이 너무도 나쁜데 계속하려고 해봐야 소용이 없다는 말씀을 꼭 드려야겠습니다."

"저는 계속할 생각이에요, 거던 이사님."

"하지만 이사회의 의사는 그렇지 않습니다. 매커피와 제가 그만두는 것이, 우리 부채를 청산하는 것이 더 현명하다고 생

• 〈시편〉 91편 7절.

각합니다."

"아, 당연하죠, 신사분들. 두 분 다 사임해도 됩니다. 하지만 제가 회사를 다시 꾸리는 것을 막을 순 없다고 생각합니다. 법적으로 조언을 받아야겠어요. 지금 적절한 조치가 무엇인지 **정확하게는** 모르겠어서요. 하지만 이 점은 확실히 알아요. 그걸 크리스천 키네마사라고 부르든 다른 것으로 부르든, 여러분이 떠나든 남든, 그 사업은 계속된다는 거요. 저는 포기하지 않을 겁니다. 도와주지 않으면 혼자서 해나갈 겁니다. 이제 드릴 말씀을 다 드렸네요."

거던은 노골적인 도전에 껄끄러워하며 회의실을 둘러보았다. 하지만 매커피는 후줄근한 코트를 껴입을 뿐 아무런 도움도 되지 않았다. 거던이 자기 자리에 어울리는 절차를 따랐다.

"더 이상 문제가 없으므로 이제 회의를 중단합니다." 그가 말했다.

2

캐럴라인은 계단을 오르며 힘들게 숨을 쉬었다. 출근해 있는 사이에 계단이 점점 더 가팔라지는 것 같았다. 세 번째 층계참 제일 아래 계단에 잠시 앉았다.

지하에서 〈교회의 참된 터는〉을 부르는 헤일스 부인의 높고 단조로운 목소리가 올라왔다. 캐럴라인은 몸서리를 쳤다.

왜 여태 헤일스 부인이 좋은 사람이라고 생각했는지 알 수가 없었다. 왜 유언장에 저 여자한테 무언가를 남긴다고 썼던가! 이제 저 계급 사람이라면 아무도 믿을 수가 없어. 전혀. 요크셔에 살던 예전에는 물론 달랐다. 마사 휘팅을 기억하고 있다. 외가에 29년 동안 살던 여자, 정말로 믿을 수 있는 사람. 과거에는 사람들이 믿을 만했지. 요즘은 다들 어떻게든 남을 이용해먹을 궁리만 해.

오랜 친구들은 다 죽었다. 도대체 누가 노년이 행복한 시기라고 한 거야? 죽음과 질병이 기다렸다. 개인이 아니라 한 세대 전체를 기다리고 있었다. 《타임스》의 '부고'란은 전쟁 사상자 명단 같아졌다. 시간과 벌이는 장기전에서는 다음번에 누가 죽을지 아무도 알 수 없었다. 안심할 수 있는 사람은 젊은이들뿐이었다. 모티머 신부 같은.

모티머 신부를 떠올리자 힘이 나서 재빨리 남은 계단을 올랐다. 방 안에 들어가자마자 의심의 눈초리로 휙 둘러보았다. 헤일스 부인이 들어왔었다고 확신했다. 염탐하고 서류를 읽어보고 마싱턴의 조카들이 보낸 모자도 써보았을 것이다. 씩씩거리며 책상으로 다가가서 문진의 위치가 달라졌는지 보았다. 그날 아침 집을 나서면서 '브리들링턴에서 온 선물'이라는 단어가 침대 쪽으로 향하도록 그 위에 올려놓았다. 지금은 그 단어가 벽난로를 향해 있었다. 헤일스 부인이 위층에 올라와서 뒤져본 것이다. "내 유언장에 대해 알아보고 싶었겠지." 캐럴라인이 투덜댔다. 집주인이 뒤졌다는 생각에 화가 치솟았다.

다른 방을 구해야겠어.

"이런 일에나 신경 쓰고 있을 수는 없어." 캐럴라인이 스스로에게 말했다. 집주인이 끔찍한 존재가 되다니 말도 안 돼. "오, 주님, 모두가 다른 이에게 자비롭게 하소서. 그리고 저에게 너그러움을, 헤일스 부인에 대해서도 너그러움을 주소서." 그녀가 기도했다. 그렇지만 문진은 좋은 생각이었다. 어디까지 읽었는지 알려주기도 하니까.

저녁이 점점 더 포근해졌다. 난로를 켜는 것은 정말 낭비였다. 그리고 난로를 켜고 받침쇠 정리를 돈 주고 맡기지 않으면 아침에 직접 해야 해서 그것도 감안해야 했다. 게다가 헤일스 부인네 부엌을 통과해 재를 버리러 가는 것도 너무 싫었다. 하숙인으로서 부인과 너무 다른 처지가 굴욕적이었다.

캐럴라인은 커다란 깃털 모자를 천천히 벗었고 이마의 곱슬머리를 매만져 부풀렸다. 밤에 돌아오면 늘 할 일이 많은 것 같았다. 코트를 벗어 문 뒤에 정성스레 펼쳐 걸었다.

스카프를 풀고 침실 슬리퍼로 갈아 신었다. 주전자를 불에 올리고 찬장에서 빵 한 덩이, 얼룩진 접시의 삐죽삐죽한 마가린 한 덩어리, 분홍빛 닭고기햄페이스트가 담긴 작은 냄비, 작고 오래된 파운드케이크 조각을 꺼냈고 최근 한 모임에서 마지못해 사서 넣어둔 6펜스짜리 차를 꺼냈다. 케이크만 먹으면 아쉬울 것 같았다. 좋은 차를 한 잔 마시고 나면 덜 피곤할 거야.

음식을 다 차리고 마가린 바른 빵에 페이스트를 올릴 때면 이사회 회의의 기억을 필사적인 의지로 억눌러야 했다. 회사 생각은 하지 않을 거야. 다 먹고 쉬고 나서 미래를 생각할 거야. 지금 당장은 쉬어야 하고 안정을 찾아야 해.

보통 이때가 하루 중 가장 좋아하는 시간이었다. 한 시간 쉬고 나서 정신을 가다듬고 책상에 앉아 복음주의 개혁 협회가 보낸 보고서에 주주 예정자 이름을 써야지. 그러니 지금은 앉아서 꿈을 꾸어도 괜찮아. **친구**를 떠올려도 괜찮아.

그가 있다는 생각은 늘 위안이 되고 재밋거리도 되었다. 딱히 생각할 것이 없을 때면 최근에 그를 만났던 기억을 약간 더 재미있게 윤색해서 떠올리곤 했다. 예를 들면 병원에 입원한 그를 보러 갔던 때, 기다란 병동에서 목발을 짚고 흔들흔들 걸어 내려오던 그는 너무도 행복하고 아주 어려 보였다. 뻗친 머리카락에 푸른색 가운을 펄럭이던 모습이 소년 같았다. 그녀가 사다준 2펜스짜리 제비꽃을 아주 마음에 들어 하는 것 같았다. 작은 것에 쉽게 기뻐하는 사람이니까. 그는 발의 석고붕대를 떼어냈고, 내일이면 지팡이를 짚고 걸어도 되니까 부활절 전야에 사제관으로 돌아가 부활절에는 래시터 신부를 도울 수 있다고 했다.

우리는 친구야. 그래서 캐럴라인은 이렇게 말했다. "**신부님**을 돕기 위해 무언가 할 수 있으면 좋겠어요. 저를 도와주셨듯이 말이에요." 그러자 그가 행복하고 들뜨고 하지만 약간 슬픈 것 같기도 하고, 여하튼 갑자기 아주 이상해 보였다. 그러더니 이렇게 말했다. "아뇨, 이미 저를 도우셨어요, 덴턴스미스 양. 사랑스러운 것을 저에게 주셨어요." 신부님이 나를 이렇게 생각하고 있었구나. 나는 늙어가고 있지만 아직 정신은 젊은이니까. 나이라는 게 어차피 물질에 영향을 끼치지 정신에 끼치지는 않잖아. 정신적으로 우리는 같은 세대야. 그가 그걸 안 거지. 내가 그의 꿈을 꿀 때 그도 내 꿈을 꿀까? 아벨라르와 엘로이즈는 연인이었어. 그들도 잔인한 운명 때문에 이별했지만 엘로이즈는 수녀원에서 아벨라르를 애타게 찾았잖아. 나, 캐럴라인은 옛날 수녀원에 갇혀 있고 그는 아벨라르처럼 성직에 묶인 사제야. 하지만 우린 서로에게 사랑스러운 것을 줄 수 있구나.

캐럴라인은 실제로 그가 준 것이 돌돌 만 10실링짜리 지폐 네 장이었다는 사실이 떠올라 상상을 맺었다. 돈을 달라고 할 생각은 없었는데 어찌어찌하다보니 그가 안타까워하며 맞장구를 잘 쳐주어서 헤일스 부인 이야기며 상상력 부족한 마싱턴의 친척들, 엘리너가 점점 인색해진다는 이야기, 엘리너가 자신에게 왜 크리스천 키네마사에서 월급을 받지 않는지 물었던 일, 엘리너가 유능하지만 좀 매몰차다는 이야기까지 하고 말았다. 엘리너는 권한과 질서, 권리를 요구하는 것이 좋다고 생각했지. 모티머 신부에게 이야기를 모두 털어놓으니 위로가 되었다. 아무리 베풀기 좋아하는 크리스천이라도 가끔씩은 누군가에게 속마음을 털어놓아야 하는 법이야.

물론 모티머 신부에게서 가끔씩 소액을 빌리는 것은 전혀 문제가 되지 않았다. 언젠가는 그를 부자로 만들어줄 테니까. 그가 빌려준 액수에 파운드당 백 배로 갚아줄 수 있지. 그는 주교가 될 것이고 우리가 헤어지기 전에 아마 대주교도 되겠지. 달랑거리는 황금 십자가를 걸고 주교 반지를 끼고 주교복을 입으면 얼마나 멋질까.

하지만 그 전에도 얼마든지 행복하게 만들어줄 거야. 그는 아름다운 것들을 사랑하지. 그녀는 자신이 그의 취향을 알아보았다고 자부했다. 그가 깊고 풍부한 색상과 묵직한 옷감들, 우아한 방의 아름다움 때문에 로마에 끌리는 것도 당연하다고 생각했다. 리틀 칼리지가에 그를 위한 집을 얻을 거야. 어떤 집인지 정확히 알고 있지. 아름답게 균형 잡힌 층고 높은 방과 불룩한 지붕이 있는 오래된 집이어야 해.

캐럴라인에게 새로 할 일이 생겼다. 시티•를 걸어 돌아다니며 친구를 위해 집을 골랐다. 켄싱턴에 있는 노동 절감형 아파트를 알고 있었다. 홀랜드 파크의 확 트인 공간이 내려다보이는 곳이었다. 중앙난방으로 데운 서재와 응접실이 있었고 응접실에서 나에게 차를 (중국차를 우아한 크라운 더비 잔에 담고 웨이퍼처럼 얇은, 버터 바른 빵과 함께) 대접해줄 거야.

템플에도 그의 방이 있을 거야. 묘하게 삐걱거리는 나무 계단이 있고 이전에 머물렀던 성직자들의 이니셜이 새겨진, 양쪽으로 여닫는 문이 있고 오크로 패널을 두른 타원형의 응접

● 시티 오브 런던.

실이 있어야지. 서재에서는 창가에 길고 깊은 의자를 놓고 의자에 진홍색 쿠션을 쌓아두고 앉아서 파운틴코트를 내려다보며 참새가 날개에서 물을 떨어내는 모습과 녹색 정원 너머로 부쩍 다가온 봄을 구경하겠지.

어떤 때는 작은 시골집을 골랐다. 《컨트리 라이프》 과월호에서 멋진 것들을 찾았다. 튜더식 시골집과 엘리자베스 시대의 농가 주택을 찾았다. 오래된 대들보와 울타리가 있는 정원과 훌륭한 송어 낚시터가 있었다. 모티머가 송어 낚시를 좋아할지는 확실히 알 수 없었지만 사제의 품위에 어울리는 스포츠이기는 했다. 바틀릿●를 키울 수 있는 울타리 쳐진 정원이 있어야지. 바틀릿을 제때에 먹으려면 밤을 새워서 기다리다가 딱 맛있는 순간에 따야 한다고 아버지가 말했었지. 그곳에 모티머를 만나러 가면 접시꽃과 클라키아와 루피너스 사이를 벌들이 날아다니고 바위 정원에는 하얀 아라비스꽃이 거품처럼 피겠지. 캐럴라인은 삐걱거리는 의자를 앞뒤로 구르며 시골집 정원을 그려보았다.

잠들었던 것이 틀림없었다. 정원 끝에 있는 농장에서 딱딱거리는 딱따구리 소리가 아주 멀리서 들리는 듯했는데 사실은 엘리너가 문을 두드리는 소리였다.

캐럴라인이 깜짝 놀라 일어나보니 엘리너가 자신을 내려다보며 서 있었다.

● 서양배 품종의 하나. '윌리엄 배'라고도 한다.

"안녕하세요, 캐럴라인 고모." 엘리너가 소리쳤다. "들어와도 되지요?"

엘리너는 어느 때보다 더 어리고 예뻐 보였다. 트위드 코트 옷깃에 가느다랗고 단단히 말린 흠 하나 없는 분홍색 장미꽃 세 송이가 꽂혀 있었다. 뺨이 꽃과 어울리게 달아올라 있었고 계단을 올라온 뒤라 약간 가빠진 호흡 때문에 더 젊고 열정이 넘쳐 보였다.

캐럴라인은 엘리너를 만나고 싶지 않았다. 하루 이틀 뒤에는 얼마든지 질문에 대답해줄 수 있었다. 나중에는 이 유능한 젊은이의 끊임없는 질문 공세를 견딜 수 있지만 지금 당장은 그럴 수 없었다. 아직 그 상황에 맞닥뜨릴 수 없었다. 밝고 솔직한 엘리너의 눈앞에 어떻게 상황을 그대로 보여줄 수가 있겠는가?

"잘 있었니? 칼리지를 마쳤어도 아주 바쁜 건 알지만 꽤 오래 못 만났구나."

"어, 맞아요. 그래서 뵈러 온 거기도 해요."

"그렇구나. 어디 보자, 그럼, 차 마시고 왔니?"

"아뇨, 아직 안 마셨어요. 한잔 주시겠어요? 케이크를 가지고 왔어요. 매번 굶주린 늑대처럼 와서 다 거덜 내고 갔는데 오늘은 안 그러려고 잘 기억했어요."

엘리너가 가방에서 파운드케이크를 꺼냈다. 반짝이는 건포도가 박혀 있는 맛있어 보이는 케이크였다. 캐럴라인은 먹고 싶지만 먹지 않겠다는 눈초리로 케이크를 바라보았다.

"고마워. 나는 차를 마셨어. 실은 막 청소를 하고 사무실에서 가지고 온 일을 하려고 앉은 참이야."

"좀 전에요? 죄송해요." 하지만 엘리너의 눈은 반짝이고 있었다. 캐럴라인이 잠들어 있던 것을 보았으니까. 캐럴라인은 방금 전까지는 그냥 엘리너가 불편했는데 점점 반감이 짙어졌다. 엘리너가 차를 한 잔 더 마시라고 사정하고는 재빨리 찬장에서 테이블로 착착 움직이며 케이크를 자르고 잔과 접시를 찾아 꺼냈다. 선반에서 안 씻은 그릇 더미를 볼 수 있었다. 어질러진 방을 볼 수 있었다. 캐럴라인은 너저분한 것을 어느 누구보다 싫어했다. 찬장에 컵을 안 씻은 채 두고 빵부스러기를 흘리는 것을 싫어했다. 하지만 너무 피곤해서 겨우 끼니를 때우고 침대에 눕는 것 말고는 아무것도 할 수 없는 날, '방 정리'가 견딜 수 없는 부담이 되는 아침이 있었다. 무거운 공적 책임을 지고 있는 회사 이사라면 저녁 설거지나 벽난로 정리쯤은 안 해도 되잖아.

"지난주에 음악회에 못 가셔서 너무 안타까웠어요." 엘리너가 찻주전자에 물을 부으며 말했다.

"그래, 하지만 **고난**주간이었잖아. 나는 내 생각만큼 그리 엄격한 사람은 못 된다만 누구든 **하고 싶은** 일은 있는 거잖니? **사순절**에 **세속적** 음악회는 바람직하지는 않아. 안 그러니?"

"아, 사순절." 엘리너가 그저 따라 말했다. "잊어버렸어요."

캐럴라인은 이런 가볍고 무심한 태도에 벌컥 화가 났다.

"네가 교회 절기를 **믿지** 않는다는 건 알지만 우리처럼 믿는 사람에게는 정해진 질서대로 한 해가 흘러가는 게 아주 아름다운 일이고 거기엔 우리를 강해지게 하는 무언가가 있어. 인생이 너무도 무질서하고 문제투성이일 수 있지만 교회가 변함없는 질서로써 정해놓은 모범과 규율에 복종하면…….” 모티머 신부가 설교 때 말했던 단어를 떠올리며 **친구**의 말을 따오려고 하니 캐럴라인은 얼굴이 발그레 달아오르고 맥이 펄떡펄떡 뛰었다.

“예, 아, 다 알지요.” 엘리너가 말했다. “하지만 저는 외부로부터 멋대로 외적인 질서가 부여되는 게 마음에 안 들어요. 저 자신의 질서를 만들고 싶어요.”

“네가 어리고 철이 없어서 그렇지.”

“그럴 수도요.” 엘리너가 말을 멈추고 차를 마셨다. “차 남았으니 한 잔 더 드실 거죠? 다 마시고 설거지는 제가 할게요.”

“어, 그래, 남았으면.” 캐럴라인은 엘리너가 권하는 대로 하고 싶지 않았지만 따끈한 차가 주전자에서 유혹하며 김을 뿜어댔고 케이크가 꾀었다. “그럼, 딱 **반** 잔만. 아주 작게 한 조각만.”

“저기.” 엘리너가 사과했다. “사순절 때문에 화나시게 해서 죄송해요. 비웃거나 할 의도는 없었어요. 비웃는 건 아주 못된 짓이라고 생각해요. 하지만 그 모든 게 어쩐지 비현실적이라고 생각하지 않을 수 없었어요. 교회 절기와 주교의 축성, 복음주의와 영국국교회 간의 모든 분쟁이 어쩐지 아주 무의미한 것 같아요. 굳이 안 해도 되는 싸움을 하는 거고요. 저는 완전무결한 존재를 (만약 존재한다면) 숭배하는 것과 현실을 가능한 한 가장 고상하고 가장 강하고 가장 사랑스러운 모습으로 만들고 싶은 욕망도 이해**할 수 있어요.** 하지만 이것이 화체설과 그 교리와 무슨 관계가 있는지 모르겠어요. 그리고 영생에 대한 믿음이 왜 그렇게 중요한지도 이해할 수 없어요. 저도 그 물음에 필사적으로 매달린 적이 있어요. 하지만 왠지 (아주 최근에) 그런 궁금증을 그냥 통과해서 반대편으로 빠져나와버린 것 같아요. 심지어 누군가가 죽고 나서 계속 살아 있기를 **바라지** 않아요. 다음 생도 **원하지** 않아요."

"이것도 싫고 저것도 싫고." 캐럴라인이 버럭 화를 냈다. "그러면서 우주와 모든 영원한 존재와 하느님께서 네가 원하는 것에 **딱** 맞추어져 있기를 기대하지. 더 이상 봐줄 수가 없구나, 엘리너. 정말이야. 그리고 너는 이학사(理學士)인가 그 비슷한 거고 아주 똑똑한 젊은 여자지. 암, 그렇고말고."

별것 아닌 일에 이렇게 흥분하기는 너무 싫었다. 진정해야 해. 참아야 해. 엘리너는 늘 자신이 불가지론자라고 했지, 불쌍한 엘리너. 남들은 불가지론자를, 그러니까 자신들이 무엇을 놓치고 있는지 깨닫지 못하는 철모르는 젊은것들이라고 딱하고 안됐다고 생각할 거야. 래시터 신부와 모티머 신부라면 참겠지. 캐럴라인은 한숨을 쉬고 식탁 건너편에 있는 엘리너를 바라보았다. 이제 접시 위 케이크를 바스러뜨리면서 먹지 않고 있었다. 이제 보니 덜 행복해 보였다. 뺨의 홍조가 사라지고 없었고 좀 전에는 보지 못했는데 눈 아래 그늘이 져 있었다.

캐럴라인이 일부러 기침을 하고 화제를 돌렸다.

"그런데 요즘 뭐 하고 지내니?"

엘리너가 거의 고마워하는 표정으로 쳐다보았다. 자신이 이쯤에서 가볍게 용서받았다는 것을 깨달은 듯했다.

"아, 칼리지 수업이 부활절에 끝난 건 아시죠? 시험을 봤는데 아주 못 본 것 같진 않아요. 못 봤다면 바보겠죠. 쉬웠거든요. 그리고 휴한테 제가 연구실 일을 아주 잘할 거라는 추천서를 쓰게 했고 이런저런 이유로 페린 회사 사람들이 저한테 거기에서 일할 기회를 줄 거예요. 페린은 여기 있는 회사인데 미국에 있는 브룩스와 함께 일해요. 그러면 기회가, 심지어 제가 휴와 함께 미국에 갈 기회가 생길지 몰라요. 휴가 노력 중이에요. 너무도 멋진 경험이 될 거예요. 그럼 제 오빠 잭을 만날 거예요. 지금 펜실베이니아에 있어요. 그리고 미국 영화와 유성영화 제작에 대해 모두 배울 수 있을 거예요. **더할 나위 없을** 거예요. 그런 다음에 돌아오면 돼요. 어때요. 재미있지 않겠어요? 언젠가 제가 브룩스처럼 업계 거물이 된다면 **재미있겠죠?** 큰 사업에선 여자들이 턱없이 부족하죠. 쉰 살엔 부자가 되어 있을 게 **분명해요.** 그다음에 정치를 할 거고 제가 정말 원하는 걸 얻을 거예요. 돈과 권력과 권위가 받쳐줄 테니까요. 시작은 바닥에서 해도 되지만 언젠간 **반드시** 회사 경영자가 될 거예요."

그 말에 캐럴라인이 솔깃했다. 몸을 앞으로 기울였다.

"엘리너." 캐럴라인이 말했다. "그 오랜 세월을 기다리고 미국에 갔다 오지 않아도 회사 경영자가 될 수 있어."

엘리너가 고개를 가로저었다. "그러면 좋겠죠. 제가 정말 참을성이 없거든요. 하지만 보통 그럴 수가 없잖아요. 바닥에서 시작해야 해요."

"네가 몰라서 하는 소리지!" 캐럴라인이 들떠서 소리쳤다. 다시 의기양양해졌고 제자리를 찾은 기분이었다. 아낌없이 주는 사람이자 젊은이의 후원자 자리. "그럼 내가 너한테 이 자리에서, 그러니까 비즈니스 칼리지를 막 졸업한 경험 없는 젊은 여자에 불과한 너한테 **영향력 있는** 회사의 이사직을 제안한다면 어떨까? 영화 회산데."

"뭐라고요?" 엘리너가 웃었다. "그 기회를 잡죠. 당연히."

"그래, 네가 전에 나를 도와주었던 게 사실이지. 네가 투자한 3000파운드 덕분에 내가 **미묘한**, 난처했다고는 안 할 거야, **미묘한** 상황에서 빠져나올 수 있었어. 이제 다행히도 내가 네 간절한 소망을 이루어주는 것으로 보답할 수 있게 됐구나." 엘리너의 표정이 왜 저렇게 놀라고 어리둥절한 것 같지? 캐럴라인은 자신이 제대로 착한 일을 하고 있다고 확신하고는 슬며시 웃었다. "내가 오늘, 오늘에야 크리스천 키네마사 이사회에 요청을 했어. 신임 이사 두 명을 승인해달라고. 모티머 신부와 엘리너, 너를 말이야."

캐럴라인이 뒤로 기대앉으며 엘리너가 고맙다고 말하기를 기다렸다. 이 아이는 혼란스러워서 기쁨을 제대로 표현 못 하는 거로구나. 그런데 엘리너는 감사하다고 외치는 대신 실망한 듯 캐럴라인을 바라보았다.

"크리스천 키네마사라고요?" 엘리너가 물었다. "모티머 신부, 그리고 저요?"

"모티머 신부, 그리고 너. 진정하렴. 물론 네가 너무 어리다는 걸 나도 잘 알고 당연히 아주 영광스러운 자리니까 이사들도 약간 놀랐는데, 하지만 늘 말하듯이 네가 많은 것을 바랄수록 사람들에게서 더 많은 것을 얻어내는 법이야. 네가 회사에 대한 관심을 아주 **실제적인** 방식으로 보여주었잖니. 동료 이사들도 나처럼 너를 임명하는 게 아무에게도 **해**가 되지 않는다고 생각해. 그리고 너한텐 멋진 경험이 될 거고."

"어, 감사합니다." 엘리너가 머뭇거렸다. "아주 고마워요. 하지만 그게…… 저는…… 저는 안 그럴까봐 걱정이에요. 그렇게 되지 않을까봐요."

"자, 자, 너무 겸손하게 굴지는 마." 엘리너가 그렇게 생각하는 것이 짜증났다. 캐럴라인은 의심과 이의와 씨름하는 일에는 너무 지쳤다. "일을 어렵게 만들지 마."

"하지만 제 걱정은, 그게…… 가능한 일이 아니니까요. 저는…… 저는 페린 같은 회사에서 바닥부터 시작하는 것이 훨씬 나을 거예요. 사업에 관해 이제 막 배우려고 하고 있는 걸요. 게다가……." 엘리너는 난처해서 마음을 가라앉히려는 듯 코트 깃을 올리더니 그 분홍색 장미를 얼굴에 갖다 댔다.

직감이 캐럴라인의 정신을 확 밝혔다.

"모티머 신부 때문이니?" 캐럴라인이 물었다. 세상에! 왜 전엔 그 생각을 못 했을까? 엘리너가 모티머 신부를 사랑하고 있는 것이 분명해. 그럼 최근에 일어난 몇 가지 소소한 일이 다 설명된다. 너무도 자연스럽지. 그렇게 똑똑하고 매력적인 남자를 사랑하지 않을 수 있는 여자가 어디 있겠어. 불쌍한 엘리너! 그래서 최근에 그렇게 이상하게 굴었구나.

"무슨 말씀이세요?" 엘리너가 물었지만 다시 붉어진 뺨이 진실을 드러냈다.

"모티머 신부와 같이 이사회에 있게 되면 불편할 거라고 생각하는 거지? 물론 충분히 이해는 하지만 내 생각엔……."

"그러면 모티머 신부님이 말씀드린 거예요?" 이번엔 엘리너가 놀란 것처럼 보였다.

"음." 그가 나에게 아무 말도 안 했지만 그는 내 **친구**란다. 우리 사이엔 비밀이 없지. 말하지 않은 것도 사실은 모두 말한 거나 다름없어. "글쎄, 네가 나한테 그 이야기를 하고 싶어할지 몰랐구나. 하지만 이미 말했으니까, 물론, 우리는 **친한** 친구라고 할 수 있을 것 같구나. 거의 어머니와 아들처럼, 그리고 하느님 안에서는 아버지고."

"아, 신부님이 말씀을 하셨군요. 음, 사실 좀 다행이에요. 그런데 그러면 왜 제가 되도록 떠나고 싶어 하는지 아시겠네요? 우리가 만나지 않는 편이 좋을 거라고 생각해요. 잠깐 동안만이라도요. 신부님은 이겨내실 거예요. 잊어버리실 거예요."

이렇게 엘리너가 사랑을 밝혀버렸다. 젊은 현대 여성다운 행동이다. 겉으로는 수줍어하는 것처럼 보이지만 이상하게 확신하는 분위기였다.

"그래, 그렇지." 캐럴라인이 말했다. "잊어버리겠지. 네가 난처해할 필요는 없는 것 같다."

"그것뿐이라면 괜찮을 텐데요. 그게, 저는 신부님을 계속 보고 싶어요. 저한테 꽃을 보내고 편지를 보내는데 그게 다 싫다고 하면 거짓말이겠죠."

"그 장미, 신부님이 보낸 거니?" 캐럴라인이 차분하게 물었다. 한 송이에 1실링이 넘어 보이는 장미를. '나한테는 튤립밖에 안 주고선.' 캐럴라인은 기억하고 있었다.

"맞아요. 제가 신부님을 말려야 한다는 걸 알아요. 그렇게 할 거예요. 다만 그게 생각보다 훨씬 어려워요. 신부님이 상처받는 것은 참을 수 없어요. 신부님이 다른 부류의 사람이었다면 좋았을 거예요. 전 제가 원하지 않는 남자를 떼내는 것보다 쉬운 일은 없다고 늘 생각했어요. 그냥 '싫어요' 하고 가버리면 된다고요. 하지만 이번엔…… 여하튼 신부님은 다르잖아요. 그렇죠?"

얘가 지금 뭐라고 하는 거야? '원하지 않는 남자'라고? 그러면 모티머가 엘리너를 좋아하는데 엘리너는 그렇지 않다는 뜻인 건가? 그 반대가 아니고? 캐럴라인은 떨리기 시작했다. "신부님이 너한테 **청혼**을 했니?"

"아니요, 그게 문제예요. 저한테 청혼하지 않을 거라고 계속 말하고 있어요. 그러면 안 된다고 하면서요. 물론 그럴 수는 없어요. 전 사제와 결혼하지 않을 거예요. 결혼이 **하고 싶**

을 거라고 생각한 적도 없고 꿈조차 꾼 적이 없어요. 이건 악몽 같은 거예요. 이 세상 사람 중에서 하필 국교회 보좌신부가 나를 사랑해요. 웃기죠. 이상하죠. 저는 늘 사제들이 좀 우스꽝스럽다고 생각했어요. 불가지론자고 교회를 싫어하고 교회가 이롭기보단 해롭다고 생각했는데. 그때 로저를 만났어요."

무슨 말이지? 무슨 말을 하는 거야? 엘리너가 받침쇠 안에 든 타지 않은 검은 석탄을 가만히 바라보며 수줍어하고 틱틱거리면서 자기 자신과 싸우고 있다는 듯이 이야기하고 있었다. 모티머 신부가 자기를 사랑하는데 자신이 거절했다는 듯이. 그런데…….

"신부님을 사랑하니?" 캐럴라인이 물었다.

"사랑하냐고요? 그래요. 그런 것 같아요. 하지만 다른 사람들처럼 '그 사람을 사랑해요'라고 직접 말하기는 어려워요. 하지만 정말 사랑해요. 로저는 여태 세상에서 만날 수 있을 거라고 생각했던 어떤 남자보다 착해요. 심지어 아빠보다 더요. 그 사람은 융통성은 없지만 풍자와 유머를 알아서 다행이고요. 무언가, 예민하고 섬세한 무언가가 있어요. 그런 사람을 어떻게 사랑하지 않을 수 있겠어요?"

"그런데 뭐가 문제니? 내가 보기엔 로저가 청혼도 안 했는데 넌 로저가 널 사랑한다고 아주 확실하게 믿고 있는 것 같구나."

"어, 그런데 당연히, 로저가 말씀을 드려서 다 알고 계시지 않아요? 그러니까 휴의 연구실 사고가 나던 날 밤에, 그때 처음 저한테 말했잖아요. 전 너무 놀라서 뭐라고 해야 할지 몰랐어요. 그리고 다음 날 애써 저한테 엄청난 카네이션을 보냈어요. 큰 상자 가득, 성가시게 해서 미안하다는 사과의 편지와 함께요. 그런데 그렇잖아요. 누군가가 그렇게 **아주 잘**해주는데 모른 척할 수는 없잖아요. 그래서 로저한테 찾아갔어요. 거의 매일 병원에 로저를 만나러 갔어요. 그리고 이야기를 하고 또 했지요. 정말 믿기 어려울 정도로 좋은 사람이더군요. 하지만 물론, 안 돼요."

"무슨 말이야? 왜 자꾸 '안 돼요'라고 하는 거야?"

"어, **당연히** 안 되죠. 어떻게 제가 로저와 결혼할 수 있어요? 로저는 기꺼이 내 이름과 내 일을 지켜줄 거라면서 그냥 가능할 때 자신에게 와서 머물라고 해요. 그리고 교회의 현재 입장과 달리 이혼과 산아제한을 인정하고요. 교회가 사회적 편의의 문제에 대해 주제넘게 관심을 가져서는 안 된다면서요. 하지만 그렇게 행동하는 건 우리에게 전혀 도움이 안 되잖아요. 저는 제 인생에서 결혼을 고려해본 적이 없어요. 로저를 만나기 전에는 하고 싶었던 적도 없고요. 저는 일을 하고 싶어요. 뭔가를 이루고 싶어요. 사람들을 조직하고 싶고요. 페린 같은 회사를 꾸리고 싶어요. 영화 장비를 만드는 회사요. 그런 다음 사업에서 배운 것을 정치에 활용할 거예요. 하고 싶은 것이 너무 많고 제가 다 해낼 수 있을 거라고 생각해요. 그냥 이대로 부사제와 결혼해버릴 수는 없어요."

"그렇구나." 캐럴라인은 이제 아주 냉정하고 매우 차분해지는 느낌이었다. "로저가 너를 사랑한다고 했고 너도 로저를 사랑하지만 너는 너 자신의 이기적인 성공을 위해서 로저와 네 사랑을 기꺼이 희생하겠다는 거구나."

"그렇게 말씀하실 수도 있겠지요. 하지만 그게 전부는 아니에요. 정말로 로저를 사랑해요. 함께 있고 싶고요. 로저를 도와주고 보살펴주고…… 그리고 아이를 가져야겠죠. 로저는 너무 올곧고 예민하고 남자다워요. **사랑스러운** 아이들이 태어나겠죠."

"엘리너!"

"그래요. 그럴 거예요. 확실해요. 사랑받을 거예요. 로저는 사랑받는 남편이 될 거예요. 하지만 그게 전부가 아니에요. 전혀 다른 문제가 있어요. 제가 어떻게 슬럼가 보좌신부의 아내가 될 수 있겠어요? 프란체스코회의 이상과 제 이상이 전혀 다른데요? 저도 로저처럼 슬럼가와 빈곤, 산모 사망률, 그 모든 것을 바꾸고 싶어요. 하지만 저는 권력과 합리적 사고와 정치적 규제를 통해서 그 일을 하고 싶어요. 저는 기도할 수 없어요. 기도하는 사람이 좋아 보이지 않아요. 소녀단을 운영하고 싶지 않아요. 제도적이고 합리적인 혁명을 준비하고 싶어요. 이해**하셔야** 해요. 고모는 개혁가시잖아요. 개인적인 사랑보다 강하고 더 오래 지속되는 열정이 있다는 것을 아셔야 해요. 정말 있어요. 적어도 저 같은 여자들에게는 있어요."

"이해해." 캐럴라인이 떨면서 말했다. "너 같은 여자들이 완벽하게 이기적일 수 있다는 걸. 나는 늘 개척가고 투쟁가야.

하지만 내가 모티머 신부를 위해 할 수 있는 일이 있다면 내 일이라도 당장 **나의** 계획을 포기할 거야. 나는 늘 내가 사랑하는 사람들을 돕고 부자가 되게 해주고 싶었고 **진정한** 크리스천은 그래야 한다고 생각해. 그리고 지금껏 사랑이 자기희생과 이어져 있다고 알아왔지만 어쩌면 내가 틀리고 네가 옳은지도 모르겠다. 그저 내가 이 모든 새로운 생각을 받아들이기엔 너무 늙어가고 있다는 생각이 들어. 너는 네 길을 가야지. 도와줄 수는 없지만."

캐럴라인이 매몰차게 말했다. 가슴이 쓰라렸다. 화가 나고 슬프고 지쳤다. 의자에서 일어나서 찻잔을 정리하기 시작했다.

"아니에요, 제가 할게요." 엘리너가 외쳤다.

그래, 좋아. 엘리너가 하면 안 될 이유가 뭐람. 젊고 강하고 이기적인데. 엘리너한테 하라고 하자. 모든 걸 다 가졌잖아, 하고 캐럴라인은 생각했다. 젊음과 희망과 야망과 사랑, 그래, 사랑까지. 모티머 신부의 사랑. 그런데 그 사랑을 원하지 않는다지. 저 애에겐 장애물일 뿐이야. 캐럴라인이 가진 것은 늙은이의 특권밖에 없었다. 흔들의자에 깊숙이 앉아서 엘리너에게 설거지를 시킬 권리.

그러니까 로저는 처음부터 엘리너를 사랑해놓고 나한테는 한마디도 안 했군, 캐럴라인은 생각했다. 그게 바로 내가 로저에게 준 사랑스러운 것이구나. 아마도 나를 끔찍하게 지긋지긋한 늙은이라고 생각했겠지. 우리의 우정은 완전히 일방적인 것이었어. 그는 젊다. 그는 젊음을 원해. 왜 내가 그를 위해 고생하고 일해주어야 하지? 그는 내 덕에 부자가 되고 싶어 하지 않아. 엘리너를 원하지. 로저의 마음엔 내 자리가 없어. 엘리너의 자리뿐이야. 웨스트민스터나 홀랜드 파크에 로저를 위한 집을 지을 수 있을지 몰라. 켄트에 있는 시골집과 에식스에 있는 홀을 꾸밀 수 있을 테지. 하지만 로저는 결코 오지 않을 것이다. 오고 싶어 하지 않는다. 내가 필요 없다.

이제 현실을 제대로 보아야 한다. 크리스천 키네마사가 눈 앞에서 무너지고 있었다. 이사들이 하나씩 하나씩 떠나고 있었다. 일이 사라져버렸다.

꿈이 사라지고 있었다. 모티머 신부는 내가 필요 없다. 엘리너만 원한다. 엘리너는 바라지도 않는데.

내가 늙어가고 있기 때문에 모든 것이 떠나가고 있다. 나의 시대가 지나가고 있다.

"그 잔은 거기에 안 넣어." 캐럴라인이 갑자기 말을 내뱉었다. "그리고 케이크를 상자에 **제대로** 넣어야지."

"죄송해요, 고모." 엘리너가 순순히 말했다.

3

4월의 저녁이 노스켄싱턴에 초록색으로 부드럽게 내려앉았다. 포치 아래로 기둥들이 해저 동굴의 종유석처럼 매달려 있었고 일요일의 텅 빈 거리를 지나는 사람들은 물속 물고기처럼 조용히 미끄러져 갔다. 캐럴라인은 반짝거리는 인도를 초조하게 서둘러 지나갔다. 비가 내려 거리는 젖어 있었지만 세인트세실리아 성당 첨탑 뒤의 하늘은 상쾌하고 깨끗하게 열려 있었다.

서둘렀다면 시간에 맞출 수 있었다. 물론 버스를 탄 것이 바보짓이었다. 버스는 항상 예상보다 더 오래 걸렸다. 지하철로 노팅힐까지 가서 걸어왔으면 더 빨랐을 것이다. 하지만 그랬다고 해도 확신할 수는 없었다. 캐럴라인은 늦고 싶지 않았다. 미사가 시작되고 난 다음에 통로를 덜그럭거리면서 밀고 들어오는 사람들이 싫었기 때문이다. 그렇다고 뒤쪽에 앉으면 모티머 신부를 볼 수 없다.

캐럴라인이 신부에게 전화를 해서 세인트세실리아 성당에서 일요일 저녁 미사가 끝난 뒤 만나기로 약속했었다. 그 성당에서 모티머가 교구신부 대신 미사를 맡고 소년단에게 설교를 하기로 돼 있었다.

"오셔서 끝나고 함께 식사해요. 식사하면서 말씀하시면 돼요." 모티머가 그렇게 제안했다.

캐럴라인은 그가 자신에게 엘리너 이야기를 하지 않은 것을 용서해버렸다. 어쨌든 숨길 의도는 없었을 거라고 서둘러서 결론 내버렸다. 모티머가 그 이야기를 하는 것이 엘리너에게 부당하다고 생각했을 수도 있다. 모티머에게 이야기를 들었다고 해서 엘리너를 더 잘 이해하게 되지도 않았을 거야. 그리고 어쨌든 캐럴라인은 친구에게 화가 난 채 그대로 있을 수 없었다. 내 인생이 아름다워진 것은 내가 로저를 사랑해서지 로저가 나를 사랑해서가 아니야. 로저가 나에게 아무런 감정이 없다고 해도 그를 그만 사랑하는 것만큼 마음이 아프지는 않을 거야. 그를 사랑하지 못한다면 죽는 게 나아.

공허하고 적막한 느낌이었다. 캐럴라인에게는 계획이 있었지만 실행에 옮길 힘이 없었다. 크리스천 키네마사는 죽었다. 하지만 재정적 실패가 남긴 잿더미에서 이상주의의 불사조가 날아올라야 했다. 캐럴라인은 그날 저녁 모티머 신부를 만나 새 이상주의자들의 이사회에 합류해달라고 부탁할 생각이었다. 부당이득의 가능성은 아예 잘라냈다. 새 회사가 성공해서 이문이 남으면 그건 어쩔 수 없겠지만. 이제 시간이 그들의 편을 들어줄 때였다. 이번에는 목표가 아주 명확했다. 크리스천 키네마사는 궁극적으로 이상주의자들로 이루어진 선구적 단체가 될 것이다. 유일한 보상은 옳은 일을 한다는 보람이다. 깨끗하고 건전한 오락에 대한 거대한 국가적 요구를 조직화하여 영리 본위 영화라는 사악한 왕좌의 세력에 도전할 것이다. 사회적 출세를 바라고 온 이즌바움 같은 사람은 없어야 한다. 존슨, 세인트데니스, 매커피 같은 사람도 없을 것이다. 모티머 신부에게 그 사업에 고귀한 정신을 빌려달라고 할 거야. 이번에는 하느님의 고마운 은총으로 정정당당한 경주를 할 테야.

캐럴라인은 미사가 끝난 뒤 교구 사무실로 돌아가는 길을 찾았고 그곳에서 모티머 신부를 보았다. 긴 검정색 신부복을 입은 키 크고 냉정한 얼굴의 그가 교구신부와 이야기를 나누고 있었다. 덴턴스미스라는 분이 기다리고 있다고 관리인이 전하자 모티머는 마치 약속을 잊고 있었다는 듯 깜짝 놀랐다. 그런 뒤 드물게 짓는 매력적인 미소로 얼굴을 누그러뜨렸다.

모티머가 교구신부에게 그녀를 소개했다.

"덴턴스미스 양은 더 높은 영화의 기준을 위해 싸우는 용맹한 십자군입니다." 모티머가 설명했다. "아주 용감한 여성이 아니라면 아무도 감히 영화계의 기득권에 도전하지 못할 거라고 생각합니다."

"영화라고요? 난 절대 안 봅니다. 영화를 싫어해요." 교구신부가 말하더니 주일 저녁 식사를 하러 서둘러 가버렸다.

"그럼, 이제 같이 저녁을 드시러 가시죠." 모티머 신부가 말했다. "사제관으로 모시고 가지 않을 겁니다. 우리가 늦었을 텐데 사제관 관리자는 늦게 오는 사람을 기다려주지 않으니까요. 양파피클만 드시게 하고 싶지는 않아요."

캐럴라인이 웃었다. 친구와 나란히 온화한 봄날 저녁을 걸으니 아주 근사했다.

"발은 어때요?" 그녀가 물었다. "아직 꽤 절뚝거리시네요."

"어, 아주 잘 낫고 있어요. 다음 주엔 수영을 다시 시작할 거예요. 남학생 수영 대회에 세 아이를 내보낼 건데 그동안 전혀 봐주지를 못했어요. 여기예요. 꽤 괜찮은 식사를 할 수 있는 곳이죠."

그들은 '2실링 6페니 일요일 정식'을 주는 작은 식당에 들어갔다. 식탁에는 녹색과 오렌지색 식탁보가 씌워져 있었다. 인도인 학생 두 명이 한쪽에서 마요네즈를 뿌린 식힌 생선을 먹고 있었고 로저 모티머가 캐럴라인을 안내한 식탁 세 번째 의자는 커다란 크림색 고양이가 차지하고 있었다. 그가 익숙한 손길로 고양이를 만졌다. 기다란 손가락 두 개로 고양이의 등골뼈를 이마에서 꼬리까지 쓰다듬었다.

캐럴라인은 점원이 주문을 받는 동안 기다렸다. 모티머 신부가 고양이에게 그랬듯 진지하게 점원을 배려하는 모습을 지켜보았다. 그가 수프와 프레스드 비프샐러드를 주문하자 캐럴라인이 말했다.

"〈에스겔서〉에서 뽑은 구절, 훌륭했어요."

"그래요. 하지만 그 구절로 한 제 설교는 형편없었죠."

캐럴라인이 미소를 지었다. "그게 최고의 설교였다고 입에 발린 소리는 안 할게요. 늘 말하듯이 솔직한 것만 한 칭찬은 없으니까요. 왜 신부님은 마음 내키는 대로 하지 않으세요? 좋으면 할 수 있는 거예요. 어차피 사람들이 제일 힘들어하는 건 아주 **단순한** 것들이잖아요. 질병과 죽음, 돈이 충분하게 없다는 것. 그리고 아름다운 것들도 아주 단순하고요. 진리와 용기, 그리고 사랑도요."

"사랑이 단순하다고요?"

"어, 그렇죠." 캐럴라인이 눈을 몹시 크게 뜨고 바라보았다. 연민과 안타까움, 존경심이 그녀를 휩쌌다. 그가 너무 사랑스러워서 약간 놀란 듯 재미있어하는 표정을 짓는 눈썹을 손가락으로 쓰다듬고 어여쁜 뺨을 매만지고 팔로 머리를 끌어안고 싶었다. "안 그런가……. 안 그래요? 참으로 영광스러운 유일한 것이 사랑 아닌가요?" 그녀가 말했다.

"저는 사랑이 특별히 영광스럽다고 생각하지는 않는데요." 그가 말했다 "물론 사랑이 그래야 한다는 건 알고 있어요. 완전한 사랑은 두려움을 몰아•낸다는 것은 사실이지만 불완전한 사랑은 아주 골칫거리일 수 있어요. 덴턴스미스 양은 단순하다고 하고 저는 단순하다고 생각하지 않는 것들에 대해서는 어떻게 설교를 할 수 있을까요?"

캐럴라인은 뭐라고 해야 할지 몰랐다. 마음속에서 엘리너를 향한 화가 치밀었다. 로저는 아주 조용하게 앉아서 사랑에 대해 부드럽고 상냥하게 이야기하고 있는데 캐럴라인은 이런 생각을 하고 있었다. '엘리너가 로저의 마음을 아프게 했어. 못된 것. 자기밖에 모르는 못된 것.'

"그래도 아주 **아름답게** 설교하셨잖아요. 도움이 많이 되고 이해도 잘 해주시고요."

"아, 그렇게 말씀하시니 아주 고맙습니다. 저도 그렇게 생각하고 싶어요. 하지만 이젠 그게 상관없어졌어요. 제가 버먼지에 파견 가기로 했는데 거기서는 설교를 거의 안 해도 되니까요. 고맙게도."

버먼지? 캐럴라인이 공포로 얼어붙었다. 로저가 크리스천

• 〈요한일서〉 4장 18절.

키네마사를 도와줄 것이라고 철석같이 믿고 있었는데. 머리가 어지러웠다.

"제가 거기 보좌신부로 가게 됐어요. 제가 정말로 좋아하는 일이에요. 교구에 일이 많고 소년단도 맡아야 하고요. 저한테 좋을 겁니다. 저를 약간 달라지게 해줄 거예요."

"하지만 거긴 강 건너예요!"

"보기에 따라 다르지요. 어떻게 보면 강 건너예요. 하지만 그곳에서 보면 강을 안 건너죠. 우리가 보기엔 강 건너 미개한 북쪽인 것 같고요."

"여하튼 가면 안 돼요. 그게…… 안 돼요." 버먼지는 현실적인 목적으로 보자면 요크셔나 베를린, 아니 래브라도만큼 멀었다. 가면 안 된다. 캐럴라인은 크리스천 키네마사 계획을 이야기하기 시작했다. 회사가 이상주의의 바탕에서 어떻게 완전히 새롭게 조직될지, 그리고 그의 도움이 얼마나 많이 필요한지를.

그가 천천히 고개를 저었다.

"대단히 죄송해요. 그리고 제가 필요하다고 하시니 고맙고요. 하지만 어쨌든 안 돼요. 그런 일은 정말이지 제가 할 일이 아니에요. 그리고 교구 외부의 위원회에 소속될 수도 없고 일을 할 수도 없을 겁니다. 처음엔 제 일에 좀 더 집중해야 할 거예요. 아직 배울 게 많거든요."

"아니, 하지만 거기 처박혀 계시면 안 돼요."

"처박히는 게 아니에요."

"신부님이 안 계시면 전 못 해요."

"아니, 당연히 할 수 있어요. 멋지게 할 겁니다. 저를 알기 전에 어떻게 했는지 생각해보세요."

"엘리너군요." 캐럴라인이 상실감에 쓰라려하며 소리쳤다. "엘리너가 신부님을 쫓아내고 있군요."

로저의 얼굴에서 미소가 얼어붙었다.

"무슨 말씀이세요, 덴턴스미스 양?"

"아닌 척하지 마세요. 그렇게 도망가면 안 돼요. 내가 몰랐다면 또 모를까. 나는 신부님 친구잖아, 이렇게 생각하는 거 싫어하지 마세요. 나이로는 내가 거의 엄마뻘이고요. 그리고 어쨌든 적어도 런던에서는 내가 엘리너의 가장 가까운 생존해 있는 친척인데, 엘리너는 어리고 앞뒤 분간 못 하는 이기적인 아이예요. 신부님한테 어울리는 좋은 여자가 아니야. 그저 자기 성공에만 신경 쓰는 매몰차고 이기적인 현대 여성일 뿐이에요."

그는 자기 접시를 내려다보고 있다가 롤빵을 부스러뜨리던 손을 멈추었다. 돌연 고개를 들고 다시 밝게 미소를 지었다. "아무리 덴턴스미스 양이라도 그 이야기는 안 하고 싶은데요?" 그가 말했다. 버터를 건네달라고 하듯 너무 편안하고 즐겁게 말했다. "여하튼 당연히 이건 데 라 루 양과 관련이 없어요. 적어도." 진실하려는 본능이 더 정확하게 말하도록 재촉했다. "적어도 데 라 루 양이 어떻게 할 수 있는 일은 아니에요……."

하지만 캐럴라인은 멈추지 않았다. "당연히 엘리너가 무언가 **할 수 있었어요. 당연히** 할 수 있었어. 엘리너가 그렇게 말했어요. 다 말했다고요."

그 말에 로저는 정신이 번쩍 들었다. 놀라서 눈을 크게 뜨고 캐럴라인을 쏘아보았다.

"엘리너가 나한테 두 사람이 결혼하고 같이 안 살고 어쩌고 하겠다는 걸 다 이야기했어요. 물론 엘리너는 **말로는** 신부님을 사랑한다고 하고 **말로는** 신부님의 일을 방해하고 싶지 않다고 하더군요. 하지만 나는 엘리너가 사랑에서 가장 중요한 **것**을 아예 모르는 것 같다고 말해주었어요. 안다면 사업에 대해 그 애가 가진 멍청하고 쓸모없는 생각 따위는 전혀 안 중요하다 것을 잘 알았을 테니까요."

"아니요, 엘리너의 생각은 중요합니다. 저는 엄청나게 중요하다고 생각해요"

이제 캐럴라인이 쏘아볼 차례였다.

"저는 아내가 저를 위해서 기꺼이 '모든 것을 포기하는' 것을 두고 볼 수 없어요." 모티머 신부가 단호하게 말했다. "그보다 더 굴욕적인 상황은 생각할 수도 없어요. 남편 된 사람이, 아내가 포기한 것을 다 보상해주려고 어떤 이상적인 가치에 맞추어서 살아야 한다면 어떤 중압감을 견뎌야 할지 생각해보세요. 그래요! 잠깐만 생각을 해보면 아실 거예요, 덴턴스미스 양. 그러면 살면서 아주 작은 평화도 다시는 느끼지 못할 겁니다. 온전한 마음도요. 발전이나 일, 성취 같은 것도 절대 즐길 수 없을 겁니다. 그래서 결국 여자를 혐오하게 될 겁니다."

"로저!" 이렇게 부른 적이 없었다. 이렇게 부르는 것은 생각조차 해보지 않았다. 하지만 그가 이런 식으로 감정을 드러내자 너무 놀라서 이름이 튀어나왔다. 그녀는 머리가 멍했고 놀랐고 뭐라 말할 수 없이 불안했다.

그는 웃었다. "당연히 그럴 겁니다. 남편도 아내도 자신의 일을 희생할 필요가 없도록 일종의 합의를 하는 것이 이상적이라고 생각합니다. 그리고 그게 가능하다고 믿고요. 하지만 아무도 자기 아내를 놓고 실험할 권리는 없습니다. 그러니까, 여하튼 그런 단계는 이미 끝났고 다 해결됐습니다. 덴턴스미스 양께 바라는 것이 있습니다. 엘리너가 미국에 가는 그 제안을 받아들이게 설득해봐주세요. 일을 제대로 시작할 큰 기회가 될 겁니다. 저는 엘리너가 그러면 좋겠어요. 여태 어떤 여성도 한 적이 없는 일을 엘리너가 해내면 좋겠습니다. 하지만 지금은 엘리너를 다시 만나고 싶지 않습니다."

"그만해요." 캐럴라인이 버럭 소리를 질렀다 "모든 게 끝났어. 엘리너는 갈 거고 로저도 갈 거고, 회사는 거의 사라졌어요. 그 모든 걸 나 혼자서는 감당할 수가 없어. 난 너무 늙었어."

"아니, 아니에요. 그렇지 않아요. 덴턴스미스 양에겐 진짜 젊음과 패기가 있어요. 늘 가지고 있던 그 용기가 그대로 다 있어요. 어떻게 해서든 훌륭하게 잘해낼 것이고, 제가 사는 게 힘들 땐 덴턴스미스 양에게 가서 응원을 받을 거고요. 우린 1년에 한 번씩 만나서 엘리너가 미국에서 성공하는 동안 엘리너의 성공을 위해 건배할 겁니다."

'이런, 젊은 사람들이란' 하고 캐럴라인이 생각했다. '1년에 한 번'이라고 말도 잘 하네. 이 생각 없는 젊은것들, 기회를 낭비하고 있어. 내가 로저를 만날 수 있는 날이 얼마나 더 남았을까?

하지만 다시 기운을 내어 밝게 거의 애교를 부리듯 이렇게만 말했다. "아, 그래야죠. 하지만 엘리너는 아직 안 갔답니다."

"맞아요. 아직은요. 하지만 당장 시작하시죠."

그가 잔을 들어 올렸다.

캐럴라인이 식탁 맞은편의 그를 바라보았다. 자신을 사로잡은 이 이상한 느낌이 아픔인지 크나큰 행복감인지 알지 못했다. 모든 것을 잃었다. 모티머 신부, 그녀가 애달프게 사랑하는 로저가 떠날 것이다. 엘리너가 떠날 것이다. 크리스천 키네마사가 없어질 것이다. 그녀는 1년 전의 자리로 돌아왔다. 모든 것을 다시 시작해야 했다.

하지만 예전과 똑같지 않았다. 영광을 맛보았다. 친구가 생겼다.

캐럴라인이 잔을 들어 올렸다.

"엘리너의 성공을 위하여." 캐럴라인이 말했다.

로저가 빙그레 웃으며 마셨다.

"그리고 덴턴스미스 양의 건강을 위해." 로저가 정중하게 고개를 숙이며 답했다.

"내 성공은 안 빌어주는 거예요?" 캐럴라인이 톡 쏘았다. "아직 건강만 중요한 나이는 아닌걸요."

"물론 아니죠. 덴턴스미스 양과 새로 하실 모든 일의 성공을 위해."

둘은 오렌지젤리 위에서 다시 잔을 부딪쳤다.

그러나 건강이야말로 성공의 중요한 조건이었는데, 그녀는 건강의 가치를 제대로 몰랐다. 집으로 가는 길, 런던 기차역 노팅힐 탑승구를 향해 베이스워터가를 건널 때 캐럴라인은 친구들에 둘러싸여 있는 황홀한 꿈속 같은 상태였다. 그래서 웨스트본 그로브에서 모퉁이를 돌아 달려오는 자동차를 보지 못했다. 차가 그녀를 들이받고 땅바닥에 내동댕이쳤다. 그러나 차에 깔리지는 않았다. 소지품에서 주소가 발견되지 않았다. 입고 있던 옷가지와 3실링 4펜스가 든 지갑이 그녀의 가난을 여실히 보여주었다. 의식이 없는 상태로 베이스워터 치료소로 이송되었다.

4

치료소 병동은 길고 높고 밝고 으스스하고 너무도 다 드러나 있었다. 피커딜리의 길바닥에 누워 있는 것보다 더 드러나 있는 것 같았다. 들어왔다 나갔다 올라갔다 내려갔다, 간호사와 병동 도우미가 반짝이는 병들과 찻잔, 묽은 우유푸딩이 담긴 에나멜 그릇이 가득한 손수레를 밀며 지나갔다. 때로는 침대에 막이 둘러쳐져서 잠깐 동안은 호젓하게 있을 수 있었지만 그럴 때조차 수습 간호사가 주제넘게 친하게 구는 통에 화가 치솟았다. 그 간호사는 무례하게 대하면서 '아줌마'라고 불렀다.

아픈 건 참을 수 있었다. 허벅다리가 부러졌고, 그래서 다리를 살짝 들어 올린 채 음식 덮개같이 생긴 철 바구니 아래에 누워 있었다. 어깨부터 발꿈치까지 온몸이 아픈 것 같았다. 이미 고통이 무엇인지는 알고 있었다. 하지만 사생활이 없는 것은 참을 수 없었다. 의식을 되찾고 자기 상태를 깨달은 후 줄곧 난처하고 창피해서 괴로웠다. 크리스천 키네마사의 이사이자《용기의 길》의 저자, 모티머 신부의 친구가 빈민법의 적용을 받아 공공 치료소에, 정맥류가 파열된 청소부와 악성빈혈인 어린 직공 사이에 있어야 한다니 너무했다. 그녀는 시설에서 주는 분홍색 플란넬 잠옷이 싫었다. 미지근한 차가 담겨 나오는 머그잔이 싫었다. 너무 두꺼워서 잘리지 않는 버터 바른 빵도 싫었다. 거친 침대보, 무엇보다도 젊은 간호사와 의사들이 격의 없이 편하게 대하는 것이 싫었다.

"나는 모든 것을 참아왔어. 온갖 것을. 가난과 좌절, 외로움을. 하지만 이건 너무해." 그녀가 혼잣말을 했다. 뜨거운 차에 눈이 덩달아 뜨거워졌다. "못 참아. 못 참는다고."

사고가 난 지 이틀이 지나고 엘리너가 왔다. 깔끔하고 세심하고 유능한 엘리너가.

"여기서 나를 꺼내줘. 여기서 데리고 나가줘." 캐럴라인이 소리쳤다. "내 뼈가 부러져서 **몇 주** 누워 있어야 한대. 회사는 어쩌니? 어떻게 내가 빈빈 치료소에서 싹 만나야 할 영향력 있는 기업가를 만나고 중요한 면담을 하겠니? 그리고 여기가 그냥 끔찍하다. 끔찍해. 말을, 너는 상상도 못 해본 언어를 쓴단다. 저기 있는 애. (캐럴라인이 직공 소녀의 침상 쪽으로 고개를 홱 돌렸다.) 재가 쓰는 말. 그리고 간호사들한테 하는 농담. 기겁하겠어. 저 진주 목걸이라는 것도 환자복 위에다 걸고 있고 립스틱을 마구 칠하고. 엘리너, 나를 나가게 **해줘야 해.** 요양원을 찾아봐줘. 모티머 신부한테 와서 좀 도와달라고 해줘."

하지만 엘리너는 안타깝다는 듯 이렇게 조심스럽게 대답할 뿐이었다.

"제가 의사와 담당 도우미와 이야기를 해봤어요. 이곳에 누워 계시는 게 더 낫다고 생각해요. 편안하게 잘 계실수록 다리가 더 빨리 나아요."

"편안하게? **편안하게 있으라고?** 여기서 도대체 어떻게 편안할 거라고 생각하는 거냐? 아침 5시에 씻으러 일어나야 하고 그다음엔, 그 뭐냐, 하루 종일 사람들이 끊임없이 왔다 갔다 해. 세일 기간에 셀프리지의 지하 할인 매장에 누워 있는 것 같아."

"그런 뜻이 아니에요."

이런, 왜 여태 엘리너가 똑똑하다고 생각했던 걸까? 이곳이 참을 수 없는 곳이라는 것도 모르는데.

"너랑 입씨름을 해봐야 소용이 없지. 나를 위해 아무것도 하고 싶어 하지 않는다는 걸 알겠구나. 나를 돕고 싶지가 않은 거지. 난 옛정을 생각해서 네가 나한테 **조금이라도** 베풀어줄 거라고 생각했는데. 아니야, 이럴 줄 진즉에 알았어야 했어."

캐럴라인은 이제 자신이 엘리너에게 화나는 특별한 이유가 있다는 사실이 기억났다. 그게 뭐였더라? 저 아이가 고집 세고 매몰차고 이기적이어서, 물론 그렇긴 한데 다른 이유가 있었는데. 캐럴라인은 머리가 쑤셨다. 정신이 뒤죽박죽이었다. 집중할 수가 없었다.

"난 네가…… 네가…… 나는 네가 마싱턴에 있는 이니드에게 편지를 써서 여기서 일어난 일을 알려주면 좋겠구나. 그러면 이니드가 바로 나한테 돈을 보내줄 거고, 난 버터랑 과일을 좀 먹고 싶구나. 환자들은 과일을 **먹어야 하는데**, 마싱턴의 이니드네에 멋진 온실이 있고 거기서 포도가 열리지. 덴턴에서 먹곤 했던 바틀릿이 생각나는구나. 정말 맛있었는데. 과육과 씨밖에 없는 **요즘** 과일과 달라. 그런 다음 모티머 신부에게 편지를 써서 **곧바로** 여기로 오라고 해줘. 그리고 또 루크리셔로와 빅토리아가 사무실에 가서 내 서류를 가져다주면 좋겠구나. 난 일을 계속 **진행해야 해**. 회사가 망가지게 둘 수 없어. 내 이사들 전부, 내 계획들 전부. **매일** 여기 편지를 가지고 와. 이제 보니 네가 속기와 타자를 할 줄 아는 게 다행이로구나. 할 일이 **아주** 많으니까."

엘리너는 멍했다. 마음만 먹으면 밝은 얼굴로 도와줄 수 있을 텐데, 필기장과 연필을 만지작거리며 뭔가 쓰며 앉아 있었고 우울해 보였다.

"캐럴라인 고모……."

"안 돼, 안 돼. 지금은 방해하지 마라. 생각을 해야 해. 아주 중요한 일이야. 요청한 사람들에게 세부 사항을 알려줘야 해. 내가 어제 여덟 건을 요청받았어. 아니구나, 어제가 아니야. 그러니까 금요일 말이야. 아주 뒤죽박죽이군. 그리고 **네가** 나 대신 켄싱턴고어의 주교님을 만나주겠니? 물론 내가 직접 가야 **하는 거지.** 늘 말하듯 일이 제대로 되기를 바라면 직접 해야 하는 법이지. 하지만 난 여기 다리가 묶였잖아."

으, 이 고집 세고 도와주려 하지 않는 애한테 의지해야 하다니, 끔찍했다. 엘리너는 뭔가 이야기를 하려고 했다. 미국과 브룩스라는 남자에 대해 뭔가를. 아, 브룩스라는 남자가 있었지. 브룩스, 매커피와 뭔가 관계가 있는 사람이었는데.

"내가 자식을 하나 낳았어야 하는데." 캐럴라인이 투덜거렸다. "내 자식이라면 내가 **조짐이 최고로 좋은** 일을 하는 도중에 쓰러져 있을 때 불평 한마디 없이 몇 시간이고 나를 도와주었을 텐데. 늘 말하듯 이런 일은 우리의 믿음을 시험하기 위해 주어진 것이지만 그 시험을 견디는 데 작은 인정이 도움이 될 때도 있는 거야."

아무 소용이 없었다. 엘리너에게 하소연하느니 돌덩이한테 하는 편이 낫겠네. 엘리너는 그냥 거기 불안하고 걱정이 있는 듯하면서도 고집스러운 얼굴로 앉아 있었다. 전혀 따뜻하지도 딱하게 여기는 것 같지도 않았다. 저 아이 뭔가 문제가 있어. 평범한 감정 상태가 아니야. 그리고 저 이상한 옷가지들, 저 낡은 트위드 코트도. 젊은 여자들은 꽃처럼 싱싱해야 하거늘.

"네 코트가 보기 싫구나." 캐럴라인이 느닷없이 큰 소리로 말했다. 굳어 있던 엘리너의 얼굴에 미소로 보조개가 패었다.
"그렇지요."

"다음에 올 때 침실용 재킷을 가져다주렴."

"고모, 제가 말씀드린 거 기억 안 나세요? 미국에 간다는 이야기요. 다 결정됐어요. 어제, 월요일에, 제가 다음 주 금요일에 배를 타고 갈 수 있다고 들었어요. 그야말로 너무 잘된 일이에요."

"뭘 한다고?"

"제가 휴랑 브룩스 씨랑 다음 주 금요일에 루리타니아호를 타고 간다고요. 6개월 동안 휴의 조수로요."

"금요일? 네가 다음 주 금요일에 미국에 간다고? 나를 **여기**에 두고?"

"하지만 전들 어쩌겠어요? 떠나기 전에 할 건 다 해드리고 갈게요. 마싱턴에서 베티나 도러시가 이리로 달려올 수는 없겠죠? 그래도 다른 친구분들이 있으니까. 브룩스 씨를 섭섭하게 할 수가 없어요. 휴가 나를 데려가도록 해준 것만 해도 아주 큰 결심을 한 거예요."

"나를 **여기** 두고 간다고? 아냐, 안 돼. 엘리너, 가지 마. 나한테 네가 있어야 하는 거 모르겠니? **꼭** 필요해. 내가 입원한 동안 회사를 운영할 수 있는 사람은 너 말고 아무도 없어. 아무도 없다고. 나는 못 하잖아. 못 해. 그리고 너는 정말 이제 시작이잖니. 얼마든지 남은 날이 있잖니. 하지만 난 늙어가.

이번이 내 인생 마지막 기회야. 나를 혼자 두고 가지 마."

"하지만 아시잖……."

"자, 이제 그만. 시간 됐어요." 병동 도우미가 불쑥 끼어들었다.

"아시잖아요. 일을 망칠 수는 없어요."

"이제 가실 시간이에요. 특별히 봐드릴 테니 내일 다시 오세요. 면회일은 **아니지만.**" 도우미가 엘리너에게 살짝 말했다.

캐럴라인은 말없이 누워 있었다. 엘리너가 나를 버릴 거야. 모두가 나를 버릴 거야. 아무도 돌봐주지 않아. 인생이 그녀에게서 떠나가고 있었다.

어휴, 하지만 나의 권리를 얻기 위해 싸울 것이다. 성공을 위해 투쟁할 것이다. 아무도 나에게서 일을 빼앗을 수 없어. 아무도 내가, 나 혼자서 세운 회사를 빼앗을 수 없어. 어떤 지위도 권력도 내가 일할 권리를 앗아 갈 수 없어. 엘리너가 남아야 해. 모티머 신부가 남게 해줄 거야. 그는 내 친구니까. 나는 그를 사랑해. 온전한 사랑은 두려움을…….

"저녁은 **또** 우유푸딩인가?" 캐럴라인이 소리쳤다. "그 푸딩 얘기를 신문에 기고해서 따질 거야. 도대체 우리가 왜 돈을 내는 건데?"

저녁 식사, 씻기, 체온 측정, 침상 정리의 일과가 익숙한 경로 위에서 굴러갔다. 조명이 어두워졌다. 야간조 수습 간호사가 왔을 즈음 병동에는 부스럭거리는 소리만 들렸다.

병동은 푸르스름한 물이 가득 찬 깊은 수조였다. 캐럴라인은 거기 푹 빠져 죽어가고 있었다. 두려움과 고통과 외로움에 빠져 죽어가고 있다. 아무도 구해주지 않는다. 엘리너는 떠날 것이다. 모티머 신부도 떠날 것이다. 회사, 그래, 회사가 있지.

그녀는 이사들이 차례차례 모두 사임하는 꿈을 꾸었고 숨을 몰아쉬며 깨어나서 꿈이 아니라 현실이라는 것을 기억해냈다.

전부 다시 시작해야 했다. 빈민 치료소 침대에서. 내가 주님의 일을 맡았는데 주님이 나를 시험하고 있어. 그런데 낯선 땅에서 어떻게 주님의 노래를 부를 수 있지?

전단을 6000부나 발송해야 하는데, 너는 낚시로 레비아단을 낚을 수 있느냐?• 헤일스 부인이 유언장을 몰래 보려 하는데, 죽음아, 네 승리는 어디 갔느냐?•• 존슨을 공금횡령으로 소환해야겠는데, 온 세상을 다스리시는 이라면 공정하셔야 할 줄 압니다.••• "간호사, 간호사, 수면제를 먹으면 안 될까요?" 그녀가 소리쳤다. "잠을 못 자면 내일 **반드시** 처리해야 할 중요한 업무를 전혀 못 할 거야. 낮은 계급 여성들이야 잠이 별로 안 중요하겠지만 늘 말하듯 로이드조지 수상이 **잠을** 못 잤다면 독일을 물리치고 전쟁 중에 **중요한** 일을 전혀 못 했을 거니까."

"쉿, 이제 조용히 해요. 병동에서 소란이나 피우는 못된 노

• 〈욥기〉 40장 25절.

•• 〈고린도전서〉 15장 55절.

••• 〈창세기〉 18장 25절.

인네가 아니잖아요." 야간조 수습 간호사가 꾸짖었다.

"입 닥치시지, 늙은 년. 젊은 여자가 이쁘게 꿀잠 좀 자게 해줄 수 없나?" 옆 침대에서 직공 소녀가 툴툴거렸다.

캐럴라인은 혹시 자기가 사고 직후에 죽어서 지옥에 와 있는 게 아닐까 생각했다.

하지만 이튿날 아침에는 사정이 나아졌다. 햇빛이 병동 중앙에 놓인 하얀 에나멜을 칠한 탁자 위 수선화 화병에 내렸다. 그리고 회반죽을 바른 천장과 녹색 페인트가 칠해진 벽을 가로질러 맑은 물처럼 움직였다. 저녁 식사 후 엘리너가 또 그 낡은 트위드 코트를 입고 왔지만, 그래도 이번에는 프림로즈 한 다발과 과일 한 바구니를 가지고 왔다.

"내 방 근처에 헤일스 부인이 있지 않던? 여러 가지로 생각을 해봤는데 내가 정말로 **오래** 아파서 누워 있어야 한다면 내 짐을 꾸려서 **너희** 클럽에 보관하는 게 좋겠구나. 그런 클럽에는 항상 여유가 있을 테니까. 그러면 헤일스 부인이 그 방을 내놓겠지. 내 편지 가지고 왔니?"

"네, 여기, 루크리셔로와 사무실 것을 모두 가져왔어요."

"너 아주 핼쑥해 보인다. 이렇게 늦은 밤까지 있어서 그런가보네."

"괜찮아요. 있잖아요, 우선 어젯밤에 제가 브룩스와 휴를 만나서 같이 배를 못 탄다고 말한 이야기부터 할게요. 물론 브룩스와 휴가 약간 짜증을 내긴 했지만 저는 다음 달에 페린에서 일을 할 수도 있고 어쩌면 나중에 미국에도 갈 수 있을 거예요."

"그랬구나. 네가 그렇게 합리적인 결정을 내렸다니 아주 잘 했다. 그게 할 수 있는 유일한 일이니까 말이지. 어쩌다보니 내가 지금 너 없이는 지낼 수가 **없게** 되었잖니. 혼자 지내고 싶지만 그럴 수가 없어. 자, 이제 편지를 보자."

둘은 같이 편지를 훑어보았다. 비국교도 두 명과 초등학교 교사 한 명이 회사에 관심을 보였다. 위들 플러머라고 서명한 신사가 토나퍼펙타 필름을 상세하게 알고 싶어 했다. 여성 협동조합 혹스테드 지부에서 덴턴스미스를 '더 순수한 영화'에 대한 목요일 오후 간담회에 초청했다.

"봐." 캐럴라인이 소리쳤다. "봐, 됐어. 사람들이 알아주기 시작했어. 이제 막 효모가 움직이기 시작한 거야. 덩어리 전체를 발효하기 시작한 거라고. 아유, 이제 왜 네가 지금 나를 버리고 가면 안 되는지 알겠니? 이런 기회는 절대 다시 오지 않을 거야. 자, 다른 편지는 뭐가 있지?"

"마싱턴 소인이 찍힌 게 한 통 있어요. 제가 읽을까요?"

"그래, 그런데 좀 더 가까이 와. 남들이 다 듣게 하고 싶진 않구나. 이 여자가, (오른쪽으로 턱짓을 했다) 또 저 여자가 (왼쪽으로 턱짓을 했다) 얼마나 내 일을 염탐하려 드는지 넌 꿈에도 모를 거다."

엘리너가 의자를 가까이 당기고 읽기 시작했다.

친애하는 캐럴라인에게(편지에 이렇게 쓰여 있었다)

로버트와 나는 사고 소식을 듣고 진심으로 안타까워하고 있어요. 순조롭게 나으시고 고통이 너무 심하지 않기를 바라요. 사실 우리는 캐럴라인이 아주 합리적으로 판단해서 치료소에 입원해 있다는 소식을 듣고 아주 기뻤어요. 그곳이 비용은 덜 들면서 간호를 잘해줄 거라고 생각하고요. 물론 이번 기회에 바깥 활동을 모두 접어야 한다는 뜻이에요. 갑작스러운 일이기는 해도 그냥 덮어놓고 받아들여야 한다는 것을 아시게 될 거예요. 이제 합리적으로 생각해서 노령연금을 신청하세요. 분명히 받을 자격이 될 거예요. 엘리너가 마침 런던에 있고 캐럴라인을 돌보고 있으니 연금 신청 과정을 알아봐줄 수 있겠네요. 로버트도 나도 현재로는 런던에 갈 수가 없어요. 로버트는 좌골신경통이 있고 나는 봄맞이 대청소로 아주 바빠서요.

시절이 사업에 좋지 않아요. 이제 총선도 다가오고 사회주의자들이 당선될 거란 말도 있던데, 그러면 어떻게 될지 잘 모르겠네요. 지금 우리는 자금 부담이 너무 커서 캐럴라인을 많이 도와드릴 수 없어요. 하지만 로버트가 2파운드를 보냅니다. 제가 우편환으로 바꿀 거예요. 그리고 요양 중일 때 와서 한두 주 머물다 가셔도 좋아요. 딸아이들은 둘 다 잘 지낸답니다. 엘리너에게 안부 전해주시고 얼른 회복되기를 진심을 기원합니다.

다정한 친척,

이니드 스미스

"좀 기분 나쁜 분이죠?" 엘리너가 물었다. "복수하기 위해서라도 고모가 성공하길 바라요."

"엘리너! 안 돼, 그렇게 말하면 안 되지. 이니드가 정말로 잘해주려고 하는 게 분명해. 내 처지가 어떤지는 전혀 모르는 것 같기는 하지만. 그 2파운드는 받았니?"

"네, 우편환이 여기 있어요. 제가 바꿔 올게요."

"네가 고맙다고 편지를 써주는 게 좋겠다." 엘리너가 필기장 위에서 속기로 쓰기 시작했다. "이렇게 말해줘." 캐럴라인이 흐뭇해하며 말을 이었다. "플러머 씨와 사제 두 분, 켄싱턴 고어의 주교님에 대해 알려줘. 내가 사고 자동차 회사에서 손해배상을 받기를 바라고 있다고 해. 또 내가 크리스천 키네마사 계획을 이미 실행하고 있다고 해줘.

음, 어떨 땐 난 이니드의 문제가 살짝 **질투**하는 거라는 생각이 들어. 물론 이니드가 편안하게 쉬고 있고 가정이 있고 아이들도 있고 모든 것을 다 가지고 있지만 내가 느끼기에 이니드는 한 번도 인생을 제대로 **본** 적이 없어. 늘 지루하고 **낡은** 것들만 지키고 있지. 잠깐만 생각해봐도 알 거야, 엘리너. 난 아주 놀라운 삶을 살고 있어. 진짜 멋진 인생이지. 난 개척자로서 아주 **많은** 일을 했어. 그러니까 네가 나를 알기 오래전부터 교육과 종교, 음식과 언론의 진보를 위해 투쟁했고 지금은 영화의 진보를 위해 싸우고 있지. 물론 대부분 **눈에 잘 안 띄게** 활동하기는 했지만. 그러니까 그때 나는 왕좌 뒤의 권력자가 되고 **싶었고**, 그다음에 내가 만난 흥미로운 사람들에 대해 생각해보고 싶어졌지. 내가 여기 하루 종일 가만히 누워 있는 것 같겠지만 때로는 내 모험에 대해 생각하고 있단다. 누군가가 내 모험을 기록했다면 사람들은 그걸 절반도 믿으려 하지 않을 거야. 늘 생각하듯 진실이 허구보다 더 이상한 법이니까. 내가 늙으면 하고 싶었던 일 중에 하나가 그거야. 자서전 쓰기. 쓸 게 얼마나 많은지는 잠깐만 생각해봐도 알걸. 그러니까 모험을 하나만 골라서 써도 말이야. 크리스천 키네마사와 거기 관심 있는 모든 사람에 대해서 쓴다고 해봐. 세인트데니스 씨, 귀족에 연줄이 있고 어여쁜 아내가 있는 사람이지. 그런 부부는 흔히 만날 수 없잖아. 그리고 매커피 씨도. 그러니까 매커피는 오늘날의 진짜 가장 위대한 발명가가 될 거야. 그럴 것 같지? 그 점에 대해 잘 생각해보면 사실상 내가 그 사람을 발견해낸 거고 크리스천 키네마사가 그에게 최초로 **기회**를 주었다고 해도 되지. 그다음에 이즌바움 씨. 물론 유대인은 좀 특이한 인종인 것이 **사실**인데 우리 중에서 회사에 제일 관심이 적어서 아직도 왜 그 사람이 우리 회사에 들어왔는지, 그러다가 왜 나가버린 건지 모르겠지만 만약에 **모든 것**을 알고 보면 그 사람한텐 약간 로맨틱한 구석이 있을지도 몰라. 그리고 언젠가는 마음속에 숨겨놓은 모든 것이 드러나 알게 될 거고. 그리고 거던 씨. **그나마** 퀘이커교도잖아. 때로 내가 느끼기엔 보통 퀘이커교도보다 독실하지는 않은 것 같아. 그래서 존슨 씨가 퀘이커 앤드 소다라고 불렀다고 하더라고. 그리고 존슨 씨는 물론 사기꾼인 것

같지만 내가 늘 생각하듯 사기꾼한테 한 번도 안 당해보면 제대로 산 게 아니지. 안 그러니? 그러니까 불쌍한 이니드는 시골에서 지루하게 보호받고 사느라 평생 사기꾼을 한 번도 안 만나봤을 거란 말이지. 그럼, 이제 이니드한테 편지를 써서 좀 더 질투하게 만들자, 엘리너. 크리스천 키네마사가 **영국을 휩쓸** 거라고 해. 요크셔가 아직 살아 있다고!"

5

이렇게 감정을 분출하고 나니 힘이 솟았다. 이니드에게 자신 있다고 큰소리를 치자 자신감이 더 생겼다. 어쨌든 그녀에게는 놀랄 만한 경력이 있었으니까.

이후 과거를 되돌아볼 시간이 많이 생겼다. 하루하루가 꿈처럼 좀 불편한 상태로 흘러갔다. 엘리너가 다녀갔다. 과일과 신선한 버터와 캐러멜, 캐럴라인이 아주 좋아하는 해러깃 태피를 가지고 왔다. 편지를 가져왔고 진행 상황을 보고했고 회의 세 곳과 대표단 두 곳에서 캐럴라인의 대리인 역할을 했다. 여전히 피곤하고 창백해 보였고 미국 이야기가 나오면 별안간 입을 꾹 닫았다. 하지만 아무리 쌀쌀맞아도 엘리너는 캐럴라인에게 도움이 됐다.

정원의 깊은 저수지에 물이 채워지고 비어가는 것처럼 낮과 밤이 병동에 쏟아져 들어왔다가 사라졌다. 캐럴라인은 얌

전하고 평화롭게 누워서 엘리너가 가지고 온 사탕과 오렌지를 맛있게 먹고 다른 환자들에게 후하게 나눠주고 간호사들에게서 사소한 존중의 표현을 억지로 조금씩 받아내며 즐거워했다. 그들은 이제 '아줌마'가 아니라 '덴턴스미스 양'이라고 불렀다. 의료 복지 담당자가 캐럴라인을 만나러 왔고, '저널리스트이자 간사'라고 당당하게 직업을 밝히자 예상대로 놀란 것 같았다.

캐럴라인은 자신이 쉰여덟 살이라고 했다. 모티머 신부나 다른 이사들이 자기가 일흔이 넘었다는 것을 알게 되면 어쩌나 생각해서였다. 3개월 뒤면 일흔두 번째 생일을 맞는다는 사실이 10년은 충분히 더 일할 수 있다는 확신보다 덜 실제 같고 덜 진실 같았다. 일흔이 넘었다는 것을 알면 은퇴시키고 싶어 할지도 모르잖아. 여하튼 여자는 보이는 것만큼, 그리고 자신이 느끼는 것만큼 나이를 먹은 거니까. '다리 아픈 것만 빼면 마흔다섯 살처럼 느껴지는데.' 캐럴라인이 생각했다. 모티머 신부가 과일과 꽃을 가지고 문병을 왔을 때는 열일곱 살에서 단 하루도 안 지난 것 같았다.

그동안 캐럴라인은 이렇게 거짓말을 하고 꿈을 꾸며 지냈다. 병동의 초록색 페인트를 보면 레이번 근처 고향, 회색 돌벽이 드문드문 있던 초록빛 언덕이 떠올랐다. 덴턴 농장이 언덕 사면을 따라 죽 뻗어 있었다. 뒤쪽으로는 검은 황무지가 해가 쨍쨍한 하늘로 솟아오르고 있었고 그 아래로 울퉁불퉁한 길이 계곡을 휘감고 있었다. 집 뒤로 외양간과 가축을 기르는 울타리 친 땅이 작은 농장 아래에 바싹 붙어 있었다. 캐럴라인은 농장 건물이 집에서 너무 가깝지 않으면 좋았겠다고 늘 생각했다. 앞문으로 가는 마찻길이 별도로 있었으면 했다. 손님들이 이륜 경마차를 직접 끌고 가던 마구간 앞마당은 농장 마당이기도 했다. 집에 가려면 그곳을 지나 정원 울타리에 난 좁다란 문을 통해 집의 앞문까지 가야 했다. 이렇게 들어가야 하는 집은 아무도 신사의 주택이라고 부르지 않는다.

오래전 캐럴라인은 배싯그레이엄 가족과 함께 여행하면서 아버지를 신사 농부라고 일컫고, 아버지가 집과 황무지 사이의 밭을 샀으니까 지주라고 여기며 애써 괜찮다고 생각했다. 하지만 이제 아버지가 자작농이었지 하고 아무렇지 않게 떠올렸고, 아버지가 미들럼 시장에서 크고 따스한 목소리로 사투리를 쓰며 아버지 친구들의 등짝을 치면서 이야기하던 게 기억났다. 출신이 비천하면 비천할수록 성공이 더 놀랄 만한 법이지. 그 계곡 출신 농부의 딸 중에 내가 한 일을 하고 내가 본 것을 본 사람이 있어?

이상하게도 덴턴에서 지낸 어린 시절이 그 후에 겪은 온갖 모험들보다 훨씬 더 생생하게 느껴졌다. 생순무 조각을 씹어 먹고 시를 지으며 외양간의 건초 선반에 올라가 있던 일이 떠올랐다.

행복은 무엇으로 되어 있을까?

행복이 왜 달콤하고 소중한 걸까?

행복은 우리가 보는 것일까
행복은 우리가 듣는 것일까?

그것은 각운과 리듬과 창작의 황홀한 기쁨으로 가득 찬 진짜 시였지.

'나한테 시간이 더 있었더라면 시인이 되었을 거야.' 캐럴라인은 생각했다. '예술과 봉사 중에 봉사를 선택**해야 했을** 뿐이지. 개척자와 투사로 타고났으니까.'

그래도 젊었을 때는 훌륭한 시를 꽤 썼지. 애들레이드와 몰번 언덕에서 지낸 그날 저녁이 있었다. 아, 애들레이드, 애들레이드 설비. 그때 애들레이드가 얼마나 아름다웠던지. 키가 아주 크고 아주 호리호리하고 아주 우아했고 자수로 장식된 깃 없는 사각 목선의 리버티 드레스 위로 백조 같은 목이 곡선을 그렸다. 사랑스러운 목이야, 그때 캐럴라인은 생각했다. 모두가 목을 망사와 고래 뼈에 가둘 때 그녀만이 과감하게 노출했던 것도 이상하지 않았다. 나중에 그 백조 같은 곡선이 갑상샘종이 되고 만 것은 슬픈 일이었지만.

함께 학교 위 언덕에 놀러 갔을 적에 캐럴라인은 바구니를 들고 올라가서 차를 만들고 애들레이드는 〈로터스 열매를 먹은 사람들〉을 낭독했는데, 그때까지만 해도 그녀는 변함없이 아름다웠다.

'진정한 깊은 우정이 어떤 건지 알게 돼서 좋구나. 좋다' 하고 캐럴라인은 생각했다. '그게 더 심한 고통이 된다고 해도

애들레이드를 알게 되어서 좋아.'

행복과 예술과 우정의 날들 뒤에 불안의 시절이 이어졌다. 전염병이 차례차례 학교를 초토화했고 누군가는 배수가 제대로 되지 않는다고 했고 사랑하는 애들레이드는 점점 신경질적으로 변했다. 학생 수가 점점 줄어들어서 결국 식당의 긴 식탁에 겨우 여섯 명만 모여 앉게 되었고 그마저도 그중 셋은 부모가 외국에 가게 되어서 곧 떠날 예정이었을 때 애들레이드가 얼마나 신경이 날카로웠는지는 캐럴라인만이 알고 있었다. 당연히 캐럴라인이 학교에 돈을 투자했었는데 사랑하는 애들레이드는 세 학기 동안 캐럴라인에게 봉급을 주지 않았다.

도산의 순간이 왔다. 아니, 싫어. 캐럴라인이 기억하고 싶지 않은 순간이었다. 캐럴라인은 쇠약해진 애들레이드를 달링턴까지 데려가서 간호했다. 애들레이드는 회복되었다. 와딩턴 박사가 애들레이드의 방에 들어간 순간부터 회복하기 시작했다. 아, 시드니! 캐럴라인은 어머니께 드릴 차 쟁반을 들고 가다가 복도에서 당했던 기습 키스를 떠올렸다. 남자가 그런 식으로 키스한 것은 그때가 유일했다. 몇 날 며칠 그 꿈을 꾸었다. 매시간마다 그가 오기를 기다렸다. 큰길에서 들려오는 그의 회색 암말의 발굽 소리가 머릿속에서 계속 또각또각 메아리쳤다.

그때 캐럴라인은 두 명의 환자를 돌보고 있었다. 어머니와 애들레이드가 각각 다른 방에 있었고 딴짓할 시간이 거의 없었다. 나중에 애들레이드와 시드니가 약혼을 발표한 절망의 날 이후 캐럴라인은 시드니와 더 많은 시간 함께 보내고 애들레이드를 좀 덜 돌보았더라면 자신이 시드니를 얻지 않았을까 생각했다. 그런 키스가 아무것도 아니었다니 믿을 수 없었다.

아, 그저 씁쓸하고 쓰라렸지. 고난이 그녀의 영혼을 덮치고 지나갔다. 어머니는 빚을 남긴 채 죽었다. 짧은 한 계절에 애인을, 친구를, 어머니를, 집을, 그리고 직업을 잃었다. 너무 오래전 일인 것처럼, 그래서 장례를 마치고 뒷설거지를 하느라 혼자 남아서 고적한 집에 앉아 울고 또 울고 있었던 자신이 마치 다른 사람처럼 느껴졌다. 언니 데이지는 아이가 백일해에 걸려 뉴캐슬로 돌아가는 기차를 잡아타야 했지.

그러나 혼자 남아 괴로워하며 단연 최고의 시를 썼지. 그 시는《노던 클라리온》에 실렸다. 〈사랑의 끝에 붙이는 경구〉. 캐럴라인 스미스 지음.

> 너는 죽음이 끝이 아니라고 했지. 더없는 진실.
> 죽음은 너를 향한 나의 사랑보다 강하지 않지.
> 하지만 달콤한 사랑이 그렇게 가볍게 사라지고도, 친구야,
> 우리는 죽지 않았어, 아직은. 이것이 끝이야.

그 시가 지금 이렇게 똑똑히 생각나다니 신기하구나. 밤에 머릿속에서 그 각운이 자꾸 되살아났다.

시인이 된 것은 대단한 일이지. 신성한 영감을 아무나 받는 게 아니잖아. '언젠간' 하고 캐럴라인이 생각했다. '긴 시를 쓸 거야. 개척자들에 대한 것을 전부.'

길은 계속해서 오르막길인가요?•

엘리자베스 브라우닝인가? 아니면 진 잉겔로인가? 누구 시면 어때. 캐럴라인은 저 질문의 답을 알고 있었다.

그래요, 계속 또 계속,
피렌체 너머로 계속,
우리는 영원히 올라갈 거예요.
하지만 내일은 높은 곳에 도착하겠죠.
우리는 덥고 흙먼지 이는 길을 오를 거예요.
순례자들이 지나간 길을,
우리의 무거운 짐을 던져버릴 거예요.
외로움과 슬픔의 짐을.

캐럴라인이 지은 시였다. 불쌍한 도도 배싯그레이엄을 따라 피에솔레로 가는 덥고 흙먼지 이는 언덕을 허겁지겁 오르면서 지었다. 도도가 기다랗고 마른 몸으로 급히 앞서갈 때 도도

• 크리스티나 로세티의 시 〈오르막〉의 첫 행.

의 치맛자락이 고운 이탈리아 흙먼지 속에 끌렸다. 캐럴라인은 신발이 너무 꽉 끼어 뒤에서 헐떡이며 걸었고 별장에 돌아가면 도도의 치마를 털어주어야 한다는 생각을 하느라 그때는 이탈리아에 와서 작위가 있는 특별한 사람들과 여행하는 즐거움을 거의 누리지 못했다. 불쌍한 도도는 말할 필요도 없이 머리가 약간 이상했다. 아무리 귀족이라도 그런 병에서 예외가 될 수 없다는 사실이 슬펐다. 배싯그레이엄 여사는 까다로운 여자였고 유별난 딸 때문에 당연히 힘들어했다. 가족들은 도도의 괴팍한 언행에 점점 더 난감해하다가 마침내 그 이탈리아 여행 도중에 도도를 요양소에 보내기로 결정하고 말았다.

하지만 캐럴라인은 이탈리아를 구경했다. 밀라노와 제노바와 피렌체에 가보았다. 사보나롤라의 탑 계단을 올랐고, 우피치 미술관에서 그림도 감상했다. '도베?'와 '두오모', '그라치에'라는 말을 배웠다. 파리에도 가보았다. 불 밝힌 낯선 거리에서 길을 찾아 돌아다니다가 작은 호텔로 돌아온 일이 얼마나 신났는지 지금도 기억하고 있었다.

캐럴라인은 혼자 하는 여행의 짜릿한 희열을 느껴본 적이 없고 보호받으며 사는 돈 많은 여자들이 안됐다고 생각했다. 옆 침대에서 죽어가는 상스러운 어린 직공이 안됐다고 생각했다. 파리에 가본 적이 없을 테니까.

불쌍한 것. 저 직공은 타락한 여자들을 위한 성 안젤라의 집에서 사고를 많이 치던 바버라를 좀 닮았네. 캐럴라인은 꼬박 1년 동안 그 시설의 간사였다. 확신에 차서 더없이 행복해

하면서 가톨릭 신도, 당연히 영국국교회 신도가 된 것도 그곳에 있을 때였다. 작은 예배당에서 위로받고 기뻐했다. 제단의 초, 향, 근엄한 검정색 제복을 입은 수녀들이 숙연하게 움직이는 모습을 보면 아주 기분이 좋아졌다. 그러나 교회에서조차 자신이 수녀들보다 좀 더 우월하다고 느꼈다. 그들은 세상에서 도망쳤지만 자신은 아직 세상 속에 있으니까. 그리고 그 타락한 여자들을 덮친 달콤한 위험이 어떤 것인지도 아주 잘 알았으니까. 수녀들은 알 수가 없지만, 나는 은밀한 키스의 번뜩이는 쾌감을 아주 잘 알고 있지. 시드니가 어두운 복도에서 키스를 했잖아. 그러니까 나는 이 불쌍하고 타락한 여자들의 마음을 알아주는 일에서도 선구자였지. 나중에 어설라 수녀님과 훈제 대구를 두고 다투기는 했어도.

캐럴라인은 런던에서도 개척자였다. 루드게이트 교차로에서 가장자리에 수술이 달린 파란 서지 치마를 들어 올리며 승합마차에 오르던 일을 생생하게 기억했다. 9개월 동안 교육 출판업자 사무실에서 일하며 역사 교재와 초급 프랑스어 강좌에 대한 유려하고 짧은 광고문을 썼다. 출판업자는 까다로운 사람이었다. 그래, 아주 까다로웠지. 내근직을 잃은 것은 안타까웠지만 그런 고난조차 새로운 경험으로 가는 길이었다. 외판원으로 교외까지 나가 주문을 받아 왔다.

불쌍한 데이지, 뉴캐슬에서 점점 뚱뚱해지고 머리가 벗어져가는 에드워드와 함께 살지. 불쌍한 이니드, 너무도 안전하고 지루하게 마싱턴에 갇혀 살잖아. 그들이 진정한 경험과 성공에 대해 무엇을 알 수 있겠어? 시와 고통과 상실과 일에 대해서 알 수 있겠어? 밤을 꼬박 새워 회의록을 작성하고 보고서를 준비하고 눈이 따끔거리고 목과 어깨가 쑤시는데도 잠들지 않고 일을 더 하려고 커피를 끓이는 일은? 온갖 고통과 불편과 외로움과 실패도 지켜야 할 큰 뜻만 있다면 가치 있는 것이 된다.

큰 뜻이 무엇입니까? 주님, 저는 묻지 않습니다.
당신께서 약속하셨습니다. 인도하시는 당신께서.
제 일을 할 용기를 주십사 기도할 뿐입니다.
어떤 일이 일어나더라도 그 짐을 질 힘도 함께 주시기를.

교구 잡지에 실린 캐럴라인의 시였다. 아주 성공작이었다.

부릅뜬 제 눈앞에 놓인 굽이진 길을
늘 볼 수 있기를 간청하지 않습니다.
좁아지는 하늘 가장자리 너머로
당신이 손짓으로 저를 부르시기만을.

시는 반려자였다. 시를 계속 썼더라면 친근한 평안의 목소리가 사라지지 않았을 텐데.

나는 왕관을 차지하기를 바라지 않아요.

내가 지킬 정의가 있기만을 바라지.
나는 내 무기를 내려놓기를 바라지 않아요.
끝까지 굴복하지 않고 싸우기만을 바라지.

나는 당신의 병사, 당신의 힘으로 나를 보호하소서!
나는 당신의 개척자, 길을 보여주소서!
승리를 바라지 않습니다, 싸우기만을,
완전한 날까지 위로 계속 오르기만을.

현실에서는 불완전한 날이 밝고 있었다. 좁은 창을 통해 여명이 서서히 미끄러져 들어왔다. 야간조 간호사들이 병동 한쪽 끝에서 술렁이기 시작했다. 금세 수습 간호사가 아침 차가 담긴 머그잔을 싣고 수레를 덜컹덜컹 굴릴 것이다. 분명히 시가 더 있었는데? 최고의 시였는데. 모든 것을 설명하고 모든 질문에 답해주는 시가 있었는데.

엘리너에게 사무실 임대 건을 알아보라고 부탁해야지. 그리고 새 전단 인쇄 건도. 엘리너가 일찍 오기를 바랐다. 할 일이 무척 많았다. 많은 일을 관리하려면 사소한 것들에 충실해야 한다. 절대 포기하면 안 돼. 개척할 때는 기준을 늦추면 절대 안 된다. 충실하라.

맞아. 시가 있었어. 그 시가 생각났다!

그리하여 마침내 내가 황금 벽에 도달했을 때

발이 아프고, 지쳤고, 슬픔과 죄로 더러웠는데
당신의 목소리가 내 무거운 짐을 내려놓으라 명령하셨네.
잘했구나, 너는 선하고 충실했구나 친구여! 안으로 들어오라!

친구, 친구라, 그 친구가 그녀였다. 나도 친구를 찾았지. 충직한 친구. 그 친구를 위해 시를 한 편 지어야 할 텐데. 황금도시로 외롭게 가지 않았다는 것을 말해주는 시. 한 편 더.

"안 돼, 간호사. 아직 안 돼……. 아직 안 돼. 잠깐만. 안 보여, 내가 바쁜 거?"

간호사가 왜 이렇게 멍하게 나를 바라보는 거지? 왜 수조에 저렇게 물이 계속 부어지고 있는 거지? 모두 함께 익사하고 있고 모두 빠져버렸는데. 누군가가 창문을 열어서 물이 빠져나가게 해야지 안 그러면 다 죽고 말아.

한쪽 팔을 쳐들었다.

"열어!" 캐럴라인이 소리쳤다. "열어! 황금…… 황금……."

그러자 그 문이 열렸다.

파이널 코러스

사제 어니스트 스미스는 가장자리에 레이스가 달린 중백의를 어색하게 들어 올렸다. 이런 우스꽝스럽고 쓸데없는 일에 휘말리게 될 줄 알았더라면 이 근처에도 안 왔을 텐데. 어이구! 캐럴라인을 제대로 매장할 수나 있을까? 그는 참을 수 없는 향냄새가 나는 어둠침침하고 숨 막히는 교회에서 왔다 갔다 하고 있었다. 향은 항상 역겨웠다. 커다란 자주색 덮개가 씌워진 관을 국자로 두드리고 있는, 옥스퍼드 억양을 쓰는 키가 크고 거들먹거리는 젊은 부사제를 바라보았다. 작은 남자아이 하나가 코를 훌쩍이며 향로를 홱홱 흔들었다. 미사 용어도 익숙하지 않았다. 전혀 분위기를 파악할 수 없었다. 바보가 된 기분이었고 의식 전체가 혐오스러웠다. 읽어야 할 장례식 성구도 받지 못했다. 주교에게 편지를 썼다. 로버트에게 불평도 했다. 그리고 또…… 어이구, 국민들이 이런 영국국교회를 참을 수 없는 것도 당연하지. 그전까지지는 그 논쟁에 적극적으로 참여하지 않았다. 그는 긁어 부스럼 내지 말자고 생각하는, 싸움을 싫어하는 사람이었다. 하지만 이후에는 단호하게 태도를 밝힐 생각이었다.

당연히 사촌의 장례 미사를 맡고 싶었다. 하지만 이렇게 불편하고 곤란해질 것을 손톱만큼이라도 예상했더라면 시작도 안 했을 것이다. 플린더스의 존경스러운 복음주의 후원자 레이디 바우실이라면 이런 멍청한 짓에 대해 어떻게 생각했을까? 제단의 초조차 반대하고 신도들의 단식이 로마카톨릭식이라고 생각했던 분인데. 그의 추종자들은 어떻게 생각했을까? 나는 도대체 무슨 생각을 한 거야? 전국을 가로지르는 끔찍한 일정을 끝낸 뒤였고 장례 시간을 아주 엉뚱하게 잘못 알아서 깊이 생각을 못 할 만도 했다. 이렇게 많은 골칫거리를 남기고 죽은 것은 정말이지 캐럴라인답지 않은가. 교통사고를 당한 후 심장의 혈전 때문에 죽어서 부검, 사인 규명, 영국국교회식 장례식까지 하게 되었잖아! 다행히 엘리너가 준비를 거의 다 했지만 그 젊은 여자도 마음에 들지 않았다. 쌀쌀맞고 까탈스럽고 여성스럽지 않은 젊은 여자, 게다가 상복도 제대로 입고 오지 않았다. 그리고 전부 얼마가 들지는 아무도 모르는 일 아닌가. 이 모든 과정에서 확실하게 알 수 있는 유일한 것은 이번이 캐럴라인이 사람들에게 끼치는 마지막 폐라는 사실이었다. 이 일이 끝나면 캐럴라인 생각을 다시 할 필요가 없다.

베티 스미스와 도러시 스미스가 서로를 쿡쿡 찔러댔다. "저 사람이 캐럴라인의 소중한 모티머 신부야." 베티가 속삭였다. "있잖아, 어니스트 숙부, 작은 레이스 달린 옷 입은 거 웃기지 않아?"

"저거 좀 눈에 띈다. 자주색 관 덮개 말이야. 마싱턴에도 향이 있으면 좋겠어." 도러시가 중얼거렸다.

"저 사람 정말 잘생겼는데 너무 말랐네. 저 사람이 캐럴라인 고모를 **진짜** 어떻게 생각했는지 궁금해."

"쉿! 어머, 엘리너가 오늘은 적어도 검정색 **코트**를 입을 거라고 **생각**했는데. 안 그래?"

"오늘 밤에 레뷰•나 〈등불 든 여인〉 보러 갈래?"

"난 파마해야 돼. 내일 아침에 마셜 앤드 스넬그로브 백화점 가자."

"맞아. 캐럴라인 고모가 아주 좋은 기회를 주신 셈이지. 새 코트 **사야 했는데**, 킹스포트에서 쇼핑하는 건 너무 싫더라."

휴 매커피가 앞에 있는 책꽂이를 잡고 어색하게 일어섰다. 그에게 미사는 전혀 이해할 수 없는 헛소리였다. 엘리너가 꼭 오라고 하지 않았으면 꿈에도 올 생각이 없었다. 이렇게 남녀가 모두 오는 장례식이 싫었다. 스코틀랜드처럼 남자만 참석하는 것이 더 온당했다. 하지만 사실 따지고 보면 장례 미사

• 촌극, 춤, 무용으로 이루어진 뮤지컬 코미디.

라는 것 자체가 과학적인 인간에게는 전적으로 불쾌했다. 완전히 자연스러운 일을 두고 이런 야만스러운 소동을 벌이는 것이 역겨웠다.

그래도 내일이면 이 모든 것에서 떠난다. 미국행 배에 타고 있을 것이다. 좋은 기회지만 브룩스가 허튼수작을 하면 참지 않을 테다. 브룩스는 영리한 사람이니까 아랫사람에게 자유재량권을 줄 만한 분별력이 있을 테고 그 조건에 반대하지 않을 생각이다. 중요한 것은 색상 작업을 완벽하게 하는 것이지.

엘리너는 자기 기회를 날려버린 바보다. 여자들은 다 저런 식이지. 아픈 친척을 돌본다는 둥 하며 항상 도망을 친다. 그래도 저 여자는 무언가 해낼지도 모른다. 능력이 있고 브룩스의 마음에 들었다. 어쩌면 페린이 자리를 줄 수도 있다.

따로 편지를 쓸 것이다. 페린은 내 판단을 존중했다. 내가 엘리너를 머리 좋고 끈기 있으며 아이디어 중 몇 개가 엘리너 것이라고 하면 채용하려고 할 수도 있다. 그녀는 일단 자리만 생기면 어떻게든 도움이 될 사람이니까. 영국에 남기고 가는 것이 안타까운 유일한 사람이다.

그렇다고 아주 심히 안타깝지는 않다. 이제 그의 생각이 엘리너에게서 공들여 지은 자주색 덮개 아래 관 속에 누워 있는 캐럴라인에게로 흘러갔다. 너무 괴상한 노인이었다. 여태 만나본 어느 누구보다 더 이상했다. 캐럴라인은 본인이 브룩스 콤바인과 내셔널 프로덕트의 라이벌이 될 큰 회사를 운영할 거라고 정말 믿었던 걸까? 물론 때론 상상력이 사람들에게 얄궂은 장난을 치기도 하지. 심리학보다는 공학이 더 안전한 법이다. 공학이 있으면 최소한 자신이 선 자리는 알 수 있다. 이제 끝이다. 하느님께 찬송을. 이제 슬쩍 빠져나가야지. 풀럼 묘지까지 갈 생각은 없다. 오늘 할 일이 무척 많았는데 그 수많은 중요한 일 중에 불쌍한 캐럴라인 노인네에게 마지막 경의를 표할 시간을 낸 것이 스스로 놀라울 따름이다.

존 프라이 폭스 거던은 차에서 창문 밖을 내다보고 있었다. 데 라 루는 묘지로 가는 영구차를 후행할 차를 한 대만 준비했는데, 사제 어니스트 스미스가 비좁은 차를 들여다보고는 질겁하더니 택시를 한 대 불러서 모티머 신부에게 자기와 함께 그 차에 타자고 했고, 출발 직전에 데 라 루까지 옆에 앉혀서 그 마지막 의식에 주된 책임이 있는 사람들로서 셋이 함께 있게 되었다. 거던은 두 명의 문상객과 첫 차에 남아서 두 여자 스미스의 다리, 보기는 좋지만 난감하게 훤히 드러나 있는 종아리에 무릎이 닿지 않게 하려고 애쓰며 다리를 차 뒷좌석 아래로 구부려 넣고 앉아 있었다. 스미스 자매는 부모를 대신해 왔기에 의식을 끝까지 보려고 했고, 거던은 크리스천 키네마사를 대표해서 왔으니 참석하는 것이 옳다고 생각했다. 하지만 그는 실은 모든 의례를 아주 싫어했다. 골더스 그린의 집에 편안하게 앉아 있고만 싶었는데 이제 또 베티 스미스가 아무렇지도 않게 툭 던진 질문을 피할 수 없었다.

"이 크리스천 키네마사는 이제 다 끝이네요. 그렇죠?"

"어, 그렇소……. 그렇다고 생각해요. 이사 대부분이 여러 가지 이유로 물러났으니까 회사가…… 어…… 정리되는…… 어…… 과정인 셈이지요."

"누군가가 현금을 다 가지고 가버렸다면서요?"

"그게, 어…… 내가 알기로는 회계사가 부정을 발견했습니다. 하지만 최대 주주인 데 라 루 양이 고소를 안 하기로 했지요. 그 돈을 이미 다 써버린 것 같고 의심 가는 사람이 외국으로 가버렸습니다."

"그렇군요. 엄마가 그 이야기를 다 알아 오라고 해서요. 세인트데니스라는 분이 정말 천재예요?"

"그래요. 진짜 천재라고 생각해요. 약간 **호사가**이긴 하지만. 당연히 덴턴스미스 양은 놀랄 만큼 열렬하게 지시했었지요."

"선생님께서 캐럴라인 고모의 친척이었다면 지나치게 열렬했다고 말씀하셨을 거예요. 우리 엄마 아빠는 고모가 놀랄 만한 계획을 펑 날려먹고 나면 그 난장판을 치워야 했거든요. 저기, 다른 분들은 어디로 가셨죠? 엘리너와 모티머 신부를 따라잡을 수 있을 것 같아요? 그런데 그렇게 어린 사람을 '신부(Father)'라고 부르는 거 웃기지 않아요? 부사제밖에 안 됐잖아요?"

"그렇게 알고 있습니다만, 나는, 그…… 프렌드파여서 국교회에 대해서는 잘 모릅니다."

"퀘이커교도시군요? 오, 멋져요. 저희 이웃에 퀘이커교도이고 완전 착한 분들이 있어요. 젊은 여자들이 운동을 아주 잘

하는데 그중 한 명이 전반기 동안 우리 클럽에서 6등 하는 선수거든요."

"프렌드파가 마음에 든다니 다행이군요." 거던이 건조하게 말했다.

차 석 대가 큰길에서 돌아 리치먼드로로 진입해 묘지 입구를 통과할 때 소나기가 쏟아졌고, 걷는 속도로 묘 사이의 긴 진입로로 들어서자 갑자기 하늘이 환해졌다. 햇빛이 비스듬히 녹색 풀밭의 황금색 불꽃 같은 수선화를 비추었고 젖은 풀밭에 놓인 하얀 비둘기 도자기와 꽃다발의 물방울이 반짝거렸다.

햇빛이 창을 통해 엘리너의 얼굴을 비추었다. 그녀는 커다랗고 뚱한 사제 어니스트 스미스 옆에 조용하게 꼿꼿이 앉아 있었다.

그녀와 두 사제는 각자 다른 창으로 묘지를 바라보고 있었다. 로저 모티머는 더 좁은 자리에서 둘을 마주 보고 있어서 엘리너를 마음껏 바라볼 수 있었고 엘리너의 깔끔하고 절묘한 턱선, 일자 눈썹, 어려 보이는 입의 선명한 곡선을 마음에 담았다. 오랫동안 확실하게 봐두어야지. 이제는 다시 만나지 못할 거야. 당연히 엘리너가 옳아. 로저는 그녀에게 자신이 좋아서 하는 일을 같이해달라거나 심지어 이해해달라고 할 수 없었다. 그녀는 자신의 길을 갈 것이고 그는 그녀의 성공을 빌어줄 것이다. 엘리너가 부와 권력을 원한다고 해도 그

야망은 천박한 것이 아니니까. 엘리너는 사회에 부유하고 힘 있는 여성들, 무명으로부터 노력하여 명망을 얻은 여성들이 있어야 한다고 생각했고 스스로가 그렇게 성공할 능력이 있다고 아주 객관적이고 단호하게 믿고 있었다. 적어도 그녀에게는 시도할 용기가 있다. 어떤 개인 문제나 가족 문제도 그녀의 앞길에 걸림돌이 되지 못할 것이다. 사회주의로 야망을 다스리고 책임감으로 자기중심주의와 균형을 잡을 것이다. 로저는 이제 공정하게 거리를 두고 보게 되었고 그녀가 더 많은 경험을 통해 너그럽고 더 고결해지리라 확신했다. 불쌍한 덴턴스미스를 돌보고 크리스천 키네마사의 재정 문제를 해결하기 위해 미국에 갈 기회를 내던진 것은 훌륭한 일이었다. 어리석은 짓이기는 했지만 그렇게 경제적 가치에 민감한 그녀가 전혀 아무렇지 않게 자신의 보장된 미래를 내던진 것도 멋진 일이었다. 엘리너는 권력과 돈을 굳게 지켜야 한다고 믿는다. 위험을 무릅쓰고 해내야 한다고 믿는다.

엘리너 같은 사람은 아무도 없다. 아무도. 엘리너와의 추억 하나하나에 대해 하느님께 감사할 것이다. 인간이 그렇게 위엄 있고 정직하게 너그러울 수 있다는 것을 알았으니 내가 하는 일이 더 견딜 만해질 거야. 차분하고 맑은 정신을 지닌 여성을 알고 있으니 공허하거나 혼란스러워도 좀 괜찮을 거야.

캐럴라인에게도 감사했다. 둘을 엮어준 것이 그녀였으니까. 캐럴라인은 늘 부자가 되게 해주고 싶다고 말했다. 정말 부자로 만들어주었다. 어떤 지상의 경험보다 더 소중한 것을 주었으니까.

이 마지막 며칠이 로저에겐 아주 달콤했다. 엘리너가 전화로 캐럴라인의 죽음을 알린 이후 계속 엘리너를 만났다. 엘리너가 함께 장례식 준비를 돕도록 해주었다. 시신의 신원을 확인하고 검시에서 증언을 할 때 함께 가도록 해주었다. 둘은 사인 규명 이후 처치가의 작은 식당에서 함께 점심을 먹었다.

로저에게 장례 미사는 캐럴라인뿐만 아니라 엘리너와의 작별 의식이었다. 엘리너도 나를 더 잘 알게 되어서 기뻤겠지. 엘리너가 나에게 완전히 무관심한 것은 아니었지만 나를 사랑하지 않기 때문에 외려 다행이었다. 이렇게 헤어져도 힘들지 않을 테니까.

이후에 자신이 엘리너가 없으면 힘든 시간을 보내리란 것을 알았다. 엘리너의 일과 그녀를 사로잡고 있는 것들을 점점 더 많이 질투하고 자신들에게 가혹했던 운명에 대해 불평할 것을 알고 있었다. 하지만 지금은 사랑이 자랑스럽고 감사할 뿐이었다.

'하지만, 아, 내 소중한 사람, 내 사랑, 내 사랑.' 마침내 차가 이제 막 파낸 빈 무덤 옆에 다가갔을 때 그의 마음이 소리쳤다. '당신 없이 어떻게 살지?'

그가 차에서 내려 엘리너를 위해 문을 잡아주었다. 엘리너가 내렸을 때 옆의 젖은 가시나무 덤불에서 찌르레기 한 마리가 갑자기 환희의 노래를 불렀다.

엘리너는 무덤 옆에 서서 땅속의 컴컴한 구멍을 바라보았다. 그러니까 이것이 캐럴라인의 마지막이었다. 이것은, 그녀가 생각하기에 한 작은 개인의 완벽한 마지막이었다. 캐럴라인이 죽었고 그녀의 꿈도 모두 함께 죽었다. 세우려고 했던 학교가 파산했다. 그녀가 지은 시들과《용기의 길》은 읽은 사람도 기억하는 사람도 없다. 크리스천 키네마사는 결과적으로 존슨이 빚에서 해방되는 수단으로써 존재한 셈이 되고 말았다. 많은 계획이 캐럴라인의 생산적인 머릿속에서 착상 단계를 벗어나지 못했다. 이 생생하고 믿을 수 없는 4월의 햇빛은 캐럴라인의 위태롭고 지긋지긋한 활동에 대한 마지막 평가였다.

무덤에서 파내 쌓아 올린 양토에 방수포를 덮었고 그 위에는 화환과 십자가가 놓였다. 마싱턴가에서 보낸 전통적인 흰색 화환과 거던 씨가 가지고 온 묵주, "크리스천 키네마사로부터 감사와 추억을 담아"라고 쓰인 카드가 달린 멋진 십자가였다. 거기에 그리스어 문장이 달린 로저의 진홍색 카네이션이 놓였다. 캐럴라인이라면 그 카네이션을 보고 놀랐을 게 뻔했다. 빨간 카네이션을 사고 아무도 읽을 수 없는 문장을 달아놓은 것이 너무도 로저다웠다. 혹시 천상에서 새로 받은 캐럴라인의 몸에 거주하는 불멸의 정신이 크나큰 자유를 얻어 고전을 배우게 되리라고 생각한 것일까? 캐럴라인의 혼령이 안경을 끼고 자신이 교양 있다고 칭찬해줘서 고맙다고 하는 모습을 그려본 것일까? 엘리너의 수선화는 로저의 화려하고 도전적인 화관 옆에 있으니 소박하고 촌스러워 보였다. 하지만 로저는 온실의 꽃과 무거운 휘장, 자주색, 향과 행렬을 사랑했다. 그리고 그는 영국의 봄을 처음 맞는 것이 아니어서 엘리너처럼 봄꽃에 이슬이 맺혀 차갑고 생생하고 놀랄 만큼 화려하고 대담한 모습에 황홀해하지 않았다. 다른 많은 일에서처럼 이번에도 로저가 엘리너의 취향과 성격을 보완해주고 있는 것 같았다. 그래, 둘은 서로에게 도움이 되었다. 한낱 구호 때문에 서로가 헤어지다니 얼마나 바보 같은 짓인가. 얼마나 멍청한 짓인가 말이야. 미래의 회사 대표이자 사회주의자 의회 의원이 부사제와 결혼하는 문제가 아니다. 엘리너가 로저 모티머, 아버지가 죽은 후 유일하게 사랑했던 사람과 결혼하는 문제였다.

어차피 사회적 실험을 할 거라면 아는 사람 중에 가장 훌륭하고 이기적이지 않은 사람과 그 경험을 나누는 편이 더 안전하지 않을까? 로저는 뭐라 말할 수 없이 묘하게 선한 마음을 지녔다. 엘리너는 그를 신뢰했다. 그런데도 공인이 되려고 독신으로 살아야만 할까? 나는 버먼지에 사는 무급 보좌신부의 가사 도우미가 되지 않을 것이다. 그와 결혼하고 계획대로 맨체스터에 있는 페린사로 떠나면 된다. 브룩스가 나를 받아주면 바로 미국으로 갈 거다. 로저는 이해해줄 거야. 그는 세상에서 유일하게 나를 이해해줄 사람이었고 결혼이 도피가 아니라 모험이 되기를 원하는 유일한 남자였다. 로저가 가난하고 할 일 많은 교구에 사제로 남고 싶어 하는 것을 너무도 잘 알면서 그의 미래에 대해 왜 내가 자책하는 거지? 왜 내 능력에 대해 이렇게 자신이 없지? 짐이 무거워지면 그 짐을 질 힘이 생겨나는 법이잖아.

로저가 장례식 성구를 읽는 목소리를 들으면서 엘리너는 '현대 페미니스트는 결혼을 해야 한다'고 생각했다. '우리는 잘못되면 언제든 헤어질 수 있어. 이 세상에서 죽음 말고는 끝나는 것이 없어. 그렇게 죽은 뒤에는…….'

엘리너는 묘지의 검은 구멍을 내려다보았다. 저 화려한 관에 누워 있는 것이 로저라면? 내가 비겁하게 그의 곁에서 계속 떠나 있었다면?

어차피 결혼이 아니라도 결국엔 멸망하고 만다. 엘리너는 캐럴라인을 떠올렸고 캐럴라인의 크나큰 소망을 떠올렸다. 슬프기도 하고 즐겁기도 한 유언장이 생각났고 모두에게 베풀고자 했던 그녀의 바람이 기억났다.

어쨌든 캐럴라인의 소망은 이루어진 것이 아닐까? 캐럴라인은 마싱턴의 친척들에게 유산을 남겨주고 싶어 했는데, 베티와 도러시는 캐럴라인 덕분에 런던에서 쇼핑을 하고 극장에 갈 수 있어서 아주 만족스러워하고 있었다. 캐럴라인은 크리스천 키네마사가 인간에게 유익하기를 바랐는데 그렇게 된 것 아닐까? 세인트데니스가 회사 덕분에 즐거워했고 휴가 자신을 잘 알렸고 존슨이 로맨스를 즐겼고 거던이 양심에 만족감을 얻었고 이즌바움은 약간, 수수께끼지만 언젠가 세인트데니스가 이즌바움이 아들을 이튼에 보낸다 어쩐다 하는 이야기를 한 적이 있는데 다른 상황을 봐서 판단할 때 아마 그랬을 것 같다. 캐럴라인은 헤일스 부인에게 유산을 남겨주고 싶어 했고 나중에 다투기는 했었지만 그 집주인 여자는 밀린 임대료를 받고 기독교의 용서 정신을 발휘했을 게 분명했다. 캐럴라인의 옷장에 남은 알록달록한 옷들을 행복하게 뒤져보고 있었으니까. 캐럴라인은 로저가 마음속으로 바라는 것이 생기기를 바랐다. 그가 부자가 되기를, 행복하기를 절실하게 바랐다. 그래, 왜 안 되겠어? 그렇게 되지 않을 이유가 없지.

이제 엘리너는 로저를 이대로 보낼 수가 없었다. 자신을 사랑한다는 것도 모른 채 혼자 버먼지로 떠나게 해서는 안 되겠다는 생각이 들었다. 인생은 너무 짧은데 무엇이 옳은지는 너무 불확실했다. 인간은 어차피 멸망의 그림자를 지고 살고 있는데 모험 한번 못 해볼 이유가 있을까?

엘리너는 완전히 새로운 눈으로 로저를 보았고 이제 무엇을 해야 할지 알았다.

식이 끝났다. 엘리너는 베티와 도러시를 따라 묘를 떠나면서 프림로즈 한 다발을 묘에 던졌다. 치료소 침대에서 캐럴라인이 흥분한 목소리로 빠르게 외쳤던 말이 지금 다시 들리는 듯했다. "잠깐만 생각해봐, 엘리너. 난 아주 놀라운 인생을 살았어." 정말 그랬다. 그렇게 살아야 했다. 한계를 정하지 말고 아무것도 두려워하지 말고.

엘리너가 두 여자와 거던과 함께 차로 돌아갔다. 로저가 묘지에서 곧바로 결혼식 잠석을 위해 세인트오거스틴 성당으로 돌아가야 한다고 말한 것이 기억났다. 차에 오르던 엘리너가 거던에게 물었다. "연필 있어요?"

있었다. 거던이 쭈뼛거리며 연필을 내주었다. 엘리너가 가방에서 작은 다이어리를 찾아 뒷장을 찢어서 다리 위에 올려놓고는 차 발판에 발을 얹고 무언가를 썼다.

"잠깐만 기다려주세요." 무덤 옆에 서 있는 장의사 조수에게 달려가며 엘리너가 말했다.

"이걸 모티머 신부에게 **반드시** 전해주세요." 엘리너는 메모지를 깔끔하게 여러 번 접었다.

"꼭 전할게요, 아가씨."

사촌들이 있는 차로 돌아간 엘리너가 혼자 살짝 웃었다.

메모지에는 이렇게 썼다.

> 결혼하자는 의례적인 말 정도는 해도 괜찮아요. 아시겠지만 당신을 정말 사랑해요. 엘리너가.

엘리너가 장의사 조수에게 메모지를 전하던 바로 그때 배질 세인트데니스는 몬테카를로의 카지노 테라스에 앉아 담배를 피우면서 쾌속정이 깊고 푸른 만을 가로질러 하얀 곡선을 그리는 모습을 바라보았다. 태양이 축복처럼 그에게 쏟아져 내렸다. 몇 달 동안 따뜻하게 지내지 못했다는 사실을 그제야 깨달았다.

문제는 그것뿐이었다. 너무 추웠다. 겨울의 런던은 참을 수 없었다. 사람은 햇볕이 필요해. 이제 런던의 모험이 끝나버린 것이 고마울 따름이었다. 그날 아침 글로리아가 물랭 대로에 있는 모자와 드레스 가게에 대한 계획을 세워서 보냈다. 글로리아, 경이로운 이 여자는 그 계획으로 돈을 벌 거야. 빨리 오면 올수록 더 좋다. 글로리아가 보고 싶어. 여유롭고 온화한 성격의 글로리아를 만나면 힘이 날 거야.

그는 가슴 주머니에서 아무렇게나 크게 갈겨 쓴 글씨로 뒤덮인 짙은 자주색 봉투를 꺼냈다. 글로리아는 향기 나는 편지지에 밝은 자주색 잉크로 재정 상태와 하노버 스퀘어의 회사 사직, 캐럴라인 덴턴스미스의 사망과 크리스천 키네마사의 자발적인 청산 소식을 전했다.

"겉보기엔 끔찍한 법적 혼란 상태인 것만 같지만 그 데 라 루라는 여자가 흰 담비처럼 회사 일을 다 해내고 있어요. 몹시 유능하고 회사법인가 뭔가도 다 알더라고요. 데 라 루 양을 위해서 일이 잘되면 좋겠어. 그 회사는 캐럴라인이 사고를 당하기 전에 이미 거의 망했잖아요. 여하튼 회사가 있는 동안 아주 재미있기도 했고 회사 때문에 더 나빠진 사람은 아무도 없는 것 같고 우리는 그 모든 일에서 한 가지는 알게 됐잖아요. 아름다운 조국 영국이 우리한테 맞는 곳이 아니라는 것."

세인트데니스가 담배에 불을 붙이고 편지를 내려놓는데 너덜너덜한 1908년 회사합병법을 들여다보던 불쌍한 캐럴라인의 어리둥절한 얼굴이 생생하게 떠올랐다. 고개를 들며 이렇게 물을 때의 그 크고 순진한 갈색 눈이 기억났다. "우리가 예술, 종교, 자선 같은 훌륭한 일을 장려하는 조직이면서 수익도 내고 싶다면 그 법의 어느 조항에 해당할까요?"

물론 전부 처음부터 말도 안 되는 일이었다. 캐럴라인 자체가 웃음거리였다. 평생이 웃기는 광대극이었다. 하지만 이제 육 주만 더 있으면 글로리아가 올 것이다. 글로리아도 그 광대극의 인물이지만 놀랄 만큼 멋진 여자고 끊임없이 변화하는 불안정한 세상에서 몇 안 되는 평화롭고 변치 않는 확실한 것 중 하나지.

런던에서 아주 멀지 않은 마르세유 부두에서 승객들이 중동으로 가는 배의 통로를 힘들게 앞다투어 오르고 있었다. 클리프턴 로더릭 존슨이 미국인 여행자, 네덜란드에서 온 장사치들, 프랑스 상인들 사이를 어깨로 밀치며 오르고 있었다. 그 뒤에서 델리아가 난간에 진홍색 모자 상자를 쿵쿵 찧으며 헉헉거렸다.

"기다려요. 여자를 도와줘야지." 델리아가 소리쳤다. "전부 나한테 다 들게 하고. 그러고도 자기를 신사라고 해!" 존슨은 그러잖아도 여행 가방 두 개를 들고 있었고 자신이 신사라고 한 적도 없었다. 그런 허풍은 떨어본 적이 없다. 스스로를 예술가, 개척자, 교사, 사회의 적, 예술교육의 후원자, 모험가, 영국 제국의 시민, 멋진 애인으로 칭했다. 하지만 신사라고 하지는 않았다.

사흘 전 델리아에게 설명을 했던 것 같은데, 여하튼 설명이 아무 소용 없다는 것을 깨닫는 중이었다.

"이등석이라고? 이 우중충하고 조개처럼 작은 배에? 자기는 백만장자인 척하면서 나를 지중해를 돌아 호화로운 여행에 데려가겠다고 했잖아요? 나는 자기를 홍등가에 기꺼이 보내주려는 마음이었는데 말이에요. **나는** 미성년이니까."

"조용히. 조용히 해. 배에 있는 참견꾼 모두 우리를 알아보게 하고 싶어?"

그러나 소용이 없었다. 델리아는 이미 모험에 진절머리가 나 있었다. 프랑스에서 밤새 잠도 못 자고 비좁은 이등석 객실에 앉아 있어서 지저분해졌고 지쳐 있었다. 화가 났고 지루했고 원망스러워서 그가 그걸 알아주길 바랐다. 하지만 그와 함께 알렉산드리아에 가는 수밖에 없었다. 존슨이 돌아갈 돈을 주지 않았기 때문이다. 존슨은 범죄인 송환법이 어떤지 잘 몰랐고 자신의 위법행위 정도와 자기가 떠난 뒤 일이 어떻게 되었는지 잘 모르는데 델리아가 배신할까봐 두려웠다. 갑판에 서서 출입구를 바라보며 영국 경찰이 자신을 체포해 가려고 오지 않을까 걱정하면서도 또 반쯤은 내심 오기를 바라면서 귀를 기울이고 있었다. 하지만 옆에 있는 이 어린 여자는 인정사정 봐주지 않았다. 잔소리가 계속 신경을 갈기갈기 찢어놓고 괴롭게 했다. 하지만 그녀를 버리고 가지는 않을 생각이었다. 파리에, 아니 마르세유에, 심지어 알렉산드리아까지 가서도 버릴 수가 없다. 그녀가 요란하게 떠들며 난동을 피울 것이고 그녀의 복수를 감당할 자신이 없다. 게다가 자신이 처벌을 피해 도피 중인 범죄자가 될지 휴일에 놀러 온 사업가가 될지 아직 불확실하기도 했다.

이 미친 여행을 하려고 한 것부터가 바보 멍청이 짓이었다. 델리아에게 같이 가자고 한 것도 바보 멍청이 짓이었다. 델리아와 같이 있으면 가진 돈으로 버틸 기간이 절반으로 줄어들 테고 무엇보다 이미 이 여자가 지긋지긋했다. 그녀가 날카로운 목소리로 신경질을 부리면 미쳐버릴 것 같았다. 그런데 떼어버릴 수가 없다니.

존슨은 비참하게 두려움에 떨면서, 우중충한 갑판에서 마르세유를 뒤돌아보며 서 있었다. 타고난 성질의 희생자, 교육과 취향의 희생자, 크리스천 키네마사의 희생자로서.

조지프 이즌바움은 그날 아침 늦게 사무실에 도착했다. 브라운스 호텔에서 미국 고객을 만나고 오는 길이었고 심프슨스에 점심을 먹으러 나가기 전 편지를 대충 훑어볼 만큼의 시간이 있었다.

날아갈 것 같은 기분이었다. 모든 일이 아주 잘됐다. 그 미국인과 거래를 하면 1만 8500파운드 17실링 6펜스의 이윤이 생길 것이다. 지난주에 구입한 그림이 천재 화가 서배스티노 코리아의 것으로 확인되었다. 약간 **유행에 뒤지기는** 했지만 사들 가치는 있는 작가였다. 내일 크리스티 경매에서 중개인들이 말도 안 되게 가격을 올리지만 않는다면 명나라 화병

두 개에 응찰할 생각이었다.

흐뭇한 기분으로 편지들을 넘겨보면서 비서에게 답장에 쓸 내용을 띄엄띄엄 불러주었다. 그런데 낯선 변호사 사무실에서 온 편지가 한 통 있었다. 그것을 읽고 잠시 멈칫했다.

편지의 내용은 이랬다. 퍼킨 앤드 워벡사가 크리스천 키네마 유한회사의 주주인 고 캐럴라인 덴턴스미스의 유언 집행인이자 상기 회사의 대주주인 엘리너 데 라 루의 대리인 자격으로 일하고 있다, 데 라 루가 크리스천 키네마사를 가능하면 자발적으로 정리하려는 목적으로 이즌바움을 만나라고 변호사 사무실에 부탁했다, 데 라 루가 소송하지 않기로 결정했기 때문에 처리 과정에서 법적인 절차가 필요할 것 같지는 않다, 그러나 퍼킨 앤드 워벡사의 대표자가 크리스천 키네마사의 대리인으로 활동을 시작하기 위해 이즌바움과의 면담을 요청한다.

그는 편지를 내려놓고 작게 끌끌 웃었다. 그러니까 이것이 크리스천 키네마 유한회사의 끝이었다. 그래, 잘됐어. 잘되었네. 그리고 캐럴라인 덴턴스미스가 죽었구나. 불쌍한 캐럴라인. 너무도 활기찼고 여성 사업가의 지위를 아주 황당하게도 마음껏 누렸지. 너무 이상한 노인네였어.

그런데 그 여자가 죽었다. 그러고 보니 그는 캐럴라인에게 고마워해야 할 이유가 있었다. 그녀를 통해 배질 세인트데니스를 만났고 세인트데니스를 통해 어린 벤저민이 이튼에 들어갔으니까. 이제 크리스천 키네마사가 할 일이 더 남아 있을까? 최고의 성과를 냈으니 설립자와 함께 사라지는 것이 더 낫지 않으려나? 그 회사가 내 아들 벤저민 이즌바움의 앞길을 닦아주었지. 유대인을 위한 길을. 이게 크리스천다운 일이 아니고 뭐겠어? 어떤 회사도 이보다 더 나은 존재 이유를 댈 수는 없을걸. '잘 가요, 캐럴라인.' 조지프 이즌바움은 생각했다.

"다음 수요일 오전 11시 30분에 대표자를 만날 수 있다고 퍼킨 앤드 워벡사에 전해." 그가 비서에게 말했다. "그런데 루마니아에서 올 주문은 어떻게 됐지?"

해설

온화한 할머니가 될 수 없다면

이 작품은 우리나라에 처음 소개되는 영국의 작가이자 저널리스트인 위니프리드 홀트비가 서른세 살인 1931년에 발표한 소설이다. 위니프리드 홀트비는 일곱 권의 장편소설, 두 권의 단편소설집, 희곡과 시집 외에 논픽션 작품도 다수 남겼으며 저널리스트이자 열정적인 사회운동가로서 활발하게 활동했다.

위니프리드 홀트비는 1898년 영국 요크셔주 이스트라이딩의 한 농가에서 태어났다. 아버지인 데이비드 홀트비는 농부였고, 어머니 앨리스 홀트비는 훗날 이스트라이딩 카운티 의회 최초의 여성 의원으로 선출되었다. 홀트비는 어린 시절 개인 교사를 통해 가정에서 교육받다가 스카버러의 퀸 마거릿 스쿨에서 공부한 후 1917년 옥스퍼드 서머빌 칼리지에서 입학 허가를 받았다. 그러나 제1차 세계대전 중이던 1918년 육군 여성 지원군에 자원해 프랑스에 파견되어 전쟁을 경험하고, 1919년 옥스퍼드에 돌아왔다. 이때 옥스퍼드에서 비라 브리튼을 만나 평생 지속될 깊은 우정을 나눈다. 홀트비는 졸업 후 비라 브리튼과 함께 살며 서로의 작품 활동을 격려하고 비판해주며 글을 쓰기 시작했고, 비라 브리튼은 이후 간호사로서 참전한 경험을 담은 자전적 소설《청춘의 증언》을 발표한다. 둘은 1935년 홀트비가 사망할 때까지 함께 살았다고 알려져 있다. 홀트비는 1932년 신장병의 일종인 브라이트병으로 2년 시한부를 선고받았지만 이 사실을 주위에 알리지 않고 마지막 소설인《사우스 라이딩》을 집필했다. 이 작품은 홀트비의 사후에 비라 브리튼의 편집으로 출간되어 평단의 찬사를 받았으며, 영화와 텔레비전과 라디오 드라마로 제작되어 대중의 사랑을 받았다. 홀트비는 소설가로서도 상당히 높은 평가를 받았지만 초기에는 저널리스트로서 더 유명했는데, 잘 알려진 페미니스트 정기간행물인《타임 앤드 타이드》와《맨체스터 가디언》 등에 페미니스트, 사회주의자, 평화주의자로서 수많은 글을 발표했다. 또한 유엔의 전신인 국제연맹의 연사로 세계 각국을 방문했고, 독립노동당에서도 활동하는 한편 페미니스트 단체인 '식스 포인트 그룹'에서 여성 인권 운동을 펼쳤다. 이 단체는 남녀평등, 과부들을 위한 연금 개혁, 부모의 동등한 후견인 자격 획득, 아동 학대 방지법 개정, 비혼모의 지위 향상 등을 주장했다. 홀트비는 국제연맹에서 활동하던 중 방문했던 남아프리카 공화국에서 주민들의 열악한 상황을 목격하고 남아프리카 공화국의 제국주의 착취에 반대하여 흑인 노동조합 결성을 주창하기도 했다. 서른일곱이라는 나이에 사망한 홀트비는 유산과 책을 남아프리카 공화국의 흑인 거주구인 소웨토에 남겼고, 이를 토대로 1940년 위니프리드 홀트비 기념 도서관이 개관했다. 비유럽인을 위한 남아프리카 공화국 최초의 도서관으로 알려져 있다.

《불쌍한 캐럴라인》은 시작과 끝에 각각 오프닝 코러스와 파이널 코러스가 배치되어 뮤지컬과 유사한 구조를 지닌다. 오프닝 코러스가 시작되면 주인공인 캐럴라인은 이미 사망한 후이고, 그의 장례식에 다녀온 스미스 가족이 등장해 캐럴라인의 인생에 관한 흥미를 한껏 불러일으킨다. 이렇게 막이 오르면 이야기는 과거로 돌아가 각 인물들이 캐럴라인과 어떤 관계인지 보여주며 계속되다가 캐럴라인의 장례식 장면까지 이어진 후 캐럴라인을 제외한 인물들이 모두 한 번씩 등장하는 파이널 코러스로 끝이 난다. 형식이나 기교로 보자면 당시 예술계에서 꽃피고 있던 모더니즘을 비롯한 혁신적인 사조와는 다르게 평이하다. 실험적이지도 난해하지도 않다. 다양한 인물들의 다양한 인생 경험과 머릿속이 숨김없이 드러나 있다. 예를 들어 로저 모티머를 통해 포악한 전쟁의 기억이 어떻게 정신을 갉아먹는지 보여준다. 그는 평범한 썩은 통나무를 보고 전쟁에서 죽은 동지들이 차례로 떠올라 발작을 일으키고 만다. "축축한 나무가 아니라 친구 아놋의 시신을 보았다. (……) 그 아래에서 동료들에게 밟혀 죽은 아놋. (……) 그리고 미어도 보았다. 수류탄 폭발로 신체가 훼손된 미어." 글로리아는 "그 사람처럼 작은 존재들을 싸우리고 내몬" 전쟁을 서슴없이 '살인'이라 부른다. 또 시골 출신 여성이 연극배우가 되기 위해 도시로 상경하여 어떤 부침을 겪게 되는지 그의 입을 통해 담담하지만 적나라하게 들려준다. 키가 너무 크다는 이유로 남자 역할만 맡다가 호텔에서 담배를 팔거나 댄스홀에서 접객원이 되기도 하고, 임신을 하고 아이가 죽고 결혼도 하지만 남편이 전사하고 만다. 이즌바움은 비싼 양복을 맞춰 입을 만큼 돈이 많은 사업가이지만 유대인이라는 이유로 차별과 멸시를 받는다. 성과 이름을 바꿔서라도 아들만은 유대인이 아닌 인생을 살게 하고 싶지만 자존심이 허락하지 않는다.

이들은 각자 다른 인생을 살며 저마다의 이유로 캐럴라인을 중심으로 모여든다. 배질 세인트데니스는 눈만 높고 가난하고 게으르지만 몹시 잘생긴 옥스퍼드 출신의 남자로, 전쟁에서 부상을 당하고 떠돈다. 그의 아내가 되는, 아니 그를 남편으로 삼은 여자 글로리아는 강인하면서도 매혹적인 인물이다. 둘은 신문에서 우연히 알게 된 캐럴라인이 돈 많은 멍청이일 거라고 생각하고 그를 등쳐먹기로 작당한다. 배질이 돈 많은 유대인 조지프 이즌바움을 일에 끌어들이고 이즌바움은 아들을 옥스퍼드에 입학시키기 위해 배질을 이용하기로 마음먹고 캐럴라인의 사업에 휘말린다. 여기에 스스로 시나리오를 못 쓰지만 현란한 말발로 거들먹거리며 시나리오 창작을 가르치고 학생들에게 돈을 뜯는 사기꾼 클리프턴 존슨이 합세하고, 영화 기술과 과학밖에 모르고 사회성이라고는 없는 휴 매커피가 존슨의 꼬드김에 넘어가 자신의 발명품을 팔아먹어보려고 한다. 모두 캐럴라인을 이용해 자신의 목적을 달성하려고 하는 것이다. 캐럴라인의 사업과 캐럴라인이 부르짖는 영국 영화의 순화라는 대의에는 관심이 없다. 당연히 사업은 위기에 빠지고, 이런 위기에 캐럴라인의 친척인 엘리너가 나타난다. 어머니가 남아프리카 공화국에서 보어인 아버지와 사랑에 빠져 태어나게 된 엘리너는 아버지가 죽고 난 뒤 사업을 배우고 성공하기 위해 런던에 왔다가 우연찮게 캐럴라인을 만난다. 엘리너는 유산으로 받은 돈으로 캐럴라인 회사의 문제를 해결해주기로 결심하는데, 이 과정에서 신부 로저 모티머가 엘리너를 사랑하게 된다. 우여곡절 끝에 문제가 해결되는가 했는데, 결국 사업은 망하고 캐럴라인은 사고를 당해 입원해 있다가 죽고 만다. 남은 사람들은 제 갈 길을 간다.

이 모든 일의 중심에 왜 하필 캐럴라인이 있었을까? 캐럴라인은 가난하고 여성이고 나이가 많으며 결혼도 하지 않았다. 이런 나이 든 비혼 여성을 우리는 경멸적인 의미로 노처녀라고 불렀고, 영어권에서는 '스핀스터(spinster)'라고 불렀다. 흔히 성적 매력이 없고 뚱뚱하거나 못생기고 성격이 괴팍하거나 사회생활에 문제가 있어서 사회가 암묵적으로 정한 결혼 적령기를 넘길 때까지 결혼하지 '못'한 것으로 묘사된다. 캐럴라인의 모습도 이러한 고정관념에 부합한다. 늘 낡고 괴상한 옷차림에 다소 뚱뚱하고 눈치 없이 수다를 늘어놓는다. 게다가 잘될 것 같지 않은 일을 벌이고 여기저기서 돈을 빌려서 겨우 생활을 유지한다. 가난해서 계속 일을 해야 하고, 결혼을 하지 않았기 때문에 안락의자에 앉아 뜨개질을 하거나 쿠키를 구워 손주들을 먹이고 화초를 돌보며 온화하게 세상을 관조하는 할머니가 될 수 없다. 노쇠해가는 육신을 이끌고 열심히 일하지만 성공한 적도 없다. 퇴근해서 집에 오면 계단이 매일매일 더 높아지는 것처럼 느껴지고 텅 빈 방에 불을 밝힐 기력조차 없이 피곤하다. 언제 죽음이 닥쳐도 이상하지 않을 나이에 너무 외로워서인지 손자뻘인 신부를 사랑하게 된다. 그러니 각 장의 말미에 등장하는 '불쌍한'이라는 형용사는 가난하고 나이 든 비혼 여성 누구에게든 붙일 수 있을 것이다.

하지만 캐럴라인은 이 형용사를 거부한다. 그는 스스로의 삶에 대해 엘리너에게 이렇게 말한다. "난 아주 놀라운 삶을 살고 있어. 진짜 멋진 인생이지." 교외에서 가정을 꾸리며 안락한 삶을 사는 친척 이니드나 언니인 데이지는 진짜 인생을 모른다고, 항상 지루하고 오래된 것만을 지키며 산다고 생각한다. 다른 여자들은 돈이 많고 늘 보호받고 살지만 자신은 그들과 달리 혼자 외국을 여행하고 교육과 종교, 진보를 위해 투쟁하며 모험으로 가득한 삶을 살았다고 자부한다. 그리고 엘리너가 자신의 무모한 사업에 관해 충고하려고 들자 이렇게 외친다. "네가 최악에 대해 뭘 알아? (……) 넌 우리 세대의 헐벗음, 외로움, 전혀 보호받지 못하는 상황은 이해할 수 없을 거야. (……) 너는 젊고 건강하고 좋은 교육을 받았고 (……) 하지만 나 같은 여자들은, 우리는 맨땅에서, 정말이지 **무**에서 시작했어. 너는 평생 보호받으며 살잖아." 캐럴라인은 가진 것이 없고 보호받을 수 없기 때문에 매번 도박하듯 모든 것을 걸고 절박하게 일할 수밖에 없다. 포기를 모르고 잃을 것이 없으니 두려울 것도 없다. 그리고 타인의 친절에 반드시 보답하고 싶어 한다. 고약한 세상에서 친절만이 꼭 필요한 것이라며, 유언장을 써서 자신을 도와준 모든 사람에게 유산을 남긴다. 심지어 자신에게 소홀했던 조카들까지 유언장에 이름을 올린다. 용서의 의미로. 물론 그가 가진 돈이 없으므로 실제로 유산을 받은 사람은 아무도 없었다. 하지만 결과적으로 모두 캐럴라인에게서 무언가 받은 셈이 된다. 그중 엘리너는 비록 아버지에게서 받은 유산을 모두 잃었지만 가장 중요한 것을 얻었다.

엘리너는 작가의 모습이 가장 많이 반영된 인물인 것 같다. 교육을 많이 받았고, 페미니스트이며 정치사회 운동에 헌신하는 독립적인 여성. 남자 같은 트위드 코트와 맞춤 셔츠를 입고 식민지 억양을 쓰며 여자에게 어울리지 않는다는 수의학을 공부하고 사업으로 성공하려는 꿈을 품고 있다. 사회운동가이기 때문에, 엘리너는 유산 전부를 캐럴라인의 사업을 돕는 데 선뜻 내놓는다. 모두가 평등하고 살기 좋은 세상을 만들고 캐럴라인처럼 힘든 사람을 돕는 것이, 만약 존재한다면 신이 해야 할 일인데 하지 않고 있으니 할 수 있는 자신이라도 해야겠다고 결심한다. 교육과 자본과 아버지의 보살핌과 같은 자신의 특권을 내려놓고 싶으나 내놓을 수 있는 것은 물질밖에 없으니까. 페미니스트이기 때문에, 엘리너는 로저 모티머와 결혼하지 않으려 했다. 모티머는 엘리너를 사랑하지만 그녀의 일과 이름을 지켜주기 위해 청혼하지 않겠다고 한다. 아내가 자신을 위해 모든 것을 포기하도록 할 수 없으며 만약 그렇게 결혼한다면 자신은 결국 여성을 혐오하게 될 것이라고. 엘리너도 모티머를 사랑하지만 신부의 아내로 살고 싶지 않기 때문에, 자신은 공부를 하고 사업을 하고 정치를 해서 사회를 개혁하는 당당한 여자로 살고 싶기 때문에 로저를 그냥 놓아버리려고 한다. 하지만 캐럴라인의 죽음을 통해 깨닫는다. 모든 인간은 결국 죽게 되는데 모티머를 사랑하면서 헤어지는 것은 옳지 않은 선택이라고. 그래서 모티머와 결혼해서 자신의 페미니즘을 결혼이라는 제도에 적용해 보고자 결심한다. 바로 이것이 캐럴라인의 죽음이 엘리너에게 남긴 가장 큰 유산이 아닐까.

이 작품이 성공한 풍자물인 것은 각 장의 중심인물들의 다양하고 역동적인 인생이 밀도 있게 표현되어 있으면서도 다소 과장된 묘사와 생생한 대사를 통해 유머를 제대로 발휘한 덕분이다. 글로리아에게서 벗어나지 못해 끌려다니고 조종당하는 배질, 양복점에서 종업원에 대한 미첼의 부당한 대우에 시원하게 항의하는 이즌바움, 도서관에 갔다가 존슨에게 붙들려 술을 마시고 일에 휘말리게 되는 매커피, 화려한 언변으로 사기를 치며 살다가 결국 한바탕 소동을 겪고 글로리아를 부르며 거리로 뛰쳐나가는 존슨, 매커피의 연구실 붕괴 후 흙투성이로 살아남은 모티머와 매커피, 엘리너의 모습 등은 작품의 맛을 한껏 올려준다. 결과적으로 인물들의 입을 통해 캐럴라인에게 붙여졌던 '불쌍한'이라는 형용사는 독자의 입을 통해 모든 인물에게 붙일 수 있게 된다. 딱하고 우스꽝스러우면서 슬픈, 그러니까 불쌍한 인간들에게.

파이널 코러스가 끝나고 이 소란스러운 극이 막을 내리고 나면 홀트비의 다른 작품을 기대하게 된다. 그의 소설 중 특히 높은 평가를 받는 《사우스 라이딩》도 조속히 번역되기를 바란다. 그리고 당대에 버지니아 울프나 레너드 울프와 알고 지냈노라 그들을 들먹이는 작가와 명사들이 너무 많아서 홀트비가 그들과 관계를 맺었다고 해도 전혀 놀랍지 않지만, 홀트비의 《버지니아 울프—비평 모음》은 버지니아 울프에 관한 최초의 비평서인만큼 언젠간 우리말로 만날 수 있기를 기대한다.

정주연

휴머니스트 세계문학 025

불쌍한 캐럴라인

1판 1쇄 발행일 2023년 7월 17일

지은이 위니프리드 홀트비
옮긴이 정주연

발행인 김학원
발행처 (주)휴머니스트출판그룹
출판등록 제313-2007-000007호(2007년 1월 5일)
주소 (03991) 서울시 마포구 동교로23길 76(연남동)
전화 02-335-4422 **팩스** 02-334-3427
저자·독자 서비스 humanist@humanistbooks.com
홈페이지 www.humanistbooks.com
유튜브 youtube.com/user/humanistma **포스트** post.naver.com/hmcv
페이스북 facebook.com/hmcv2001 **인스타그램** @boooook.h

편집주간 황서현 **편집** 이은서 이성근 김대일 김선경 **디자인** 김태형
조판 아틀리에 **용지** 화인페이퍼 **인쇄** 청아디앤피 **제본** 민성사

ISBN 979-11-7087-020-3 04840
979-11-6080-785-1 (세트)

휴머니스트 세계문학

시즌 1. **여성과 공포**

001 프랑켄슈타인 메리 셸리 | 박아람 옮김
002 회색 여인 엘리자베스 개스켈 | 이리나 옮김
003 석류의 씨 이디스 워튼 | 송은주 옮김
004 사악한 목소리 버넌 리 | 김선형 옮김
005 초대받지 못한 자 도러시 매카들 | 이나경 옮김

시즌 2. **이국의 사랑**

006 베네치아에서의 죽음·토니오 크뢰거 토마스 만 | 김인순 옮김
007 그녀와 그 조르주 상드 | 조재룡 옮김
008 녹색의 장원 윌리엄 허드슨 | 김선형 옮김
009 폴과 비르지니 베르나르댕 드 생피에르 | 김현준 옮김
010 도즈워스 싱클레어 루이스 | 이나경 옮김

시즌 3. **질투와 복수**

011 폭풍의 언덕 에밀리 브론테 | 황유원 옮김
012 동 카즈무후 마샤두 지 아시스 | 임소라 옮김
013 미친 장난감 로베르토 아를트 | 엄지영 옮김
014 너희들 무덤에 침을 뱉으마 보리스 비앙 | 이재형 옮김
015 밸런트레이 귀공자 로버트 루이스 스티븐슨 | 이미애 옮김

시즌 4. **결정적 한순간**

016 노인과 바다 어니스트 헤밍웨이 | 황유원 옮김
017 데미안 헤르만 헤세 | 이노은 옮김
018 여행자와 달빛 세르브 언털 | 김보국 옮김
019 악의 길 그라치아 델레다 | 이현경 옮김
020 위대한 앰버슨가 부스 타킹턴 | 최민우 옮김